ハヤカワ・ミステリ

GEORGE PELECANOS

夜は終わらない

THE NIGHT GARDENER

ジョージ・ペレケーノス

横山啓明訳

TOKYO
HAYAKAWA
BOOKS

A HAYAKAWA
POCKET MYSTERY BOOK

THE NIGHT GARDENER
by
GEORGE PELECANOS

Translated by
HIROAKI YOKOYAMA
First published 2010 in Japan by
HAYAKAWA PUBLISHING, INC.
This book is published in Japan by
arrangement with
LITTLE, BROWN AND COMPANY
NEW YORK, NEW YORK, USA
through TUTTLE-MORI AGENCY, INC., TOKYO.

装幀／水戸部 功

レーガン・アーサーに

夜は終わらない

おもな登場人物

ガス・ラモーン……………………ワシントン市警暴力犯罪班の巡査部長
ロンダ・ウィリス…………………ラモーンのパートナー
ポール（ボー）・グリーン
ビル（ガルー）・ウィルキンズ　｝……ラモーンの同僚
ダン（ドク）・ホリデー……………元警官。送迎サービス会社の経営者
Ｔ・Ｃ・クック……………………元殺人課の巡査部長
レジーナ…………………………ラモーンの妻
ディエゴ…………………………ラモーンの息子
アラナ……………………………ラモーンの娘
エイサー・ジョンソン……………ディエゴの友人
テランス…………………………エイサーの父
シャーカー・ブラウン……………ディエゴの友人
ロナルド・スプリグズ……………同上。リチャードの双子の兄弟
リチャード………………………ロナルドの双子の兄弟
ロメオ・ブロック…………………街のごろつき
コンラッド・ガスキンズ…………ロメオの従兄弟
トミー・ブローダス………………麻薬のブローカー
シャンテル………………………トミーの女
エドワード・リース………………麻薬の運び屋
ダルシア・ジョンソン……………バーのダンサー
ドミニク・ライアンズ……………ダルシアのヒモ
レジナルド・ウィルソン…………警備員。〈回文殺人事件〉の容疑者
ウィリアム・タイリー……………妻を殺した男

一九八五年

1

犯罪現場はワシントンDCサウスイースト地区第六管区内にあるフォート・デュポン・パークのはずれ、グリーンウェイとして知られる地域でE通りに近く、番地は三〇番台前半だ。十四歳の少女はコミュニティ菜園端《はし》の草むらのなかに横たわっていたが、近くの家はどこも庭が森に面しているためにそこは死角だった。血に染まった少女の髪は、色とりどりのビーズで飾られていた。頭に一発撃ちこまれたのが死因のようだ。四十代半ばの殺人課の警官が遺体の傍らにひざまずき、起きあがるのを待っているかのように少女を見つめている。警官の名は、T・C・クック。勤続二十四年の巡査部長は考えをめぐらせていた。

楽観的なことはなにひとつ頭に浮かんでこなかった。弾丸の射入口と射出口には凝固した血がこびりついているが、ほかに血痕は見当たらない。シャツ、ジーンズ、スニーカーにはまったく血は飛び散っておらず、身につけているものはすべて新品のようだ。殺してから身ぐるみはぎとって新しい服を着せ、ここまで死体を運んで遺棄したのだ。胸がむかむかしながらも、鼓動が高まっていることに若干の罪の意識を感じた。興奮しているとはいわないまでも、ふたたびあの事件に出くわしたことに体が反応したのだろう。鑑識の報告が出るまではなんともいえないが、この子はほかの子供たちと同じように殺されたにちがいない。一連の事件の犠牲者だ。

器材を満載した鑑識班の大型車が到着した。鑑識官が仕事をはじめたが、なにやら大儀そうで諦めムードが漂っていた。殺害現場から死体を移動した場合、法医学的な手がかりはほとんど得られない。おまけに雨も降った。こんな状況では犯人の高笑いしか聞こえてこないと鑑識官もぼやきたくなるだろう。

現場のはずれには死体運搬車と数台のパトロールカーが停まり、応援を要請されてやってきた制服警官の姿もあった。野次馬が二、三十人ほどひしめいている。現場周辺には黄色いテープが張り渡され、殺人課の刑事と鑑識官の仕事を妨げないように制服警官が野次馬とマスコミ関係者を遠ざけていた。マイクル・メッシーナ刑事部長と殺人課のアーノルド・ベローズ警部がテープをくぐって現場にやってきたが、ふたりで話しこみ、クック巡査部長はひとり取り残された。よくテレビに登場するモグラのような顔つきをしたイタリア系アメリカ人の広報官は、チャンネル4のレポーターに向かっていつもの当たり障りのない話をしている。本物の髪の毛かどうか怪しい広報官は、早口ながらも明快な口調で話し、劇的な間《ま》をさしはさんで聞く者を惑わすのだった。

警察車輛の脇にふたりの制服警官が立っていた。ガス・ラモーンとダン・ホリデーだ。ラモーンは中肉中背、ホリデーはラモーンよりも背が高く痩せていてアイスピックを思わせる体型だ。ふたりはともに大学を中退し、独身、二十歳代前半の白人だった。またどちらも警察官になって二年目であり、新米ではないものの、仕事に慣れているとは言いがたい。もはや巡査部長から上の階級の警官を信用していなかったが、仕事に対して斜にかまえることはなかった。

「あのふたりを見ろよ」ホリデーはとがった顎をしゃくり、メッシーナ刑事部長とベローズ警部を示した。「あいつらクックに話しかけようともしない」

「クックに仕事を任せているだけだろ」ラモーンはいなすように応じた。

「お偉方はクックが怖いってことだよ」

T・C・クックは中背の黒人で、格子縞のスポーツジャケットの上にジッパーで着脱できる裏地のついた黄褐色のレインコートを着ていた。洒落たステットソン帽はライトブラウンで、チョコレート色のバンドには虹色の小さな羽根飾りをさしている。クックは帽子を斜めにかぶり、白いものが混じった両脇の髪の毛だけを残してピエロのように禿げあがった頭を隠していた。だんご鼻の下には茶色の豊かなひげをたくわえている。口元がほころぶことはめったになかったが、楽しげな光が目に宿ることはあった。

　ホリデーはつづけた。「仕事一筋の男だ。お偉方はやつが好きじゃないが、怒らせることはしない。クックの事件の解決率は九十パーセントだからな。やりたいようにやらせてるのさ」

　まったくホリデーらしいとラモーンは思った。結果を出せばすべては許される。利益を出せ、そうすればなにをやってもいいというのと同じだ。

　ラモーンには独自の行動規範がある。決められたとおりのことをやり、無難に二十五年間勤めあげて第二の人生を踏み出す。クックや一匹狼、無謀に突っ走るやつら、生きた伝説となっている連中に興味はない。ロマンを求めても仕事はあくまでも仕事であり、それ以上のものではない。警察官は天職ではなく、生活の糧を得る手段にすぎなかった。一方ホリデーは夢に生き、セックス狂であり、祈りの言葉としてよく唱えられる詩篇二十三篇を聞いただけで勃起するようなやつだ。

　ホリデーの最初の任務は、ノースイースト地区の幹線道路であるH通りを徒歩でパトロールすることだった。彼は黒人街の唯一の白人だったが、すぐに溶けこみ、すでにそれは評判となっている。一度会っただけで相手の名前を覚え、若い女にも婆さんにも分け隔てなく愛想をふりまき、家のポーチに座っている男たちや酒場の外にたむろする連中と気軽にスポーツの話をし、インターハイからレッドスキンズ、ブレッツまでその知識も幅広い。悪の世界に足を踏み入れようとしている若いやつらとさえ、くだらない話をすることができる。犯罪者からまっとうな人たちまで、そこに暮らす者たちはホリデーがお調子者ではみ出し警官だと気づいていたが、彼に好意を持つのだった。ホリデーにとって警官は天職であり、また仕事に対して情熱を燃やしているので、ラモーンよりもワシントン市警で昇進していくことだろう。ホリデーの肩に座っている悪魔が、先に彼を破滅させなければだが。

　ラモーンとホリデーは警察学校の同期だが友人ではなかった。パートナーですらない。第六管区署の駐車場に停まっている車が少なく、たまたま同乗しただけだ。午後四時から真夜中までのシフトは六時間を過ぎ、ラモーンはホリデーの声にすでにうんざりしていた。好んで相棒を求める警官もいる。優秀な相棒でなくともバックアップにいてもらいたいのだ。しかし、ラモーンはひとりでパトロールカーに乗るほうが好きだった。

「例の女のことは話したっけな？」ホリデーは尋ねた。

「ああ」ラモーンは答えた。〝はあ？〟ではなく、会話を打ち切りたくて〝ああ〟と返事をしたのだ。

「あの女はレッドスキネット、つまりＲＦＫスタジアムのチアリーダーさ」

「レッドスキネットくらい知っている」

「女のことを話そうか？」

「もう話しているだろう」

「あいつのケツを見せてやりたいぜ、ジュゼッペ」

　ラモーンをクリスチャンネームで呼ぶのは、怒ったり感傷的になったときの母親だけだが、ある日、ホリデーに運転免許証を見られてしまったのが運の尽きだった。ホリデーは彼のことを〝ラモーンズ〟と呼ぶこともある。これは、一度、ホリデーを部屋に連れてきてレコードのコレクションを見せたことがあったからだ。ホリデーを部屋に招待したのは失敗だった。

「おっぱいもみごとだ」ホリデーはエロ爺《じじい》のように両手で曲線を描いた。「でかいピンクの——なんて言ったっけな。そう、乳輪だったよ」

　ホリデーは振り返った。パトロールカーの天井のライトは今も切られておらず、ホリデーの顔は明滅する光を受けていた。笑みを浮かべた口元からは大きな真っ白な歯がのぞき、氷のような青い目がきらめく。胸のネームタグには〝D・ホリデー〟と記されているので、当然、署内ではすぐに〝ドク〟というニックネームがつけられた。それにホリデーはあの結核のガンマンのように痩せこけている。年配の警官のなかには、彼のことを若き日のダン・デュリエに似ているという者もいた。

「前にも聞いたよ」ラモーンがこう言うのもすでに三回目だ。

「わかった。でも、こいつはまた格別なんだ。先週、あの娘《こ》と飲みに行ったのさ。八番通りにあるコンスタブルって店で……」

「その店は知っている」ラモーンは警官になる前に一年ほどふらふらしており、何度もコンスタブルへ行っていた。あの店へ行けばバーテンダーからコカインを買うこともできれば、奥の部屋でタイニー・デスク・ユニットやインセクト・サーファーズのようなバンドのライヴを見ることもできた。裏手のパティオへ出て、星空の下でビールを飲み、まわってきたマリワナを吸い、女の子たちと話をするのもいい。当時の女たちはマスカラを塗りたくり、網目のストッキングをはいていた。メリーランド州の警察学校の四学期目、つまり最後の学期が終わったころのことだ。犯罪学を学んでいたラモーンは、教室に座っていることにうんざりし、そんなものを習わなくてもすぐにでも現場に飛びこんでいけると思っていた。しかし、警察学校を卒業すると働きはじめる前にしばらくのんびりしたくなった。

バーへ行き、マリワナを吸い、コカインをやり、網目のストッキングをはいた女の子の尻を追いかけることにうつつを抜かしていたが、罪を犯しているかのように後ろめたかった。今夜、青い制服に体を包み、バッジをつけ、銃を携行し、今は同僚となっているが、数年前ならば小馬鹿にしたような男の隣に立っているにもかかわらず、警官になってからのほうが自由に生きている手応えがある。

「……で、彼女の爆弾発言さ。おれのこともクソみたいな話も好きだが、レッドスキンズのメンバーとも付き合っていると言ったんだ」

「ジョー・ジャコビーか？」横目でホリデーを見ながらラモーンは尋ねた。

「いいや、あの野獣じゃない」

「誰だ？」

「レシーバーだ。だがドニー・ウォーレンじゃない。言ってることとわかるか」

「黒人のレシーバーと付き合ってるってことだろ」

「連中のひとりとな。あいつらは白人の女が好きなんだ」

「嫌いなやつがいるか？」ラモーンは調子を合わせた。

　警察無線の雑音を縫ってクックの声が聞こえてきた。チャンネル4のレポーターが、死体遺棄現場に張り巡らせたテープをくぐろうとしたのをクックが見つけて、同僚に注意したのだ。「クソ馬鹿の三流レポーターが」本人に聞こえるような大声でクックは言った。「あいつのせいで、証人がコングレス・パークで殺されたんだ。若い女が証言するってことを放送しちまった……」

「正直な話、あの女のせいでおれはへこんじまった」ホリデーはクックを見ながら、自分の話をつづけた。

「恋敵《こいがたき》が黒人だからだな」

「嘘をついてもしかたない。そいつと彼女のことが目の前にちらついちまってしかたがないんだ。つまり、女とベッドに入ったときにな」

「体に自信がなくなっちまうってことか？」

「なあ、相手はプロのフットボール選手、おまけに黒人のブラザーだ……」ホリデーは股間から三十センチほどのところに手のひらを置いた。「これくらいの持ち物だっていうからな」

「NFLでプレーする条件だよ」

「なんだって？」

「歯のチェックもするらしい」

「なあ、おれは普通サイズなんだ。あの近辺じゃあな。誤解されると嫌なんで言っておくが、つまり、ブラザーがいるデカチン通りでは、ってことだ。あっちに行った日にゃあ――」

「なにが言いたい？」

「やつの一物の先っぽを見ただけで彼女は尻ごみしちまっただろう。あんなものを入れたら、ゆるゆるになるもんな」

「それでも、やつのもとへ行かせるのか？」

「あいつのあそこじゃあ、無理だから、行かせるつもりはなかったんだ。絶対にな」

ラモーンとホリデーが話をしているときに、女がひとりテープをくぐって現場に踏みこみ、少女の死体を目にするなり草むらのなかに胃の中身を盛大にぶちまけた。クック巡査部長は帽子を脱いでつばに指を走らせ、大きくため息をついた。ステットソン帽を頭に戻して斜めに傾け、周囲に目を走らせた。脇に立っているチップ・ロジャーズという白人の刑事に向き直り、ラモーンとホリデーを指差した。

「あの白人の坊やたちに仕事をしろと言え」クックは命じた。「反吐をまき散らされておれの現場を汚されるのはまっぴらだ……野次馬を押し止めることもできないってんなら、できるやつを配置につけろ。おれは遊んでるんじゃないんだ」

ラモーンとホリデーはあわてて黄色いテープまで駆

けていき、野次馬たちのほうを向いて威厳のある態度を装った。ホリデーは両脚を広げて立ち、ベルトに指を引っかけてクックの当てこすりにもひるんだ様子はない。ラモーンは固く口を引き結び、殺人課の警官に白人の坊やと呼ばれたことへの怒りに耐えた。特別区《DC》の外へ行くと、この言葉を頻繁に耳にしたし、この街で野球やバスケットボールをやっていてもしょっちゅう聞かされる。ラモーンはこの言葉が嫌いだった。人を侮辱しているにもかかわらず軽く受け流すように求められていることもますます我慢がならない。

「おまえはどうなんだ？」ホリデーが尋ねた。

「どうなんだってなにがだ？」

「猛り立ったものを慰めてくれる女のこと」

ラモーンは答えなかった。目をつけている女――彼女も警官だ――はいる。だが、個人的なことはホリデーに打ち明けないほうがいい。

「話せよ、ブラザー。おれはおまえに打ち明けたんだ。今度はおまえの番だよ。狙ってる女がいるんだろ？」

「おまえの妹だよ」

ホリデーは口を開き、目に鋭い光が宿った。「おれの妹は十一歳のときに白血病で死んだ。まったく冗談じゃないぜ」

ラモーンは目をそらせた。しばらくのあいだ警察無線の発する高音域の雑音と騒々しい声、野次馬のささやきが聞こえてくるだけだった。それからホリデーは高笑いし、ラモーンの背中を叩いた。

「からかっただけだよ、ジュゼッペ。マジになるなって。おまえの急所をつかんじまったようだ」

捜査班がこのあたりで行方不明になったティーンエイジャーのリストと照らし合わせると、犠牲者の容姿はひとりの少女の人相書と一致した。三十分後、身元確認のために父親が連れてこられた。遺体をひと目見ると、血反吐を吐くような号泣が夜空に響き渡った。

被害者の名前はイヴ・ドレイク。この一年でほかにもふたり、ともに街の貧しい地域に住む黒人の少女が殺され、今回と同じようにコミュニティ菜園に遺棄された死体が、夜明け直後に発見されていた。ふたりとも頭に弾丸を食らい、直腸からは精液が検出された。少女の名前はオットー・ウィリアムズとエイヴァ・シモンズ。オットー（Otto）、エイヴァ（Ava）と同じようにドレイクの名前イヴ（Eve）も、前から読んでも後ろから読んでも同じだ。マスコミは先のふたつの事件を関連あるものとし、回文殺人事件と命名した。署内では一部の警官たちがこの殺人犯を「夜の園芸家《ナイト・ガーデナー》」と呼ぶようになった。

　父親の悲痛な叫びが夜空にこだましたのと同じころ、街の反対側では若いワシントン市民が家のテレビの前に座って《マイアミ・バイス》にチャンネルを合わせ、ファッショナブルなふたりの潜入捜査官が麻薬取り引きの大物を追う活躍に胸を躍らせながら、コカインを鼻から吸いこんでいた。トム・クランシー、ジョン・ジェイクス、スティーヴン・キング、ピーター・ストラウブといった作家のベストセラー小説を読む人たち、あるいはバーのカウンター席に座ってジェイ・シュローダーが引っ張るワシントン・レッドスキンズのプレーオフ進出が怪しくなったことについて話をする者、レンタル・ビデオで《ビバリーヒルズ・コップ》や《野獣捜査線》、エロール・ビデオ・クラブの今週の人気作品を見る人、《ジェーン・フォンダのワークアウト》を見ながら体を動かしているが、ほとんど汗をかかない人たち、サークル・アヴァロン劇場へ出かけてマイケル・J・フォックスの新作、あるいはジョージタウン劇場で《カリギュラ》を見る者もいる。ミスター・ミスターやミッジ・ユーロも街に来ており、ライヴハウスで演奏していた。

　レーガン大統領時代のアメリカの勝ち組たちが、ロック・クリーク・パークの西側や郊外で楽しんでいるときに、ワシントンDCのサウスイースト地区のグリーンウェイ、三三番通りとE通りにはさまれた犯行現場では、殺人課の警官と鑑識係が働いていた。

イヴ・ドレイクが回文殺人事件の最後の犠牲者となるのだが、この時点でそれを知るものは誰もいない。ティーンエイジャーがまたひとり殺されて未解決の事件の犠牲者が三人となり、何者かが徘徊し、どこかで誰かを殺しているという不安が心を重苦しく押しつけるだけだ。

一九八五年十二月の寒い雨の夜、現場にはふたりの若い制服警官と四十代半ばの殺人課巡査部長がいた。

二〇〇五年

2

痩せて小柄だが強靭な体つきの男はウィリアム・タイリーといい、取調室の椅子にだらしなく座っていた。向かい側にいるのはポール・〝ボー〟・グリーン刑事だ。ニューポートの吸い殻があふれた灰皿とコカコーラの缶がふたりのあいだの四角いテーブルにのっている。タイリーから漂ってくるすえた汗の臭いとニコチンの悪臭が室内を満たしていた。

「この靴をはいていたのかい？」グリーンはタイリーの足下を指差して言った。「そいつのことだ」

「これはハラチだよ」タイリーが答えた。

「その靴だが、昨日ははいていなかったんだな？」

「うん、そうだよ」

「なあ、タイリー、靴のサイズはいくつだ？」

タイリーの髪には綿毛がついていた。左目の下に小さな切り傷があるが、すでに傷口は塞がっている。

「こいつは9サイズ半なんだ。たいていは10サイズをはいているよ。ナイキは少しでかく作ってるから」

取調室に隣り合った部屋のなかでは、ガス・ラモーン巡査部長が、モニターに映った尋問の様子を眺め、今日、最初の笑みを浮かべた。蛍光灯が灯る取調室に入れられ、殺人容疑で尋問されていても、たいていのやつらは靴のサイズごときで嘘をついたり、言い逃れをしなければ気がすまないのだ。

「なるほど」グリーンはテーブルの上で両手の指と指を組み合わせた。「つまり、今の靴はナイキで……昨日はそいつをはいていなかった？」

「ナイキははいてたよ。でも、こいつじゃない。ほんとうさ」

「じゃあ、どのタイプのスニーカーだ、タイリー？　つまり、昨日、別れた女房のアパートメントへ行ったときにはいていたのは、どのタイプのナイキなのかな？」グリーンは質問をしながら眉根を寄せた。

「ナイキのトウェンティーズだよ」

「ほう、息子が持ってる」

「若い連中に人気があるから」

「黒のトウェンティーズ？」

「そうだよ。白地に青ってやつも持っているんだ」

「ということは、部屋へ行けば9サイズ半の白いトウェンティーズが見つかるってことだな？」

「もうおれの部屋にはないよ」

「どこにあるんだ？」

「ほかの物と一緒に袋に詰めた」

「ほかの物とは？」

「昨日、着ていたTシャツやジーンズだよ」

「別れた女房のところに着ていったTシャツとジーンズってことかい？」

「そう」

「どんな袋だ？」

「セイフウェイの袋」

「セイフウェイって書いてある食料品を入れる袋のことだな？」

タイリーはうなずいた。「ビニールのやつだよ」

「ほかにもなにか入れたか？」

「衣類とスニーカーのほかに？」

「そうだよ、タイリー」

「ナイフも入れた」

ビデオ・モニター室では、平然とかまえたラモーンの隣でアンソニー・アントネッリ刑事が椅子から身を乗り出した。取調室のボー・グリーンも前屈みになる。ウィリアム・タイリーは、グリーンの顔が間近に迫っても身を引くことはなかった。ふたりは取調室にすでに数時間はこもっており、タイリーはグリーンを相手に寛《くつろ》ぎはじめていた。

グリーンは先を急がずに世間話からはじめたが、ジャクリーン・テイラー殺しからはつかず離れず尋問を進めていった。グリーンとタイリーは同じバルー高校の出身だが、通学していた時期は重なっていない。グリーンが高校時代に知っていたのはタイリーの兄ジェイスンで、彼はインターハイにも出場した有望な野球選手だったが、今は郵便局に勤めている。グリーンはタイリーと昔の街のことや、一九八〇年代に一番美味《うま》いフィッシュ・サンドイッチを食わせたのはどの店か、当時の音楽が今よりも主張があったこと、親も子供をもっと監督し、親の目が届かないところでは近所の人たちが子供に干渉して子育てを助けたものだという話をした。

グリーンはクマのような大男だが優しい目をしており、尋問にはたっぷりと時間をかけ、馴染んだ地域や何年もかけて知り合った数多くの家族のことなどを引き合いに出し、ほとんどの容疑者に好意を抱かせることができた。特にある年代の連中をなびかせるのはお手の物だ。ジャクリーン・テイラー殺人事件の捜査を担当しているのはラモーンだったが、正念場ともいうべき尋問はグリーンに任せた。グリーンはそろそろ締めくくりにかかったようだ。

「どんなナイフなんだ、タイリー」

「うちのキッチンにあったでかいナイフさ。肉を切るやつだよ」

「肉切り包丁のようなものか？」

「そんなようなもんだ」

「そのナイフと衣類を袋に入れた……」

「血がついていたんでね」タイリーは子供に言い聞かせるようにはっきりと言った。

「衣類と靴もだな？」

「どれも血がついていたよ」

「それでその袋をどこに捨てたんだ？」

「ペンシルヴェニア通りの先にあるポパイっていうフライドチキンの店は知ってるかい？　ミネソタ通りと合流するあたりだよ」

「ああ」

「通りをはさんだ向かい側に酒屋があって……」

「ペン・リカーズだ」

「いや、もっと先だよ。ユダヤ人の名前がついた店だ」

「ソールズのことかな？」

「そう、そいつだ。その店の裏手にあるゴミ箱のなかに捨てたんだ」

「ソールズの裏だな？」

「ああ。昨夜ね」

　グリーンはさりげなくうなずいた。野球の得点を教えてもらったか、あるいは車のライトがつけっぱなしになっていたとでも言われたようにだ。


　ラモーンはビデオ室のドアをあけ、ユージーン・ホーンズビー刑事に向かって大声をあげた。暴力犯罪班の広いオフィスでユージーンはデスクに半分尻をのせて立ち、ロンダ・ウィリス刑事とともに控えていた。

「やったぞ」ラモーンは言った。ユージーン・ホーンズビーもロンダ・ウィリスもまっすぐに立ちあがった。

「ユージーン、ペンシルヴェニア通りのソールズという酒屋を知っているか？」

「ミネソタ通りとの角のあたりか？」ユージーンは三十八歳の平凡な顔だちの男で、ノースイースト地区ではシンプル・シティとして知られる悪名高い一画の出身だ。

「ああ。ミスター・タイリーはその店の裏のゴミ箱に肉切り包丁と衣類を捨てたと白状した。白と青のナイキのトゥエンティーズも一緒にな。9サイズ半だ。セイフウェイの袋に入れたと言っている」

「紙とビニール、どっちの袋だ？」ユージーンは、かすかに笑みを浮かべながら尋ねた。

「ビニールだ。まだあるにちがいない」ラモーンは答えた。

「清掃車が来ていなければね」ロンダが口をはさむ。

「確認したよ」

「制服警官を急行させよう」ユージーンはデスクから鍵をつかみあげた。「新米警官が台無しにしないようにおれも行くよ」

「悪いな、ユージーン。逮捕状はどうなっている、ロンダ？」

「もうじきおりるわ。逮捕状が出るまで、タイリーの部屋には誰も出入りができないようにしてある。打ち合わせどおり、アパートの前にパトカーを停めて見張らせているから」

「よし」

「うまく聞き出したようね」

「グリーンのおかげさ」ラモーンは答えた。


取調室ではボー・グリーンが椅子から立ちあがったところだった。腰を浮かしたタイリーに目を向けると、彼は熱に浮かされたような顔をしていた。

「喉が渇いた。タイリー、あんたはどうだ？」

「炭酸入りのやつが飲みたいな」

「さっきと同じものでいいか？」

「今度はスライスがいい」

「スライスはないよ。似たようなものなら、マウンテンデューくらいなもんだ」

「じゃあ、マウンテンデューで」

「タバコは充分吸ったか？」

「ああ、満足したよ」

グリーン刑事は腕時計を見てから壁の高い位置に据えられたカメラにまっすぐに向かった。「三時四十二分」そう言ってから部屋を出た。

取調室のドアの上では、ライトが依然として緑色の光を放っている。まだ室内の様子が撮影されているということだ。ビデオ室では、アントネッリが《ワシントン・ポスト》のスポーツ欄を読みながら時折モニターに目を走らせていた。

ラモーンとロンダ・ウィリスがボー・グリーンをねぎらった。

「みごとなもんだ」ラモーンが誉め称えた。

「やつは話したかったのさ」

「なにか引き出したら報告しろって警部補が言ってた。検事は――ええと、なんという言葉を使ったかしら、そう――相互連絡をしたいんですって」

「要するにリトルトン検事補にも連絡しろってことだな」ラモーンが言った。

「リトルトンじゃなくてリトル・マンだよ」グリーンが混ぜ返す。

ガス・ラモーンは黒い口ひげをなでつけた。

3

ダン・ホリデーは、グラスの上に人差し指で大きな円を描いてバーテンダーに合図した。グラスにはまだ少し飲み物が残っていたが、ほとんど空だった。

「さっきと同じやつをおれと友人たちに」ホリデーはお代わりを注文した。

バーカウンターに向かった三人は、すでに三杯目を飲み干しており、アンジェリーナ・ジョリーからレッドスキンズのサンタナ・モス、新たに発表されたムスタングGTなどの話題に夢中になっていた。彼らは熱心に意見を交わしたが、結局のところ、すべては内容のないことばかりだ。会話は酒の肴《さかな》のようなものだ。ただ座って酒だけを飲むなんてことはできない。

スツールに腰かけているのは、カーペットと床材を扱う会社の営業マンであるジェリー・フィンク、フリーのライター、ブラッドリー・ウェスト、住宅工事請負人ボブ・ボナーノ、そしてホリデーだ。四人には上司がいない。仕事中にも罪の意識なく酒を飲むことができる身分だ。

彼らが週二、三回、ふらりと集まるレオの店は、シェパード・パークを南北に貫く幹線道路ジョージア通り沿いにある。東西に走るゼラニウム通りとフローラル通りにはさまれたあたりだ。四角い店内は飾り気がなく、オーク材のバーカウンターが手前から奥へとつづいて十二脚のスツールが並び、いくつかテーブル席も設けられ、ジュークボックスには世に埋もれたソウルのシングル盤が多数そろえられていた。ペンキを塗ったばかりの壁には、ビールのポスター、ペナントが貼られているほかは鏡がかかっているだけで飾り気がなく、DCに住むレオの両親やギリシャの村で暮らす祖父母の写真を並べることはなかった。店のまわりはバーやナイトクラブばかりだが、高級な店は見当たらず、ぼったくりバーのたぐいもなかった。午後のひとときに一杯引っかけながら楽しむには恰好の場所だ。

「おい、おまえ、臭うぞ」ホリデーの隣に座っているジェリー・フィンクがそう言いながらカクテルグラスのなかの氷を揺らして音を立てた。

「アックスを使ってるんだ。ガキどもが好きなブランドだよ」

「おまえはガキじゃない、いっぱしの男だ」リヴァー通りのはずれで育ったジェリー・フィンクは言った。

彼が卒業したウォルト・ホイットマン高校は国でも一、二を競うほどの有名校であり、白人の数も多い公立高校だが、お高くとまっているという否定的な意味で引き合いに出されることが多い。そんな高校に通ったものだからフィンクは、落ちこぼれを自覚することとなった。背は低いものの腹が据わっており、屋内でも色のついた眼鏡をかけ、髪の毛にはこれ見よがしにパーマをかけてアフロヘアをもじり〝ジューフロヘア〟（ジューはユダヤ人の意味）と言って喜んでいる。フィンクは四十八歳だ。

「そんなことはわかってる」

「なんで安物の化粧品を使うのかって訊いてるんだ」

「かんたんなことだ。今朝起きたら、ほかに化粧品がなかったからだよ。どういうことかわかるだろ」

「おっと例の話がはじまるぞ」ブラッドリー・ウェストが混ぜ返した。

ホリデーは微笑み、背筋をのばした。二十代のころと同じように痩せているが、長年の飲酒から腹がぽっこりと突き出し、四十一歳という年齢を感じさせる。仲間はその腹を〝ホリデーの丘〟と呼んでいる。

「一夜の冒険とやらを聞かせろよ、親爺」ボブ・ボナーノが言った。

「よし。昨日、ニューヨークから来た客を乗せる仕事があった。大口狙いの投資家で、とある上場企業に目をつけていたんだ。ダレス地区にある会社の建物までその男を乗せていき、二、三時間待ってから、またダウンタウンのリッツホテルまで送っていった。そのあとは帰るつもりだったんだが、喉が渇いちまってホイートンにあるロイヤル・マイルって店に立ち寄った。店に入るとすぐにふたりの女友だちと一緒にいる黒髪の美女が目に入ったんだ。魅力的だったよ。おれたちは目を見交わしたんだが、あの女の瞳には百万の言葉があふれてた」

「なんと言っていたんだ?」ブラッドリー・ウェストがうんざりしたように尋ねた。

「ジョニー・ジョンソンみたいな男がほしいってあの目は訴えてた」

こう言うと三人は頭を左右に振った。

「すぐには行動に移さなかったよ。女が立ちあがって小便へ行くまで待っていた。尻の張り出し具合を見て女だって確かめておかないと、あとでホラーショーを演じることになるからな。とにかく、全身をチェックしてまちがいがないことを確認した。どうやら何人か子供を産んだらしいが、取り立てて体が崩れているわけじゃなかったよ」

「来たぞ来たぞ」ボブ・ボナーノが盛りあげた。

「焦るなって。トイレから戻るとすぐに、ほかのふたりから切り離したんだ。ミラー・ライト二杯分の出費ですんだよ。彼女はまだビールが残っているのに行こうって言ったんだ」ホリデーはタバコを指で叩いて灰を落とした。「通りを渡って駐車場へ行き、しゃぶってもらおうと思っていた」

「ロマンスは遠くなりにけり」ブラッドリー・ウェストが口をはさんだ。

「だが、彼女にはその気がなかった」ウェストの揶揄《やゆ》が通じなかったのか、あるいは無視したのだろうか。ホリデーはかまわずつづけた。「『車のなかではやらないのよ。十七歳の小娘じゃないんだから』ああ、クソ、と思ったが、諦めるつもりはなかった」

「十七歳の小娘じゃないのにか？」ジェリー・フィンクが揚げ足を取った。

「彼女の家に行ったのさ。子供がふたりいてな。十代の息子とその妹だ。おれたちが部屋へ入っていっても、ふたりともテレビにかじりついていて振り向きもしなかったよ」

「なにを見ていたんだ？」ボブ・ボナーノが尋ねた。

「そんなこと関係ないだろう」ホリデーは応じた。

「臨場感が出る。自分でもそれを見ているみたいな気がするだろ」

「《性犯罪特捜班》だよ」

「ああ、あれか。『あったりまえじゃん』ってギャル言葉を連発するやつだな」

「先を話せよ」ジェリー・フィンクがあおった。

「よし。明日は学校があるから遅くまで起きているなって彼女は子供たちに言った。それからおれの手を握って寝室へあがっていったのさ」

〝キッチンとバスルームの専門家〟ボブ・ボナーノの携帯電話がカウンターの上で鳴りだしたが、ディスプレーで番号を確認するとボブは無視した。新たな仕事の依頼ならすぐに応じるが、すでに工事が終わった相手の電話には出ないのだ。ボブはほとんどの電話を無視している。ボブ・ボナーノの仕事の売り文句は〝家作りの達人〟だ。ジェリー・フィンクは〝家作りの押売り野郎〟、おおらかな気持ちのときには〝家作りのへぼ職人〟と呼んだ。

「子供たちが下でテレビを見ているときにやったのか？」携帯電話を見つめたままボブ・ボナーノは尋ねた。着信音は《続・夕陽のガンマン》のテーマ曲だ。ボナーノは手と顔の造作が大きく色黒で、自らをカウボーイに見立てているが、紐で吊るしたサラミソーセージを世界のどこで見かけようと原産国がイタリアであるように、どこからどう見てもイタリア人でしかない。

「うめき声をあげはじめると手で口を押さえたんだ」ホリデーは肩をすくめた。「手のひらを嚙みつかれそうだったよ」

「また大げさな」ジェリー・フィンクが言った。

「事実を話しているだけだ。あの女は獣だったよ」

バーテンダーのレオ・ヴァゾーリスが三人に飲み物を注いだ。レオは体格がよく、禿げあがった頭には細くて灰色の髪の毛がわずかに残っているだけだが、真っ黒な口ひげは豊かだった。四十年前にレオの父親がこの建物を現金で買い、心臓発作で世を去るまで簡易食堂を営んでいた。レオが店を相続し、食堂をバーに改装した。ほかに道楽もないので税金を払うときと必要なものを買うとき以外は金が出ていかず、レオは父親ほどあくせく働かなくても楽に暮らせた。こうした安楽こそ、父親たるものが息子へ残していくものなのだろう。

レオは灰皿をきれいにすると奥へ引っこんだ。

「まだその化粧品の臭いの説明にはなってないぞ」ジェリー・フィンクが突っこむ。

「こいつはデオドラントだよ。容器の説明書きによるとデオドラントとオーデコロンを兼ねているんだと。そんなクソみたいな代物だ」

「新聞の記事にもなってた。なにやらすごい発明らしい」ブラッドリー・ウェストが言う。

「今朝、女のベッドで横になって子供たちが学校へ出かけるのを待ちながら、どうやって退場するか考えていたんだ。やがてドアの閉まる音がして彼女のSUVのエンジン音が聞こえてきた。そこでベッドから滑りおりて息子の寝室へ行った。ドレッサーの上にあったものを腋の下にスプレーした。それから下のほうもな。どういうことかわかるだろ？　女の臭いを消すためだよ」

「アックス、でな」ボブ・ボナーノは商品名を思い出そうとするかのように言った。

「容器には〝アックス、永遠の若さのために〟って書いてあった。若いやつらのあいだではほんとうに人気なんだ。おそらくな」

「売女みたいな臭いだ」ジェリー・フィンクが顔をしかめる。

ホリデーはタバコを灰皿に押しつけた。「おまえのおふくろと同じ臭いさ」

四人の飲み物がなくなり、さらにお代わりが注がれた。ボブ・ボナーノは携帯電話の呼び出し音をことごとく無視し、ジェリー・フィンクは電話に出るとパリセーズに住む主婦に向かって「来週には」うかがって娯楽室の寸法を計らせてもらうと答えた。通話を切るとフィンクはジュークボックスのところへ行き、硬貨を何枚か入れて二曲選んだ。四人はアン・ピーブルズ、それからシル・ジョンスンの曲を聴いた。ザ・ハイ・

リズム・セクションの演奏がはじまると彼らは全員頭を振りはじめた。

「小説は進んでいるのか、ブラッドリー」タバコを振り出しながらホリデーは尋ね、肘でジェリー・フィンクをつついた。

「構想を練っているところさ」ブラッドリー・ウェストは答えた。彼の顎ひげも長い髪の毛も灰色だ。そんな髪をしているとまるで婆さんだとフィンクに言われてから顎ひげを生やしはじめた。

「ニューヨーカだとか、あの手の店には行かないほうがいいぜ」フィンクが言った。ニューヨーカとはＤＣの境界の向こう側にある店で、クリスフィールド通りを越えた角に建ち、店員がやたらと馴れ馴れしいコーヒーショップだ。「おまえのお仲間がいるのを見たよ。ダブルラテを飲みながらキーボードを叩いている」

「ベレー帽なんかかぶってな」ボブ・ボナーノが茶化した。

「あんな連中はなにも書いていない。マスをかいてるだけさ」ブラッドリー・ウェストが切って捨てる。

「おまえとはちがうわけだ」ホリデーが言った。

　話題はギブズという新人がクォーターバックで活躍していることから、《デスパレートな妻たち》のどの女とやりたいか、どうしてその女を選んだのか、さらにクライスラー３００へ移っていった。ボブ・ボナーノはあの車のラインは好きだが、リムを取り替えると〝売人〟の車のようになると感想を口にした。〝売人〟ふうと形容したのはわれながらみごとだとボナーノは思っているが、さすがにこの言葉を口にするときはあたりを見まわした。夜になるとこの店の常連も店員もほとんどが黒人となる。午後のこの時間は、いつもたいてい彼らの貸し切り状態だ。四人の酒漬けの白人おやじどもには、ほかに行くところがないのだ。

　車から当然のように犯罪へと話題は移った。この話題に一番詳しいホリデーにほかの三人は顔を向けた。

「治安はよくなっている。殺人の発生率は十年前の半分だ」ジェリー・フィンクが指摘した。

「クズどもを監獄に放りこんだからだよ」ボブ・ボナーノが応じた。

「荒っぽいやつらは続々とプリンス・ジョージ郡へ移り住んでいる。今年、あそこじゃあ、DCよりも殺人が多い。車泥棒や強姦ときた日にゃあ、どうなることか」ジェリー・フィンクが言った。

「不思議でもなんでもないさ」ブラッドリー・ウェストが答えた。「白人でも黒人でも金のある連中は街に戻ってくる。その結果、貧乏な黒人たちがプリンス・ジョージ郡へ押しやられちまってるのさ。環状線とサザン通りにはさまれた地域はひどいもんだ。キャピトル・ハイツ、ディストリクト・ハイツ、ヒルクレスト・ハイツ……」

「ハイツばかりだな」ボブ・ボナーノはかぶりを振った。「高台に城でもおっ建てているって感じだ。まったく、スーツランドと言わないだけましだな。どうしようもない地域だよ」

「十年前はサウスイースト地区がそうだった」フィンクが言った。

「こいつは文化だよ。どうして変えられるっていうんだ?」とボブ・ボナーノ。

「第九区」ジェリー・フィンクが言う。第九区とはプリンス・ジョージ郡の別名であり、愛情をこめてそう呼ぶときもあれば軽蔑の意味がこめられるときもある。どのような人間がこの言葉を口にするかによるのだ。つまり、黒人が多く住み、犯罪の温床でもあるDC東部と同じほどひどいということだ。

「将来がないんだよ。貧困は暴力だ」ブラッドリー・ウェストが言った。

「まったくだ。ドク、おまえはどう思う?」ボブ・ボナーノが尋ねた。

「もう誰も警官なんかに敬意を払わないのさ」ホリデ

ーは静かな声で答え、グラスのなかをのぞきこんで氷を揺らした。それから中身を飲み干し、タバコの箱と携帯電話を手にするとスツールから滑りおりた。

「どこへ行くんだ？」ジェリー・フィンクが訊く。

「仕事だよ。空港までひとっ走りだ」

「じゃあな、ドク」ボブ・ボナーノが挨拶する。

「では諸君」

ホリデーはレオの店のドアをあけて眩しい陽光のなかへ歩み出た。白いドレスシャツの上は黒のスーツだ。帽子は車のなかに置いてある。

4

ラモーンとグリーンの両刑事は、暴力犯罪班のオフィスの通路を歩いていた。パーテーションで仕切られた小部屋とデスクが雑然と並んだ窓のないオフィスは、凶悪犯罪を担当する数十人の刑事たちが情報を交換し合う本拠地だ。犠牲者の全てが死んでいるわけではなく、激しい暴行を加えられた者も含まれている。オフィスに残っている刑事たちが、そこかしこでラモーンとグリーンに祝福の言葉を浴びせ、ラモーンに特別手当が出ると冗談めかして言う者もいた。グリーンの功績が大きいにもかかわらず、ラモーンが事件解決の栄誉を手にすることへの当てこすりだ。だが、ラモーンは気にしなかった。誰もがそれぞれ得意とするものを持っている。グリーンの力は取調室で発揮されるのだ。事件を解決に導くためなら、ラモーンは喜んで脇役にまわる。要するに今回の事件は最初から最後まで、あらゆる面においてことがうまく運んだのだ。

昨日、ラモーンが車で巡回中に無線連絡を受けた。アパートメントの借家人があけっぱなしのドアの内側で死んでいると管理人が通報してきたのだという。近くにいたラモーンが現場に急行してこの事件の担当となった。これまで組んだ連中のなかで唯一パートナーと呼ぶにふさわしいロンダ・ウィリスが補佐にまわった。

ガス・ラモーンがロンダ・ウィリスとともに現場に到着すると、パトロール警官や第七管区署の警部補が通りで待っていた。サウスイースト地区シーダー通りに建つアパートメントの三階が犯行現場だった。一四番通りのはずれはすぐに路地となって終わるが、その短いブロックの両側に四角い建物がいくつか建ち並び、犯行現場はそのうちの一棟《むね》だった。

死体がシートで覆われて現場から運び出されて二、三時間後、ラモーンとロンダはまだアパートメントの居間にいてほとんど口をきかず、主に目を見交わして語り合った。ドアの外には制服警官がふたりひかえ、階段の吹き抜けにはかすかにマリワナの臭いと油で揚げた料理の匂いが漂っていた。鑑識官や写真係が黙々と仕事に打ちこんでいる。居間の向こうにはちょっとしたスペースがあってダイニングとして使われ、キッチンから食べ物を出し入れする仕切り窓が穿《うが》たれており、そのそばにテーブルが置かれていた。ラモーンはそのテーブルを見つめた。

食料品に注意が惹かれたのだ。紙袋から出した品々がテーブルの上にあふれている。腐りやすいものもそのままだ。つまり、被害者は店から戻り、ミルクやチーズ、鶏肉などを冷蔵庫へ入れるまもなく襲われたことになる。テーブルのそばで刺されたのだろう。黄褐色のパイル織りのカーペットには血の跡があり、ドア付近は大量の血で汚れていた。そこに被害者が倒れていたのだ。ドアをあけ、助けを求めようとして力尽きたにちがいない。

テーブルの上の品々はもうひとつ別の事実をも語っている。被害者の女は日常的に必要な食料品のほかにも買い物をしていた。チューブ入りヨーグルトのゴー・グルト、焼かないピザのランチャブルズ、ストロベリー味のキャンディ、トゥイズラーズ、ピーナッツバター・トースト・クランチ、そしてなくてはならないチョコレート味のシリアル、ココア・パフス。なるほど、彼女は栄養にうるさい母親ではなかったわけだ。子供のご機嫌をとるような品々に金をつぎこむ母親だった。ラモーンは妻のレジーナのことを思った。娘のアラナは七歳なのでまだしも、息子のディエゴはもう十代になったというのに、レジーナは買い物に行くと必ず子供が喜ぶような品々を買ってくるのだ。ラモーンはレジーナをたしなめている。ディエゴに気を使うことはない。なんでもあいつの言いなりだ。怒ってもすぐに許してしまうし、欲しいとせがまれると買い与えてしまう。夫が妻に小言をいうのはふつうだが、子供たちを愛しすぎると咎《とが》めるのは最悪だ。しかし、ラモーンは気にしなかった。

被害者の子供たちは伯母が学校まで迎えに行き、彼女の家へ連れ帰った。息子に甘いレジーナは今も毎日のようにディエゴを中学校まで迎えに行く。そんなことでは軟弱になってしまうとラモーンは口が酸っぱくなるほどレジーナに言い聞かせているが、効果はなかった。

子供たちが母親の死体を見ずにすんだのはなによりだ。顔、胸、首に多数の刺し傷があった。頸静脈が数カ所切り裂かれているために大量出血したのだ。被害者の指にもいくつか切り傷があり、片方の手のひらがみごとに刺し貫かれているのは、身を守ろうとしたからだろう。脱糞しており、排泄物は白いユニフォームを茶色く汚していた。

　ラモーンとロンダは、鑑識官たちの邪魔をしないようにアパートメントのなかを注意深く歩きまわった。鑑識官もラモーンたちもまだ現場を詳しく調べる必要があったが、どちらも同じような結論に達していた。ドアにこじあけた跡がないのは、被害者と犯人が顔見知りだったことを示している。しかもナイフで刺されたのは、六メートルほど室内に入ったテーブルのところだ。被害者が犯人を室内に招じ入れたことになる。麻薬絡みの殺しではないし、目撃者の口封じでもなく、彼女のおかげで有罪にされた者の身内が報復したのでもない。ナイフによる刺殺はほとんどの場合が個人的な恨みによるものであり、なんらかの商売が絡んでくることはまれだ。

　被害者のハンドバッグはテーブルにのっていたが、財布と鍵は入っていなかった。ラモーンが管理人に話を訊くと、殺されたジャクリーン・テイラーは最新型のトヨタ・カローラに乗っていたということだった。その車は通りには停まっていなかった。犯人が金、クレジットカード、キーを抜き取り、車を盗んだのだ。事件の経緯としては、なかなかいい展開だ。犯人がクレジットカードを使えば、足取りをつかむことができる。盗んだ車に乗っているのであれば、すぐに見つかるだろう。

　被害者はシングルマザーだった。ドレッサーの引き出しの隅に、衣類――ほとんどが下着だが――3LサイズのTシャツ、ウェスト九十センチほどのボクサーショーツがあり、同居ではなく、この部屋を頻繁に訪れていた成人男性がいると推測された。もうひとつの寝室には小さなベッドが二台あり、片方には花柄、もうひとつにはレッドスキンズのヘルメットを模様としてあしらったベッドカバーがかけられていた。人形やアクション・フィギュア、動物のぬいぐるみ、ミニチュア・バスケットやK2フットボールなどのスポーツ用品が部屋中に散乱している。居間で撮影したとおぼしき少年と少女ふたりの小学生の写真がサイドテーブルの上に飾られていた。

　被害者は看護師だった。寝室のクロゼットのなかには白衣が吊るされており、死体となって発見されたときも白衣を身につけていた。アパートメントの管理人によると彼女はDC総合病院の正看護師だったらしい。遺体が運ばれたのもその病院であり、今ごろは死体保管室のビニールシートの上に横たわっていることだろう。

　捜査に先立って聞きこみをしてみたが、目撃者はいなかった。監視カメラは建物の屋根に取りつけられて入口にレンズを向けていた。テープに録画されているなら、さっそくチェックすることになる。全身黒ずくめの痩せた管理人は、カメラは〝たいてい〟動いていると言った。午後三時だというのに彼の吐く息からは強い酒の臭いが漂った。そんなことはどうでもよいことだが、監視カメラが充分にその役目を果たしているかどうかははなはだ疑わしくなった。とにかくカメラを調べることにする。運を天に任せるしかないだろう。

　驚いたことにビデオテープは挿入され、カメラは完璧に作動していた。アパートメントを出ていく男の姿が鮮明に映っており、画面に記録された時間は殺しが行なわれたときとほぼ重なる。

「あれは殺された女の元の亭主です」再生したビデオテープを見ているラモーンの肩越しに管理人が言った。モニターには男の顔がはっきりと映っている。「子供に会うためによく来るんですよ」

　ラモーンはウィリアム・タイリーの名前を警察無線で伝え、〝ウェイシーズ〟というデータベースにその名前を打ちこんで検索をかけた。タイリーには前科がなく、逮捕された記録もなかった。若いときもまっさらなものだ。

ラモーンとロンダは、暴力犯罪班のオフィスで被害者の姉と会ってビデオテープを見てもらった。子供たちは署内のプレイルームに残し、彼女はビデオ室でモニターに向かって座り、アパートメントを出ていく男はウィリアム・タイリー、すなわちジャクリーン・テイラーの二番目の夫であると断言した。どうやらタイリーは最近ずっと実入りのよい仕事を見つけることができずにむしゃくしゃしていたようだ。麻薬に手を出した可能性もあるという。さらにジャクリーンには建築現場で働くレイモンド・ペイスという名の新しい男ができ、これがタイリーのささくれ立った気持ちをさらに暗く沈ませることになったらしい。ペイスには前科があり、殺人罪で服役もしている。子供たちに〝よい影響を与えない〟男だとジャクリーンの姉は言った。ジャクリーン・テイラーのドレッサーの引き出しのなかにあったTシャツとボクサーショーツは、ペイスのものにちがいない。

捜査令状が出るまで、ワシントン・ハイランズにあるタイリーのアパートメントを見張らせた。ラモーンはカローラのナンバーとタイリーの人相をパトロール警官に流してからレイモンド・ペイスが働く建築現場へ向かった。ジャクリーン・テイラーの死を伝えてもペイスはまったく動揺しなかった。ジャクリーンの姉が言っていたように粗暴な男のようだ。しかし、現場監督や数人の同僚の証言から、ペイスのアリバイは完璧だった。とにかく、ビデオテープが動かしがたい証拠だろう。ウィリアム・タイリーが犯人なのは、ほぼまちがいない。

真夜中までタイリーは姿を現わさなかった。ラモーンとロンダのシフトは八時から四時までだったが、その日は大幅な超過勤務となった。ふたりは夜中にいったん家へ帰り、翌朝八時には署に戻った。すぐにパトロール警官から連絡が入り、サウスイースト地区の通りで手配中のナンバーをつけたカローラを発見したとその場所を伝えてきた。

カローラが停まっていたのはオクソンラン・パークの近くで、麻薬の売買が行なわれることで知られる袋小路だった。ラモーンとロンダが、カローラのドアハンドルに粉を振りかけて指紋を採取している鑑識官たちの脇に立っていると、近くに住むという年配の男が近づいてきて、車をここに停めたやつを探しているのかと尋ねてきた。ラモーンはそうだと答えた。

「あそこのアパートへ入っていった」男は曲がった指を持ちあげ、上り坂の脇に建つ煉瓦造りの建物を示した。「多くの連中が出たり入ったりしているが、あそこには店なんかないよ」

「そいつらがやっているのは、ヘロインか？」どのようなヤクをやっている連中と顔を合わせることになるのかあらかじめ知っておきたかった。

年配の男はかぶりを振った。「クラックだよ」

ラモーンとロンダは数名の制服警官を伴って建物へ入っていった。全員ホルスターのスナップをはずしているが、銃は抜いていない。タイリーは灰色の煙がもうもうとたちこめる二階の踊り場にクラック中毒のふたりの男と一緒に立っていた。

「ウィリアム・タイリーか？」ラモーンはそう尋ね、階段をあがりながら手錠を取り出した。

警官の姿を目にし、名前を呼ばれるとタイリーは両手を突き出して手首を重ね合わせ、なんの抵抗もせずにおとなしく手錠をかけられた。タイリーのポケットからジャクリーン・テイラーの車のキーと財布が出てきた。

逮捕にいたるまでなにもかもが順調だった。

暴力犯罪班のモーリス・ロバーツ警部補――まだ若いにもかかわらず部下の人望を集めている――の奥のオフィスで、ラモーンとグリーンはカウチに座り、プラスティック製のテーブルに置かれた電話に屈みこんでいた。スピーカーから声が流れている。連邦検察局の検事補アイラ・リトルトンが逮捕と尋問に関して細かい点を長々と羅列しているところだ。ラモーンとグリーンにとってそんなことは、リトルトンが土曜の朝にパジャマを着たままテレビのアニメにかじりついているころから実践している。殺人課の刑事は、おおむね連邦検察局の検事とは良好な関係を保っていた。誠意をもって協力し合うのは当然必要なのだが、それはあくまでも最低限のことであり、心をかよわせた友情と見えるものは偽りだ。若いゆえに経験にとぼしく、つかみどころのないリトルトンは、刑事たちに敬意を払われ、「友人」として迎え入れられるような検事ではなかった。

「血だらけの服を着ていたと認めさせるだけではなく、殺したというはっきりとした完璧な自白がほしい」

「わかった」ラモーンとグリーンはほぼ同時に答えた。

「殺人罪で拘束するには、まだ証拠が不充分だ」

「今のところは車の窃盗で引っ張っている。あとは盗品の所持。財布とその中身を持っていたんだからな。やつを拘束するにはそれだけでも充分だ」ラモーンが言った。

「だが、殺人罪で挙げたい」リトルトンは譲らない。

「了解」ボー・グリーンはそう答えるとラモーンに目を向け、股間をしごくまねをした。ラモーンは人差し指からわずかに親指を突き出し、リトルトンのペニスの大きさを示そうとした。

「自白させるんだ。やつのDNAを採取しろ」

「わけないさ」ラモーンが応じた。

「血液検査に同意するだろうか？」

「したよ。すでに採取済み」グリーンが答える。

「逮捕されたとき、ハイになっていたのか？」

「見たところ、飛んでたね」

「血液検査をすればわかるな」

「そのとおり」

「ほかになにか、これはというものはないか？」

「顔に引っかき傷がある。どうしてできたのか覚えていないらしい」ラモーンが言った。

「被害者の爪のなかからやつのDNAが検出されるぞ。いくら賭ける？」

「賭けはやらないもんで」ラモーンはいなした。

「ほぼ確実だな。それで一件落着ってことにしよう」

「今のところ、やつは捜査に協力的なんだ。弁護士をつける権利も放棄している。あとはおれたちの前で殺したと告白するだけだが、そのうち必ず歌うよ」

「わかった。セイフウェイの袋は回収したか？」

「ユージーン・ホーンズビーが向かっている」ラモーンは答えた。

「ホーンズビーはいい警官だ」

　ラモーンは目をくるりとまわした。

「清掃車がまだ来ていないことを祈るだけだな」リトルトンが言う。

「おれもだよ」ラモーンは舌を突き出してから調子を合わせた。ボー・グリーンはゆっくりと股間をしごく動作を繰り返している。

「有罪に持ちこみたいな、相棒」

「まったくだ！」グリーンはそう相槌を打ってうんざり顔であきれ、声に感情をこめすぎたことを気にしてもいなかった。「ほかになにか？」

「自白したら連絡してくれ」

「そうする」ラモーンはスピーカーフォンのスイッチを切った。

「聞いたか？　ユージーン・ホーンズビーはいい警官だとさ。愛情のようなものすら感じたよ。ユージーンに気があるんじゃないのか」グリーンは言った。

「ユージーンがかわいそうだ」

「ああ。あいつはホモにつきまとわれて困っているからな」

「リトルトンはケツの穴をもとめてさ迷ってるのか?」

「そんなこと知るかよ、ラモーン。そっち方面はおれよりあんたのほうが勘が鋭いだろ。そういうのを第六感っていうんだ」

「ここで仕事がしたいんだが」モーリス・ロバーツ警部補が声をかけ、デスクの書類に目を向けた。「いいかな?」

ラモーンとグリーンはカウチから立ちあがった。

「そろそろはじめるか」

グリーンはうなずいた。「相棒にマウンテンデューを買ったらすぐにな」

5

ふたりの男がカウンターに向かって座り、ボトルに口をつけてゆっくりとビールを飲んでいた。暖かい日なので換気とひんやりとした空気を室内に入れるために正面のドアはあけられている。店のステレオからはレゲエが流れ、ビーニー・マンの歌声がからみ、部屋の中央で男と女がだるそうに踊っていた。

「もう一度、名前を言ってくれ」コンラッド・ガスキンズが言った。

「レッド・フューリーだ」ロメオ・ブロックはそう答えるとクールを吸いこみ、ゆっくり煙を吐き出した。

「珍しい名前だな」

「本名じゃない。レッドってのは、街での通り名だ。

あいつの肌の色は薄いからな。フューリーはやつの車からつけられた」

「モパー（クライスラーのこと）に乗っていたのか？」

「あいつの女がな。ナンバープレートには女の名前が記されている。〝ココ〟っていうのさ」

「わかった。それでどうなった？」

「クソみたいなことばかり起こった。だが、おれが言いたかったのは、殺しのことだよ。レッドは一四番通りにあるカフェで男を撃ち殺した。ハウス・オヴ・ソウルって店だ。ココは通りに停めた車のなかで待っていた。レッドは銃を持ったまま、平然と店から出てきてゆっくりと助手席に乗りこみ、ココはまるで日曜日のドライヴにでも出かけるように車を出した。ふたりとも落ち着き払っていたって話だ。なにも起こらなかったみたいにな」

「利口とは言えない。人を殺して女の名前が書かれたナンバープレートをつけた車でずらかったんだからな」

「そんなこと気にしちゃいなかったんだって。すげえ野郎だよ、自分のことをみんなに知ってもらいたかったんだ」

「やつが乗っていたのは、スポーツ・フューリーか？」

　ロメオはうなずいた。「白地に赤いラインが入ってる。71年型のヘッドライトが飛び出してくるタイプだ。三連のオートマ車でV8エンジン、キャブレーターは四バレルだ。クソみたいに速い」

「なんでレッド・プリマスって名前にならなかったんだ？」

「レッド・フューリーのほうがかっこいいだろ。レッド・プリマスじゃ、ちょっと響きがよくない」

　ロメオ・ブロックは、冷えたレッドストライプの瓶からビールをラッパ飲みした。弾薬を装塡したリヴォルヴァーをスラックスのウェストにはさみ、赤いシャツの裾を垂らして隠し、先端にコルクを突き刺したアイスピックはふくらはぎにテープで留めていた。

東アフリカからの移民が経営するその店は、ルードロア・パークにある七番通りの東側にあり、隣を走るフロリダ通りにはさまれたその地域はまもなく再開発されることになっている。店正面に掲げられた看板にはエチオピアの国旗が描かれ、ビリヤード台の向こうの壁には棚が据えられて酒が並び、その脇には額縁に入れられたエチオピア皇帝ハイレ・セラシエの肖像画が飾られていた。夜勤のバーテンダーの名前にちなんでそのバーは地元の連中からハンニバルズと呼ばれ、主にジャマイカ人が客として訪れるのだが、ロメオ・ブロックはそれが気に入っていた。DCの境界線近くにあるホテルでメイドとして働いているロメオの母親は、ジャマイカのキングストンで生まれ育った。ロメオは自らジャマイカ人と称しているが、あの国には行ったことがない。ロメオは札束と戦いに魅了された典型的なアメリカ人だった。

ロメオの隣、座面に革を張ったスツールには、年上の従兄弟コンラッド・ガスキンズが座っていた。ガスキンズは小柄だが体つきはがっしりとしていて肩幅が広く、筋肉の塊のような腕の持ち主だ。目はアジア人のようで、頬骨は盛りあがっている。刑務所にいるときに剃刀で切られてできた傷は左頬を斜めに走っているが、相変わらず女を惹きつけ、男を尻ごみさせる。ガスキンズは汗臭かった。仕事で一日中着ていた服を替えていない。

ガスキンズが尋ねた。「どうしてパクられたんだ？」

「レッドか？　やつは三カ月で殺しや暴行、誘拐やらをやりたい放題やりまくったんで誰が敵かわからなくなっちまったのさ」

「手当たり次第やらかしたんだな」

「まったく、最後にはおまわりと組織の両方から追われるはめになっちまった。ニューヨークのジェノヴェーゼ一家のことは聞いてるだろ？」

「もちろん」

「連中はレッドの黒いケツに風穴をあけるために殺し屋を雇ったって噂だ。やつはそいつを知ったうえでやったのかどうかわからないが、組関係の野郎をバラした。だから街を出てったんだ」

「ところが捕まった」ガスキンズが言った。

「逃げられやしないのさ。わかってんだろ。タレこむやつがいるんだ」

「捕まえたのはおまわりか？　それとも組織か？」

「テネシーでFBIにパクられた。いや、ウェストヴァージニアだったかな。とにかく、モーテルで寝こみを襲われた」

「殺されちまったのか？」

「いや。連邦のムショにぶちこまれた。たしかマリオン刑務所だ。そこで白人野郎に殺《や》られちまった」

「アーリアン・ブラザーフッド（ネオ・ナチやスキンヘッドからなる刑務所内のギャング）か？」

「ああ。当時、黒人と白人は分けられてた。マリオンの看守のなかに白人至上主義者のお友だちがいたのさ。看守がアーリアン・ブラザーフッドのやつらにナイフを手渡すのを見た連中がいるらしい。で、そいつらがレッドを庭の隅へ追い詰めた。レッドはゴミ箱の蓋で一時間近くもやつらに応戦したって話だ。やつを殺すのにクソどもは八人がかりだった」

「すさまじい野郎だな」

「そうよ。レッド・フューリーは男だった」

ロメオはレッドのようなアウトローたちの武勇伝が好きだった。法律など屁とも思わず、パクられることも気にしちゃいない連中。死んでしまった後もムショや街でみんなに噂されてこそ、生きている甲斐があるというのがロメオの言い草だ——そうでなければ、ほかになにを残せるっていうんだ。結局、犯罪者だろうがまっとうな連中だろうが、死ねば土に埋められて終わりだ。それを思っただけでも、死んだ後に名前を残すことがいかに重要かってことがわかるだろう。

「ビールを飲んじまえよ。やることがある」ロメオは言った。

通りに出ると、ふたりはロメオの96年型黒のインパラSSを停めているウィルトバーガー通りへ向かった。あの一画は静かな住宅街で、ずらりと並んだ家の正面にポーチはなく、道路から入口まで階段がつづいており、ワシントンDCというよりもボルティモアの風情を漂わせている。ウィルトバーガー通りは裏通りだが、その表側はかの有名なハワード劇場だ。この劇場は、かつてモータウンやスタックスというレーベルのアーティストや劇場専属の黒人コメディアンらが出演し、メーソン-ディクソン線（奴隷解放前は南部と北部の境界とされた線）の南にあるハーレムのアポロ劇場といってよかった。ワシントンで暴動が起こったときに焼け落ちて黒焦げになった外壁だけが残り、今では金網が周囲に張られて立ち入りできないようになっている。

「ようやくハワード劇場をなんとかするらしい」ガスキンズが言った。

「チボリ劇場にやらかしたようなことをするんだろう。あいつら、この街を台無しにするつもりだ」

ふたりはルードロア・パークからノースイースト地区へ入り、ニューヨーク通りのはずれにあるアイヴィシティへ車を乗り入れた。長年にわたってこのあたりは街でも特にすさんだ地域とされている。付近の住民も通勤通学時には避け、誰からも顧みられない打ち捨てられた一画であり、絡み合うようにして走る小さな通りには倉庫、荒廃したテラスハウス、ドアや窓にベニヤ板を打ちつけた煉瓦造りのアパートメントなどが無残な姿をさらしている。落ちぶれはてた家族、売春婦、クラック常習者、ヘロイン中毒、ヤクの売人などの巣窟となって久しい。アイヴィシティは、ガロデット大学とマウントオリヴェット共同墓地に囲まれ、一方の端が接しているトリニダード地区は、かつて街でもっとも名をはせた麻薬王レイフル・エドモンドの本拠地として知られている。

ワシントンDCでは、このように荒廃した建物は買い取られ、再開発が進んでいるが、昔のようなまともな環境に戻ることはないと危《あや》ぶむ声もある。ファー・ノースイースト地区とサウスイースト地区、ペトワースとパークヴュー、ルードロア・パーク、こうした地域にも再開発の波がおよび、さらにサウスキャピトル通り周辺の川岸の地域には、新たに野球場を作る工事がはじまった。ここアイヴィシティでさえ、見苦しい建物に〝売り家〟や〝売却済み〟の看板が掲げられているのを目にするようになった。廃墟のアパートメントに巣食っていた不法占拠者、ヤク中、ネズミどもは追い払われ、分譲アパートメントに姿を変えつつある。買い取られた家は、六カ月後には装いも新たに転売される。作業員が腐った木材を撤去し、窓枠にガラスをはめこみ、ペンキを塗りなおす。屋根職人は屋根板やタールの入ったバケツをはしごの上へ引っ張りあげ、不動産業者は歩道に立ち、携帯電話で話をしながら不安げにあたりに視線を走らせる。

「この糞溜めもきれいにしちまおうってのか？」ガスキンズは言った。

「弾丸を食らったところにバンドエイドを貼るみたいなもんだな」ロメオが答えた。

「坊やたちはどこにいる？」ガスキンズが尋ねた。

「いつもあの角のあたりにたむろしてる」

ガロデット通りに入ると車を徐行させ、左手に廃校となった小学校を見ながら、その向かい側に建ち並ぶ煉瓦造りの四角いアパートメントの前を通りすぎた。

ロメオは縁石にSSを寄せて停車するとエンジンを切った。

「チャールズだ」ロメオが顎を振って示した先には、

ふくらはぎに届くほどの長さのハーフパンツをはき、青と白の縞模様が入ったポロシャツを着て同じく青と白のナイキをはいた中学生くらいの少年が歩いていた。

「自分じゃ、かっこいいと思ってるんだ。くたばれっての」

「まだガキだろうが」

「やつらはみんなガキだ。だが、すぐにでかくなる。今、叩いておけば、あとでのさばることはない」

「ガキを痛めつけることはないぞ、ロメオ」

「どうしてだ?」

ふたりは車をおり、ひび割れから雑草がのびている歩道を歩いた。アパートメントの前の階段に腰かけている連中や、家の前に広がるゴミだらけの芝生に折り畳み式の椅子を出して座っている住人が、ガスキンズとロメオの姿を目で追った。ふたりはガロデット通りとフェンウィック通りの交差点にたむろしている少年たちに近づいていった。不良少年どもは学校へ行っていないときはいつもこの場所に集まり、夜もたいていはそこで過ごしていた。

レーヨンの赤いシャツの下で筋肉が盛りあがっているロメオの姿を見ると、少年たちは背を向けて逃げ出した。警官に追いかけられるときよりも必死で走った。ロメオとガスキンズが何者で、なんのためにここに来たのか、捕まればどうなるか知っているのだ。

無駄だとさとって走らずにいる少年がふたりいた。年上のほうはチャールズ、もうひとりは友人のジェイムズだ。緩《ゆる》いながらもチャールズが束ねている十代、あるいは十歳にもなっていない少年たちは、ガロデット通り沿いでマリワナの商売を独占している。ギャングに憧れる彼らは、おもしろ半分にマリワナを売りはじめ、いつのまにか規模が拡大したのだった。トリニダード・トバゴ人たちのシマで商売する男から仕入れていたが、そいつは直《じか》に売人を何人かつかっており、なかにはアイヴィシティでこっそり稼ぐやつらもいた。

だが、卸しの男は不良少年どもがこのあたりの商売を独占することに嫌な顔ひとつしなかった。商品を売ってくれるので在庫がさばけ、おまけに支払いが滞《とどこお》ることもないからだ。チャールズたちは、密封できる小さなビニール袋に十ドル分のクサを入れて売っていた。

　ロメオとガスキンズが近づいてきてもチャールズは平然とした態度を崩すまいとして虚勢を張った。ジェイムズもなんとかその場に踏みとどまったが、ロメオ・ブロックの目を見ることができないでいた。

　ロメオはチャールズよりも三十センチも背が高い。彼はチャールズに近づくと上から見おろした。コンラッド・ガスキンズは三人に背を向けて立つと腕組みをし、通りの向こうから眺めている住人たちを睨《にら》みつけた。

「よお、チャールズ、おれの姿を見て驚いているようじゃないか」

「来るのはわかってた」

「じゃあ、なんで驚くんだ？」ロメオは笑ったが、凄味があった。きれいに手入れされた顎ひげが角張った険しい顔にアクセントを加えている。左右の耳は尖っており、好んで赤い服を着た。背の高い悪魔に見えるからだ。

「おれはあそこにいたよ。言われたとおりの場所に立ってた」

「いや、いなかった」

「オーキー通りとフェンウィック通りの角で九時にって言っただろ。おれはそこにいたんだ」

「オーキー通りなんて言ってないぜ、この馬鹿。今おれたちが立っているガロデット通りとフェンウィック通りの角と言ったんだ。わかりやすいように気をつかってやったんだ。混乱しないようにな」

「オーキーって言ったよ」

　ロメオは右手を振りあげ、チャールズの頬を思いきり張った。平手を食らった瞬間、チャールズは白目をむき、よろめいた。目に涙があふれ、キスでもするかのように唇をすぼめた。ガキのプライドを傷つけるには、拳で殴るよりもびんたを食らわせるほうが利くのだ。

「どこで会うんだっけな？」ロメオはしつこく責めた。

「おれは……」チャールズはしゃべろうとするのだが、言葉が出てこなかった。

「おいおい、泣き出しそうだぜ」

チャールズはかぶりを振った。

「おまえ、女か？」

「男だ」

「お・と・こ、だ」ロメオは口まねをした。「なら、へたな言い訳なんかするんじゃねぇよ」

チャールズの目から涙がこぼれ頬を伝った。ロメオはそれを見て声をあげて笑った。

「金を回収してさっさと帰ろう」ガスキンズが背を向けたまま口をはさんだ。

ロメオは無視して言った。「もう一度訊く。どこで会うんだっけな？」

「ここだよ」

「ようし。じゃ、なんで来なかった？」

「金がなかったから」

「商売はつづけてるんだろ？」

「自分用のヤクを買ったんだ。すぐに金を作るよ」

「なるほど、すぐに金を作るか」

「ああ、おれのヤクを売るから」

「じゃあ、そのポケットの膨らみはなんだ？　チンポコだなんて言うなよ。おまえにはぶら下がってないことはわかってるんだ」

「もういいだろ」ジェイムズが割りこんだ。

ロメオは背の低いほうの少年に目を向けた。十二歳、いや、十歳くらいだろうか。ＮＹヤンキースの帽子を横にかぶっていた。

「なんか言ったか？」ジェイムズは顎をあげ、はじめてロメオと目を合わせた。両手で拳を作ってしゃべっている。「もういいだろ、って言ったんだ」

　ロメオは目尻に皺を寄せた。「こいつは驚きだ。よお、ガスキンズ、こいつ、根性あるようだぞ」

「聞こえたよ。さあ、帰るぞ」

「だから、こうしてここにいるじゃないか」チャールズも自棄《やけ》を起こした。「おれは逃げなかった。一日、あんたらが来るのを待ってたんだ」

「じゃあ、嘘なんかつくんじゃなかったな。さて、お仕置きをしてやろう」

「やめてくれよ」チャールズは言った。

「ほざいてな」

　ロメオがチャールズに手をのばし、ずりさげたジーンズのハーフパンツの右ポケットをつかんで力任せに引っ張るとチャールズは歩道に倒れた。ジーンズの脇が裂け、内ポケットがむき出しになった。ロメオはポケットをむしり取り、なかを裏返した。現金とビニール袋に小分けしたマリワナが入っていた。ロメオはビニール袋を投げ棄て、金を数えた。顔をしかめてから札を自分のポケットにねじこむ。

「もうひとつおまけだ」

　ロメオはチャールズのあばらに蹴りを入れた。さらに歯をむき出しにしながら蹴りつけるとチャールズは横向きに転がり、開いた口から胆汁が滴り落ちた。ジェイムズは顔をそむけた。

　ガスキンズはロメオの腕をとってチャールズとのあいだに割りこんだ。従兄弟同士は面と向かい、ロメオの眼で燃え上がっていた激情の炎が消えるまでガスキンズは姿勢をくずさなかった。

「こんな目にあわずにすんだのによ」ロメオは一歩さがり、頭を左右に振った。「親切にも利益は半々だって言ってるんだ。おれは半分だけもらえりゃあいい。

だが、おまえは人の好意を踏みにじり、嘘をついた。きっとこう思ってるんだろう。そのうちぶっ殺す。復讐してやる——いや、誰か雇って殺させるかもな——その権利があるんだとな」ロメオはシャツの裾を引っ張った。「だがいいか。おまえはそんなことはしない。おれと渡り合う度胸がないからだ。それに守ってくれるやつもいやしない。おまえの知り合いにいっぱしの男がいるってんなら、そいつは死んじまうかムショ送りになるぜ。そもそもそんな野郎がいるなら、おまえはここでふんぞり返っちゃいないだろう。おまえになにができるってんだ？　てめえのケツも拭けないクソガキのくせによ」

　歩道に転がった少年はなにも言わなかった。ジェイムズも口をつぐんだままだ。

「おれの名前を知ってるか？」

「ロメオ」苦痛で目を閉じたままチャールズは答えた。

「また来るぜ」

　ロメオとガスキンズはインパラＳＳまで戻った。住民や野次馬は身動きせずにことの成り行きを眺めているだけで少年たちを助けようともせず、目をそらしている。サツにたれこむやつはいないだろう。だが、ロメオはまだ満足できないでいた。あまりにもあっけない。男としての評判を立てるほどのことではなかった。なにかに挑んでいったのでもなければ、儲けもケチなものだった。

「いくら手に入れた？」ガスキンズが尋ねた。

「四十ドル」

「はした金だ」

「心配すんなって。やつらからはもっとしぼりとってやる」

「なあ、ガキを小突きまわしてるだけだろ。こんなことしてどうするのかって訊いてるんだ。なんのためにやっている？」

「金と尊敬を得るためだ」

ふたりは車に乗りこんだ。

ロメオが言った。「ノースウェストへ戻ろう。いくつか約束が残っているからな」

「勘弁してくれ。夜明け前に起きたんだ。助けが必要なら付き合うが」

「家の前で降ろしてやるよ。あとはおれひとりでなんとかなる」

ロメオは一カ所電話をかけ、それからイグニションキーをまわして車を走らせた。

ふたりがいなくなったすぐ後、ガロデット通りをゆっくりとパトロールカーがやってきた。ステアリングを握った白人の制服警官は、アパートメントの前にいる住人や交差点付近で仲間を助け起こしている少年に目を向けた。制服警官はアクセルを踏みこみ、そのまま通りすぎた。

6

「どうだ？」取調室に戻ったボー・グリーン刑事は尋ねた。

「うまいよ」そう答えてウィリアム・タイリーは、炭酸飲料の缶をテーブルに置いた。

「冷えてるか？」

「申し分ない」

ビデオ室の暗がりのなかで、アンソニー・アントネッリは嫌悪に満ちたうめき声を漏らした。「あのクソ馬鹿、レストランにでもいる気になってやがる」

「グリーンはやつを油断させようとしているんだ」ラモーンは言った。

ボー・グリーンは椅子の上で姿勢を変えた。「気分はどうだ、タイリー」

「悪くない」

「まだ飛んでるのか？」

「一日、ぶっ飛んでたよ」自己嫌悪からか、タイリーは頭を振った。

「昨日、最初の一発を決めたのはいつだ？」

「バスに乗る前」

「バスに乗ってどこへ……」

「ジャクリーンのところだよ」

「そのときまでどれくらいクラックを決めていたんだ？　覚えているか？」

「さあ。でも、かなりハイになってたと思う。とにかく、おれ、頭にきてたから。ほら、クラックってのは、気持ちをかきたてるだろ」

「頭にきてたってなにに対してだい、タイリー」

「あらゆることにだよ。一年前に仕事を馘《くび》になった。リンネルのレンタル会社の運転手だったんだよ。ユニフォームやらテーブルクロスやらをレストランに届ける仕事をしている会社さ。そこを追ん出されてからってもの、仕事にありつけなかった」

「ああ、わかるよ」

「まったくひどいもんだ。おまけに女房と子供までなくしちまったんだからな。なあ、刑事さん、おれは正直者だよ。これまで生きてきて、面倒に巻きこまれたことはなかった」

「あんたの家族を知っている。いい家庭に育ったな」

「悪運に見舞われるまで、ドラッグになんか手を出したことはなかった。まあ、マリワナくらいはちょっとやったかな」

「大したことじゃない」

「で、女房はおれと別れて犯罪者と付き合いはじめた。そいつはおれのベッドで寝ておれの子供たちにああしろこうしろ……偉そうに言うんだ。うるさい、尊敬しろってね。あの男を、だよ」

「それは辛《つら》いな」

「最悪だよ。辛くないやつがいると思うかい?」

「いいや」グリーンはタイリーに調子を合わせた。「それで昨日はクラックをやって別れたかみさんのところに行ったんだな」

「今もおれの女房だよ。まだ離婚してない」

「それは失礼。いい加減な情報だった」

「おれたちはまだ夫婦なんだよ。で、おれはちょっと……頭にきてただけなんだ、刑事さん。家を出たとき、頭のなかが火事になってた」

「家を出るとき、なにか持っていったのか?」

　タイリーはうなずいた。「ナイフだよ。ほら、さっき話したナイフ」

「セイフウェイの袋に入れたってやつか?」

「そう。カウンターに置いてあったのを引っつかんで部屋を出たんだ」

「ナイフを持ったままメトロバスに乗ったんだな?」

「シャツの下に隠してた」

「シャツの下にナイフを隠してシーダー通りをかみさんのアパートまで歩いていったわけだ」タイリーがうなずいたのでグリーンはつづけた。「ドアをノックしたんだろ? それとも鍵を持っていたのか?」

「ノックした。誰だって訊かれたから、おれだよって答えた。そうしたら、忙しいんで会えない、帰ってくれと言うんだ。ちょっと話をするだけだって説得するとドアをあけてくれたよ。で、なかに入った」

「なかに入るとき、ほかになにか言わなかったか?」

　ビデオ室でアントネッリがこれに答えた。「いいや、おれはただ女を殺しただけさ」

「なかに入ってなにをしたんだ、タイリー」グリーンが尋ねた。

「ジャクリーンは袋から食料品を出してるところだったよ。おれは買ってきたものを並べたテーブルへ歩み寄った」

「そこでなにをした?」

ラモーンは身を乗り出した。

「覚えてない」ウィリアム・タイリーは答えた。

ロンダ・ウィリスがビデオ室に入ってきてラモーンに言った。「ユージーンがゴミ箱からセイフウェイの袋を見つけたわ。なかには服とナイフが入っていたって」

ラモーンはそれを聞いても気持ちが高揚することはなかった。「グリーンに伝えてくれ」

ラモーンとアントネッリがモニターを見ていると、ノックの音にグリーンが振り向いた。ドアがあき、ロンダが半身を室内に入れ、興味深い電話が入っているとグリーンに伝えた。

取調室を出る前にグリーンは時計に目をやり、カメラに向かって言った。「四時三十二分」

グリーンは数分後に戻ってくると先ほどと同じように時間を口にし、テーブルをはさんでウィリアム・タイリーの向かい側に座った。タイリーはタバコを吸っていた。

「気分はどうだ?」

「だいじょうぶだよ」

「もっと炭酸を飲むか?」

「さっきのがまだ残ってる」

「よし、じゃあ、昨日、かみさんのアパートへ行ったところからはじめよう。部屋のなかに入り、かみさんのいるテーブルまで歩いていった。それからどうした?」

「さっき言ったとおりだよ。覚えていないんだ」

「おいおい、タイリー」

「嘘じゃないよ」

「おれの目を見ろ、タイリー」

タイリーはボー・グリーンの情熱的な大きな目を見つめた。気づかっているのがタイリーにも伝わったはずだ。かつてのタイリーと同じ通りを走りまわり、バルー高校の廊下を歩いた男の目。強い絆で結ばれた家族のなかで育ったところもタイリーそっくりだ。ともにトラブル・ファンク、レア・エッセンス、バックヤードといったバンドを聴いて育ち、若いころにはフォート・デュポン・パークで行なわれたゴーゴー・スタイルのバンドの無料コンサートをすべて見ているのだ。自分と似たような男なのだとタイリーは思ってくれただろう。信用しても悪いようにはしないと。

「ジャクリーンのいるテーブルまで歩いて行ってナイフでなにをしたんだ？」

タイリーは答えなかった。

「ナイフを回収したよ」グリーンは、脅しや悪意を微塵も含まない穏やかな声で言った、「あんたが着ていた服もな。ナイフと服に付着した血痕は、かみさんの血だとわかるだろう。かみさんの爪のなかから採取された皮膚は、あんたの顔にできているその傷から削ぎ取られたことも確認できると思う。なあ、タイリー、もう終わりにしないか？」

「刑事さん、ほんとに覚えてないんだ」

「あの袋に入っていたナイフでかみさんを刺したのか、タイリー」

タイリーは舌を鳴らし、目に大粒の涙を浮かべた。

「あんたがそう言うのなら、おれはやっちまったんだと思う」

「そう思うのか、それとも実際にやったのか、どっちだ？」

タイリーはうなずいた。「おれがやった」

「なにをやったんだ？」

「あのナイフでジャクリーンを刺した」

グリーンは椅子の背に体をあずけ、盛りあがった腹の上で両手を組んだ。タイリーはタバコを吸い、指で叩いてごっつい金属製の灰皿のなかに灰を落とした。

アントネッリが感嘆の声をあげた。「ボーには脱帽だよ。いかれたやつらを手なずけちまうんだからな」

ラモーンは黙りこんでいた。

ラモーンとアントネッリは、ウィリアム・タイリーがその後のことを話すのに耳を傾けながらモニターを眺めていた。女房を刺し殺してから彼女の車に乗り、さらにクラックを買って財布に入っていた金を使い果たした。サウスイースト地区のあちらこちらの路地に入りこんではクラックを吸った。一晩中、なにも食わず、眠りもしなかった。女房の車を二回貸した。ガソリンを入れるのにクレジットカードを使い、キャッシング・サービスで現金も引き出し、さらにクラックを買った。先のことはなにも考えずにハイになったままだったが、そのうち警官がやってくることはわかっていた。これまで粗暴な犯罪などとはまったく無縁だったので、地下に潜る知恵は働かなかった。どのように姿をくらませていいのか。街を出たとしても、行くあてもない。

自白を引き出すとグリーンはタイリーを立たせ、ベルトと靴ひもをはずすように指示した。タイリーは素直に従い、それからまた椅子に腰かけた。すすり泣き、手の甲で涙をぬぐった。

「だいじょうぶか？」

「疲れたよ」タイリーはかろうじて聞こえるほどの小声で言った。「もうここにはいたくない」

アントネッリが声をあげた。「馬鹿野郎が。殺す前にそう思えっての」

ラモーンはひと言も発しなかった。タイリーは取調室にいるのが嫌だと言っているのではない。この世にいたくないのだ。グリーンはそれを察し、ベルトと靴ひもをはずさせた。

「サンドイッチかなにか食べるか？」グリーンが尋ねた。

「いや、いらないよ」

「サブウェイで買ってきてやろうか」

「腹はへってない」

グリーンは時計に目をやり、それからカメラに向かって言った。「五時十三分」

グリーンが取調室から出て行くとタイリーはタバコに手をのばした。

ラモーンは目にねぎらいの表情を浮かべてグリーンを迎えた。ふたりはロンダ・ウィリスとともにパーテーションで仕切られたそれぞれのデスクに戻った。彼らのデスクは三角形に配置されている。三人は暴力犯罪班の古参刑事で仲がよかった。

グリーンはデスクに向かって腰をかけ、ラモーンも椅子に座ると受話器を持ちあげて妻に電話した。一日に数回、さらに事件が解決したときには必ず妻に電話をかけるのだ。この事件では主に書類仕事などまだやることが山積みだが、しばらくは息抜きだ。

アントネッリとマイク・バカリスのデスクは隣り合っていた。アントネッリはフィットネスクラブ〈ゴールドジム〉の常連で、背は低いが肩幅があり、ウェストが引き締まっている。同僚たちはアントネッリにプラグ（二流のボクサー）というあだ名をつけたが、陰ではバト・プラグ（肛門に差しこむ性具）と呼んでいた。バカリスはそのみごとな鼻からツチブタ、あるいはバクラヴァ（中東の菓子）と呼ばれることもあった。バカリスはパソコンに向かって召喚状を作っていたが、キーボードを打つことがなによりも嫌いなので、一日中かけ声ばかりでなかなか仕上がらなかった。

刑事たちはデスクの上の壁にコルクボードを掲げて子供たちや妻、親戚のスナップを飾り、その脇には被害者の死体や逮捕されたが有罪を免れた容疑者の写真を貼っている。野放しとなった容疑者は刑事たちの強迫観念となっているのだ。さらに十字架、聖人の絵、詩篇からの引用などもべたべたと貼り付け、混乱の極みだ。暴力犯罪班の刑事の多くはクリスチャンだった。もちろんほかにも、熱心な信者ではないが神を信じている者、あるいは信仰心をまったく失ってしまった者もいた。離婚はそれほど珍しいことではないが、夫婦の絆を深めていこうと努力する者たちも少なくない。遊び人もいる。大酒を食らう者、禁酒する者。勤務時間が終わると、ほとんどの連中は一、二杯ビールを引っかけるだけで、アルコールの問題を抱えるほど深酒をする者はいない。アルコールに頼るようなタイプの人間ではないのだ。経済的に報われておらず、大多数の者にとってこの仕事は天職とは言いがたい。ひとつふたつ、殺人課の仕事に向いている点があるというにすぎない。気がつくとこの班に配属されていたというわけだ。

「なにか問題でも?」電話を切ったラモーンの渋い顔を見てロンダ・ウィリスは尋ねた。

ラモーンは立ちあがり、パーテーションにもたれて腕組みをした。身長は平均的ながらも胸板は厚く、平らな腹を維持するために激しいトレーニングを欠かさない。黒髪は今もふさふさでウェーブがかかり、白髪は見当たらなかった。顎に小さな窪みがある。口ひげを生やしているところが、唯一、警官らしいところだ。白人が口ひげを生やすのは時代遅れだが、妻が好きなので剃らずにいる。ラモーンにとってそれだけで充分に口ひげをたくわえる理由になるのだ。

「息子がまた問題を起こした。なにやら反抗的な態度をとったと教頭から電話がかかってきたらしいんだ。ほとんど毎日のように学校から電話が入る」

「男の子だから」ロンダ自身、別れたふたりの夫とのあいだに四人の息子がおり、今は彼女ひとりの手で育てていた。息子たちと携帯で話すことに一日の大半を費やしている。

「それはそうだが」ラモーンは答えた。

「むちを惜しめば子供を駄目にする」バカリスはデスクの上にあったエロ雑誌を手にし、写真を眺めながら言った。彼には子供がいないが、ひと言口をはさみたかったのだ。

妻と別れたアントネッリは、ポラロイド写真をバカリスの机に放った。「写真を見たいんなら、こいつでも眺めろよ」

ジャクリーン・テイラーの死体の写真だった。大きな黒いビニールシートの上に裸で仰向けに横たわっていた。姉が確認に来る前に体はきれいにされたのだが、この写真は死体保管所に運びこまれた直後のものだった。首の刺し傷は目を覆いたくなるほどで、片側の乳房はほとんど切断されている。目は閉じておらず、片方はもう一方よりも大きく見開いているので、なんだか酔っぱらっているように見えた。腫れあがった舌が口から垂れ下がっていた。

「髪がなびいてるところを見ろよ」アントネッリは足を机に投げ出して言った。ズボンの裾がめくれあがり、足首のホルスターとグロックのグリップがのぞいた。

バカリスは無言のまま写真を一枚一枚見ていった。

犯人を逮捕したが、浮かれ騒ぐような雰囲気ではなかった。後味の悪い結末に誰もが明るい気持ちになれないでいた。

「かわいそうな女だな」グリーンが言った。

「犯人もだよ」ラモーンは思っていることを口にした。「あいつは去年までふつうの市民だったんだ。仕事をなくしてクラックに走り、女房がろくでなし野郎を部屋に連れこんでいるのを知った。おまけにそいつの下着がタイリーの子供たちのいる部屋に置いてあって……」

グリーンがその先を引き継いだ。「あの男の兄貴を知っているんだ。ああ、クソッ。まだガキだったタイリーを見かけたもんだよ。やつの家族はみんないい人たちだった。ドラッグが無害だなんて言わせない」

ロンダが口をはさんだ。「自白したけれど、十八年、いえ、二十五年は食らいこむわね」

「それでまたあの子供たちの人生が台無しになる」グ

リーンが言った。

依然としてポラロイド写真を見ながらバカリスが口をはさんだ。「なかなかの女だったんだろうな。彼女を失ったタイリーは身も心もぼろぼろになって、ほかのやつが手出しできないように殺しちまったんだ」

「クラックなんかに手を出さなきゃ、もっとまともに考えられただろう」グリーンは麻薬にこだわった。

「ヤクだけじゃないさ。女のせいで殺しが行なわれるのは周知の事実だ。たとえそれが片思いでもな」アントネッリが言った。

「女の力は偉大なのよ」とロンダ・ウィリス。

バカリスはポラロイドを机に放り投げ、キーボードに指を乗せたがそのまま動かさず、惚《ほう》けたようにモニターを見つめた。

「なあ、プラグ、召喚状を打つの好きか？」

「おれのあそこをしゃぶるのは好きかい？」

アントネッリとバカリスがくだらないやり取りをしていると、ユージーン・ホーンズビーが証拠を入れた袋を持って戻ってきた。ラモーンは労をねぎらい、容疑者逮捕の手続きやそれに付随した書類仕事に取りかかった。事件の詳細を逮捕告訴記録簿にも記載しなければならない。この大型の記録簿には、殺人事件の発端から結末までを詳細に記し、事件を捜査した警察官の名前から殺人の動機、起訴に必要な事柄、さらに街の歴史の記録として残しておくべきことなども書きこむのだ。

三時間の残業をして刑事たちは一日の仕事を終えた。

暴力犯罪班の駐車場は、サウスイースト地区のペンブランチ・ショッピングセンター裏にある。ガス・ラモーン、ボー・グリーン、ユージーン・ホーンズビー、ロンダ・ウィリスはそれぞれ自分の車へ向かって歩いていった。

「温かいお風呂にゆっくりと入るつもり」ロンダ・ウィリスが言った。

「今夜は息子たちをどこぞへ連れていかなくていいのかい？」グリーンが尋ねた。

「ありがたいことに、今日はなにもなし」

「誰かビールを飲みに行くやつはいないか？　奢《おご》らせてやるよ」ユージーン・ホーンズビーがみんなに訊いた。

「これから練習だ」グリーンは生まれ育った地域の少年フットボール・チームのコーチをしている。

「ラモーンはどうだ？」ユージーンは尋ねた。

「またにしましょう」ロンダが代わりに答えた。ラモーンの返事は聞くまでもない。

　当のラモーンはこうした会話が耳に入っていなかった。妻と子供たちのことで頭がいっぱいだったのだ。

7

　ディエゴ・ラモーンは地下鉄の駅の近くで一二番系統のバスをおり、DCの境界沿いを家へ向かった。今日は中学校でおもしろくないことが起こったが、今にはじまったことではない。あの学校に転校してから週に二、三回は問題に巻きこまれており、今日もまたそんな一日だっただけだ。前に通っていたDCの中学校にいられたらよかったのだが、父親にモンゴメリー郡の学校に転校させられ、それからうまくいかなくなった。

　先日、学校で携帯電話を鳴らして注意されたのだが、今日また着信音が鳴り響き、ガイ教頭がディエゴの母親に電話して校則を無視したと伝えた。実は電源をオフにするのを忘れていただけなのだ。校内で電源を入れておくのは校則違反だとわかっていたが、ディエゴは教頭に携帯電話を渡すことを拒んだ。同じミスを犯した友だちのトビーが、数週間、携帯電話を取り上げられたのを知っていたからだ。そこでガイ教頭にこう言った。「いいえ、携帯を渡すつもりはありません。ほんとうに忘れていただけなんです」

ディエゴは教頭室へ連れていかれ、ガイ教頭が母親に電話をかけた。反抗的な態度をとると停学処分も検討しなければなりませんが、今日のところは大目に見ます。大目に見る、か。どのみち父親の説教を聞かされることになる。それに、学校へ行くより、停学を食らったほうが楽しい。あんな学校ならなおさらだ。

地下鉄の線路の下をくぐる短いトンネルを抜け、ブレア通りを横断した。ディエゴはアニメのキャラクター、タスマニアン・デヴィルの絵を描いた黒いロングTシャツを着ていたが、これは友だちの双子、スプリグズ兄弟のひとりがシルクスクリーンで作ってくれたものだ。Tシャツの下にはヘインズの体にぴったりと張りつく袖なしの白いシャツを着ている。季節は秋だが、ハーフパンツでいられるほど暖かく、ディエゴも膝下数センチほどの長さがあるリーバイスのシルバータブをはいていた。シルバータブの下にはスポンジボブのボクサーショーツだ。今日はいている靴は、三足持っているスニーカーの一足、白とネイビーブルーのナイキ・エクスクルシブだ。

ディエゴ・ラモーンは十四歳だった。

クロスロードでのバックヤードのライブ音源をダウンロードした携帯電話の着信音が鳴りだした。ハーフパンツのウェストにはさんだ携帯電話を抜き取った。

「もしもし」

「どこにいる？」友だちのシャーカー・ブラウンだ。

「三番通りとホイッティアー通りのあたりだ」

「歩いてるのかい？」

「ああ」

「おふくろさんが迎えに行ったんじゃないのか？」

「バスで帰ってきたんだ」

　母親が学校まで迎えにきたが、車に乗ればまっすぐ家に連れ戻されて宿題をやるはめになる。母親に頼みこんで、バスで帰ることを許してもらった。バスの停留所からは歩き、途中でシャーカーと会って少しバスケットボールをしてから戻ると言った。バスに乗ると自由で大人になったような気がするのだ。夕食までには帰ると約束した。

「歩くなんておまえらしくない。軟弱だからな」

「冗談は顔だけにしとけって」

「急いでこいよ、ディエゴ。コートをとっているんだ」

「今向かっているところだよ」

「やっつけてやる」

「ああ、ほざいてな」

　ディエゴは携帯電話を切った。ハーフパンツのウェストにはさもうとしたとき、ふたたび着信音が鳴った。母親からだ。

「もしもし」

「今、どこ？」

「クーリッジ高校のそばだよ」

「シャーカーに会うの？」

「そう言っただろ」

「宿題は？」

「学校の自習室で終わらせたよ」罪のない嘘だ。翌日、授業の前に自習室でやるつもりでいる。

「遅くならないようにね」

「夕食前に帰るって約束しただろ」

　ディエゴは通話を切った。携帯電話は必需品だが、煩《わずら》わしいときもある。

　フェンスで囲まれたバスケットコートは三番通りとヴァンビューレン通りに面し、シャーカーはそこでシュート練習をしていた。DCにしてはきれいなコートだ。バスケットにはチェーンが残っているし、どこも破損していない。ここはクーリッジ高校の裏手に広がるレクリエーションセンターの一画だ。主に大人たちが使うテニスコート、ラテン系の連中が利用するサッカーのフィールド、子供たちが走りまわる広場などがある。ホイッティアー小学校に入る前からディエゴはここで遊んでおり、ジャングルジムからバスケットボールへと成長したのだ。二、三ブロック先のマナー・パークの家でディエゴは両親と妹のアラナと暮らしている。

「急いでくれよ」ディエゴがコートに入ってくるとシャーカーは言った。「シュートが決まってばかりいるんでそのうちチェーンが吹っ飛んじまう」

ディエゴはノースリーヴ姿になり、脱いだTシャツで携帯電話をくるむとコートのはずれのフェンス脇に置いた。

ディエゴは言った。「そのひどいプレーを見せてもらおう」

シャーカーはスポルディングの屋内外兼用のバスケットボールをディエゴに向けてバウンドさせた。ディエゴはそれを受けとると軽くジャンプしてシュートを放ったが、ゴールの鉄板に当たっただけでバスケットのなかには入らなかった。

「はじめていいかい？」シャーカーは尋ねた。

「もうちょっとウォーミングアップをさせてくれよ。おまえはしばらく体を動かしてたんだろ」

「おれと張り合うんなら、一日ウォーミングアップしなくちゃ無理だな」

「とっちめてやるよ」

試合をはじめようというときに、スプリグズの双子の兄弟ロナルドとリチャードがコートにやってきた。相談してディエゴとシャーカーで組み、二対二で試合をすることにした。スプリグズ兄弟は街の物騒な地域に住んでいる。窃盗などのケチな犯罪が多発して警官がしょっちゅうやってくるようなところだ。そのためにスプリグズ兄弟は同年代の少年たちの目には大人びて見えたが、ディエゴとシャーカーにとってふたりは、たんなる幼なじみにすぎない。四人は小学校のときからの友だちであり、今、違う道を歩みはじめたところだった。

ロナルドとリチャードのスプリグズ兄弟は激しいプレーが多かったが、得点することができなかった。ディエゴとシャーカーが圧勝した。スプリグズ兄弟は笑っているが、顔は悔しそうだ。ふたりは「次は見ていろ」という捨てぜりふを残し、シャーカーの妹はかわいいとか言いながら急な坂を下って第四管区署の裏手を走る九番通りにあるアパートメントへ帰っていった。

それから一時間、ディエゴとシャーカーは一対一の試合をした。シャーカーはディエゴよりも一歳年上で身長も数センチ高い。技術的にもディエゴよりも上だった。しかし、ディエゴはどのスポーツをするときも闘志をむき出しにする。互角に闘ったが、最後の最後でシャーカーに負けた。速いステップで踏みこんだシャーカーが後ろ向きにシュートしたボールがバスケットのチェーンをすり抜けて落ちたときに、ディエゴの着メロが鳴りだした。黒人ファンクの一種であるゴーゴー・スタイルの《ガールズ・ジャスト・ワナ・ハヴ・ファン》だ。携帯電話を包んでいたTシャツで顔の汗を拭きながら電話を開いた。

ディスプレーに標示された番号を見ながら「ああ、母さん」と答えた。

「ディエゴ、どこにいるの」

「クーリッジ高校の裏のコートだよ。シャーカーと一緒」

「なら、いいけど」母親はほっとしたような声を出した。ディエゴはシャーカーといるときは必ず彼の名前を出すことにしている。母親はディエゴの友だちのなかでもシャーカーのことを一番気に入っていたし信用もしているからだ。

「もう帰ってくるんでしょう？」

「そく着くよ」

「そく？」

「すぐ帰るよ」ディエゴは電話を切った。

フェンスにもたれて座り、携帯電話のメッセージを確認しているシャーカーのところへ戻った。ボブ・マーリーがマリワナを吸っている写真――彼のアルバム『キャッチ・ア・ファイア』のジャケット写真――をデザインしたTシャツを着ているが、シャーカーはマリワナを吸っているわけではなかった。手を出そうとしたこともない。ディエゴとふたりでよくマリワナの話はするが、空想の世界に遊んでいるだけでふたりとも吸ったことはなかった。ディエゴもシャーカーも自分がアスリートだと思っており、デイエゴの両親とシャーカーの母親はアスリートは決して麻薬をやらないと息子の頭に叩きこんでいた。もちろん、ふたりともそんなことは嘘だとわかっている。しかし、一緒に遊んでいた仲間のなかで酒を飲みはじめたり、マリワナを吸いはじめた連中は、たいていバスケットボールをやらなくなったし、学校の成績も悪くなっていった。そんな彼らを見るだけでもう充分だった。ディエゴは今もバスケットボールのイエス・リーグでプレーしていたし、ボーイズ・クラブではバスケットボールとフットボールをしていた。シャーカーは高校生になったのでひとつのスポーツに的を絞り、真剣に打ちこんでゆくゆくは奨学金をもらうつもりでいる。彼が選んだのはバスケットボールだった。ふたりの夢は大学のリーグで活躍し、プロになることだ。

「そのエクスクルシブ、きれいにしているな」シャーカーはディエゴのナイキを顎で示した。

「足にぴったりくるんだ」

「いかにもよさそうだもんな。でも、今日はそいつをはいても駄目だったな」

「シュートの調子が出なかっただけだよ」

「なるほど。靴のせいでおかしくなったんじゃないのか」

「実は新しく出たアディダスのフォーラムに目をつけてるんだ。アンクルストラップがチョーかっこいいんだ」

「またスニーカーを買うだなんて、おやじさんが許してくれないだろ」

「成績があがったら買ってくれるんだよ」

　ふたりは女の子の話をした。話題はさらに音楽へと移り、ゲットー・プリンスのこと、日曜日の夜にFM局WPGCでバックヤードのヴォーカルのビッグGがホストを務める番組〝サンデーナイト・ゴーゴー・ショー〟について、さらにラングレー・パークのニューハンプシャー通りにあるコミュニティセンターで行なわれるコンサートへ一緒に行くことになった。バスケットボールのスター、カーメロ・アンソニーの話になり、ボルティモアで撮影されたテレビ番組ではカーメロが偏った紹介のされ方をしていたと憤った。シャーカーはNBAのスター、スティーヴ・フランシスとその友人ブラッドリーをジョージア通りで見たことがあると言った。スティーヴはよくそのあたりを歩いており、子供たちに気さくに声をかけ、近所に住む人たちもしょっちゅうその姿を見かけるのだという。

「スティーヴは、エスカレードに乗っていたよ」とシャーカーが言うので、リムはどうなっていたかディエゴは尋ねた。シャーカーの説明を聞いてディエゴはかっこよさそうだと答えた。

　空が暗くなってきた。ふたりは立ちあがって帰り支度をはじめた。共通の友だちエイサー・ジョンソンが金網の向こうの三番通りを歩いていくのが見えた。エイサーは腿のなかほどまでの長さがあるノース・フェイスのジャケットを着ていた。顔をうつむけ、眉間に皺を寄せて足下の歩道を見つめながら大股で通りすぎていく。

シャーカーが声をかけた。「エイサー！　どこへ行くんだ？」

エイサーは答えなかった。聞こえなかったのかもしれない。顔をそむけたので目を見ることはできなかった。ディエゴはその頬になにか輝くものを見たように思った。

「エイサー、おい、待てよ！」

エイサーは立ち止まらなかった。タッカーマン通りとの交差点を左に曲がり、東のほうへ姿を消した。

「いったいどうしちまったんだ？　まるでおれたちのことなんか知らないみたいじゃないか」ディエゴが言った。

「さあな。ノース・フェイスを着てるんで興奮してるんじゃないのか」

「汗をかいてたよ。あのジャケットを見せびらかしたかったのかもな」

「最近、エイサーと話したか？」

「今学期はそれほど話さなかった。おれも転校しちゃったし」

「フットボールはつづけてるのか？」

「いや、やめたよ」

「急いで家に帰るところだったんだろう」

「あいつの家は逆方向だよ」ディエゴが言った。

「じゃあ、家から逃げ出したんだ。あいつのおやじは厳しいからな」

「向こうに彼女がいるのかもしれないぞ」

「エイサーが女の子といるところを見たことがあるか？」

「そうだな。でも、おまえだって女の子といるところを見たことがないぞ」ディエゴが矛先をシャーカーに向けた。

「ひとりとじっくり付き合っているからな。本命の子がいるんだ」

「どこの子だ？」

「秘密さ」

ふたりはコートを出て三番通りを進み、シェリダン通りを渡って小規模な商店街に入った。アフリカのデザインの女性服を売る店、床屋、クリーニング店、教会。三番通りとリッテンハウス通りの交差点までくるとふたりは巨大な倉庫のような建物の前で立ち止まった。ここはエアウェイVIPルームと呼ばれ、記念日や誕生日、一般的な祝賀会などのために貸し出され、宴会やパーティなどが開かれる。

シャーカーが言った。「ファット・ジョーの家に行ってプレステ2で遊ばないか。あいつ、NCAAフットボールの新しいソフトを持っているんだ」

「ジョーのところへ行くのはおやじから止められているんだ」

「どうして？」

「ジョーのおやじさん、銃を持っているからさ。ほら、三二口径の小型のやつ」

「それで遊ぶわけじゃないだろ」

「おやじはあの家には行かせたくないのさ」

「わかった」シャーカーはそう言ってディエゴが突き出した拳を叩いた。「またな」

「じゃあ」

シャーカーはリッテンハウス通りを西へ遠ざかっていき、ロックスボロ・プレイスにある母親と暮らしているテラスハウスへ帰っていった。ディエゴは東の自宅を目指した。坂を半分ほど登ったところに建つコロニアル式の建物で、家の正面は淡い黄色の化粧しっくいで仕上げ、ポーチがついている。

父親のシボレーのタホは通りに停まっていなかった。ディエゴは一人前の男の仲間入りをしてもよいころだと思っているが、やはりまだ子供の気持ちが抜けきれておらず、父親が家にいてくれるほうが安心していられた。

夕闇が迫っていた。沈んでいく太陽が芝生の上に長い影を作った。

8

「音楽はこれでよろしいですか？」ダン・ホリデーはリアビューミラーを調整し、客を見ながら尋ねた。引き締まった体をした四十代半ばの男は、右側の後部座席にゆったりと座っていた。

「すてきな音楽だよ」客はプレスしたジーンズ、最高級のブレザー、オープンネックのシャツ、黒い革のブーツといういでたちだ。あのタグ・ホイヤーの腕時計は千ドルはしただろう。髪型にもかなり金をかけているのはまちがいなく、トップを乱し、前髪の毛先を跳ね上げるようにしている。おまえたちみたいにネクタイをしめる必要はないんだとその恰好は主張している。おれは金持ちで、生活の心配はないのだ、と。

ホリデーはベセスダにある男の家まで迎えに行き、黒のリンカーン・タウンカーに座りながら彼が出てくるのを眺めていた。年齢を推測し、男が作家であることを考え合わせると（ホリデーはニューヨークの出版社と契約を結んでおり、そこから作家の送り迎えの仕事をよく依頼される）、若いころにニューウェイヴを聴いていたにちがいない。一九七七年以後の音楽だ。ホリデーは〝クラシック・オルタナティヴ・ロック〟の番組にラジオの周波数を合わせ、男が乗りこんでくるのを待った。

「お好みの番組にかえてください。シートの背にコントローラーがあります。目の前にある端末です」

タウンカーは有料道路をダレス空港へ向かって走っていた。ホリデーは黒のスーツのジャケットを着ていたが、ベルボーイになった気がするので帽子はかぶっていなかった。企業の大物、政治家、K通りタイプの人間（ワシントンDCの中心を貫くK通りにはシンクタンク、ロビイストのオフィスなどが多い）が客のときにだけ帽子をかぶることにしている。

今日の客は服装に神経を使う必要はないと思った。それはいいことだったが、音楽にはいらいらした。ヘロイン漬けの男の喚《わめ》く声がスピーカーから流れている。後部座席の男は革シートの背後に設置されたコントローラーをいじりながらビートに合わせて体を揺すっていた。

「衛星放送は入るのかな？」

「うちの車はすべてXM衛星ラジオが入ります」ホリデーは答えた。うちの車すべて、といっても二台だけだが。

「すばらしい」

「GPSに慣れ親しんでいたので、すんなりと導入しましたよ。警察にいたころに追跡システムとしてGPSを使っていたんです」

「警官だったのかい？」どうやら男の好奇心を刺激したようだ。リアビューミラーの向こうからはじめてホリデーの目に視線を注いだ。

「DCの警官でした」

「おもしろい話があるんだろうね」

「ええ、けっこう」

「やっぱり」

「それで警官を引退して、この仕事をはじめたんです」

「引退ってその歳で若すぎるように思うが」

「そう見えないかもしれませんが、長年勤めたんです。おかげで助かってます」

ホリデーはサンバイザーの裏のポケットに手を入れ、名刺を二枚取り出して後ろの客に渡した。男は一枚目の名刺に浮き彫りになった文字に目を走らせた。〝ホリデー・カー・サービス〟と古い書体で書かれ、その下に〝高級車による送迎。警備、要人警護〟とつづき、キャッチフレーズ〝仕事の日《ワークデー》を休日《ホリデー》に〟で締めくくられていた。一番下にはホリデーの連絡先が印刷されている。

「警備の仕事も請け負っているのかい？」

「それがメインの仕事です。わたしの専門ですから」

「ボディガードのようなことをするのかな？」

「ええ」

ホリデーは〝ボディガードのような仕事〟の多くをジェローム・ベルトンに任せていた。ジェロームはもうひとりの運転手であり、ただひとりの従業員だ。ヴァージニア工科大学のフットボール・チームではミドルガードだったが、最終学年のときに膝を痛めてしまった。卒業後は警備の職につき、ほかにも重役や三流のラッパー、街にやってくる芸能人などを車で送迎する仕事をしていた。ジェローム・ベルトンは周囲を圧倒するほどの大男で、必要とあらば、にこりともせず、近寄りがたい表情を作ることができる。仕事に必要な資質を持ち合わせていた。

タウンカーは左側を走っていたワシントン・フライ

ヤーのタクシーを追い越し、さらに右側の車線に入っていった。リアヴューミラーで後部座席を見ると、作家は名刺を胸のポケットにしまいこんだ。空港に着いたら屑かごに捨ててしまうのだろうが、新たな仕事につながる可能性もなきにしもあらずだ。人づてに紹介されることによって仕事は増えていく。ホリデーはそのように聞かされていた。客を車に乗せた瞬間からプレゼンテーションがはじまるのだ。後部座席にはまっさらな《ワシントン・ポスト》、《ニューヨーク・タイムズ》、《ウォールストリート・ジャーナル》、缶入りのミント、エビアンのボトルなどを常備し、衛星ラジオの端末も設置してサービスが行き届いている印象を与えるよう気を配っていた。そこに座った客にシャトルバスやタクシーを利用する人たちよりも格が上の特別な存在であると思ってもらうように配慮した。へそ曲がりの客のためにホリデーはトランクのなかに《ワシントン・タイムズ》も入れておいた。

「小説を書かれているのですね」声に熱意をこめてホリデーは尋ねた。

「そうだよ。実は、三週間のブック・ツアーに出るところなんだ」

「おもしろそうなお仕事ですね」

「まあ、たしかに」

「本のプロモーションのために旅するのは楽しいですか?」

とっかえひっかえ女が抱けるのかい?

「楽しいときもあるけれど、たいていはうんざりだね。飛行機の旅はくたくたになるんだ」

「たいへんそうですね」

「最近は空港のセキュリティを通るだけで疲労困憊してしまうよ」

「まったくです」

ようかわい子ちゃん。

「あれはもう御免こうむりたいね」

「わかります」
スカートを脱いでタマに毛を貼り付けておかないと笑われるぜ。

あとは目的地までホリデーはほとんど口を利かなかった。運転手としての役目を果たし、名刺も渡し終わり、もうすぐ目的地だ。ホリデーはアイス・ブレイカーのミントを口に含み、また一杯やることを考えた。死ぬほど退屈だ。こんなことは男がやる仕事じゃない。ふざけた帽子なんぞかぶっていられるか。

「ユナイテッド航空に乗るんだ」各航空会社の入口を示す色とりどりの標識が見えてくると後部座席の客が言った。

「はい、わかりました」

ホリデーは希望通りの入口の前にタウンカーをつけ、トランクから荷物を降ろした。作家は五ドルのチップをくれた。ホリデーは彼の小さな手を握って上下に振りながら、「お気をつけて」と言った。

この時間帯、四九五号線はヴァージニア州からメリーランド州まで駐車場になったかのように車が連なって動かない。バーにでも立ち寄り、渋滞が解消されるまで時間をつぶすことにした。もっと交通量が減ってから帰ればいい。しかるべき店に行けば話し相手は見つかるだろう。先ほど通ってきた有料道路を戻り、ふたつめの出口レストンでホテルを見つけた。ホテルはタウンセンターと言われる一画にあり、まるで町の一部を切り取って、トウモロコシ畑のなかに落としたかのように、ここにだけ小さなチェーン店や軽食堂、コーヒーショップなどが軒《のき》を連ねていた。ホテルのバーに入る前にコンシェルジュに自己紹介をして数枚の名刺と十ドル札を渡した。仕事の多くはホテルからの依頼なので、ホリデーは個人的な関係を築くようにしている。

バーは申し分なかった。スポーツバーのたたずまいながらも、客同士が喧嘩腰になるほど荒々しくはない。

グループできた客が立ち飲みができるように背の高いテーブルがあちらこちらに置かれ、座って飲みたい者のためにスツールも据え置かれていた。片側には窓が並び、その向こうは書き割りのような通りが走っている。ホリデーは店の奥の椅子に座り、ひんやりとした感触の大理石の天板にタバコとマッチを置いた。ヴァージニア州のいいところは、今もまだバーでタバコが吸えることだ。

「ご注文は?」背の低いブロンドのバーテンダーが尋ねた。

「アブソルート・ウォッカのロック」

ホリデーは酒を味わい、マールボロを吸いこんだ。男の客はたいてい濃い顎ひげを生やし、ケネスコール・リアクションのスラックス、バナナ・リパブリックのストレッチ素材のオックスフォードシューズにゴルフシャツという恰好をし、午後の仕事がない連中ばかりのようだ。女たちも同じようにこざっぱりとして堅苦しい。ヒューゴボスの黒いスーツ——吊るしだが——に白いシャツを着たホリデーは、ヨーロッパのビジネスマンのようで、まわりにいる技術者たちよりもわずかながら洗練されて見えた。

ホリデーは得意先まわりの若いセールスマンと話をはじめ、次の二杯はお互いに奢り合った。セールスマンが部屋に引きあげていくころには、すでに外は暗くなっていた。ホリデーはお代わりを頼み、グラスのなかの氷から水蒸気がたちのぼるのを眺めた。身も心もゆっくりと寛いでいた。毎日のように通っている夜道を帰ることになるのだが、まだその気にならなかった。

三十代半ば過ぎの魅力的な赤毛の女が隣のスツールに腰を降ろした。スカートとジャケットのビジネススーツはほんのりと緑色がかって髪の毛の赤とよく調和し、緑色の瞳を際立たせている。目の表情は生き生きとしてベッドのなかでは激しいのだと語っていた。ホリデーは女を一瞥しただけでそのことを見抜いた。これが特技なのだ。

ホリデーは火のついたタバコを指のあいだにはさんだまま持ちあげた。「タバコは気にならない？」

ホリデーの微笑んだ口元から歯がのぞき、冷たい青い目のまわりには笑い皺が寄った。第一印象が重要だ。

「タバコをねだる手間を省いてくれるのなら」

「さあ、どうぞ」ホリデーはそう言って箱ごと差し出した。マッチをすり、彼女のタバコに火をつけてから吹き消した。

「ダン・ホリデーだ」

「リタ・マグナー」

「よろしく」

「タバコをありがとう。出張のときにしか吸わないのよ」

「わたしもそうでね」

「退屈で」ここでリタはウィンクした。「なにか期待できそう」

「セールスの仕事はうんざりだな。毎晩ちがうホテルに泊まって……」

「ねえ、ちょっと」彼女はバーテンダーに手をあげて合図した。

飲み物を注文している彼女をホリデーは観察した。左手の薬指に白く指輪のあとが残っている。亭主持ちだが、そんなことはどうでもいい。ますます激しく燃えあがるだけだ。足を組むとランニングマシーンで鍛えたらしい腿の筋肉が盛りあがった。スーツジャケットのはだけた胸元に目を走らせ、胸に散ったそばかすと小さな胸、大きめの黒いブラジャーを見てとった。

「勘定はわたしのほうに」バーテンダーがリタの前に飲み物を置いたときにホリデーは言った。

「気前がいいのね」

「次は奢ってもらうよ」

「いいわ。それでどのようなお仕事？」

「保安関係だよ。追跡装置、監視用機器、盗聴器、そんなものを売っているんだ。警察にね」

ホリデーと同じ元警官の友人がそういう仕事をしているので、いくらでも嘘を並べることができた。

「あら、そうなの」

「で、きみは？」

「製薬会社」

「サンプルをもらえないかな？」

「悪い子ね。馘になっちゃう」

「訊いてみただけだよ」

「それならいいけど」

「優しいんだな」

彼女はウォッカトニック、ホリデーは先ほどからずっとアブソルートのロックばかり飲んでいた。ふたりとも同じペースで杯を重ねた。タバコが一本もなくなるとホリデーはもう一箱買った。彼女のほうへ身を寄せたが、案の定、拒まれなかった。

ホリデーはセールスマンとして一番困ったときの出来事を話した。これは彼のおはこなのだ。話の細部は変えた。ホリデーはこういう作り話が得意だ。

「きみは？」

「えっ、わたしも？」リタは髪を勢いよく振りながら言った。「そうね。去年、セントルイスへ行ったときのこと。朝の飛行機で着いて、昼からは大事なランチミーティングが控えていた。到着してからミーティングまで少し時間があると思ったので、寛いだ恰好で飛行機に乗ったのよ。肩が凝らない普段着でミーティングには絶対に着ていくことができない服」

「話が見えてきたぞ」

「最後まで言わせて。飛行機の到着がずいぶんと遅れ、おまけにわたしはレンタカーを借りなければならなかった。車に乗りこんだときには、もうホテルにチェックインして着替える時間は残っていなかったわ。ミーティングの場所へ直行するしかなかった」

「どこで着替えたんだい？」

「会場のレストランの下が屋内駐車場になっていたのよ」

「ホテルのトイレで着替えなかったのかな？」

「駐車場のなかは暗くて誰もいなかった。そこで後部座席で着替えたの。上に着ているものを脱いで、つまり、全部脱いだってこと。ブラも替えなくちゃいけなかったから。そうしたら、おじいさんが来ちゃったのよ。見て見ぬふりをして通りすぎてくれればよかったんだけれど、わたしがいることに気づいて驚いたんでしょうね、窓のところにやってきてガラスをこんこんと叩き、なかをのぞきこんでわたしのことをじろじろと……」

「そのじいさんを責められないよ」

「……それから、こんなことを言った。『なにかお手伝いすることはありませんか？』」

ホリデーとリタ・マグナーは声をあげて笑った。

「それはいい。最後のひと言が利いたよ」

「そうね。ほかの部分は、よくある話だから。それに車のなかで裸になるのはそのときが最初じゃないし」

「最後でもないんだろ？」

リタ・マグナーの頰にわずかに朱がさした。彼女は笑みを浮かべるとウォッカトニックを飲み干した。

「そのときの駐車場でも、今みたいにひもの超ビキニをはいていたのかな？」

「どうしてわかるの？」

「絶対そういうのをはくタイプだからさ。しかも黒いやつを」

「ほんとうに悪い子ね」

リタ・マグナーは部屋にミニバーがあると言った。

あがっていくエレベーターのなかでホリデーは彼女に体を寄せ、唇にキスをした。リタは口をあけ、木製パネルの壁に寄りかかって両脚を花のように開いた。ストッキングに包まれていない腿に手をはわせ、黒のビキニのレースのあいだから指を押しこむとそこは湿り気を帯びて熱かった。キスと指の愛撫にリタはうめき声をあげた。

一時間後、ホリデーはリンカーンに乗りこむところだった。思ったとおり、リタ・マグナーはひどく貪欲で快楽をむさぼった。ことが終わるとホリデーは、思い出と罪の意識を彼女に残して部屋を出た。リタは一緒にいてくれという素振りは微塵も示さなかった。ホリデーにとってリタは、すでにほかの女たちと同じようにレオの店で仲間に披露する話のひとつになったのだ。彼女のことはホリデーの心のなかから消えてしまったが、あの三人の男たちは羨《うらや》ましがり、妄想を膨らませる。車のキーをまわしたときにはリタの顔を思い浮かべることもできなかった。

9

ガス・ラモーンがドアをあけて玄関に入ると、奥の娯楽室から《サマー・ナイツ》が聞こえてきた。アラナがお気に入りのミュージカルのDVDを見ているのだろう。ニンニクと玉ねぎの匂いが漂い、妻のレジーナがキッチンで料理をしているのがわかった。

ふたりとも家におり、危険はない。廊下を歩きながらまずそう思った。キッチンに入るとディエゴの姿が見えないことに気づいた。ほかの部屋にいるのだろう。

「ご機嫌いかがかな、おチビちゃん」テレビの前に立ち、画面に映った人物の動きを真似て踊る娘に声をかけた。数年前に増築した娯楽室は、キッチンとつながっている。

「最高よ、パパ」

「やあ、ただいま」ラモーンに背を向け、火にかけた鍋の中身を木べらでかき混ぜているレジーナに声をかけた。彼女は脇にストライプの入ったパンツとそれに合わせたシャツを着て、まるで運動をするような恰好をしていた。

「おかえり、ガス」

ラモーンは装備一式――グロック17の収まったベルトホルスター、バッジを入れたケース――をしっかりと鍵がかかるように改造した引き出しのなかへ入れ、キーホルダーのなかから小さな鍵をより分けて施錠した。この引き出しの鍵を持っているのは、彼とレジーナだけだ。

ラモーンは娘のところへ戻った。アラナは居間の真ん中でテレビ画面の若い俳優と同じように骨盤を大きく揺らしていた。テレビの男は好色そうな笑みを浮かべて屋外のステージで踊っている。野良猫のように痩せた体をしなやかに動かし、ブリルクリームを顔に塗りたくったような背後の踊り手たちは、彼を引き立てながら歌っていた。〝テルミー・モア、テルミー・モア……〟

「ディシー・プタッパァ・ファイト?」そう歌うアラナの頭のてっぺんに屈みこんでキスをした。アラナの髪は父親のように黒く豊かな巻き毛だった。

「変わりないかい、パパのかわいい天使ちゃん」

「うん、パパ」

アラナはダニー・ズーコのように両手の親指を突き出しながら踊っている。ラモーンはキッチンへ戻り、レジーナの肩に両手をまわして抱きしめ、頬にキスをした。妻の背中に体を押しつけ、戯《たわむ》れているのだとわかってもらう。レジーナの目尻に皺が寄り、笑っているのがわかった。

「アラナが見ている映画はだいじょうぶなのか?」

「《グリース》よ」

「そんなことはわかっているさ。あのトラヴォルタの腰の振り方はセックスでもしているみたいだ。アラナはそれを真似しているぞ」

「踊っているだけでしょ」

「今じゃ、あれを踊りっていうのか？」

　ラモーンは腕をほどき、妻の脇に立った。

「今日はどうだったの？」

「ずいぶんと運に恵まれていた。だが、みんな後味の悪い思いをしているよ。そいつは犯罪者じゃないんだ。嫉妬のあまり打ちひしがれ、揚げ句の果てにクラックをやっておかしくなり、妻を殺してしまったんだ。彼女は死体置き場にいるよ。おそらく二十五年は食らいこむだろう。子供たちは孤児だ。いいことなんかなにひとつない」

「あなたは仕事をしただけ」レジーナはこの家でしょっちゅう繰り返される言葉をふたたび口にした。

　ラモーンは毎晩、その日の出来事を妻に話した。これは重要なことだと思っている。そういう話を妻にしない警官は、結婚生活を破綻させてしまう確率が高いと経験から知っていた。それにレジーナは彼を理解してくれるのだ。彼女も警官だったからだが、それはすでに大昔のような気がする。

「ディエゴはどこだ？」

「自分の部屋」

　ラモーンは鍋をのぞきこんだ。ニンニクの香を移したオリーヴオイルで玉ねぎを炒め、こげ茶色になっていた。

「火が強すぎるぞ。ニンニクが焦げている。それに玉ねぎはそんな色になるまで炒めずに透き通るくらいでいいんだ」

「好きなようにやらせてよ」

「それくらい強火にするのは、湯を沸かすときだけだ」

「口出ししないで」

「ソースを作っているのか？」

「そう」

「おれのおふくろの？」

「わたしのオリジナル」

「おふくろのソースが好きなんだが」

「じゃあ、母親と結婚すればよかったのよ」

「いいか、火を弱めるんだ」

「ディエゴを見てきてちょうだい」

「そのつもりだ。今日はなにをやらかした？」

「携帯の電源が入っているのを忘れていたんですって。トイレから出てくるときに友だちからかかってきて、それをガイ教頭が聞きつけたのよ」

「男《ガイ》のなかの男《ガイ》ってわけだ」

「ねえ、ガス……」

「いや、男ならその名前だなって思っただけだ。いい女と付き合うことになるぞ」

「教頭が男のなかの男じゃないってことだけは請け合う」

「で、そんなことでディエゴを停学にするっていうのか？」

「反抗的な態度をとったという理由。携帯を渡さなかったから」

「そもそも携帯ごときで目くじらを立てるほうがどうかしている」

「そうね。でも規則だから。とにかく、ディエゴには怒っているふりをしてちょうだいよ。少しでも」

「学校に怒りを感じているよ」

「わたしも」

「ディエゴと話をしてみよう」ラモーンはコンロに身を乗り出した。「なあ、ニンニクを焦がしちまってるぞ」

「ディエゴのところへ行ってちょうだい」

ラモーンはレジーナの耳のすぐ下にキスをした。少し汗臭かったが、甘い香も漂っていた。かすかにラズベリーの匂いがするボディオイルを愛用しているのだ。

キッチンを出ていきながらラモーンは言った。「火を弱くしろよ」

「あなたも情熱の火の勢いを弱めることね。コックの仕事をはじめるときには燃えつきちゃうわよ」

廊下の先の階段をあがるラモーンの背後で、《グリース》のサンダーバーズとピンクレディーズが掛け合いで歌う声が響いていた。

よく考えた末にディエゴをモンゴメリー郡の学校へ転校させることにしたのだが、あのときはほかに選択肢がないと思ったのだ。ラモーンもレジーナも、彼らが住んでいるDCの公立中学校には不満だった。実際、校舎が損傷していても一向に修理される気配がなく、鉛筆や紙などの備品はいつも不足していた。照明も薄暗く、蛍光灯や白熱電球の多くは切れているか、なくなっているかのどちらかだった。開閉できるドアのところにはことごとく金属探知機が据えられて警備員が常駐しており、まるで刑務所だ。たしかに、多くの予算がDCの学校に振り分けられているが、子供たちがその恩恵に浴しているとは思えなかった。それに子供たちも学校の内外で問題を起こすようになっていた。生徒たちが住む地域ではほとんどの親が共働きであり、なかには子供の養育にはまったく関心のない親や、そもそも親がいない子供たちもおり、道を踏み外していく者が出てくるのも不思議ではなかった。自らすすんで勉強をするタイプではなく、むしろ悪い連中に魅力を感じているディエゴにとってふさわしい環境ではなかった。

ガス・ラモーンは妻とふたりでこのことを熱心に話し合った。その結果、ちがう空気に触れさせたほうがディエゴのためになると結論したのだ。レジーナは転校させる決意を固めたが、ラモーンはやましさを拭い去ることができずにいた。不純な動機でディエゴを転校させようとしているのではないか。このあたりの公立中学校の生徒のほとんどは黒人とヒスパニックであり、そのためにラモーンの良心が痛んだのだ。
とにかく、ラモーンとレジーナは転校の手続きをとった。そのために策を弄し、家族がモンゴメリー郡に住んでいるように見せかけた。一九九〇年、シルヴァー・スプリングの荒廃したダウンタウンに建つ小屋に毛の生えたような家をラモーンは投資用に十一万ドルで買っていた。あのころレジーナは教師をしており、ふたりは共稼ぎだった。ラモーンはその家をグアテマラ人の屋根職人の一家に貸していた。ラモーンとレジーナはその家の住所でメリーランド州の電話番号を手に入れ、その番号にかかってきた電話は、DCに住む彼らのところに転送されるようにした。この電話番号と家を所有していることを証す書類からメリーランド州在住であることが主張でき、ディエゴの転校が認められたのだ。

　しかし、転校させた矢先、これは失敗だったのではないかと不安になった。モンゴメリー郡の中学校にはクソまじめな生徒たちがおり、しかもほとんどが白人だった。いわゆる規則違反に対しては、ディエゴが前に通っていたDCの学校よりも厳しかった。廊下やカフェテリアで大声を出したり笑い転げたりするのは、停学を食らっても当然の校則違反だった。あとは推《お》して知るべしで、直接なんらかの問題を起こさなくとも罰せられるのだ。融通の利かないまじめ人間や才能のある優等生にとってはなんでもないことだが、ディエゴやその仲間のような連中には別世界の規則であるにちがいない。白人の生徒はたいてい教師に好かれているようだとラモーンは思った。テストで好成績をとって学校の評判をあげるからだ。彼ら以外の生徒は、〝その他大勢〟という部類に入れられていた。レジーナが学校の実態をさぐったところ、モンゴメリー郡では停学、落第、退学などに処される黒人の子供たちの数は白人の子供たちの三倍であることがわかった。絶対になにかがおかしかったが、ガス・ラモーンもレジーナも不平を口にすることはなかった。あからさまに差別はされないものの、息子や友だちの肌の色が問題児というレッテルを貼られた原因ではないのかとふたりは疑っていた。

　これがリベラルなことで知られる地域の学校の実態だ。なんといってもバンパーに〝すべての人種に乾杯〟というステッカーを貼った車を頻繁に目にするところなのだ。ラモーンが息子を迎えに行くと、黒人の生徒たちは学校から出てきてぞろぞろと通りの先の〝アパートメント〟へ歩いていき、白人の生徒たちは逆方向の裕福な地域へ帰っていくのを目にすることになる。時にラモーンは運転席に座ってこの光景を眺め、転校させたのはまちがいだったとつぶやくのだ。

　問題なのは、子供たちを正しく育てているのか確信が持てないことだった。子供を正しく導いていると公言する連中は、ひとりよがりか、嘘つきだ。残念なことに、子育てが終わらないとその結果はわからない。

　ラモーンはディエゴの部屋のドアを拳で叩いた。返事がないのでさらに大きな音でノックして入るぞ、と言った。

　ディエゴはベッドの端に座っていた。カーペットを敷いた床にスプリングの並んだ板とマットレスを直に置いている。傍らにはいつものようにフットボールがあった。ディエゴがヘッドフォンをはずすと、ゴーゴー・スタイルの音楽が大きな音で漏れてきた。袖なしのTシャツを着ており、その腕は細く骨ばっていたが、肩幅はすでに一人前の男のように広かった。うっすらと口ひげが生え、もみあげは小さな短剣のような形に切りそろえていた。三番通りの床屋で二週間おきに髪を整えてもらい、頭皮が見えるほど短く刈りこんでいる。彼の肌の色はレジーナよりも明るい。茶色の大きな目とどっしりとした鼻はレジーナ譲りだ。顎の窪みはラモーンから引き継いでいた。

「やあ、父さん」

「調子はどうだ？」

「上々だよ」

　警官が力を誇示するためにやるようにラモーンは両脚を広げて息子の前に立ちはだかった。ディエゴは父親の表情を読み取り、作り笑いをして頭を左右に振った。ベッドから立ちあがり、父親と面と向かう。ラモーンよりも数センチ低いだけだ。

「説明させてほしいんだけど」

「言ってみろ」

「今日……」

「知っている」

「大したことじゃないんだ」

「母さんから聞いた」

「ぼくのことを目の敵《かたき》にしているみたいなんだよ、父さん」

「そもそもおまえがそういう原因を作ったんだろ」

「そうだけど」

　ディエゴは転校した初日にやりすぎてしまった。この転校生はヤワじゃないと思わせたかったのだ。タフでクールでありながら、愉快でもある男として印象づけたかった。転校させた九月に数回、憤った教師がラモーンとレジーナに電話をかけ、ディエゴが教室の秩序を乱すと報告した。ラモーンは息子に厳しい態度でのぞみ、容赦のない言葉で叱責し、謹慎させてフットボールの練習にも参加させなかった。しかし、さすがに毎週行なわれる試合に出ることは許した。愛情を持って厳しく叱ったことが功を奏したのか、あるいはディエゴの気持ちが落ち着いただけなのかもしれないが、その後レジーナは、ふたりの教師から教室でのディエゴの態度はよくなったという報告を受け、さらに片方の教師からディエゴにはほかの生徒たちの上に立つリーダーの素質があると言われた。しかし、白人女性のブルースター校長と彼女の右腕ガイ教頭には、しょっぱなに悪い印象を与えてしまったので、これがいつまでも尾を引いた。今ではラモーンも事情を呑みこんでおり、彼らがディエゴに特に目をつけているとわかっていた。ディエゴは落胆してやる気も起こらず、学校に対する興味を失った。中間試験の結果は、ＤＣの学校にいたときよりも悪かった。

「電源を切り忘れたそうだが、それは信じているよ」

「うん、忘れてたんだ」

ラモーンは疑っていなかった。最初にふたりは約束をした。ラモーンはこう言ったのだ。本当のことを話せば、怒らない。嘘をついたとわかったら、許さないぞ。ほかのことはどうにでもなるからな。ラモーンが知るかぎり、息子はこの約束をしっかりと守っている。

「おまえがそう言うのなら信じる。だが、学校にも規則がある。一日携帯を没収されるのなら、おとなしく従えばよかったんだ。そこに今度の問題がある」

「友だちは携帯を没収されて二週間戻ってこなかったんだ」

「そういうときには、母さんとわたしが学校に掛け合って取り戻す。要は、盾突いてはいけないということだ。先生は上司だ。大人になって社会に出れば、気に入らない上司にも出会うだろう。それでも、上司の指示には従わなければならないんだ」

「ＮＦＬでプレーするようになれば、そんなことはないさ」

「まじめな話をしているんだぞ、ディエゴ。父さんだって気に入らない上司に歩み寄っている。いいか、四十二歳の父さんでもだぞ。こういうことは子供だけではなく、大人だって経験していることなんだ」

ディエゴは唇を固く引き結んだ。感情を抑えこんでいる。こういう話は以前にもしており、ラモーンにとってもすでに新鮮さは失せていた。

「なんとかうまく対処することだ」

「がんばってみるよ」

この件はこれで打ち切るべきだと思った。ラモーンが手を差し出すとディエゴは指で指を軽く叩いた。

「ほかにもあるんだよ」

「なんだ？」

「この前、放課後に喧嘩が起こったんだ。友だちのトビーは知ってるね？」

「フットボール・チームのか？」

「そう」

ラモーンはチームにいるトビーのことは覚えていた。乱暴だが悪い子ではない。学校の近くのアパートメントでタクシー運転手の父親とふたりで暮らしている。聞いたところによると母親は麻薬中毒患者で、もはや家族との縁は切れているという。

「トビーが喧嘩をしたんだ。相手のやつが、廊下でトビーにひどいことを言って挑発したんだよ。ふたりは川のそばでやり合うことにした。トビーは、バシッ！」ディエゴは右手の拳を左の手のひらに打ちつけた。「ジャブを繰り出して右のパンチを食らわせたんだ。ワン・ツーだよ。ノックアウトさ」

「おまえもその場にいたのか？」ラモーンは尋ねた。声に興奮がにじんでしまったかもしれない。

「うん。ふたりの友だちと家に帰る途中、その場に出くわしたんだ。見物するつもりで……」

「それでどうなった？」

「やられた子の親が学校に電話したんだよ。それから調査とやらをはじめて、その場に誰がいて、なにを見たのか探り出した。相手の子の親がトビーを訴えようとしているんだ。暴行したと言ってね」

「喧嘩を売ったのはその子だろ」

「そうだよ。でも、からかっただけだと言っているのさ。喧嘩をする気はなかったってね」

「どうして学校が絡んでくるんだ？　学校の外で起こったことじゃないか」

「帰り道で起こったからだよ。教科書なんかも持っていたしね。学校の延長なんだって」

「なるほど」

「その子の親はトビーが最初に殴りかかったってぼくに証言させたいんだ」

「そりゃあ、どちらかが最初にパンチを繰り出さなくっちゃな」ラモーンは父親としてではなく、ひとりの男として言った。「フェアな喧嘩だったのか？」

「トビーのほうが体は小さいんだ。相手はスケボーをやる連中の仲間でね。よく人に絡むやつなんだ。口先だけなんだけどね」

「ふたりだけでやり合ったんじゃないか。その子に助太刀はなかったんだろう？」

「ふたりだけだよ」

「なにが問題なのかわからんな」

「ぼくが言いたいのは、友だちを売るつもりはないってこと」

ラモーンは息子にそんなまねをしてもらいたくなかった。だが、それをあからさまに口にするべきではないだろう。親としての立場がある。そこで黙っていた。

「いいよね？」

「そろそろ夕飯だ」ラモーンは含みを持たせてうなずきながら言った。

ディエゴが新しいTシャツに着替えているあいだ、ラモーンは息子の部屋を眺めた。コルクボードには《ソース》、《ヴァイブ》などの雑誌から切り抜いたラッパーの写真が貼られ、なかに混じって車高を低くした63年型インパラを復元した写真もあり、思わず目を瞠《みは》った。ボルティモアのマック・ルイスのジムのポスターには、アリとタイソンとともに地元の大学のボクサーの写真が並べられ、その下に〝優秀なボクサーは苦しさの限界にまで追いこまれても、それを乗り越える。だから偉大なのだ〟という言葉が印刷されていた。床はパソコンで作ったCD、CDラック、ポータブルステレオ、若者向けの雑誌《ドン・ディーヴァ》、銃の専門誌、汚れたものも洗いたてのものもごっちゃになったジーンズやTシャツ、いろいろなチームの正規ジャージー、ティンバーランドのブーツ一足、ナイキ二足がころがり、足の踏み場もなかった。机にはめったに使われることのない勉強道具、閉じられたままのジャック・ロンドン『白い牙』、興味を持つだろうと思って買ってやったチェールズ・ポーティス『勇気ある追跡』も一向に開かれることなく投げ出されていた。ほかにもスニーカー用洗剤、贈り物としてもらったモールで撮影されたスキニー・ジーンズにタンクトップ姿の黒人とヒスパニックの女の子の写真、サイコロふたつ、マリワナの葉を表面にあしらったガスライター、表紙にらくがき風にディエゴと名前の書かれたルーズリーフのノートなども雑然と置かれている。壁に打ちつけた釘には、高校を卒業するはずの年〝09〟という数字とディエゴのニックネームの書かれた帽子がかけられていた。

ライフスタイルは変わり、テクノロジーも進化し、文化もちがっているが、ディエゴの部屋は、一九七七年のラモーンの部屋にそっくりだ。事実、ディエゴは多くの点でラモーンに似ている。

「今夜はなんだろう？」

「ソースを作っていた」

「母さんのソースかな。それともおばあちゃんの？」

「さあ、行こう。手を洗えよ」

10

ホリデーは酔っていなかった。むしろ疲れていた。リタとベッドで一戦を交え、汗とともにアルコールは抜けてしまった。道もはっきりと見える。有料道路から内回りの環状線を通り、ヴァージニア州を出てメリーランド州に入った。わずかに視界に靄《もや》がかかったような感じだが、体調は良好だ。

衛星ラジオはクラシック・ロックの専門局にチューニングを合せていた。音楽がなければ生きていけないようなタイプではないが、七〇年代のロックには親しみがあった。思春期のころ、敬愛していた兄が家でレコードをかけていたので耳に馴染み、この時代の音楽だけしかホリデーは知らなかったし、興味はなかった。

ハンブル・パイのライヴ演奏の一曲がかかり、スティーヴ・マリオットが「アウル・ライト」とコックニー訛《なま》りで叫び、ヘヴィなブルーズ・ロックのリフが繰り出された。

今では兄との行き来は途絶えているが、クリスマス・シーズンになると甥を訪ねていき、ドク叔父さんはまだこの世に存在していることを知らしめるのだった。だがその甥も大学生になり、年一回の訪問もそろそろ終わりになりそうだ。兄は住宅ローン貸し付け専門の金融機関で働き、住まいはジャーマンタウン、ニッサン・パスファインダーに乗っているが、走る道《パス》といえば、メリーランド州の州間自動車道二七〇号線沿いの細長い地域の道だけだ。兄の妻ときたら、明るいところでは一発やる気も起こらないような女だ。十代のころの兄は長髪でかっこよく、地下室のひびの入った観音開きの窓をびりびりと揺らすほどの音でレイナード・スキナードやシン・リジィ、クラプトンなどを聴いていたのだが、それももう昔の話だ。今の兄は毎時間株価をチェックし、《消費者レポート》を熟読しなければ買い物もしない男に成り下がった。ホリデーは面と向かって怒りをぶつけてやりたいのだが、そんなことをしても活気に満ちあふれた兄は戻らない。

妹が世を去って久しく、両親も亡くなっているので、ホリデーはひとりぼっちだった。朝起きなければならないただひとつの理由、朝目を覚まし、ベッドから起きあがるただひとつの理由はすでになくなっていた。あのころのおれは警官だった。だが、もうちがう。今はふざけた帽子をかぶり、おれのことなどまったく眼中にない連中と話をし、車のトランクから荷物の出し入れをしているだけだ。

なにもかも、大目に見ようとしなかった仲間の警官のせいだ。兄のように規則に縛られたやつ。クソみたいな野郎。

まだ部屋には帰りたくなかった。環状線を降りてジョージア通りに入り、ＤＣへと南を目指した。レオの店へ行けば、閉店までにひとり、いや、ふたりほど話し相手が見つかるだろう。

ラモーンの家族は、キッチンと娯楽室のあいだに置いたテーブルに向かって食事をした。毎晩、家族一緒に食べるようにしている。だが、ラモーンの不規則な仕事のせいで食べる時間はいつも遅くなってしまった。レジーナもラモーンも家族全員で食事をする環境で育ち、ふたりはそれがとても大事なことだと思っている。イタリア系のラモーンにとって、美味い料理を家族で囲むことは、宗教的な儀式以上に精神的な行為なのだ。

「このソースおいしいよ、母さん」ディエゴが言った。

「ありがとう」

「ちょっと焦げ臭いけどね」そう言い添えてディエゴはラモーンに輝く目を向けた。

「ニンニクと玉ねぎに火をつけちまうんだ」ラモーン

がからかった。

「やめてちょうだい」

「ふざけているだけだよ。味はいいぞ」

　アラナは皿に顔を近づけ、フォークいっぱいに絡めたスパゲティを頬張ろうとしていた。アラナの頭のなかにはいつも食べ物があり、それを話題にもする健啖《けんたん》家《か》だ。ラモーンは食事を楽しむ女を見るのが好きだが、自分の幼い娘の場合はまた格別だった。

「そいつを切ってやるよ」ディエゴが言った。

「いやよ」アラナは答えた。

「そのほうが食べやすくなるのにな」

「余計なお世話」

「豚みてぇに食ってるぞ」

「みたいに、でしょ」レジーナが言葉づかいを注意した。

「好きなように食べさせておけ」

「親切で言っただけさ」

「自分のことに気をつかうんだな。シャツにソースが飛び散っているぞ」

「あっ、まずい」体にぴったりと張りついたTシャツにシミができているのに気づいてディエゴは声をあげた。

　宿題へと話題が移ると、ディエゴは自習室ですませてしまったと繰り返した。それからラヴァーニアス・コールズがトレードされた話になり、ラモーンは断定的な口調でサンタナ・モスはサイドライン・レシーバーにすぎないと言った。足音が迫ってくるのを耳にするとフィールドのど真ん中でしょっちゅうパスをミスするからな。ジェッツにいるころのものだが、背中にモスの名前が入ったジャージを持っているほどのファンであるディエゴはそんなことはないと反発した。

「アシュレイって誰?」いきなりレジーナはディエゴに尋ねた。

「学校の女の子だよ」

「発信者番号表示に名前があったんだけど」

「それって法律違反？」

「そりゃあ、ちがうけどね。いい娘《こ》なの？」

「かわいいのか？」ラモーンが尋ねるとディエゴは笑いを漏らした。

「母さん、彼女は学校の友だちだよ。特別な女の子なんていないんだ、いい？」

「ひとりも？」

「おまえ、女の子が好きだと言ったぞ」

「よく言うよ、父さん」

「ちょっと興味が湧いてきた」

「プライベートなことだよ」

「女の子のことは口にしないってことか」

「父さん、いいかげんにしてよ」

「別に好みの問題だからな」

「ねえ、ぼくはゲイじゃないんだ」

「そうだとしても、おまえを愛する気持ちは変わらないさ。あくまでも個人の好みだからな」

「ガスったら」

　話はワシントン・ナショナルズのことへ移った。野球は〝白人のスポーツ〟だと言うディエゴに対して、ラモーンはメジャーリーグで活躍している黒人やヒスパニックの選手がいるだろうと反論した。だがディエゴは譲らなかった。ＲＦＫスタジアムに集まる観客の顔を見てよとラモーンに言った。ほとんど白人であることを認めながらもラモーンは、ディエゴがどうしてそこまで野球に反発を覚えるのかわからないと言ってこの話題を打ち切った。

「父さんは今日、事件を解決したのよ」レジーナが話頭を転じた。

「どんな事件？」アラナが尋ねた。

「悪者を牢屋に閉じこめたのさ」ディエゴが答えた。

「そんなに悪い男じゃないんだ。たしかに悪いことはした。取り返しのつかないまちがいをしでかしてしまったんだよ」

　夕食後、レジーナはアラナに読み聞かせをし、そのあとに朗読がうまくなっていくアラナがレジーナ相手に本を音読した。ラモーンとディエゴは、テレビでワシントン・ナショナルズのシーズン最後の試合を見た。七回裏が終わると、ディエゴは父親と拳を突き合わせて二階の部屋へあがっていった。アラナもラモーンにキスをし、レジーナと部屋に引っこんだ。レジーナはアラナをベッドに入れてさらに本を読んでやるのだ。ラモーンはベックスのボトルをあけ、ビールを流しこみながら残りの試合を見た。

　寝室へあがっていくとレジーナはバスルームで顔を洗っていた。ラモーンは着替えて寝る準備をはじめた。レジーナはディエゴのフットボール・チームのTシャツを着て古いパジャマのズボンをはいていた。今夜はセックスなし、というサインだ。だが、ラモーンは男だ。成功の可能性はなくとも望みを抱き、当たって砕けろだ。着古したみすぼらしい恰好だからといって引き下がるつもりは断じてない。試してみよう。

　寝室のドアを閉め、シーツのあいだに潜りこんだ。レジーナもベッドに入り、彼の口元に軽くキスをした。ラモーンは肘を着いて上半身を起こし、キスを返そうとしたがレジーナは身を固くした。

「おやすみ」

「おい、もう寝ちまうのか？」

「疲れているの」

「気持ちのいい疲れにしてやろう」

　ラモーンはパジャマのズボンに手を入れ、レジーナの内腿を撫でた。

「アラナが来るわ。部屋を出るとき、まだ寝ていなかったから」

　ラモーンはキスをした。レジーナは唇を開き、体を寄せてきた。

「アラナが入ってくるのよ」

「静かにやるさ」

「無理でしょう」

「手でしてあげるだけじゃだめ?」

「そんなのは自分でもできる」

ふたりは忍び笑いを漏らし、レジーナはディープキスで応じた。パジャマのズボンを下げにかかると、レジーナは脱ぎやすいように体をそらした。そのとき、寝室のドアがノックされた。

「クソッ」ラモーンは悪態をついた。

「あなたの娘でしょう」

「いいや、おれの娘じゃないね。七歳の歩く貞操帯だよ」

五分後、アラナはふたりにはさまれていびきをかきはじめ、褐色の小さな指を開いてラモーンの胸にのせていた。いくぶんがっかりしたことはたしかだが、ラモーンは幸せだった。


レオの店は少し混み合っており、ジュークボックスの音楽が騒々しかった。二、三知っている顔に向かってうなずきながら店の奥へ行き、厨房へ通じるドア近くの空《から》のスツールに腰かけた。界隈に住む黒人だけが集まるバーに白人が足を踏み入れると鋭い視線を突き立てられるものだが、ホリデーはこの店で顔が知られているので、そのような目で見られることはなかった。

レオの店の常連客は、ホリデーがある嫌疑をかけられて辞職させられた元警官だと知っていた。実は内部調査が本格化する前に、自らの都合で退職したのだが、連中の好きに思わせておけばいい。悪徳警官にはある種の神話が生まれるのだ。だが、ホリデーは悪徳警官ではなかった。採用基準がめちゃくちゃだった八〇年代後半に雇われて警官となった連中のように賄賂《わいろ》を受けとっていたわけでもなければ、情報を流していたわけでもない。知り合いの女に手を差し伸べただけなのだ。たしかに彼女は売春婦だった。だからなんだっていうんだ。

「ウォッカのロック」ホリデーは夜のバーテンダー、チャールズに注文した。レオはいなかった。裏の事務所で今日の稼ぎを計算しているのだろう。

「なにか混ぜるかい、ドク」

「いや、けっこう」そのほうが五臓六腑にしみわたる。棚に並んだジュースなんぞ入れられたら、せっかくの酒が台無しだ。

チャールズはホリデーの前に飲み物を出した。ジュークボックスからは、《ジェット・エアライナー》の最高に渋いソウルロック・ヴァージョンが流れていた。ホリデーの右隣に座っている男がふたり、この曲のことで話し合っていた。

「こいつはポール・ペナだ。最初に演《や》ったのはポールさ。なあ、この曲をパクってビッグヒットを飛ばした白人の坊やは誰だっけな?」手前の男が言った。

「ジョニー・ウィンターズか、そんなクソ野郎さ。知らないな」向こう側の男が答えた。

「そいつはオルモンド・ブラザーズ・バンドのやつじゃなかったけな」

「オズマンド・ブラザーズだろう」

「オルモンドだって、絶対さ」

「スティーヴ・ミラー・バンドだよ」ホリデーが口をはさんだ。

「なんだって?」手前の男がホリデーに向き直った。

「この曲は最高だよ」

「あったりまえだ。ヒットさせた坊やの名前をもう一度教えてくれるかい?」

「忘れたよ」ホリデーは答えた。自慢げについ口を滑らせてしまったが、すでに自尊心が満たされたのでこれ以上かかわりたくなかった。

閉店の時間になったがホリデーはもう一杯お代わりを頼んだ。それを一気に飲み干して満たされない気持ちを抱えてバーを出た。昔の日々や退職した経緯を思い出したために気分は滅入っていた。

ホリデーは東に向かって車を走らせていた。彼が住んでいる平屋のアパートメントは、イースト＝ウェスト・ハイウェイのはずれにあるプリンス・ジョージズ・プラザにあり、レオの店からはミズーリ通りまで南に下り、さらにそこを越えてリグズ通りまで行けばいいのだ。しかし、カンザス通りのあたりまで来たところで近道をしようと裏通りに入り、迷ってしまった。ブレア通りを進みながら戻らなければならないと気づいた。左折してオーグルソープ通りに入り、まっすぐ進めばリグズ通りに出るはずだ。

オーグルソープ通りに曲がりこんですぐにまちがいに気づいた。警官時代にこのあたりを走ったことを思い出したのだが遅すぎた。オーグルソープ通りは、地下鉄とB&O鉄道の線路で行き止まりになるのだ。左手の線路沿いの建物に見覚えがあった。ワシントン動物救護センターとその下には印刷会社が入っている。右手はDC近辺ではお馴染みのコミュニティ菜園で数エーカーほどの広さがあった。

ダッシュボードの下にホルスターのようなアタッチメントをつけて携帯電話を入れているのだが、そこからいきなり着信音が鳴り響いた。唯一の使用人ジェローム・ベルトンからで、夜の徒然を慰めるためにかけてきたのだ。ホリデーは道の右端に車を寄せ、砂利に乗り上げてから停め、エンジンを切った。数カ月前にボクサーかぶれの男をタイソンとマクブライドの一戦が行なわれたMCIセンターへ乗せていったことや、ワニみたいなトカゲが車の後部座席で逃げ出した話をした。

この仕事に馴染んでいればおもしろい話だ。ホリデーはベルトンとともに声をあげて笑い、電話を切った。

行き止まりの道に沿って広がるコミュニティ菜園の脇

に停めた車のなかでホリデーは頭をシートにもたせかけ、目をつぶった。酔ってはいない。疲れているだけだ。

ライトが顔をよぎって眠りから覚めた。目を開く。屋根の青と白の回転灯を消したワシントン市警のパトロールカーが、行き止まりの線路のところで方向を転じてこちらに戻ってきた。ステアリングを握る警官は、後部座席に客を乗せていたが、おそらくなにかしでかした悪党か容疑者だろう。クラウン・ヴィクトリアがゆっくりと近づいてくるのを眺めながら、ミントの置き場所を思い出そうとした。ホリデーはパトロールカーのなかをのぞきこまないようにしていたが、すばやく視線を走らせて白人警官の顔を確認しておいた。後部座席は陰になり、座っている人物のシルエットから肩と首の線が細いことがわかった。女か十代の子供だろう。パトロールカー前部側面の下のほうに車輛番号が書かれているのが視野の隅に入ってきた。警官は車を停めずに脇を通り抜けていく。ホリデーが乗っていることに気づいているのだろうが、職務質問をする気はなさそうだ。車輛に書かれていた数字の残像が消えていき、クラプトンの《レット・イット・グロウ》が頭に浮かび、なぜかわからないが笑いがこみあげてふたたびうとうとしはじめた。

しばらくして目を覚ましたが、朦朧《もうろう》としていた。菜園を眺めると、にわか作りの東屋《あずまや》や支柱に巻きついた植物、列をなす背の低い野菜などが黒い影となって浮かびあがっている。中背で年齢のよくわからない人物が、この風景のなかを横切った。黒人の男だ。目を細くして黒人特有の歩き方を見つめた。ホリデーはゆっくりとまばたきをした。視野が霞んでいき、ふたたび眠りに落ちた。

今度目を覚ましたときもぼんやりとしていたが、ずいぶんと寝ていたらしく、しらふに戻っており、すぐに頭がはっきりとした。空では闇と光が微妙に溶け合い、ツバメが急降下してコミュニティ菜園の上を滑るように飛んでいき、朝が来たと盛んにさえずっている。時計を見ると四時四十三分だった。

「まいったな」

首筋が凝っていた。ベッドで眠らなければならない。しかし、なによりもまず膀胱《ぼうこう》を空にすることだ。グロブボックスから小型のマグライトをつかみ出し、車をおりた。

足下を照らしながら車から離れた。マグライトを口にくわえ、一物を引っ張り出して放尿した。小便をしながら、ゆっくりと首をまわして周囲を眺めると、倒れた人間らしきものの姿が光のなかに浮かびあがった。寝ているのか意識を失っているのかわからないが、菜園の境界のあたりに横たわり、すぐ向こうには収穫されて久しいトマトの蔓が支柱に巻きついていた。一物をしまってジッパーをあげ、そちらへ近づいていって光を向けた。

ホリデーは唇を噛み、しゃがみこんだ。ライトを近づけると、倒れている人間がはっきりと光のなかに浮かびあがった。若い黒人の男で、十代の半ばくらいだろうか。冬物のジャケットの下にTシャツ、ジーンズ、ナイキのスニーカーといういでたちだ。左のこめかみに弾丸が飛びこんだ痕があり、そのまわりの血は凝固しつつあった。脳天のあたりには弾丸の出射口があってどろどろしたものにまみれている。血まみれの脳みそがチャウダーのようになっているのだ。驚きからか、目を大きく見開いていた。ホリデーはあたりの地面に光を向けた。道と菜園を広い範囲で照らしていった。薬莢も銃も見つからなかった。

ふたたび若者に光を当てる。首からチェーンでなにかのカードをぶらさげていた。前をはだけたジャケットのあいだからTシャツがのぞき、カードはその上に表をこちら側に向けてのっている。身分証明書のようだ。ホリデーは目をすがめ、名前を確認した。

それから立ちあがると死体に背を向け、できる限り足に体重をかけずに車まで戻った。オーグルソープ通りには誰もおらず、ホリデーは急いでイグニションキーを回し、タウンカーの方向を転じるとヘッドライトを消したままブレア通りの手前まで行き、車がいなくなるまで待ってからヘッドライトを灯して角を右に曲がり、カンザス通りのセブン-イレブンまで行った。その店には公衆電話があるのだ。しかし、駐車場は煌々《こうこう》と光に照らされて人目につくので、さらに車を走らせてシャッターの降りた酒屋までやってきた。がらんとした駐車場は暗がりにあり、そこに公衆電話が据えられていた。道路に背を向けて九一一の番号を押すと通信指令係の声が聞こえてきた。名前と現在地を尋ねられたが、これには答えず、ブレア通りとオーグルソープ通りにあるコミュニティ菜園に死体が転がっているとだけ報告した。受話器を架台に戻すとき、通信指令係の女は名前を尋ねていた。ホリデーは急いで車に戻って酒屋の駐車場を離れ、それからタバコに火をつけた。はっきりとわからなかったが、あの死体にはどこか馴染みがあるような気がし、それがホリデーを高ぶらせ、緊張させていた。

アパートメントに戻ってベッドに潜りこんだが眠れなかった。ヴェネチアン・ブラインドの向こうから太陽の光が漏れてきても、まだ天井をにらんでいた。天井を見ているのではない。あれとそっくりなコミュニティ菜園のなかに立っている制服を着た若き自分の姿を思い描いていたのだ。殺人課の刑事T・C・クックがお馴染みのコートと茶色の帽子をかぶって捜査に当たっていた。パトロールカーの回転灯が青と白の光を交互に投げて現場を照らし、ときおりカメラのフラッシュの閃光が走った。

心のなかの写真を見ているようだった。交錯する光と白いシャツを着たお偉方、チャンネル4のレポーター、なかでも若き日の自分とT・C・クックの姿がとりわけはっきりとよみがえった。もうひとり、この写真のなかにいるのは、制服姿の若い警官ガス・ラモーンだった。

11

動物救護センターと印刷会社に昼間のシフトの従業員が出勤してくるころ、オーグルソープ通りからブレア通りにかけて広がるコミュニティ菜園は殺人課の警官と器材を満載した大型車でやってきた鑑識官たちであふれ、若い男の死体のまわりを囲んでいた。制服警官は黄色いテープを張り巡らせて、出勤してきた従業員たちを現場から締め出すのに忙しい。野次馬たちはお互いに推理を披露したり、携帯電話で友人や恋人に現状を報告していた。

暴力犯罪班のビル・〝ガルー〟・ウィルキンズ刑事は、真夜中から朝八時までのシフトだったが、勤務時間が終わろうというときに、匿名の電話を受けた通信指令係から連絡が入ったのだ。ウィルキンズはジョージ・ルーミス刑事とともにコミュニティ菜園に急行した。ルーミスはなで肩の男で、サウスイースト地区にあるフレデリック・ダグラス・ホームそばの低所得者向け住宅セクション・エイトの出身だ。この事件の指揮権はウィルキンズが握るだろう。

　ウィルキンズとルーミスが現場で捜査に当たっているころ、ガス・ラモーンが暴力犯罪班にやってきて八時から四時までのシフトを開始した。いつも早めに出勤するロンダ・ウィリスはコーヒーを飲みながら一日の予定に目をとおし、すでにデスクに向かっていた。いつものようにふたりは、今日の行動予定と夜から朝にかけて起こった暴力犯罪について話し合った。ブレア通りで発見された身元不明の射殺死体にも触れ、ガルー・ウィルキンズが担当したことを確認した。ラモーンは、ウィリアム・タイリーの罪状認否手続きを行なわなければならず、ロンダは数カ月前に解決した麻薬絡みの抗争事件の証人として証言することになっていた。ラモーンは、殺人を目撃している可能性のある女と会って話を聞こうと思うと言った。女はハワード大学そばのマクドナルドで働いており、出勤前に捕まえるつもりだ。まず女と会い、それから四番通りとE通りに面した裁判所へ行こうとロンダは答えた。

　ふたりが会ったのはトラッション・モーリスという若い女だったが、証人としてはまったく使い物にならないとわかった。彼女はショー通りのはずれにあるクラブで若い男と親しくしているところを目撃されているのだが、その晩、その男は殺人で指名手配されることになったのだ。ドンテイ・ウォーカーという名前の若い男は、そのときクラブにいた複数の客の証言によると、ある男と喧嘩をしていたというのだ。喧嘩相手の男は、その後、U通り南側の六番通りに停まっていたニッサン・アルティマの車内で射殺死体となって発見された。ウォーカーはこの殺しに関係があるとして指名手配されたが、いまだに見つかっていない。アパートメントから出てきたトラッション・モーリスを捕まえて質問を投げかけたのだが、あの晩、クラブで起こったことも言い争いのこともなにひとつ思い出せないという答えが返ってきた。

「すっかり忘れちゃったよ」トラッション・モーリスは、ラモーンと目を合わせようとしなかったし、ロンダ・ウィリスがそこにいることも無視した。「喧嘩のことなんか知らない」モーリスは色を塗りたくった特別に長いつけづめをし、巨大な丸いイヤリングをぶら下げて髪を大きく膨らませていた。

「あの晩はずいぶんと飲んでいたのか？」ほんとうに覚えていないのかラモーンは見極めようとした。しばらくしてから思い出し、法廷で証言してもらえる可能性はないのか。

「そう。飲んでたよ。クラブにいたんだからね。ほかになにをするっての？」

「どれくらい飲んだの？」ロンダが尋ねた。

「思う存分ね。週末だったし、あたしは二十一だしさ」

「ドンテイ・ウォーカーと店を出ていったとみんな証言している」

「誰とだって？」

「ドンテイ・ウォーカーだ」

「みんな好き勝手なことを言うんだよ」トラッション・モーリスは腕時計に目を向けた。「ねえ、もう行かなくちゃ」

「あの晩からドンテイは姿をくらませているんだが、どこにいるか知らないか？」

「誰がさ」

ラモーンは連絡先を記した名刺を彼女に渡した。

「ドンテイを見かけたり、連絡が入った場合、いや、なにか思い出したときでもいい、連絡をくれないか」

「仕事にいかなくちゃ」モーリスはそう言って歩道を

地下鉄の駅へと遠ざかっていった。

「なかなか協力的だ」ラモーンとロンダは、縁石に沿って停めているワシントン市警の覆面パトロールカー、えび茶色のインパラへと戻った。

「黒人居住区《ゲットー》のいかした女ってわけね。息子たちがあの手の連中を家に連れてこようって気にならなければいいんだけど。すぐにお引き取り願うわ」

「おふくろさんにトラッションなんて安売春婦《トラッシュ》みたいな名前をつけられたんで、頭にきているだけかもしれない」

「名前をつけると、名前どおりのものになるからね。人間って他人の期待に応えようと行動するって聞いたことがあるでしょう」

裁判所の一階でラモーンとロンダ・ウィリスは、入所表に必要事項を記入して九階へあがった。連邦検事や連邦検事補のオフィスがずらりと並び、ここで彼らは逮捕から裁判まで種々の手続きを行ない、ときに有罪判決を勝ちとるのだ。いつ来ても大勢の殺人課の警官たちが廊下にあふれ、検事のオフィスで打ち合わせするのを待っている。高級なスーツや安物のスーツなどが混在し、スウェットシャツ姿も見られる。証言、くだらないおしゃべり、事件の経過の報告、あるいは残業手当を稼ぐために連中はここに来ていた。暴力犯罪班のオフィス、あるいは街に散らばった殺人課の警官よりも、この階にいる警官の数のほうが多い日もある。

ラモーンはアイラ・リトルトン検事をオフィスに訪ねた。タイリーの裁判と罪状認否手続きについて話し合い、さらにリトルトンから訴訟手続きや法廷での作法について説明を受けた。ラモーンは若い検事に好きなように話をさせた。打ち合わせが終わると、ラモーンは建物の隅にあるマーガレット・ヒーリーのオフィスに立ち寄った。彼女は頭が切れ、情に流されることのない四十代半ばの赤毛の女で、連邦検事補のチームを率いている。彼女のデスクは紙の束であふれかえり、処理しなければならない書類は床の上にまで広げられていた。ラモーンはマーガレットのオフィスの座りごこちのいい椅子に身を投げるように座った。

「刺殺事件をあっという間に解決したそうね」

「ボー・グリーンの手柄だよ」

「まさにチーム・スポーツ」これは彼女のお気に入りの言葉だ。

「サリナス兄弟の訴訟はおめでとう」マーガレットは、担当した殺人事件の裁判で長いあいだ争い、ＭＳ-13というストリート・ギャングのメンバーである兄弟二人組に対して有罪判決を勝ちとったばかりだった。ＤＣ内やその周辺の地域において勢力を増しつつあるヒスパニックのギャングに一矢を報いたとマスコミは派手に書きたてた。

「みごとな勝利ね。メアリー・ユーには頭があがらない。最初から最後までかかりきりだったのよ」

ラモーンはうなずき、彼女のデスクに飾られている写真を顎で示した。「みんな元気かい？」

「おそらくね。今年は家族のために休みをとって元気にしているかこの目で確かめようと思っているんだけれど」

半開きになったドアを事務補佐官がノックし、奥様からお電話ですとラモーンに伝えた。レジーナは彼の携帯電話にかけてきたのだろうが、この建物のなかは電波が届かないところがあるのだ。わざわざ固定電話にかけなおしてきたのだから、急を要することにちがいない。真っ先に頭に浮かんだのはアラナとディエゴのことだった。ラモーンは立ちあがった。

「失礼。マーガレット」

誰もいない部屋で受話器を持ちあげた。レジーナは感情を高ぶらせていたが、声は落ち着いていた。電話を切り廊下に出るとロンダ・ウィリスがふたりの刑事と冗談を言い合っていた。ラモーンはロンダに電話の内容と行き先を伝えた。

「一緒に行ったほうがいい？」

「証言することになっているんだろ」

「今日じゃなくなったんだって。罪状認否手続きはどうする？」

「また出直すよ。さあ、行こう。車のなかで詳しいことを話す」

　マリタ・ブライアントはマナー・パークの自宅の見晴らしのよいところから、ジョンソン一家が住む家の前に制服警官や私服の刑事たちが車で続々とやってくるのを見ていた。頭の禿げた大男の刑事が家へ入っていき、しばらくするとテランス・ジョンソンがキャデラックに乗って帰ってきて道のいい加減なところに停車し、玄関へ駆けていった。つづいて救急車が到着し、テランスの妻であり、十四歳のエイサーと十一歳のディアナの母親ヘレナ・ジョンソンが、ストレッチャーに乗せられて家から救急車へと運ばれていった。妻に付き添って出てきたテランスは見るからに取り乱し、芝生の上で足をもつれさせた。隣に住むコリン・トーヘイという年金生活者が家の外に出ており、テランスは彼のところまで来ると立ち止まって声をかけたが、私服の刑事にうながされて覆面パトロールカーに乗りこんだ。ふたりはそのまま走り去って行った。

　マリタ・ブライアントがジョンソン家の庭へ出ていくと、コリン・トーヘイはまだその場にたたずみ、わずかに震えていた。マリタはトーヘイから、ブレア通りの大きなコミュニティ菜園でエイサー・ジョンソンの死体が発見されたことを聞かされた。息子の死を知ったヘレナは卒倒し、救急車が呼ばれたのだという。マリタ・ブライアントは、エイサーと同い年の娘がおり、エイサーの友だちのこともよく知っていたので、すぐにレジーナ・ラモーンに電話をかけた。ディエゴとエイサーは仲がよく、レジーナに知らせておいたほうがいいと思ったのだ。マリタは好奇心も強く、ガス・ラモーンからエイサーの死について詳しいことが聞けるにちがいないという打算もあった。レジーナはエイサーの死に驚き、おそらくガスもまだ知らないだろうと言った。ガスなら真っ先にレジーナに電話をかけてくるはずだから。レジーナはまだマリタ・ブライアントが話をしているうちに電話を切り、すぐにガスに連絡をとった。

「息子さんはその子と仲がよかったの？」余分な装備を一切のぞき、四気筒エンジンを搭載したインパラ――シボレーのなかでももっとも基本的なモデル――の助手席にロンダ・ウィリスは座っていた。ふたりはノースキャピトル通りを北上していた。

「ディエゴには友だちが多い。エイサーは親友ではなかったが、仲のよい友だちであったことはたしかだ。去年は同じフットボール・チームでプレーしていた」

「ショックを受けているかしら」

「わからない。親爺が死んだとき、おれが悲しんでいるのを見てディエゴはこたえたようだ。だが、殺人事件とあっては事情はまったくちがってくるからな。異常な出来事だ」

「息子さんに友だちの死を伝えたのは誰？」

「レジーナが学校へ迎えに行って知らせた。後でおれのほうからもディエゴに電話をするつもりだ。顔を合わせるのは今夜だな」

「家では神のこととか話す？」

「めったに」

「今度がいい機会かもしれないわね」

ロンダは四人の息子たちを女手ひとつで育てなければならず、苦労が絶えなかった。神云々《うんぬん》は、ロンダには拠り所となるのだろう。神はロンダの礎《いしずえ》であり、また支柱でもあった。ロンダは神について話すことが好きだが、ラモーンは嫌いだった。

「なにを考えているの？」ロンダは車のなかにみなぎった沈黙を破った。

「別になにも」

「その子を知っていたんでしょう。家族のことも？」

「父親も母親もまともな人たちだ。子供のことには注意を払っていたよ」

「もっと聞かせてくれる？」

「父親はどちらかと言えば融通が利かない。運動、勉強、すべてにおいて……息子に厳しかった」

「どこか悪いところに出入りするようになるほど厳しかったのかしら？」

「それはわからない」

「厳格な躾は、ほったらかしにされるのと同じくらい子供を追い詰めるから」

「そうだな」

「その子が悪の道に迷いこんだ兆候はなかった？　そう思ったこともないの？」

「ないね。だからといって、エイサーが悪に染まっていなかったことにはならんがな。だが、道を踏み外したとする根拠はなにもない」

ロンダは助手席からラモーンの横顔に目を注いだ。

「エイサーのことは好きだった？」

「いい子だったよ。しっかりしていた」

「あなたがどう思っていたか訊いているのよ。大人の目で子供を見て、どう判断するかってこと」

ラモーンはフットボール競技場で見たエイサーの姿を思い出した。見ていられないようなタックル、ボールを持って走る選手から逃げるように遠ざかることもあった。ラモーンの家に遊びに来たときのエイサーは、ラモーンにもレジーナにも話しかけようとせず、いよいよというときになるまで挨拶すらしなかった。ロンダがなにを聞きたがっているのかラモーンにはよくわかっていた。少年を男として見ることがある。不屈な面構えをし、たくましい体に成長した姿を想像することもあれば、出世した姿を思い描くこともある。あるいは立派な若者を見て、自分の息子なら誇らしいだろうと思ったりもする。エイサー・ジョンソンはそういう子ではなかった。

「覇気がなかった。それくらいしか思い浮かばない」

実はほかにも思うところはあった。エイサーの目の光が弱々しいという気がしていたのだ。かんたんに誘惑に負けてしまう弱さを感じた。

「正直な感想であることはたしかなようね」

「だからって、なにかがわかるわけでもないだろ」ラモーンはそう答えながらも、わずかに恥ずかしさを覚えた。

「ガルー・ウィルキンズよりも深く理解することができるでしょうね。ウィルキンズは少年の死体を見て、これまでの経験からあの子がどんなことを考えていたか想像するだけ。もちろん、それだけの人だって言うつもりはない。彼はただ……鈍いから。複雑な心の働きを理解しないで単純化してしまう」

「とにかく現場へ行って様子を見ることだ」

「現場にたどり着ければね」

「警察には選り抜きの車が支給されているんだ」

「でも、わたしたちが乗っているのはきわめつきのボロ車じゃないの」

ラモーンはアクセルを踏みこんだが、エンジンがノッキングしただけだった。

ラモーンとロンダ・ウィリスが犯行現場に着いたときには、野次馬の数は減って警官の数が増え、新聞記者もひとりしかいなかった。ガルー・ウィルキンズとジョージ・ルーミスはなんの特徴もないシボレーの脇に立っていた。そのそばに停まっているパトロールカーには、白人の制服警官が寄りかかっている。ガルー・ウィルキンズは片手にノートを持ち、もう一方の手の指のあいだには火のついたタバコがはさまれていた。

「ラモーン。ロンダ」

「やあ、ウィルキンズ」

　ラモーンは現場の様子を眺め渡した。看板、線路、民家の裏手。コミュニティ菜園の反対側は東西に走る坂道に面し、そのあたりは住宅街となっていた。教会も見える。

「おまえが来るって本部から連絡が入ったよ」ガルー・ウィルキンズは言った。「ガイシャを知っているんだって？」

「息子の友だちだ」

「エイサー・ジョンソンがか？」

「殺されたのが彼ならな」

「首から中学校の身分証明書をぶら下げていた。父親が身元を確認したよ」

「父親は来ているのか？」

「病院だ。女房が卒倒しちまってな。今、付き添っている。あの男も倒れそうだよ」

「ほかになにかわかったことは？」

「射入口はこめかみ、射出口は脳天だ。弾丸を見つけたよ。変形しちまっているが、口径はわかるだろう」

「銃は見つかっていないんだな」

「ああ」

「薬莢は？」

「いや」

「どう思う？」

「べつになにも」

　ロンダとルーミスも気づいていたようにラモーンもウィルキンズがすでに事件の筋書きのようなものを組み立てており、いくつかの可能性を排除しているとわかっていた。十代の黒人の少年が銃で撃たれて死んだ場合、まずウィルキンズは〝麻薬絡み〟だという前提に立つ。DCの警官のなかには、麻薬の取り引きに絡んだ殺人のことを〝社会の浄化〟と憚《はばか》りもなく口にする者もいた。ダーウィンの進化論がここに働いたのだというのだ。

次にウィルキンズは武装した強盗犯による殺人事件ではないかと推理したはずだ。しかし、たかだか中流の家族が住むこの地域で、十代半ばの少年が高価なものを持っているというのだろうか？　ノース・フェイスのジャケット、百ドルのスニーカー……だが、こうしたブランド品はまだ身につけていた。つまり、武装強盗の線は怪しくなる。現金あるいは隠し持っていた麻薬を奪われたのかもしれない。となると、ふたたび麻薬絡みの事件を疑うことになる。

　ほかの男の女に手を出したか、あるいは好色な目で女を見たからかもしれない。

　自殺という線もあるだろう。だが、黒人の子供は自殺なんかしないとウィルキンズは思いこんでいる。だから、自殺の可能性は消去されているだろう。そもそも銃が転がっていないのもおかしい。人生に終止符を打ってから、銃を破棄したことになる。


「どう思う、ガス」ウィルキンズは尋ねた。「この子はその手の世界に足を踏み入れていたんだろうか？」

「わからんよ」ラモーンは答えた。

　ビル・ウィルキンズは、その巨体と先の尖った耳、禿げあがった頭から〝ガルー〟というあだ名をつけられていた。〝ガルー〟というのは六〇年代初期から中ごろにかけて男の子たちのあいだで人気があったおもちゃのモンスターの名前だ。子供のころに親しんだ腰布を巻いた化け物の姿を思い出した古参の刑事がつけたあだ名だった。みごとな命名だ。ウィルキンズは口で呼吸した。図体は馬鹿でかく、足踏みでもするように歩く。はじめてウィルキンズの姿を目にした者は、獣人だと思うだろう。警察友愛会のバーには紙を貼りあわせて厚みを出したメダルを用意している。メダルには紐がつけられ、表面にはクレヨンでぞんざいに〝ガルー〟と書かれており、ウィルキンズが酔っ払ったときに首からさげるしきたりになっていた。夜になるとウィルキンズは警察友愛会のバーによく姿を現わすのだった。

　ウィルキンズはあと六年で勤続二十五年になる。昇進への望みも期待もなくなり、暴力犯罪班での今の地位と階級を維持できればいいという消極的な思いしか残っていなかった。そのためには、ある程度の頻度で事件を解決していかなければならない。解決の難しい事件にぶち当たると、悪態こそつくけれども、挑戦しようという気を起こさなかった。

　しかし、ラモーンはウィルキンズのことが好きだった。ほかの警官もコンピュータに関してわからないことがあると必ずウィルキンズに聞きにいった。ウィルキンズはコンピュータに関する知識が豊富であり、その活用方法や操作方法など喜んで教えてくれるのだ。誠実で礼儀正しい男でもあった。多少世を拗《す》ねたようなところもあるが、それは彼の専売特許ではない。ただし事件を捜査する能力においては、ロンダも指摘したとおり、鈍いところがあった。

「目撃者は？」

「今のところゼロだよ」

「通報してきたのは誰だ？」

「匿名電話さ。録音してあるが……」

　フォー・ドアのパトロールカーに寄りかかっている制服警官にラモーンは目を向けた。ブロンドで背の高い痩せ型のその警官は、こちらの話が充分聞こえるところに立っていた。彼が寄りかかっているフォードの前部側面には車輛番号が書かれており、日ごろのパトロールの習慣からラモーンは何気なくその数字を見ていた。

「詳細に調べるつもりだ」ウィルキンズの声にラモーンはふたたび現場に意識を集中させた。

「あそこはマクドナルド・プレイスだな？」ラモーンは菜園のはずれの住宅街のほうへ顎をしゃくった。

「一軒一軒聞きこみをするつもりだよ」

「教会もあるな」

「聖パウロ・バプテスト教会ね」ロンダが答えた。

「あそこも当たってみる」ルーミスが口をはさんだ。

「動物救護センターには深夜勤務の従業員もいるだろ?」ラモーンは尋ねた。

「仕事が山積みだ」

「手を貸すよ」ラモーンはさり気なく言った。

「大歓迎だ」

「死体を拝ませてもらおう。かまわないか?」

ラモーンとロンダ・ウィリスは現場へ向かった。そばに停まっていたパトロールカーの前を通りすぎると き、車に寄りかかっていた制服警官が体をのばし声をかけてきた。

「刑事」

「なんだ?」ラモーンはパトロール巡査を振り返った。

「目撃者が現われたかどうか知りたいんですが」

「まだゼロだよ」

ラモーンは制服の胸に留められたネームプレート、それから彼の青い目に視線を向けた。「ここで任務を?」

「現場で手を貸すように言われたんです」

「じゃあ、仕事をしろ。野次馬とマスコミの連中を死体から遠ざけろ、いいな?」

「はい」

菜園へ歩きながらロンダが言った。「短いながらも適切な指示ね、ガス」

「捜査の詳細はあいつが立ち入るべきことではない。おれが制服警官だったときは、あんな図々しい態度をとるなんて考えられなかったよ。階級が上の連中がそばにいるときは、向こうから尋ねてくるまで口をつぐんでいたもんだ」

「野心満々なんでしょう」

「おれはそんなものも持ったことがないね。野心なんてものはな」

「ところが、評価されて昇進した」

それほど歩く必要はなかった。狭い通路をはずれた菜園のなかに死体は転がっており、現場を荒らさないようにふたりはかなり手前で立ち止まった。鑑識官カレン・クリソフがエイサー・ジョンソンの脇で仕事をしていた。

「カレン」ラモーンは声をかけた。

「あら、ガス」

「どんな具合だ？」軟らかい土の上に足跡を発見したのではないかと思ってラモーンは尋ねた。

「近寄っていいわよ」

ラモーンは遺体に歩み寄ってしゃがみ、観察した。息子の友人の死体を見ても気分が悪くなることはなかった。これまで数多くの死体を目にしてきたのですでに動揺することはなく、たんなる抜け殻にすぎないと思えるようになっていた。こみあげてくるのは悲しみだけだったが、この事件は迷宮入りになる可能性もあり、そう思うといくぶんかの挫折感を覚えた。

エイサーの死体を眺め、周囲の状況を確認するとラモーンは立ちあがり、思わずうめき声を漏らした。

「焼け焦げた痕が広い範囲に渡っている」二メートルほど後ろから死体を見ていたロンダが言った。「至近距離で撃たれたのね」

「ああ」

「ノース・フェイスのジャケットを着るほど寒くはない」ロンダが指摘した。

聞こえなかったわけではないが、ラモーンは返事をしなかった。鑑識官、制服警官、野次馬、さらにその向こうの通りを眺めた。オーグルソープ通りに黒のリンカーン・タウンカーが停まっており、黒いスーツを着た男が助手席のドアに寄りかかっていた。男は背が高く、髪はブロンドだった。一瞬、ラモーンと視線を合わせたが、男は姿勢を正すと運転席へと車をまわりこみ、ドアをあけて乗りこんだ。タウンカーは三点方向転換をすると、そのまま走り去っていった。

「ガス？」ロンダが声をかけた。

「そのノース・フェイスはおそらく新品だろう。買ったばかりで見せびらかしたかったんだと思う。寒くなるまで待てなかったのさ」

ロンダ・ウィリスはうなずいた。「子供ってそういうものだからね」

12

コンラッド・ガスキンズは診療所から出てきた。サウスイースト地区ランドル・ハイランズにある教会の隣、すぐ先がミネソタ通りとネイラー通りの交差点だ。Tシャツは汗のしみで黒ずみ、ディッキーズの緑色のワークパンツは色褪せていた。今日も朝の五時に起き、メリーランド州シートプレザントのセントラル通りにある仕事周旋所まで出かけたのだ。ガスキンズに毎朝仕事をくれるのは、元犯罪者でその後キリスト教徒となり、かつての自分と同じ境遇の者たちを雇うのが義務だと思っている男だった。仕事周旋所はロメオ・ブロックと一緒に借りている家の近くにあった。ふたりが住んでいるのは寝室が二部屋あるおんぼろの平屋で、ヒル通りのはずれの森のなかに建っている。

ロメオは診療所の駐車場でインパラSSをアイドリングさせて待っていた。ガスキンズは助手席に乗りこんだ。

「紙コップのなかに小便をしてきたのか？」

「保護観察官に言われてるんだ。毎週、尿検査をしろってな」ガスキンズは答えた。

「きれいな小便を買えるんだぜ」

「知ってる。だが、この診療所は、便所へ行く前にケツの穴のなかまで調べるんだ。ごまかしはきかない。だから、この診療所に通わせてる」

「どっちにしろ、陰性だろ」

「ああ。シャバに出てからはクサもやってない」

ガスキンズは気分がよかった。一日まじめに働いて背中が痛くなるという生活は気に入っていた。この背中の痛みがまっとうに生きている証しのように思えた。

「ケツはきれいにしておくことだ。臭うのはたまらないからな」

DCとの境になっているサザン通りを渡り、メリーランド州プリンス・ジョージ郡へ入った。この通りを越えればヤバいことをしでかしても逃げ切れる。ワルどもはこの境界線を行き来すれば、めったに捕まらないとわかっていた。警官も司法管轄区をまたごうという気はないのだ。ワシントン市警の警官は連邦保安官やア《A》ルコール・タ《T》バコ・火器等取締《F》局局員の協力を仰ごうとしてきたが、異なる組織や機関と連携することは難しく、いまだに協力関係を築くことができないでいた。市当局はスラム地域を高級化させようとする狙いから、低所得者をメリーランド州プリンス・ジョージ郡へと追い払い、さらに地元警察の混乱によって郡の境界線のあたりは犯罪者の天国となり、大都市圏の新たな暗黒街となったのだった。

「気分が悪いのか？」ロメオが尋ねた。

「疲れてるだけだ」

「それだけか？　ほんとうに疲れてるだけなのかよ？　なにか困ったことでもあんじゃないのか？　なあ、おれって、なんでもきれいに片づけないと気がすまないんだ」

「疲れてるって言っただろ」

「保護観察食らって頭にきてるんだろ。なんてったって紙コップに小便しなくちゃいけない身だからな。ところが、おれはこうして自由にやっている」

「ほざいてろ」

　ガスキンズの年下の従兄弟は虚勢を張っているにすぎず、坂を登り切ると下り坂だってことを知らない。ガスキンズは上り坂も下り坂も知っていた。ガキのころは麻薬の取り引きにかかわり、その後、用心棒にもなった。暴行と銃の不法所持で捕まってロートン刑務所で臭い飯を食ったが、ロートン刑務所が閉鎖されると、州刑務所へ移された。そこはふたたび訪れたいと思うような場所ではなかった。ガスキンズはロメオ・ブロックがひどい目にあわないように気をつけておくと伯母、つまりロメオの母親に約束していた。

　今のところは、約束を果たせている。ガスキンズは子供のころに母親をなくし、ミーナ・ブロックに育てられた。伯母のような心の底から善良な女との約束を破ることのできるやつなどいないだろう。今も、どこかのホテルのバスルームで四つんばいになって小便が飛び散ったあとをきれいに拭っているか、シーツの汚れを洗っているのだろう。ミーナ・ブロックは、ガスキンズのために料理をし、服を買い与え、必要なときには常識を叩きこもうとした。伯母はほんとうにいい人だ。彼女の実の息子から目を離さないでいることが、ガスキンズにできるただひとつの恩返しだった。

　だが、ロメオはまっとうな道を踏み外していた。越えてはならない一線にじりじりと近づいていき、飛び越えようとしている。匙《さじ》を投げられるのなら投げてしまいたい。罠に捕らわれたような気になっている。ロメオの行く末を恐れ、自分もそれに付き合わなければならないのかと思うと暗澹《あんたん》とした気持ちになった。ふたりは断崖へ向かって突っ走っていた。ドアはロックされ、この車にはブレーキがないのだ。

ひとつしかないバスルームでガスキンズはシャワーを浴び、着替えをした。彼らの家は背の高い一本松とカエデやオークの古木の奥に隠れるように建っていた。正面にはポーチがあり、その前には砂利を敷いた庭内路がつづいている。一階建の家の脇には大きなユリノキがそびえ、その折れた枝は屋根に堆積していた。建物の改修工事が必要だったし、配管や配線もやりなおさなければならなかったが、家主がここに来ることは絶対になかった。建物の現状に見合って家賃も安く、ロメオ・ブロックは必ず期日に金を払っていた。家主だろうがほかの誰だろうが、家に近寄ってもらいたくなかったのだ。

ガスキンズは、スウェットシャツのフードを引きあげてかぶり、鏡に姿を映して点検した。造園の仕事をしているために体は引き締まっている。刑務所に服役中は毎日ウェイトトレーニングをしていたので体型は崩れていなかった。小柄ながらも腿の筋肉は盛りあがり、フットボール・プレーヤーとして若いころは将来を有望視されたものだ。ドン・ノッティンガムのように体を低くして突進し、そんなガスキンズに追いつくことも、タックルすることも容易ではなかった。街のチーム、ポップ・ウォーナーでプレーしていたが、生まれ育ったトリニダード界隈にたむろしている不良少年たちと付き合うようになり、フットボールから遠ざかっていった。コーチはなんとかガスキンズをチームに引き戻そうとしたが、彼は悪知恵が働きすぎた。金を稼ぐことができたし、金があれば楽しいことがいっぱいあった。ガスキンズはこうした快楽を手にした。短いあいだにすぎなかったが。もし、フェルプス中学校を卒業するまでフットボールをつづけていれば、優秀なハーフバックになることもできただろう。だが、ガスキンズは悪いほうに知恵が働きすぎたのだ。

十代のガキの部屋のようにとっ散らかったロメオの寝室へ行った。ロメオはベッドに腰かけ、コルト・ゴールドカップ四五口径に弾薬が装塡されているか確認していた。

「新しいやつか？」

「ああ」

「もう一挺はどうした？」

「下取りに出してこいつを買ったんだよ」ロメオは答えた。

「なんで銃なんか持つようになった？」

「仕事のときはいつも持ってなくっちゃな。おまえだって銃が必要になるぜ」

「どうしてだ？」

「例の男と話をした。フィッシュヘッドが今夜、いいものを持ってきてくれる」

「いいものってのはなんだ？」

「いいものはいいものだ。おれもそれしかわからない。男が言うには、ほんとうにすばらしいものだってよ」

「誰だろうと銃を持っているやつとは車に乗れないんだ。職質されりゃあ、すぐに五年食らいこむ」

「じゃあ、ここで待ってな。バックアップはほかのやつに頼むよ」

ガスキンズはロメオを見つめた。こいつは監獄か墓場にまっしぐらだ。どちらにしろ、思っただけでぞっとする。とにかくこの向こう見ずを引き止めなければ。ガスキンズの力でどうにかなるとも思えないが、やるだけやってみなければなるまい。

「おれにはなにを？」

ロメオはベッドの下から防水布で包まれたものを引っ張り出した。なかには9ミリのオートマティックが入っていた。ロメオはガスキンズに銃を渡した。

「グロック17だ」

「こいつはプラスティックだぜ」

「ワシントン市警の連中には人気だよ」

「どこで手に入れた？」

「ランドオーヴァーの拳銃使いを知ってるかい？」

ガスキンズは銃を調べながら言った。「製造番号はないんだな？」

「やすりで削り落としたんだ」

「別の罪に問われることになる。こいつを使わなくってもな。番号を削り落としただけで捕まるんだ。重罪でムショに逆戻りだ」

「なんでそんなにビビってる？」

「おまえに教訓を叩きこもうとしているだけさ」

　ガスキンズはマガジンを取りだし、一番上の弾薬を指で押してスプリングの具合を確かめた。手のひらでマガジンをグリップ内に押し戻す。それから銃を背中にまわし、グリップを右側にしてジーンズのあいだにはさんだ。こうしておけば、右手ですぐに抜くことができる。銃は肌にぴったりと馴染んだ。

「準備はできたか？」ガスキンズは尋ねた。

「そうこなくちゃな」

　アイヴァン・ルイスは物心ついたときからずっとフィッシュヘッドと呼ばれていた。馬面で目がでかく、首を振り向けなくても周囲を見ることができるからだ。本物の魚というよりも、漫画に描かれている魚のような顔つきをしている。母親でさえ、死んだその日まで彼のことをフィッシュと呼んでいた。

　フィッシュヘッドは妹の家を出て、パークヴューのクインシー通りを歩きながら、生まれたときから知っているこの界隈の家を眺め、新たに引っ越してきた住人たちがどのように手を加えたのか見ていった。パークヴューが高級化されるとは夢にも思っていなかった。だが、どのブロックを歩いてみてもそれは一目瞭然《いちもくりょうぜん》だ。

頭金を支払う余裕のある黒人やラテン系の連中が、古いテラスハウスを買って修復をしているのだ。白人のなかにもこのあたりに住みはじめる者たちが出てきている。まったく冗談じゃない。今年のはじめには白人の二人組が、ジョージア通りにピザ屋を開いた。パークヴューで白人どもがふたたび商売をはじめるのを目にするとは思わなかった。

だが、荒っぽい連中がいなくなったわけではない。ジョージア通りのこちら側、特にモートン通りのセクション・エイトのあたりでは、相変わらずよからぬことが頻繁に起こっていた。コロンビア・ハイツにかけてジョージア通りの西側の大半は、ラテン系の連中の縄張りだ。しかし、土地の所有者は、このあたりの再開発を押し進め、一軒一軒きれいに改装している。

フィッシュヘッド・ルイスは、自分のような人間はもうこの街では暮らしていけないのではないかと思っていた。家に金をつぎこむようになれば、そいつらは自分たちの家の庭先に――そこがたとえ公共の歩道であろうと――貧乏人がうろちょろするのを嫌がるからだ。こういった連中は選挙へ行く。だからものごとを変えられる。政治家を手なずけてしまえばこっちのものだ。たとえば、ジョージア通り北のはずれあたりを根城にしているあの肌の色が薄茶色の野心満々の野郎。街角をうろついたり、缶ビールのバラ売りを規制する法律を作ろうとしているあの議員のことだ。まったくなに考えてるんだ。誰もが六缶入りパックを買いたいわけじゃないし、買える余裕があるわけでもない。フィッシュヘッドの友だちが「うろついてるのとふつうに歩いてるのをどうやって区別するんだ？」と憤っていたのでフィッシュヘッドは言ってやった。金と力があればなんだってできるんだ。薄茶色の肌の野郎は、街にたむろする連中のことなんかどうでもいいと思っているし、夏の夜に一杯のビールを楽しみにしているやつのことなんか眼中にない。だが、あいつは市長に立候補している。それが現実ってもんだ。

フィッシュヘッドはウォーダー・プレイスのそばまで来るとクインシー通りの裏道へ曲がりこんだ。のらりくらりと裏道のはずれまで歩いていくと黒のインパラSSが停まっていた。こいつらは自分たちに都合のいいところで会いたがる。

フィッシュヘッドは給料を稼ぐような仕事をしていない。情報を売って生活している。ヘロイン中毒者にはうってつけの仕事だ。彼らだけが出入りできる場所があるのだ。アパートメントの出入り口の階段や床屋などで広がっていくゲットー内の噂話よりももっと内密の殺しやヤクに関する情報に触れることができた。ヘロイン中毒者は害がなく、哀れむべきやつらだと思われているが、耳は聞こえるし、頭のなかには脳みそもつまっており、話すことができる口だってあるのだ。ヤク中、タトゥーだらけの野郎、ヤクの売人、売春婦などは一番きわどい噂話に接することができる立場にあり、街では一番の情報屋なのだ。

フィッシュヘッドは、その日の朝、あるネタをつかんだ。ルードロア・パークの南でヤクの商売をしている知り合いから仕入れたのだ。明日、ニューヨークから高純度のヘロインが到着するというのだ。運び屋は一旗あげようって男で詳しいことはわからない。この業界で〝組合〟と呼ばれる売人同士の情報網にその男のことはひっかかってこないのだ。背後を守る仲間のいない一匹狼だが、そういう男には儲け話にのってきた腰巾着がくっついているものだ。

フィッシュヘッドは、妹の家の地下室で暮らすことにうんざりし、そこを出たいと思っていた。元々は母親の家だったが、妹が弁護士に相談して相続してしまった。妹は善悪の判断ができるからというのが理由だった。フィッシュヘッドは、家賃を払わずに地下室で暮らすことが許されたが、一階の部屋へのドアは施錠され、キッチンを使うこともできなかった。だが、マットレスに電気こんろと冷蔵庫はあるし、シャワーとトイレもついているので大した問題ではない。床をはうゴキブリさえいなければ、だが。上の階に入れてもらえず、犬のような扱いを受けているが、妹に文句は言わなかった。これまでしでかしてきた悪事の数々で家族が苦しんだことくらいわかっている。だが、おれのようなヤク中のろくでなし野郎でもこんな生活をするべきじゃない。

　今日のこの情報を売れば、あそこを出られるだろう。今朝、ヤクを仕分けしているその友だちと会って話をはじめたとき、フィッシュヘッドは舞い上がった。実は話を聞く直前、注射針を腕に突き刺したばかりだった。正確に話を聞き取っていればいいのだが。

　フィッシュヘッドは、インパラＳＳの後部座席に乗りこんだ。

「よお、ツナの兄ちゃん」運転席のロメオが言った。リアビューミラーで見つめるだけで振り返りはしなかった。「どんなことを聞かせてくれるんだ」

「いいことさ」フィッシュヘッドは、勿体をつけるのが好きだった。それにロメオ・ブロックが気に入らなかった。キザったらしく、いつも人を見下した態度をとる。無口な年上の従兄弟は、問題ない。減らず口を叩く坊やよりも凄味がある。

「話せよ。その芝居じみた態度にはうんざりだ。ガキのポケットからはした金を分捕るようなまねもしたくないぜ」

「それがあんたらがやってることだろ。抵抗できないやつらからふんだくる。たいてい、相手はガキだ。やつらが一丁前の男になったら、束になって仕返しに来るぜ」

「だからうんざりしてるって言っただろうが」

「なあ、うまい話があるんだよ」

「聞かせろ」

「トミー・ブローダスって名前の野郎がいる。大物ぶっているが、商売をはじめたばかりだ。そいつが手数料の件でヤクの仕分けをしているおれの友だちのところへ来たんだ。白い粉が入るっていうんだ。キロ単位の話をしてるんだぜ。明日、到着するらしい。友だちが言うには、トミーって野郎はちょろいもんなんだってよ」

「だからなんだ？　おれはクソッタレのヤクなんかほしくない。おまえに格安で卸してやるセールスマンに見えるか？」

「要するに現金取り引きだってことだよ。トミーは運び屋をニューヨークへ行かせるんだ。金をたんまり持たせてな。やつは信用がないから、ニューヨークの組織は金を見せないとブツを売ってくれないのさ」

「銃は？」ガスキンズが尋ねた。

「なんだって？」

「どんな素人でも丸腰ってことはない」

「それはあんたらの仕事だろ。銃のことはノータッチだ。今夜、トミーの家から大金が運び出され、ヤクが到着する。で、そいつをいただくってわけさ」

「いつだ？」ロメオが尋ねた。

「暗くなってからだ。だが、そんなに遅い時間じゃない。運び屋は交通量が減った九五号線を走るのを避ける。警察が売人の車を捜しているからだ。たいていはトーラスだが、マーキュリーの姉妹車も目をつけられる」

「で、その野郎のねぐらはどこだ？」ロメオが尋ねた。

フィッシュヘッド・ルイスは、座席越しに紙片を差し出した。ロメオが受け取って目をとおし、レーヨンのシャツの胸ポケットにしまいこんだ。

「どうやって住所を手に入れた？」ガスキンズが尋ねた。

「おれの友だちが、データベースとかそんなもんで調べたんだよ。通りに車を停めてそいつが家を出入りするのを確かめたって言ってた。住宅街の一戸建に住んでいるらしい。ほんとうに静かなところだってよ」

「どうやら頭の悪いやつのようだ。そんなにかんたんに見張られちまうんだからな」

「だからそう言っただろ。いい加減な野郎なんでちょろいのさ」

「そいつはどこで金を調達したんだ？」しばらく考えてからガスキンズは訊いた。

「手持ちのヤクを売って金をこしらえたのさ」フィッシュヘッドは口から出まかせに言ったが、いかにも知っているふうを装った。「そいつにとっちゃ、これが最初の取り引きってわけじゃないんだ」

「おれが訊いてるのは、そのトミー・ブローダスって野郎の背後に大物がひかえてないのかってことだ」

「友だちの話だと、そいつは一匹狼だって自慢していたらしい」

ガスキンズはロメオに目を向けた。その真剣な表情から、すでにロメオはやる気になっているのだとわかった。金の山を思い浮かべているのだろう。金を手に握りしめ、女を買いあさり、赤のスーツを買う。深く考えることだけはしていない。

「その野郎の外見は？」ガスキンズが尋ねた。

「なんだって？」

「人違いをしたくない」

「友だちが言うには、デブだ。こういう商売をするには年をとりすぎているが、はじめるのが遅かったんだろう。友だちのアジトには女連れで来た。かわいくもなければブスでもない女だ。口は達者だったらしい。ずっと口げんかをしていたってんだからな」

「ほかには？」

「ふたりだけだったってよ」

「こいつが終わったら、おまえもがっぽりと稼げるぜ」ロメオが言った。「かわいい女でも熟女ちゃんでも好きなのを買えばいい」

フィッシュヘッドは笑顔を作った。ずらりと並んだロメオは携帯電話を出し、番号を打ちこんだ。


虫歯がのぞき、かさぶただらけの顔に皺が寄った。

「前から思ってたんだが、おまえが抱く女は、あそこも魚みたいな臭いがするのか？」

「一日中、臭いを放ってるよ」もう何年も清潔な女を抱いたことはなかった。

「もう行け。ここからはおれたちの仕事だ」

フィッシュヘッドは車をおり、歩きながらズボンをぐいと引きあげた。ロメオとガスキンズは裏通りを遠ざかって行くフィッシュヘッドの後ろ姿を見ていた。鎖でつながれたピットブルが猛烈な勢いでフィッシュヘッドに吠えかかった。

　ロメオはガスキンズに顔を向けた。「どう思う？」

「その野郎のことがまったくわからないな」

「そいつの家の外で見張ってればいいんじゃないのか。どんな野郎か確かめよう」

「夜遅くはだめだ。明日の夜明けには、仕事周旋所へ行かなくっちゃいけない」

13

ラモーン、ロンダ・ウィリス、ガルー・ウィルキンズ、ジョージ・ルーミスの四人は、手分けしてマクドナルド・プレイス一画の各戸を訪問した。平日だったので留守宅もあったが、そういうところには名刺を残し、家にいた人たちからは話を聞いた。ラモーンはミード社のらせん綴じノートを長年愛用しており、話のなかで重要だと思われた事柄の詳細をそこに記していった。

　聞きこみから重要な手がかりを得ることはできなかった。夜中に枝が折れる音で目を覚ました年配の女がいたが、ベッドサイドに置いた時計つきラジオで時刻を確認せずにまた寝入ってしまったので、それが何時ころのことなのかわからないというのだった。不信に思う出来事を目撃した者は誰もいなかった。枝が折れる音で目覚めた女のほかは、みんな熟睡していたのだ。

　そのブロックのはずれ、サウスダコタ通りが交差するところにあるバプテスト教会は、夜は無人になることがわかった。

　ウィルキンズとルーミスは、動物救護センターの夜勤だった職員に電話をし、後刻、直接会って話を聞く約束を取りつけた。しかし、電話で話したかぎりでは誰もエイサー・ジョンソンの死に関係することはなにも見ていないし、耳にしていないようだった。

　ウィルキンズは言った。「驚くにはあたらない。これでローバーに乗ってやってきたあのマスコミの連中は、あることないことでっちあげるぞ」

「あんなやつらは無視しろよ。耳を傾けるのも汚らわしいや」ジョージ・ルーミスが応じた。

「マクドナルド・プレイスには、まだ話を聞いていない人たちもいるでしょ。夜になれば仕事から帰ってくる」ロンダが言った。

「この菜園を管理しているのが街か、あるいはコミュニティの組合みたいなものなのか知らないが、とにかく管理人ならここの利用者のリストを持っているだろう」ラモーンも割りこんだ。

「真夜中に畑仕事をするやつがいるとも思えないよ、ガス」ガルー・ウィルキンズが後ろ向きの意見を口にした。

「否定的になっては、道なんかひらけないでしょう」ロンダはいつもの決まり文句を繰り返した。

「手を尽くすだけだ」ラモーンもお得意のセリフを披露する。

「じゃあ、そのリストはおれが手に入れるよ」ウィルキンズは言った。

ロンダは腕時計に目をやった。「罪状認否手続きをしにダウンタウンへ戻るんでしょう?」

「ああ。それから息子にも電話しなくちゃな」

ラモーンは菜園を貫く小道を奥へ行った。各菜園にはガーデニング用の飾りや、〝ぶどうの蔓の向こうからそれを聞いた〟（ノーマン・ウイットフィールドとバレット・ストロングによるソウルの名曲《悲しいうわさ》の原題）、〝そいつを育てよう〟（エリック・クラプトンの《レット・イット・グロウ》の原題）、〝植物たちの秘密の生活〟（スティーヴィー・ワンダーの《シークレット・ライフ》の原題）などと曲の題名が書かれた十字架の形をした手作りの標識などが立ち並んでいた。ほかにも微かな風でもくるくるまわる風車《かざぐるま》、中古車販売店で目にする小さな旗なども目についた。ラモーンは菜園を抜けて車に戻った。

ラモーンはインパラに乗りこみ、フロントガラス越しに現場の光景を眺めた。先ほどのリンカーン・タウンカーの脇に立っていた正装した男はダン・ホリデーだ。まちがいない。ワシントン市警通信で知ったのだが、警察を辞めたあとホリデーは車の送迎ビジネスのような仕事をはじめたはずだ。お互い制服警官だったころに比べても外見はほとんど変わっていない。少々腹が突き出して滑稽な姿にはなっているが、ほかは昔のままだ。問題は、どうして彼がここにやってきたのかだ。ホリデーは警官の仕事が大好きだった。おそらくバッジと銃を返したあとも、警察無線を聞かずにはいられない哀れな退職警官の仲間入りをはたしたのだろう。警官時代のことが忘れられないにちがいない。ならば、問題を起こす前にもっと考えればよかったのだ。

思いはホリデーからエイサー・ジョンソンへと移っていった。最後の瞬間、どれほどの恐怖を味わったことか。エイサーの両親テランスとヘレナが直面している地獄の苦しみを思った。エイサーという名前のスペルを心に描く。Ａｓａ。逆から読んでもやはりエイサーだ。しばらく座ったまま、そのことを考えていた。やがて息子の顔が頭に浮かんだ。

ラモーンはイグニションキーをまわし、ダウンタウンへ車を向けた。

ホリデーはロックグラスのなかを見つめていた。ひと口飲み、グラスをカウンターに戻そうとして、さらにもう一杯口に含んだ。犯罪現場へは行くべきではなかった。ただ好奇心に駆られただけだったのだ。

「話を聞かせてくれよ、ドク」ジェリー・フィンクがせがんだ。

「今来たばかりだ」ホリデーは突っぱねた。昨夜寝た女の名前すら思い出せなかった。

ボブ・ボナーノがジュークボックスに二十五セント硬貨を入れてこちらへ戻ってくる。むせび泣くようなハーモニカにつづいて、《イン・ザ・ゲットー》のもったいぶったイントロがレオの店のなかに流れると、ボブ・ボナーノは気取った歩き方になった。

「エルヴィスの曲かよ」ジェリー・フィンクは言った。

「社会問題に関心があるってことを見せたかったんだ。

みんなを騙そうとしたんだよ。おれはボブ・ディランだってな」

「ああ、そうさ」ボブ・ボナーノが答えた。「だが、このヴァージョンは誰が歌ってると思う?」

女が最初の一節を歌い出した。ホリデーの隣に座っているジェリー・フィンクとブラッドリー・ウェストは目を閉じた。

「《バンド・オブ・ゴールド》を歌った女じゃないか?」ジェリー・フィンクは言った。

「ちがうね」ボナーノが答える。

ホリデーは歌を聴いていなかった。少年の遺体のそばに立っていたガス・ラモーンの姿を思い出していたのだ。ラモーンが事件の担当だなんて、まったくとてつもないジョークだ。

「《バンド・オブ・ゴールド》を歌った女は、ヴェトナム戦争を取りあげた曲も歌ってるよな。《ブリング・ザ・ボーイズ・ホーム》。ちがったっけ?」

「いや、そうだよ。フリーダ・ペインだ。だが、おれは興味がないぜ」ボブ・ボナーノはそう言ってマールボロ・ライトの箱をふり、飛び出してきたフィルターに目を向けた。「これを歌っているのはペインじゃない」

ラモーンはあの少年の名前に気づいただろうか。前から読んでも後ろから読んでもエイサーだ。名前が回文のようになっている。

「じゃあ、誰なんだ? 教えろよ」ジェリー・フィンクが降参した。

「キャンディ・ステイトンさ」ボブ・ボナーノはそう答えてマールボロに火をつけた。

「ジュークボックスで名前を見たからわかったんだろ」ジェリー・フィンクが言った。

ボブ・ボナーノはフィンクを無視してつづけた。

「一ドル賭けよう。キャンディ・ステイトンのビッグヒットはなんだ?」

ラモーンは、回文殺人事件の十代の犠牲者とあの少年を結びつけただろうか。全員が街のどこかのコミュニティ菜園で頭を撃ち抜かれた状態で発見されている。

ラモーンは優秀な警官だが、手順通りに捜査を進めることに固執するあまり行き詰まることもある。警官として、昔のホリデーが到達したところまでは行かないだろう。ホリデーは街の人々と触れ合うことでは人後に落ちず、ラモーンにはそれが欠けているのだ。あの当時、ラモーンは内部調査課で働いており、ほとんどがデスクワークだったので警官としてプラスになることはなにもしていなかった。

「さっぱりわからないよ」ジェリー・フィンクが言った。

「《ヤングハーツ・ラン・フリー》だよ」ボブ・ボナーノは得意げな笑みを浮かべながら答えた。

「〝若いチンポはいつでもふりふり《ヤングディック・スウィング・フリー》〟ってか？」

「なんだって？」

「ディスコではやった歌だよ。おまえなら気に入るよ」とジェリー・フィンク。

「そんなもん好きじゃないぜ。さあ、一ドルよこせよ、クソッタレのユダヤ人」

「持ち合わせがないよ」

ボブ・ボナーノは手をのばして、フィンクの後頭部を押さえこんだ。「じゃあ、一ドル分のご奉仕ってのはどうだ？」

ホリデーはグラスの中身を飲み干し、金をカウンターに置いた。

「なにを慌ててるんだよ、ドク」ブラッドリー・ウェストが尋ねた。

「仕事だ」ホリデーは答えた。

ラモーンは退屈な罪状認否手続きをすませると犯行現場に戻り、証人を求めて聞きこみを行なった。ロンダ・ウィリスを暴力犯罪班のオフィスへ帰し、携帯電話からディエゴに電話をすると自分の車グレーのタホに乗りこんでアップタウンへ戻った。近所を走りまわるだけで家には戻らなかった。勤務時間は過ぎたが、仕事が終わっていないのだ。

クーリッジ高校の西、サマセット通りに建つジョンソン一家の家は、コロニアルふうの落ち着いた煉瓦造りで、手入れも行き届いていた。通りの両側には車がずらりと連なって停められている。誰もがおずおずとジョンソン家を訪れると食べるものを差し入れ、悔やみの言葉を述べて早々に引きあげていった。通夜や教会の儀式はこれから執り行なわれるのだろうが、親戚や親しい友人たちは早めに訪れたほうがいいと思っているようだ。子供が殺された悲劇にどのように対処してよいのか誰もが戸惑っていた。鍋料理《キャセロール》やラザーニャを持ってきたところでどうにかなるものではないが、それが一番無難だった。

ラモーンが訪れると見知らぬ女が応対に出てきたので、家族の友人であることを真っ先に告げ、それから警官の身分を証した。招じ入れられて居間へ行くと人々が集まっていた。膝に手を置いて座っている人、小さな声で話をしている人、黙りこんでいる人。エイサーの妹ディアナは廊下の階段に座り、ふたりの少女が付き添っていた。おそらく従姉妹だろう。ディアナは泣いていなかったが、目の焦点は定まっていなかった。

「ジニーです」応対に出た女はラモーンと握手しながら自己紹介した。「ヘレナの姉、エイサーの伯母です」

「このたびは、とんだことになってしまって」ヘレナによく似ているとラモーンは思った。男のようながっしりとした体格、心配が貼りついてしまったような顔。よからぬことが起こると確信し、楽しみは時間の無駄だと思って汲々《きゅうきゅう》としているような表情だ。「ヘレナは病院から戻っているんでしょうか？」

「二階で寝ています。だいぶ落ち着きました。娘と一緒にいたいといって帰ってきたんですよ」

「テランスは？」

「キッチンです。わたしの夫と一緒にいますよ」ジニーはラモーンの腕に手をかけた。「なにか手がかりを見つけましたか？」

ラモーンはかろうじて首を横に振った。「ちょっと失礼」

短い廊下を抜け、家の裏手にある小さなキッチンへ入っていった。テランス・ジョンソンともうひとり、スモーキー・ロビンソンのように薄い色の肌の男が二人用の丸テーブルに向かって座り、缶ビールを飲んでいた。ジョンソンが立ちあがりラモーンに挨拶をした。手と手を固く握りしめ、肩を触れ合わせて抱擁し、ラモーンはテランス・ジョンソンの背中を叩いた。

「ほんとうに気の毒に。エイサーはいい子だった」

「ありがとう」ジョンソンは答えた。「クレメント・ハリスを紹介しよう。わたしの義理の兄だ。クレメント、こちらはガス・ラモーン」

クレメントは椅子に座ったまま手を差し出してラモーンの手を握った。

「ガスの息子とエイサーは友だちだったんだ。ガスは警官だよ。殺人課の刑事だ」

クレメント・ハリスはなにごとかをつぶやいた。

「ビールを飲むかい？」テランスの視線は泳ぎ、目は虚ろだった。

「ありがとう、いただくよ」

「わたしも、もう一杯飲むとしよう」テランスは頭を後ろへ傾けて缶ビールを飲み干した。「酔っ払おうとしているんじゃないよ」

「気にしなくていいさ、一緒に飲もうじゃないか、テランス」

テランスは空になった缶をゴミ箱に放り投げ、冷蔵庫からライトビールの缶を二本取り出した。ラモーンがふだん飲みもしなければ、買おうとも思わない銘柄だ。冷蔵庫のドアが閉まるとジョンソン家の子供たちの写真が磁石で留められているのが目に入った。雪のなかで遊ぶディアナ。体操着姿のディアナ。試合のあとで撮影したのだろうか、フットボールのユニフォームを着てボールを手にしたエイサーはにこりともしていない。

「外で飲もう」テランスはラモーンに言った。ラモーンはうなずき、クレメントとは言葉を交わすことなく、彼を残して外に出た。

キッチンのドアをあけると狭い裏庭で、その向こうは路地だった。テランスも妻のヘレナもガーデニングや庭の見栄えをよくすることに興味がないのは一目瞭然だった。雑草が生い茂り、ゴミ箱や牛乳を入れる木箱が散乱し、庭を囲む金網は錆ついていた。

ラモーンは缶のプルトップを引きあげ、ビールを喉に流しこんだ。水よりもわずかに味があり、刺激は強かった。路地へつづくひびだらけの小道を半ばまできたところでふたりは立ち止まった。

テランス・ジョンソンはラモーンよりも少し背が低く、体つきはがっしりとしている。頭の後ろと脇を剃り、頭頂部をポマードで固めるという時代遅れの髪型のために鉢の開いた頭の形が強調されていた。彼の歯は小さく先が尖っているために小型の牙のようだった。腕は手のひらを体からはなすようにして両脇に垂らしていた。

「知っていることを教えてくれないか」ラモーンに顔を近づけてテランスは言った。アルコールの刺すような臭いが漂い、ラモーンが今手にしている馬の小便のようなビールよりももっと強い酒を飲んでいたことがわかった。

「まだなにもわからないんだ」

「銃は見つかったのか?」

「いいや、まだだよ」

「いつになったらはっきりするんだ？」

「まだ捜査の途中だ。手順を踏んでやっているんだよ、テランス」

　このような言い方をすれば、国税調査局の分析官であるテランスの心を落ち着かせることができるだろうか。連邦政府の機関で働いているといわれても、どんな仕事をしているのかラモーンはわからなかったが、テランス・ジョンソンが数字と統計を扱っていることは知っていた。

「証人探しはしているんだろ？」

「付近の住民に聞きこみを行なっている。今日は一日それでつぶれたが、これからもつづける。エイサーの友だちや知り合い、教師、面識のあった者全員と会うつもりだ。そうしながら、司法解剖の結果を待つことになる」

　テランス・ジョンソンは手で唇をぬぐった。口を開いたとき、その声はしわがれていた。「息子を切り刻むのか？　どうしてそんなことをしなければならないんだ、ガス？」

「こんなことは言いたくないんだよ、テランス。あんただって聞くのは辛いだろう。だが、わかってほしいんだが、解剖によっていろいろなことがわかって捜査の役に立つんだ。それに法律で決められたことでもあるしな」

「おれはとても……」

　ラモーンはテランスの肩に手を置いた。「そこから得られることと聞きこみ、鑑識結果、各種の情報、そういったものをもとに事件を推理していく。最優先で捜査に当たるよ、テランス、約束する」

「おれはなにができる？　今、この場でなにをしたらいいんだ？」

「あんたがやらなければならないのは、ＤＣの死体公示所に行くことだ。明日の八時から四時のあいだに来てもらうことになると思う。遺体の身元を正式に確認する必要があるんだ」

ジョンソンは上の空でうなずいた。ラモーンは道にビールの缶を置くと財布を引っ張り出した。名刺を二枚抜いてジョンソンに手渡す。

「必要なら遺族カウンセラーを紹介しよう。もちろん、奥さん、娘さんにもな。家族連絡班――電話番号は今渡した名刺に書いてある――はいつでも相談に乗ってくれる。そこのスタッフは、暴力犯罪班で一緒に仕事をしているんだ。刑事がきみたちに連絡をとりつづけるのは難しいこともあるが、家族連絡班のスタッフなら、いつでも捜査の進捗状況について問題のない範囲で答えてくれる。もう一枚はおれの名刺だ。オフィスと携帯の番号が書いてある」

「今日はなにをすればいい？」

「弔問客が大勢いるよな。もちろんみんな善意で来ているが、家を自由に使わせるべきではない。たとえば、バスルームを使いたいというのなら、客用のものを使ってもらうことだ。二階にあるバスルームじゃなくってな。それから、きみと奥さん以外はエイサーの寝室には立ち入り禁止だ。警察が部屋を捜査することになると思う」

「なにを捜すんだ？」

ラモーンは軽く肩をすくめた。犯罪を臭わせる証拠が出てこないか調べるのだが、そのようなことは話せない。

「捜査してみるまでわからないよ。それに警察からは、かなりしつこく訊かれることになるだろう。気持ちが落ち着きしだい、ヘレナとディアナもな」

「ウィルキンズという刑事さんに、いくつか質問されたが」

「もう一度、話を聞く必要が出てくると思う」

「どうしてあんたじゃなく、彼なんだ？」

「ビル・ウィルキンズがこの事件の担当だからさ」

「ウィルキンズはふさわしいのかな？」

「あいつは優秀な警官だ。暴力犯罪班でも一、二を競うほどだ」

テランスはラモーンの目の表情から嘘だと見破ったようだ。ラモーンは目をそらした。ビールを流しこむ。

「ガス」

「ほんとうにお気の毒だ、テランス。気持ちがわかるなんてとても言えない」

「おれの目を見てくれ、ガス」

ラモーンはテランス・ジョンソンの目を見つめた。

「犯人を見つけてくれ」

「最善を尽くす」

「そういうことを言っているんじゃない。はっきり言うが、個人的に頼んでいるんだ。おれの息子をこんな目にあわせた犬畜生を見つけ出してほしい」

ラモーンはそうすると答えた。

ビールを飲み終えるころには、かなり雲行きが怪しくなっていた。案の定、雨がぱらつきはじめた。ふたりは立ったまま顔にひんやりとした雨滴を受けていた。

「神様の涙だ」テランス・ジョンソンは、ほとんどささやくように言った。

ラモーンにとっては、たんなる雨だった。

14

ロメオ・ブロックとコンラッド・ガスキンズは、ジョージア通りのはずれ、山の手のシェパード・パークを貫く花と木に縁どられた道に車を停め、眼前の路地の入口を見ていた。通りの東側のこのあたりは高級な地区ではなく、むしろさびれた一画といってよいだろう。路地には半階ずつ高さがずれていく二階家やコロニアル様式の建物が建ち並んでいたが、どの建物も外壁の羽目板は色褪せ、一階の窓とドアには鉄格子がはまっていた。

トミー・ブローダスの家は、ほかの家と比べてひときわ守りが堅く、ドアの外側に取りつけられた防風ドアや二階の窓にも鉄格子がはまっていた。玄関ドアの上にはライトが設置されており、歩道の真ん中で動くものがあると作動するようになっていた。前庭は車二台分のスペースが舗装されており、草が生えているのはそのあいだの溝のようなところだけだ。黒のキャデラックCTSと赤いトヨタ・カムリソラーラのコンヴァーティブルが並んで停められていた。

「女が来ているな」ロメオが言った。

「コンヴァーティブルが女の車だろう」

「男はソラーラなんて乗らない。やつがチンポをしゃぶる趣味を持ってるんなら話は別だがな。あのスポーツカーは女の好みだ」

「よし。となるとあのキャデラックはやつのものってことだな」ガスキンズは目を細くして車を見た。「しかもVヴァージョンときた」

「あんなものはキャデラックとは言えない。74年型のEl-Dこそがキャデラックだ。あそこにあるのは、いったいなんだ」

　ガスキンズの口元が緩んだ。こいつは七〇年代で世の中が動きを止めたと思っている。あのころは、DCのレッド・フューリーやボルティモア出身のマッド・ドッグといった連中が街で伝説となっていた。ニューヨークのフランク・マシューズのようなやり手が出てきたときでもあった。マシューズは自分のやり方でイタリア人どもを叩きのめしてのしあがった黒人で、武装した子分で固めたポンデローサという要塞のような隠れ家からヤクの売買を取り仕切り、ロングアイランドに広大な屋敷を持つまでになった。ロメオはあの時代に生き、こういった連中と仕事をしたかったと夢見ているのだ。タイトなスラックスとそれに合わせたシャツを着、あの時代を賛美してクールまで吸っている。できることならアフロヘアにだってしただろう。だが、ロメオは頭の天辺が広く禿げているので、頭全体を髪の毛で覆うことはできないのだ。だから、きれいに剃っている。

「待つのはうんざりだ」ガスキンズが言った。

「暗くなるまでだよ。運び屋が来るとしたら、もうすぐだ。フィッシュヘッドが言ってただろ。動き出すのは暗くなってからだが、目立たないようにそんなに遅い時間じゃないってな」

「それはフィッシュヘッドが言ってるだけだ」

「ふざけた名前の男だからって、言ってることまでいい加減だとは限らない」

　しばらくすると、通りの向こうから車がやってきて路地のあたりで減速した。ガスキンズとロメオは体を低くしてやり過ごした。見ていると、そのあたりに停まっている車にならって頭を縁石に向けて駐車した。フォード・トーラスの姉妹車マーキュリー・セイブルだ。

「言ったとおりだろ？　今のところ、フィッシュヘッドを信用してよさそうだ」

　ロメオはドアハンドルに手をやった。

「どうするつもりだ？」

「とっ捕まえてかわいがってやるんだよ」

「やつも銃を持っているだろう。通りで銃撃戦になって終わるだけだ」

「じゃあ、どうすりゃいい？」

「頭を使えよ。金を持って出てくるんだから、そうさせてやろうじゃないか。それから襲いかかる」

「銃を持ってるんじゃないのか」

「だが、出てきたときにはもっと大事なものを抱えてるんだ」

　着飾ることもなく、こざっぱりとした身なりの若い男がマーキュリーからおりてきて携帯電話でなにか話しながら周囲に目を配り、家へ向かった。インパラのなかに座っているふたりの姿は見えないはずだ。窓よりも下に頭を低く沈めているし、路地の入口から充分に離れたところに停車しているからだ。若い男が歩道を歩いていくと、玄関上に取りつけた防犯ライトが点灯した。さらに近づいていくと格子のはまった外側の防風ドア、それから玄関のドアが開いた。若い男は家のなかへ入った。

「見たか？」ガスキンズが言った。

「誰もドアをあけなかったな」

「ああ。携帯で連絡するとドアがあく。しかも自動だ」

「金の匂いがするぜ」

「待とう」

　ふたりはそれから三十分、車のなかに座っていた。ふたたびドアが開いたが、出てきたのはマーキュリーでやってきた男ではなく、女だった。背が高く、胸も尻もぷりんぷりんしており、髪はカールしていた。片手に小さなハンドバッグ、もう一方の手には携帯電話を持っている。

「たまらないな」ロメオが言った。

「女を待っていたんじゃない」

「わかってるよ、でも、ああ、クソッ」

女はソラーラに乗りこんでエンジンをかけ、車はバックで出てきた。

「止めるなよ。あの女を使ってなかに入る」

ガスキンズは反対しなかった。ソラーラがふたりの脇を通りすぎると、ロメオはインパラSSのイグニションキーをまわし、ヘッドライトを点灯させた。車の向きを変え、八番通りの交差点へ向かう女のあとを追った。交差点の信号が赤になり、女の車が速度を緩めるとロメオはアクセルを踏みこんでいきなり彼女の前に飛び出し、進路をさえぎる形で停車した。ロメオは運転席から飛び出し、インパラの後部をまわりながらコルトを引き抜いた。トヨタの窓があいていたので、銃を女の顔に向けて近づいていくと彼を罵る声が聞こえた。女は大きなかわいらしい目を見開いたが、そこには驚きの色しか浮かんでいなかった。怖がっている様子はない。

「なんて名前だい、ベイビー？」

「シャンテル」

「フランス人みたいだな。で、どこへ行く、シャンテル？」

「タバコを買いにね」

「その必要はないぜ。タバコなら腐るほど持ってる」

「金を奪おうっての？」

「おまえからじゃない。男に用があんのさ」

「じゃあ、行かせてよ」

「いいや、おまえはどこへも行かない。あの家に戻るだけだ」ロメオは銃の先で家を示した。「さあ、おりな」

「あんたに命令される筋合いはないよ」

「では、お願いだから、そのクソッタレの車からおりてくれ」

女はエンジンを切り、トヨタからおりた。キーを渡されるとロメオは近づいてくるガスキンズに放った。

ガスキンズは片手にダクトテープを持っていた。

「おれの仲間がこいつを運転していく。おまえはおれと来るんだ」ロメオが女に命じた。

「ねえ、殺すつもりなら、今ここで殺しな。そんなテープを顔に貼られたくないよ」

ロメオは笑った。「おれたち、うまくやっていけそうな気がするぜ」

女はロメオを値踏みするように眺めた。「あんた、悪魔みたいだね。そう言われたことない？」

「何回かあるよ」

家のなかに入るのはわけなかった。シャンテル・リチャーズが彼氏のトミー・ブローダスに外から電話すると、トミーが居間でリモコンのボタンを押すだけだ。トミーと一緒にいるのは例の若い運び屋で名前はエドワード・リースというらしい。防風ドアがあき、つづいて玄関のドアの鍵がはずれた。シャンテル、ロメオ、ガスキンズはなかへ足を踏み入れた。

居間にたどりついたときには、ロメオとガスキンズは銃を抜いていた。トミー・ブローダスは大きな革製の安楽椅子に腰かけ、琥珀色の液体の入ったブランデーグラスを持っていた。ティンバーランドのブーツにぶかぶかのジーンズをはき、ロカウェアの白いポロシャツを着たエドワード・リースは、腎臓のような形をした大理石のテーブルの向こう側で、同じような椅子に座り、やはり琥珀色の酒を飲んでいる。ふたりとも動かなかった。ガスキンズがすばやくボディチェックをし、どちらも丸腰であることを確認した。

ロメオがトミー・ブローダスにおれたちは強盗だと言った。

「クラレンス・カーター（盲目のソウルシンガー）だって、そのくらいわかるぜ」

トミー・ブローダスの胸には金鎖、指にはずらりと指輪が並び、尻の肉は椅子からこぼれ落ちていた。

「だが、あいにく金目のものはなにもないんだよ」

ロメオが銃口を上向けた。シャンテル・リチャーズは、ロメオの背後にまわりこんだ。まがい物の薪《たきぎ》を積み重ねた暖炉の上に、金色の葉っぱで縁どられた大げさな鏡がかけられており、ロメオはそれを狙って引き金を絞った。鏡が吹き飛び、破片があたりに飛散した。

「これで財産がひとつ減っちまったな」ロメオが言った。

耳のなかの残響音と部屋に漂っていた硝煙が消えるまで誰も動かなかった。贅沢な調度品をそろえ、なかなかいい居間だった。家具はウィスコンシン通りに並んでいる店から買ったのだろう。裸の白人女が肩に壺を担いでいる群像も飾られている。パナソニックのでかいプラズマテレビがガラスと鉄でできたスタンドにのせられ、ひとつの壁をほとんど占領していた。もう一方の壁一面に本棚が据えられ、革装の本がずらりと並んでいる。本棚の真ん中に穿《うが》たれた空間には照明された水槽が置かれ、なかには数種類の熱帯魚が泳いでいた。水槽の上はからっぽの空間だ。

「こいつらを縛っちまえ」ロメオが言った。

ガスキンズは銃をロメオに渡した。ロメオはコルトをトミー・ブローダスに向けたまま、受けとった銃をウェストにはさんだ。

ガスキンズがブローダスとリースの手足にダクトテープを巻きつけているあいだ、ロメオはプラズマテレビのそばにしつらえたホームバーへ歩み寄った。ブローダスは、レミーマルタンXOやマーテル・コルドン・ブルーなどの高級な酒を何本か並べていた。その下の棚にはクルボアジェやヘネシーのボトルだ。

ロメオはグラスを探し出し、レミーマルタンを数センチ注いだ。

「それはXOだ」はじめて顔に狼狽を表わしてブローダスは言った。

「そんなことはわかってる」

「いや、つまり、おまえに違いなんぞ、わからないってことだ。一本百五十ドルもする酒を飲まなくたっていいだろ」

「違いがわからないだと?」

「ダサい野郎だ」エドワード・リースが薄笑いを浮かべて言った。ロメオは鋭い視線を向けたが、リースは笑いを引っこめなかった。

「そいつの口も塞いじまえ」

ガスキンズは言われたとおりにリースの口にダクトテープを貼り付け、それから一歩下がった。ロメオはコニャックを口に含み、舌に転がして甘い香を楽しみながらブランデーグラスをゆっくりとまわした。

「こいつはうまい。飲んでみるか?」

「おれはいい」ガスキンズは答えた。

ロメオはグロックを引き抜いてガスキンズに返した。

「よし、それじゃあ、教えてもらおうか。どこに隠しているんだ、デブ野郎」

「隠してる?」

「金だけでいいよ。ヤクには興味はない」

「言っただろ。金なんて持ってない」

「なあ、おれは銃をぶっ放すことなんか屁とも思ってない。さっさとしゃべっちまいな。さもないとまたこいつを使うことになる」

「好きにしろ。おまえらなんかにはしゃべらない」

ロメオはふたたびコニャックに口をつけた。ブランデーグラスを置くとシャンテル・リチャーズに歩み寄った。指で彼女の顔に触れ、ゆっくりと頬へはわせていった。シャンテルは触れられたことに怒り、顔をそむけた。

ブローダスの表情は変わらない。

「こうしよう。金を渡すか、シャンテルが犯されるのを見物するかだ。さあ、どうする」

「そいつは好きにしていいぜ。やりたいんなら、隣近所の女も集めてくりゃあいい。交代で奉仕してくれるよ」

　シャンテルの目が怒りに燃えあがった。「クソ野郎」

「おまえ、この女が好きじゃないのか？」ロメオが尋ねた。

「冗談じゃない。あばずれなんか、好きだと思ったことはないね」

　ロメオはガスキンズに言った。「そのご婦人に飲み物を作ってやれよ」

「なにがいい」ガスキンズは尋ねた。

「マーテル」シャンテル・リチャーズは言った。「コルドン・ブルーよ」

　ロメオとシャンテルは二階にあがり、主寝室のキングサイズのベッドに腰をおろした。ドレッサーに装飾を施した箱がいくつか載っているのを見てロメオはなかに宝石が入っているのだろうと当たりをつけた。ウォークインクロゼットのドアがあいており、数え切れないほどのスーツや整然と並べられた靴、デザイナーズ・ブランドの鞄などが見えた。シャンテルはコニャックを飲んで目を閉じ、ふたたびグラスに口をつけた。

「うまいね。このボトル一本で百九十ドルもするんだよ。いつもどんな味なんだろうって思ってた」

「飲むのははじめてか？」

「あいつが飲ませてくれると思う？」

「あの野郎、女のことなんかどうでもいいと思ってやがる。おまえみたいないい女でもな。わけがわかんねぇよ」

「トミーはね、この家と買い集めた家具やらなにやらにしか興味はないのさ」

「あれはおまえの宝石か？」ロメオはドレッサーを顎で示した。

「あいつのだよ。わたしにはなにも買ってくれないんだ。さっき乗ってた車、あれはあたしのさ。毎月ローンを払ってる。働いてるんだよ」

「やつはほかになにを持っているんだ？」

「卵」

「卵だと？」

「ファベルジェの金細工の卵だってさ。通りで買っただなんて言ってる。そんなところで本物のファベルジェが手に入るはずないって言ったんだけど、あいつは本物だって言い張るのさ」

「そんな作り物の卵なんかに用はない。金の話をしてるんだ」

「持ってるよ。どこにあるのか知ってりゃあいいんだけどね」

「下に一緒にいるにやけた坊やな、あいつは、金を受け取りに来たんだろ？　今夜、ニューヨークでヤクを仕入れて戻ることになってた、ちがうか？」

「おそらくね」

「でも、おまえは金がどこにあるのか知らないってんだな？」

「トミーはそんなこと、話してくれないもんね。あたしのこと、好きじゃないんだから、わかるだろ」

「家財一式を愛してるってわけだ」

「命よりね」

　ロメオは唇をすぼめた。計画を練るときにやる癖だ。

「家の前にはほとんど庭がないな」

「なんだって？」

「家の裏には芝生があるのか？」

「ちょっとばかりね」

「じゃあ、芝刈機もあるな？」

「外の物置小屋のなかにあるよ」

「電動式じゃないな。電気で動くやつだと、頭んなかでこしらえた計画はうまくいかないんだよ」

　ガスキンズはグロックを何気なく脇にかまえていた。トミー・ブローダスとエドワード・リースは手と脚をテープで巻かれて椅子に腰かけ、リースは口も塞がれたままだ。シャンテルはもう一杯コニャックを注ぎ、グラスを傾けることと色を塗りたくった長い爪を眺めることを交互に繰り返していた。

　ロメオが家の奥から居間へ戻ってきた。二ガロン入りのガソリンのプラスティック容器を持っていた。

「お、おい、そいつでなにをするつもりだ？」ブローダスは尋ねた。

　ロメオは黄色いノズルに着いていたカバーと、容器の底にあるプレッシャーキャップをはずし、ガソリンを部屋中にまき散らしていった。

「だめだ」ブローダスが言った。「ああ、やめてくれ」

　ロメオは白人女の群像、それから本棚の革装の本にもガソリンを振りかけた。

「待ってくれ」ブローダスは言った。

「なにか言いたいことでもあるのか？」

「テープをほどいてくれ」

　ガスキンズはバックナイフを取り出して、ブローダスの手首、足首を縛るテープを切った。

「おまえら、マジだな」ブローダスは手首をさすった。

「金だ」ロメオが迫った。

「人を破産させるつもりか」ブローダスはそう言ってテレビのスタンドまで歩いていくと三台置かれたリモコンのひとつを手に取った。

　ブローダスはリモコンを水槽に向けてボタンを押した。水槽の土台が持ちあがっていく。ぎっしりとヘロインが詰まった小さな包みと金の山が姿を現わした。

　ロメオは嬉しそうに笑った。ほかの者たちはさまざまな思いで大金を見つめている。シャンテルが階段へ向かった。

「どこへ行く？」ロメオが尋ねた。

「金を入れるものを取りに行くんだよ。それから、あたしの私物。いいでしょ？」

シャンテルはふたつの似たようなグッチのバッグとロレックス・プレジデントを持って戻ってきて腕時計をロメオの手首にはめた。ロメオはヘロインには手を出さず、現金だけを詰めた。右手に銃を持ち、もう一方の手でスーツケースを持ちあげた。

「やめろ」テープを巻かれたエドワード・リースにロメオが向かっていくのを見てガスキンズは止めた。ロメオは無視し、四五口径をリースの肩に押しつけると引き金を絞った。

リースは激しく体を震わせ、椅子からずり落ちそうになった。白いロカウェアは裂け、火薬によって焦げたところが黒くなり、やがて赤くにじんでいく。リースは叫び声をあげようとしたが、ダクトテープで塞がれた口からはうめき声しか漏れてこなかった。

「笑ってみな」ロメオが言った。

「ずらかろう」ガスキンズがうながしたが、ロメオはリースへ仕返ししたことの余韻に浸って動こうとしなかった。ガスキンズは同じ言葉を大声で繰り返した。

「おまえも来るか？」ロメオはシャンテルに尋ねた。

シャンテルは部屋の向こう側からロメオとガスキンズに歩み寄った。

「なんて名だ？」トミー・ブローダスは尋ねた。

「ロメオ・ブロックだ。孫に伝えておくんだな、デブ野郎」

「おまえは、とんでもないまちがいをしでかしたぜ、ロメオ」

「おれはおまえの金と女をいただいた。これがまちがいだとは思えないがな」

通りに出ると、家のドアの上に設置されたスポットライトが一度点灯した。一台の車が路地に曲がりこんできて走り去っていった。

車へ戻りながらガスキンズは言った。「ガソリンをまき散らして銃を撃ったんだぞ。吹っ飛ばなかったのは運がよかった」

「おれは運以外なにも持ってないんだ。今度新車を買うときには、ヘッドレストに蹄鉄を刺繍しようと思ってるんだ」

「ああ、わかったよ。でもな、なんであいつを撃たなくちゃいけなかったんだ？」

「撃たなきゃあ、金を奪っただけだろ」

「どういうことだ？」

「ロメオ・ブロックって名が街に流れるってわけだよ」ロメオはポケットから車のキーを取り出した。

「これでおれの名前にも箔がつくってもんだ」

15

ラモーンがキッチンへ入っていくと、妻のレジーナは部屋の中央にある調理台に寄りかかり、シャルドネをグラスに注いで飲んでいた。こんな時間からレジーナがアルコールを飲むのはめったにないことだ。チキンは焼きあがり、サヤインゲンもゆで、サラダの材料は刻みおわっていつでも食べることができるようになっていた。ラモーンはレジーナにキスをし抱擁してから、どこへ行っていたか、どんな様子だったのか話した。

「ヘレナには会った？」

「いいや。寝ていたよ」

「明日にでも行ってみる。夕食の心配をしなくていいようにキャセロールでも持っていこうと思うんだけど」

「キャセロールだらけだったよ」

「じゃあ、マリタに電話しましょう。彼女は忙しいけれど、なんでもてきぱきとこなす人だから。一緒に計画を立ててみんな交代で夕食を作って持っていってあげるようにすればいい」

「それはいい考えだ」ラモーンはそう答えてから尋ねた。「子供たちは？」

「もう食べてしまって部屋にいる」

「ディエゴとは電話で話した。落ち着いているようだった」

「今度のことで取り乱してはいないわね、そういうことを心配しているのなら言うけれど。でも、事件のことを伝えてから、妙に黙りこんでしまって」

「ディエゴはああいうやつだからな。こんなときでも、しっかりしなくちゃいけないと思っているんだろう。気持ちを抑えこんでいる」

「あなたは感情をあらわにする人だから。ところで、今日、学校で少し早く帰っていいと言われたらしいわ」

「今度はなんだ？」

「あの子の口から聞いて」

　ラモーンはバッジと銃をしまって鍵をかけると娘の部屋へあがっていった。アラナはプラスティック製の馬をきれいに並べ、バービーやグルーヴィガールズといった人形をサドルの上に乗せているところだった。アラナは自分のものをきれいに並べるのが好きなのだ。

「元気でやっているかい、おチビちゃん」

「うん、パパ」

　ラモーンはアラナの頭の天辺にキスをし、カーリーヘアの匂いをかいだ。

　アラナの部屋はいつも極端なほど整然としているが、それはアラナがきれいに片づけているからだ。散らかり放題のディエゴの部屋とはえらいちがいだ。息子は自分の部屋だけではなく、すべてにわたって整理整頓ができない。宿題の範囲をメモにとることさえすぐに忘れる。宿題をしっかりとやっていくこともあるが、そういうときでも教科書を開くのは夜がふけてからだ。

「検査をしたほうがいいかもしれないわね」以前レジーナがこう言ったことがある。「おそらく学習障害があるのよ」

「注意力が散漫なだけだ。他人に金を払ってまでそんなことを言われたくはない」

だがレジーナはディエゴを検査に連れていった。精神科医だかなんだか知らないが、とにかくその男に言われたところによると、ディエゴは実行機能障害とやらを患っており、だから一日の行動をやりくりしたり考えをまとめることができないらしい。学業が遅れているのもそれが原因だというのだ。

「ディエゴは宿題をやりたくない、それだけのことさ。おれにはわかる」

「あの子の部屋を見て。汚れた服と洗濯した服の区別もつかないほど乱雑なんだから。あの子は汚れ物をわけておくことすらできないのよ」

「だらしがないんだ。さて、ご大層な病名を頂戴したな。あたらしい言葉を知るのに千ドル払ったってわけだ」

「ねえ、ガス」

息子の部屋のドアをノックしてからあけ、Tシャツやジーンズが床の上に散乱しているのを目にすると、あのときのやり取りが思い出された。ディエゴはベッドに寝そべり、ヘッドフォンでゴーゴー・スタイルの音楽を聴きながらどんよりとした目で本を眺めていた。ラモーンの姿を見るとヘッドフォンをはずし、ポータブルステレオの音量を下げた。

「よお、ディエゴ」

「父さん」

「なにをしている？」

「これを読んでいたんだ」

「音楽を聴きながら本が読めるのか？」

「一度にいろいろなことができる才能があるんだね、きっと」

ディエゴはベッドの端に座り、本を脇に置いた。父親の口から出てきた言葉がいつもの小言だったのでディエゴはがっかりし、うんざりした顔をした。このような日にディエゴを責めたてた自分にラモーンは腹を立てた。習慣からつい言ってしまったのだ。

「悪かった。今日のような日に――」

「いいんだよ」

「だいじょうぶか？」

「ぼくたち、それほど仲良く付き合ってなかったんだ。知ってるよね」

「でも、友だちだろ」

「うん。好きなことを言い合える仲だったよ」ディエゴは舌打ちをした。これはディエゴやその仲間たちがよくやる癖だ。「嫌な気分だよ。昨日、エイサーを見かけたんだ。話もしなければ挨拶もしなかったんだけど、あれが見納めだったと思うと」

「どこでだ？　いつどこで？」

「三番通りの向こう、レクリエーションセンターだよ。ぼくとシャーカーはバスケットをしていたんだ。そうしたら、エイサーが通りかかってタッカーマン通りを曲がっていった」

「ブレア通りのほうか？」

「そう、そっちのほうへ行った。もう夕方だったんだ。日も暮れていて。はっきり覚えているよ」

「ほかになにかないか？」

「ノース・フェイスを着ていた。きっと買ったばかりなんだ。あのジャケットを着るにはまだ早すぎるからね。汗をかいていたよ」

「ほかには？」

「落ちこんでいたみたい」ディエゴは声を落とし、わけもなく両手をこすり合わせながら話した。「エイサーに声をかけたんだけど、どんどん歩いていっちゃったんだ。立ち止まってくれればよかったと思っているんだよ、父さん。あのときの表情が忘れられないんだ。あのとき足を止めていっしょに話をしてくれれば、もしかしたら……」

「こっちへおいで、ディエゴ」

ディエゴは立ちあがり、ラモーンは息子を抱擁した。しばらくのあいだ、ディエゴもラモーンをきつく抱きしめていた。それからふたりは体の力を抜いた。

「だいじょうぶだよ、父さん」

「その調子だ」

ディエゴは一歩後ろへ下がった。「この事件は父さんが担当するのかい？」

「いや。ほかの刑事だ」ラモーンは口ひげを引っ張りながら答えた。「でも、いいか、ディエゴ、いくつか訊きたいことがある」

「なんだい？」

「警察が知っていたほうがいいようなことをエイサーはやっていたのか？」

「マリワナとかそういうもの？」

「最初のとっかかりなんだ。そういうことに彼が深くかかわっていたんじゃないのかと、父さんもまずその線で考えていた。それでどうなんだろう、エイサーはなにか犯罪にかかわるようなことをしていたんだろうか？」

「ぼくが知っているかぎり、そういうことはなかったな。さっきから言っているように、この一年ほどそれほど親しく付き合っていなかったんだ。なにかまずいことに手を染めていると思ったら、父さんに言ってるよ」

「わかってるさ。まあ、この話はまた今度にしよう。さあ、もう本を読んでいいよ。音楽を聴きながら読みたいのなら、そうすればいい」

「ほんとうのことを言えば、本なんか読んでいなかったんだ」

「おいおい」

「父さん、実は今日、またちょっとした問題を起こしちゃったんだ」

「どうした？」

「避難訓練があって、校舎の外で並んで立っているときに、友だちが冗談を言ったんで笑ったんだ」

「それで？」

「つまり、その、大声で笑っちゃったんだ。もうあとの授業は受けなくていいと言われた」

「校舎の外で笑ったのにか」

「規則なんだ。避難訓練の前に校長先生が校内放送で禁止事項を読みあげて注意したので、大声で笑っちゃいけないのはわかっていた。でも、つい噴き出しちゃったんだ。友だちの冗談がほんとにおもしろくって」

「笑ったのはおまえひとりだけじゃないだろ」

「そう。まわりにはふざけている子がたくさんいた。でも、ガイ先生はそういう子たちを叱らなかった。まっすぐぼくのところに来たんだ」

「もう忘れろ」

ラモーンは息子の部屋をあとにした。口を固く引き結んでいた。


ホリデーは狭いキッチンのフォーマイカを天板に貼ったカウンターの脇に立ち、氷の入ったグラスにウォッカを注いだ。飲む以外にやることはなにもなかった。テレビはスポーツしか見なかったし、本を読むことはない。趣味を持とうと思ったこともあったが、そういうことをやっている連中にはついていけなかった。なにかを作ることに入れこんでいる男たちを見ても、マスをかいていると思うだけだ。解決しなければならない問題、達成しなければならない目標があるというのに、大の大人が小さな白いボールを追いかけたり、岩山を登ったり、自転車をこいだりしている。それに、自転車に乗っているやつのあの恰好はなんだ。まるでカウボーイ・スタイルをして喜んでいるガキみたいじゃないか。

今夜は誰かと話をするのが嫌だというのではなかった。事件のことで話題はあるのだが、バーでする会話ではない。だが、電話をする相手がいなかった。

友だちはほとんどおらず、まして気ままに電話で話ができる友人は皆無だった。たまに一緒に酔っ払う警官ジョニー・ラミレス。こいつはすぐに喧嘩腰になるが、ときたまビールを飲む相手としては悪くない。それからレオの店で飲むあの三人。庭つきのこの集合住宅の住人のなかにも顔を見知った連中がいた。朝、仕事へ出かける彼らが、車やトラックに乗りこむときに顔を合わせることがあり、そのときは会釈したり、挨拶したりするが、誰ひとり部屋へ招待しようとは思わなかった。ホリデーは、プリンス・ジョージ郡に住む最後の白人のような気がしているが、もちろん、そんなことはない。ここで育ち、故郷のように思っているから、そう感じるのだろうか。昔から知っている連中はここを離れ、北部のモンゴメリー郡や南部のチャールズ郡に移り住んでしまった。地元の顔見知りと出くわすこともある。彼らはエリナー・ローズヴェルト高校の同級生やその家族であり、すべて黒人だったが、それはそれで楽しいことだった。短い立ち話をし、二、三分のあいだに二十年分の話題をおさらいして別れる。思い出を分かち合う知り合いではあるが、ほんとうの友人ではない。

たしかに女たちとは大勢付き合ってきた。ホリデーは情事の相手を探し出す才能を持っている。しかし、自宅のベッドで翌朝一緒に目覚めたいと思う女はひとりもいなかった。夜は昼の生活と同じように無意味だった。

今日の午後、ダン・ホリデーはシーマス・オブライエンという男を乗せたのだが、彼は九〇年代の終わりころにハイテク関連の会社を起業して財をなし、NBAのあるチームを買い取った。オブライエンは、株主でもある国会議員たちと会うためにワシントンへやってきたのだが、ほかにもアナコスティア川東岸に住む貧しい子供たちが通う学校を訪れて生徒たちと記念撮影をするという目的があった。オブライエンが買収したチームのなかにイースタン高校出身のシューティンググガードがおり、彼のサイン入りポスターを子供たちに配った。オブライエンがこうした子供たちと再会することはないし、子供たちの人生にかかわりを持つこともないが、笑顔の黒人の子供たちと一緒に写真に収まることによって世の中に貢献している気持ちになるのだ。オフィスの壁にこうした写真を飾ると世間体もよくなる。

タウンカーの後部座席でオブライエンが話をしているのをホリデーは聞いていた。商取り引きの書類、学校でのお祈り、国の文化に影響を与えたいという願いなど、話題は多岐にわたった。有意義なことに使わないのなら金にはどんな価値があるのだ？　こうしたオブライエンの言葉の端々に、神、そして彼を救ってくれたイエス・キリストへの思いがさしはさまれた。ホリデーは気を利かせて衛星ラジオの周波数をザ・フィッシュに合わせた。アダルト・コンテンポラリーなクリスチャン・ソングを流す局だったが、一曲終わるとオブライエンは、世界の最新金融情報を流すブルームバーグ・ニュースにかえてくれないかと頼んだ。

そんな一日だった。いくつかの会合に出席する金持ちの男をあちらからこちらへと送り、話し合いが終わるまで待機し、すべてのスケジュールを消化すると空港まで乗せていった。稼ぎとしては悪くはないが、仕事の達成感はゼロだ。だから朝、警官時代のようなすっきりとした目覚めがないのだ。警官のときは、仕事へ行くのが待ちきれないほどだった。運転手の仕事を嫌悪してはいないが、好きでもない。人生の目標もなくただ車を走らせて走行距離計の数字があがり、時間を浪費する。

　ホリデーはグラスとタバコの箱を手にするとバルコニーへ出て椅子に座った。バルコニーは駐車場に面しており、その先はショッピングモールPGプラザに入っているヘクツという店の裏手だ。どこかで男と女が言い争いをしていた。車がゆっくりと駐車場にはいってくると、窓をびりびりと振動させるほどのベース音とラップが聞こえてきた。別の車からはレゲエ、開いた窓からギターのバトルを響かせている車もあれば、シンセサイザー、ゴーゴーのパーカッションなどを鳴らしている車もあった。

　こうした音はホリデーの耳に届いていたが、頭のなかで今後のシナリオを組み立てるのに忙しく、一向に気にならなかった。オーグルソープ通りのコミュニティ菜園に横たわっていた十代の若者の死体の話をすれば、大喜びで耳を傾ける男のことを脳裏に浮かべていた。ホリデーは飲み物を口に含んだ。問題は彼がまだ生きているかだ。

　ラモーンとレジーナはワインを飲みながら夕食をとった。食べ終わると、めったにないことだがもう一本ボトルを開けた。ふたりはディエゴの友人の死について真剣に話し、レジーナは涙を流した。エイサーの死を悲しみ、特別に親しくもない彼の両親の気持ちを察して涙があふれたのだが、それだけでなく、彼らの不幸が身につまされ、自分の子供たちが同じ目にあったことを想像し、身を引き裂かれるほどの苦しみ、一生立ち直れない心の空虚さを自分のこととして実感したのだった。

「自分勝手なことばかり考えて、神様に罰せられちゃうわね」レジーナは顔から涙をぬぐい、恥ずかしさから忍び笑いを漏らした。「でもやっぱり怖くって」

「当然だ」ラモーンも、毎日、子供たちのことを思うと不安で仕方がなかったのだが、そのことには触れなかった。

ベッドに入るとふたりはキスをして抱き合ったが、どちらもセックスを求めなかった。特にガスは情熱的なキスによって必ず次のものを求めるのだが、今夜はその気が起きなかった。

「神様の涙だ」

「えっ？」

「テランス・ジョンソンが言ったんだよ。ふたりで裏庭にいるときに、雨が降りはじめたんだ。そんなことを言うなんて信じられるか？」

「神を持ち出すのは、いかにもテランスらしい」

「そういうことじゃない。つまり、あんなふうに子供を殺されたら、信仰心を失うんじゃないか。神に怒りを覚え、背を向けるんじゃないのかってことが言いたいんだ」

「テランスは、これまでよりももっと強く神を求めるようになるでしょうね。それが信仰というもの」

「おまえはロンダみたいだよ」

「わたしたち黒人の女は信仰心が篤いからね」

「レジーナ？」

「なに？」

「エイサーの名前なんだが……Ａｓａ、前から綴っても後ろから綴っても同じなんだ。回文のようになっている」

「そうね」

「昔、サウスイースト地区で殺された子供たちの事件を扱っただろ？」

「わたしがまだ新人だったころね。でも、ええ、覚えている」

「あのときの犠牲者もコミュニティ菜園で見つかり、全員が頭をぶち抜かれていた」

「今度の事件も関係していると？」

「もう少し考えてみる必要があるがな。明日、資料にあたって調べてみようと思っている」

「明日ね。今は忘れましょう」

　しばらくして、ラモーンは言った。「ディエゴはだいじょうぶだと思う。今度の事件を忘れることはないだろうが、うまく対処しているよ」

「今日一日、いろいろとたいへんだったから。なによりも、学校を早退させられたことが――」

「避難訓練のときに笑ったからだ。白人の生徒たちも笑ったんだと思うがな」

「ねえ、ガス。白人の子供たちを嫌うのはやめて」

「あんな学校、クソっ食らえだ。おれももう少しでキレるところだったよ」

「落ちついてよ、兵隊さん」レジーナはそう言ってラモーンの額にかかった髪の毛を払い、耳の後ろにキスをした。「あまりカッカすると、眠れなくなってしまうわよ」

　ふたりはお互いの体に腕をまわした。ラモーンは呼吸がゆっくりになっていくのを意識した。レジーナを抱きしめ、彼女独特の香をかぎ、頬と頬を押しつけて彼女の滑らかな軟らかさを感じる。だから、おれはこの女と結婚したんだ。

　ほかの女では、こうした心の平和は得られないだろう。

16

翌朝の《ワシントン・ポスト》の首都圏版の二ページ目にエイサー・ジョンソンが殺された記事が載っていた。首都圏の住人は陰で「ニグロ殺人事件」と呼んでいるが、黒人の犠牲者の記事は、〝犯罪〟〝今日の事件〟といった見出し語の下に、ふつうは一、二段落程度でしか扱われない。しかし、今回のエイサーの記事は、それよりも大きく取りあげられていた。要するにエイサー・ジョンソンは、貧困家庭の子供ではなかった。中流家庭の十代の子供であり、まだ若かったのだ。この事件が新聞種としてふさわしかったのはエイサーが人生の入口で殺されたからだ。まったく気が滅入ることではあるが、新聞は毎日こぞって子供の死を報じている。

夏の盛りには、六歳の男の子ドンミゲル・ウィルソンがさるぐつわをかまされ、縛られたまま浴槽のなかで顔を水面につけて窒息死しているのが発見された。コングレス・ハイツのアパートメントでその小さな死体が見つかったときには、死後数時間たっていた。《ワシントン・ポスト》の一面には恐ろしい記事ばかりが載った。春には九歳のドンテ・マニングが、コロンビア・ハイツのアパートメントの外で遊んでいるときに銃の乱射事件に巻きこまれて世を去り、ほかの報道機関もこの事件を取りあげて憤った。年間の殺人事件の件数は減少しているが、子供が犠牲となる事件は増えていた。

こうした統計は、市長とワシントン市警本部長にとっては頭痛の種だった。マスコミの悪意ある報道をいちいち気にしているのではないが、当然のことながら、不安は募った。誰もが――情に動かされることがない人でも、たまたま街の物騒な地域に生まれ育ったというだけで子供が殺されると背筋に冷たいものを感じた。子供の犠牲者が出るたびに警官も役人も市民もみな同じように、自分たちの住んでいる世界がひどくおかしくなっていると思い知らされるのだ。

　しかし、エイサー・ジョンソンの事件は、公式にはまだ殺人と断定されておらず、白人や十代前の黒人の子供が殺されたときほど一般の人たちから注目されていなかった。ほかにも捜査しなければならない殺人事件があるのだ。事実、この二日だけでも、いくつかの死体が発見されていた。

　ロンダ・ウィリスはこうした事件のひとつを担当した。昨夜、オーグルソープ通りのコミュニティ菜園から西へ数ブロック行ったフォート・スローカム・パークで射殺体が発見されたのだ。

「現場まで一緒に行く？」暴力犯罪班のオフィスで机に向かっていたロンダは尋ねた。まだ九時にもなっていない朝の早い時間だ。ガス・ラモーンとロンダ・ウィリスは、あと二週間は八時から四時までのシフトだった。

「もちろん。だが、まずウィルキンズと話をしなくちゃいけない」ラモーンは答えた。

「どうぞ。わたしのほうはもう犠牲者の身元がわかっているから、まずコンピュータで名前を照合して背景を調べてみる」

「ウィルキンズと話したら、すぐに行けるよ」

　ガルー・ウィルキンズはパーテーションで仕切られたデスクに向かって座り、インターネットのサイトを見ているところだった。ラモーンが近づいていくとウィルキンズは画面を閉じた。ウィルキンズのことだからスポーツかポルノのサイトでも訪れていたのだろう。ファンタジーベースボールと胸のでかい熟女に目がないのだ。

　ウィルキンズのデスクは整頓されており、書類は片隅のスティール製ホルダーに整然と並べられていた。コルクボードには聖像や家族の写真は一枚もなく、証拠ファイルのなかにあったポラロイド写真が一枚貼られているだけだった。カメラに向かって微笑んでいる男は、若い女を襲って強姦し、殺害したとされる地元のゴーゴー・バンドのキーボード奏者だ。この男は尋問されたが証拠もなく、目撃者もいなかったために告訴されなかった。ガルー・ウィルキンズが担当した事件ではなかったが、巧みに逮捕を免れた容疑者に捜査陣はみな歯嚙みした。ウィルキンズは、こいつが今も街におり、自由を満喫して愉快にやっている事実を思い出すために写真を貼っているのだ。デスクには、ウィンストンの箱とライターが置かれ、ライターには南北ヴェトナムの地図が描かれていた。ウィルキンズは軍の経験があったが、ヴェトナム戦争当時はまだ若すぎて入隊していなかった。

「やあ、ウィルキンズ」

「ガス」

ラモーンは近くの空いている椅子を引っ張ってきて腰かけた。「エイサー・ジョンソンの件でなにがわかった？」

　ウィルキンズはホルダーからファイルをつかみ出し、なかを開いて加筆訂正のされていない書類を見つめた。ラモーンも一枚目を眺めた。走り書きされたメモのようなものはなかった。身を入れて捜査しているときには、空欄に気づいたことを書きこんだり、脂でべたべたとした指紋がくっついているものだ。だが、この書類はまっさらだった。

　ウィルキンズはファイルを閉じ、ホルダーへ戻した。なにも書きこみをしていなかったが、このファイルの扱い方は、彼がこしらえようとしている筋書きになにかが付け加わったことを意味していた。新たな事実をつかんだにちがいない。

「解剖前の報告書に死亡推定時間が記されている。検死官によると午前零時から午前二時のあいだらしい。弾丸の射入口は左のこめかみ、射出口は頭の天辺だ」

「弾丸からわかったことは?」

「三八口径だ。これまで犯罪に使われたことがないようだ。銃が見つかったら照合できるだろう」

ラモーンはうなずいた。「血液からなにか異物が検出されなかったか?」

「きれいなもんだ。左手の指に火薬のかすが付着していた。撃たれる前に左手でかばうかなにかしたのだろう」

「わかった。鑑識のほうはそんなところか。捜査班のほうはなにか収穫は?」

「聞きこみは無駄骨だったよ。枝が折れる音を聞いたという婆さん以外は、誰ひとりなにも見ていないし、聞いていない。とにかく目撃者はいない。今のところは」

「タレコミは?」

「ないよ」

「死体発見者の電話を録音したテープは?」

「ここにある」ウィルキンズは一番上の引き出しから封筒を摘まみあげ、なかからカセットテープを取り出した。

「聞いてもいいか?」

ガルー・ウィルキンズとラモーンはオーディオ/ビデオ室へ向かった。途中、レッドスキンズの些細なことで言い合いをしているアンソニー・アントネッリとマイク・バカリスとすれちがった。

「八七年の獲得ヤード数でトップはアート・モンクだ」バカリスが言った。

「いや、ゲイリー・クラークだよ。その年はモンクよりもケルヴィン・ブライアントのほうがヤード数を稼いでいる」

「ワイドレシーバーのなかでってことだ」バカリスは負けていない。

「クラークもワイドレシーバーだったよ、おまえ、頭だいじょうぶか」アントネッリはダメ押しをした。

ラモーンはウィルキンズと部屋に入り、テープを器械にセットすると再生ボタンを押した。ラモーンは死体を発見した男の声を聞いた。通信指令係は男に名乗るように言ったが、電話は切れた。ラモーンはテープを巻き戻し、ふたたび再生した。

「なにを聞いているんだ？」ウィルキンズが尋ねた。ラモーンの顔をよぎった表情を見て、なにかを発見した、いや、声の主がわかったのだと思ったにちがいない。

「まわりの音を聞いているだけだ」ラモーンは答えた。「発信者番号表示はなかった。こいつを見つけるのは、おれのチンポよりもでかい仕事になるぜ」

「だろうな」

「どれくらい、でかいかわかるかい？」馬のように歯をむき出しにしてウィルキンズは笑った。「でかすぎて、ヘビだって咥《くわ》えられないんだ」

「わかったよ」ラモーンはウィルキンズの金言を聞いていなかった。器械から流れてくる昔懐かしい声にじっと耳を傾けていたのだ。メリーランド州プリンス・ジョージ郡の白人労働者階級の連中に特有のＯを長く引き伸ばす発音、アルコールのせいでわずかにろれつがまわっていなかった。

「電話をかけてきたやつがわかればな。おそらく、目撃しているだろう。いや、そいつが殺したのかもしれない」ウィルキンズが言った。

「その言葉が神様の耳に入るといいな」ラモーンはそう言ってもう一度テープを聞き直し、プレーヤーから取り出してウィルキンズに返した。「助かったよ」

「なあ、なにかわかったのか？　その男の声に聞き覚えがあるのか？」

「こいつを後ろ向きにもっとゆっくりと再生すると、自白が聞こえるんだよ」

「ウドゥン・ビ・ナイス」ウィルキンズは、ビーチボーイズのブライアン・ウィルソンがのりうつったかのように歌った。ラモーンは思わず笑みを浮かべた。

「これからどうする?」ラモーンは尋ねた。

「ジョンソンの家へ行く。エイサーの部屋を調べるよ」

やりそこなうなよ、ラモーンは思った。そのきれいなお手々でしっかりと証拠をつかむんだ。

「父親から友だちのリストをもらえると思う」

学校も忘れないでくれ。

「おまえの息子に話を聞くことになるが、かまわないな?」

「もう聞いた。息子はなにも知らない。だが、会ってくれ。報告書に書かなくちゃいけないだろ。レジーナに電話してくれれば、都合のいい時間を教えてくれるよ」

「悪いな、ガス。この事件には個人的に関係しているもんな。粘るつもりだよ」

「感謝するよ、ウィルキンズ」

ラモーンはロンダ・ウィリスのデスクへ戻った。ふたりで部屋を出ようとするとアントネッリがどこへ行くのか尋ねた。ロンダは新しい事件の詳細を話して聞かせた。

「被害者は山のように前科がある。重窃盗やら麻薬関係やら。〝ウェイシーズ〟で検索したら仲間の名前がいくつかわかったのよ。その連中も、今回の事件にかかわっているかもしれない」

「社会を浄化させるって感じだな」アントネッリが言った。

「そうかもね。でも、彼らを色眼鏡で見るつもりはない。生まれたときには、みんな汚れていなかったんだから。最初から道を踏み外していた人なんていないのよ」

ロンダとラモーンはドアをあけて出ていった。個人の車やヴァン、SUV、警察車輌などでいっぱいの駐車場に出ると、すぐ脇の歩道にガルー・ウィルキンズが立っており、ウィンストンをフィルターぎりぎりのところまで吸っていた。

「ウィルキンズはずいぶんと忙しそうね」声が聞こえない程度遠ざかるとロンダが言った。

「自分のペースで仕事をしているだけだろ」

ふたりはフォードを見つけ、乗りこんだ。ラモーンはロンダに運転を任せた。エイサー・ジョンソンの事件について考えたかったのだ。同僚だけでなくパートナーにさえ、テープの声の主がダン・ホリデーだと言わないのはなぜだろう。

ホリデーは《ワシントン・ポスト》を持ってバルコニーに出て、エイサー・ジョンソンに関する記事を熟読した。タバコをもみ消し、コーヒーを手にするとオフィスとして使っている客用の寝室に入った。デスクに向かって座り、コンピュータの電源を入れるとネットに接続した。サーチエンジンに「ワシントンDC回文殺人事件」と打ちこんだ。それから一時間、サイトに目をとおし、役に立ちそうなものはすべてプリントアウトした。連続殺人者を扱ったサイトで拾ったものもあるが、ほとんどは《ワシントン・ポスト》の記事だった。それから地元の警官組合のオフィスに電話し、ホリデーがH通り近辺を巡回していたころにパトロール警官だった男を呼び出してもらった。その男からホリデーは探している人物の現住所を聞き出した。

ホリデーは黒のスーツに身を固めるとアパートメントを出た。空港へ送り届ける客がいるのだ。

被害者の名前はジャマール・ホワイト。胸に二発、頭に一発食らっていた。傷口が焦げ、頭骨が著しく損傷していることから至近距離で撃たれたことがわかる。仰向けに倒れており、片脚はもう一方の脚の下で不自然に折り畳まれていた。見開いた目は虚空を見すえ、殺された動物のように上の歯がむき出しになって下唇の上に突き出されていた。三番通りとマディソン通りに面した公園のはずれで死体は発見された。白いTシャツは血に染まり、すでに乾いていた。

「十九歳。オークヒルの少年院に長いあいだ入っていたようね。判決を待つあいだ、DC拘置所にもずいぶんと世話になったみたい。車の窃盗、麻薬所持、少量ながらも麻薬の売買。暴力的な犯罪歴はなし。五番通りとケネディ通りにはさまれた界隈の出身だといえば、どんな家庭環境かわかるわね。現住所はロングフェロー通りの祖母の家になっている」

「家族には連絡したのか？」ラモーンは尋ねた。

「ひとりだけにね。母親は今刑務所のなか。窃盗の常習犯で有罪となっている。父親は不明。父親のちがう兄弟が何人かいるけれど、一緒に暮らしたことはない。一番近い親族は祖母だけ。彼女には電話で知らせておいたわ」

ふたりは真っ先に現場に到着した第四管区署のパトロール警官から事情を聞いた。事件の目撃者と話をしていないか、あるいは彼自身が殺人と関係のあるなにかを目にしていないか尋ねると、パトロール警官は首を振った。

「目撃者を探すべきだろうな」ラモーンはロンダに言った。

「ぜひともね。でも、それはここにいる仕事熱心な人たちに任せて、おばあちゃんに会いに行きましょう」

鑑識官たちをあとに残し、ふたりはロングフェロー通りの五〇〇ブロックにある祖母のテラスハウスへと車を走らせた。正面ポーチに面した窓にはブラインドが降ろされていた。

「ひとりきりでいたいんでしょうね。思う存分泣いて」

「出直してもいい」

「いいえ。その必要はないと思う。さっさとすませてしまったほうがいい。孫のことで頭がいっぱいのときのほうが、なにかを訊き出せるかもしれないもの」ロンダは助手席のラモーンに目を向けた。「一緒に行きたくないみたいね」

「二、三電話をかけなくちゃいけない」

「ひとりで行かせるってわけね」

　ラモーンはロンダが玄関の前に立ちノックするのを見ていた。ドアが開くとなかは真っ暗だ。手がのびてきてロンダに触れ、そのまま彼女は家のなかへ入った。

　ラモーンは携帯で四一一を押し、〈ストレンジ探偵事務所〉の電話番号を聞き出した。私立探偵のデレク・ストレンジは元警官であり、アップシャー通りと九番通りにはさまれた地区の店舗ビルに事務所をかまえている。ラモーンは以前、微妙な問題で情報を仕入れてもらったことがあった。その見返りにラモーンは時々ストレンジに警察の情報を流してやっていた。

　呼び出し音が鳴り、女の声が聞こえてきた。ストレンジの妻ジャニーンだ。

「でかぶつはいるかい？」

「仕事で出ているわ。ここにはほとんど寄りつかない。あなたたち男っていうのは、みんな通りを走りまわるのが好きなんだから」

「たしかに。頼みたいことがあるんだ。名前がわかっているんで、そいつの住所と電話番号を調べてもらえないか？　仕事場と自宅の両方だ」

「警察にはハイテクのおもちゃがたくさんあるじゃない。なのに依頼するわけ？」

「おもちゃを扱える立場にないもんでね。名前はダニエル・ホリデー。休日のホリデーと同じスペルだ。みんなからはドクと呼ばれている。車やらリムジンで送迎の仕事をしているらしい。自分の名前を社名にしているんじゃないかと思う」

「わかったわ。ピープル・ファインダーで検索してみる。携帯の番号を教えて。どこかのファイルに番号を控えていると思うんだけど、わたし、めんどくさがり屋だから」

ラモーンは番号を伝えた。「お子さんは元気かい？」

「おかげさまで。ライオネルも大学生よ。それであなたの可愛らしい奥さんと子供たちは？」

「みんな元気でやっているよ。あのボクサー犬はまだいるのかい？」

「グレコのことね。わたしのデスクの下にいる。今、わたしのつま先に顎をのせてるわ」

「いいやつだな。じゃあ、連絡を待っているよ」

「一分待って」

一分以上かかったが、それほど待たされなかった。ラモーンは情報をノートに記し、ジャニーンに礼を言った。電話を切るか切らないうちにロンダが家から出てきた。すぐにサングラスをかけ、フォード・トーラスに戻り、運転席に座った。サングラスをはずし、ティッシュペーパーで目をぬぐった。

ラモーンは手をのばして彼女の肩に置き、筋肉をもみほぐしてやった。

「ばあさんは悲しんでいただろ」

「おばあさんじゃなかった。わたしより十歳上なだけ。赤ん坊のときから育てていたんですって。彼が荒れてからもずっとそばを離れず、いつかまともになってくれると希望を捨てなかったと言っていた。彼女にはもうなにも残っていないのよ」

「それでなんと？」

「ジャマールはいい子なんだけれど、悪い友だちができ、残念ながら人の道に外れることもしてしまった。でもようやく正しい道に進もうと心を入れ替えたばかりだったんだって」

「よくある話だ」

「ジャマールの部屋をざっと見せてもらった。現金が転がっているわけでもなかったし、持ち物はどれも色褪せてたわね。あそこで暮らしていたような感じではなかった。とにかく、もっと事情を探り出すには、ほかをいろいろと当たらなければならないみたい。写真を二枚ほど預かってきた。これを使って聞きこみができる」ロンダは前屈みになってリアビューミラーをのぞきこみ、おもしろくなさそうに笑った。「この顔を見てよ。目も腫れているし顔もむくんでいる。おまけにマスカラが流れ出しちゃっているし」

「おいおい、充分にきれいだよ」

「かつてはね。子供たちを産む前のことは覚えている?」

「もちろん」

「昔のことよ、ガス」

「今だって捨てたもんじゃない」

「優しいのね」ロンダは膝の上のファイルを開いた。「ジャマールは今もこの子と一番仲がいいらしいわ。レオン・メイヨー。〝ウェイシーズ〟で検索をかけたときも、車の窃盗の共犯、マリワナの所持などの罪でこの名前が挙がっていた。彼を探し出して話を聞くべきでしょうね」

「運転するかい? それとも代わってほしい? 化粧を直したいかってことだよ」

「気にしないで。泣いた顔なんか見せて悪かった。ちょっと情に動かされてしまったのよ。どうしてかしらね」

「月のものがはじまったんじゃないのか」

「月のものって、そういう失礼なことを口走りたくなるときってこと?」

「悪かった」

ふたりの乗った車は縁石を離れた。

ホリデーはアーノルド&ポーター法律事務所の弁護士をレーガン国際空港に送り届けるあいだ、ほとんど口を利かなかった。客は携帯電話にかじりついており、リアビューミラーに映ったホリデーの目を一度も見ようとしなかった。弁護士にとってホリデーは存在しないも同じで、ホリデーにとっては好都合だった。

三九五号線で戻ってトンネルをくぐり、ニューヨーク通りを進んで街を出た。それからメリーランド州で環状道路ベルトウェーに入り、グリーンベルト通りへ通じる出口で降りた。ＸＭ衛星ラジオのチャンネル46に合わせクラシック・アルバム・カットという番組を大きな音で聴いていた。ギターロックのスタンダードを流す番組はオールマン・ブラザーズ・バンドの《ブルー・スカイ》ではじまった。この曲を聴きながらホリデーは、髪を長くした背の高い兄が、ディッキー・ベッツのギターソロをエアギターで真似ている姿を思い出した。この曲を聴くとホリデーは幸せな気持ちになった。あのころの兄はご機嫌だったし、楽しそうな顔をした妹もまだ生きていたからだ。つづいてＤＪはクラプトンとデュアン・オールマンのギター・バトルがすさまじい《ハヴ・ユー・エヴァー・ラヴド・ウーマン》をかけた。ふたりのギターは熱かったが、ホリデーは死神の指に触れられたかのように冷たいものを背筋に感じた。しかし、それも一瞬のことですぐに家族の思い出が蘇り、ホリデーは肩の力を抜いて窓をおろし、運転をつづけた。

エリナー・ローズヴェルト高校の前を過ぎ、右折してチプリアーノ通りに入った。助手席に置いた詳細な地図をチェックしながら、森に沿って進み、ヴィシュヌ神を祭った寺をあとにしてニューキャロルトンのはずれで右に曲がってグッドラック通りを進み、さらに右折してマグノリア・スプリグズと呼ばれる地域に入っていった。ここは平屋ばかりが建ち並び、手入れが行き届いている家屋もあれば、修理が必要な建物も散見された。探していた家はドルフィン通りにあった。壁は黄色、鎧戸は白く塗られた平屋で、庭の芝は茶色に枯れ、クラウン・ヴィクトリアを格上げした古い型のマーキュリー・マーキーが庭内路に停まっていた。ホリデーは車を見て微笑んだ。やはり、元警官だ。リンカーンを縁石に沿って停めるとエンジンを切り、車をおりて家へ歩み寄った。庭の枯れたライラックの木の前を過ぎるとき、どうしてこいつを引っこ抜かないのだろうと思った。ドアのベルを鳴らし、なかから足音が聞こえてきてふと気づくと、ジャケットの襟をまっすぐにのばそうとしていた。ドアがあき、中肉中背で灰色の口ひげを生やし、頭の禿げあがった黒人が姿を現わした。暖かい日だったが、彼はセーターを着ていた。中年をとっくに過ぎ、すでにりっぱな老人だった。帽子をかぶっていない姿を見るのははじめてだ。

「なにか？」男の目は険しく、ホリデーを歓迎していないことがわかった。

「クック巡査部長ですね？」

「T・C・クックだが。なにかな？」

「今日の《ワシントン・ポスト》を読みましたか？　オーグルソープ通りのコミュニティ菜園でティーンエイジャーが死体で発見されたんです。頭を撃ち抜かれて」

「第四管区だな、知っている。フォックス5のニュースで見た」クックは組んでいた腕をほどいた。「マスコミの人間じゃないな。警察関係か？」

「元警官です。ワシントン市警」

「元警官なんて職業があるのかい」クックはしゃべるとき、口をわずかに片側に歪める。

「そうですね」

「テレビで被害者の名前はエイサーだと言っていた」

「前から綴っても後ろから綴っても同じです」

クックはホリデーの顔をじっと見つめてから言った。

「なかへ」

17

レオン・メイヨーは、ケネディ通りの一桁台のブロックにある小さな修理工場で見習い整備士として働いていた。この仕事を覚える機会を与えてくれた工場のオーナーも、九〇年代はじめまで、ロートン刑務所で服役していたのだ。オーナーの元保護観察官が、今はレオンの担当となっており、ふたりを引き合わせた。ラモーンとロンダ・ウィリスは、まずレオンが住んでいるアパートメントを訪れて一緒に暮らしている母親から話を聞き、それから修理工場へやってきた。母親はレオンが働いていることを強調し、修理工場の場所を教えてくれたのだ。

ルーディーズ・モーター・リペアという修理工場のオーナー、ルーディ・モンゴメリーは、体全体から迷惑だという思いをにじませ、睨みつけるようにふたりを迎えたが、結局、レオン・メイヨーに事情を話して引き合わせてくれた。レオンは、仕事場で移動式の吊りランプに照らされて仕事をしていた。大破したシボレー・ルミナからウォーター・ポンプを取りはずそうとしてスプロケット・レンチでねじを緩めているところだった。ふたりはレオンにバッジを示し、友人の死を伝えた。レオンは指で目頭を押さえ、奥へ引っこんでしまった。ラモーンとロンダは、しばらくそっとして悲しみに浸らせることにした。しばらくするとレオンは工場の控え室から出てきて、主にデトロイトで生産されたひと昔前のセダンやクーペであふれかえった廃車置場にラモーンとロンダを連れていった。

　レオンはふたりの前に立ち、工場のロゴの入ったぼろ切れで手をこすり、それから布をねじり、また逆方向にねじることを繰り返した。ピンクに染まった目は、足下のアスファルトに向けたままだ。取り乱した姿をふたりに見られて気恥ずかしく思っているのだろう。レオンは痩せてはいるが筋骨たくましく、実年齢の二十歳よりも五歳は老けて見えた。

「いつのことだ？」レオンは尋ねた。

「昨夜」ロンダが答えた。

「どこで？」

「死体はフォート・スローカムで発見された。三番通りとマディソン通りにはさまれたあたりね」

レオンは頭を振った。「どうしてそいつらはそんなことを？」

「そいつら？」

「いや、ジャマールはなんだってそんな目にあわなくちゃいけないんだってことだよ。ヤバいことに脚を突っこんでいたわけじゃない」

「これまでのきみの記録を見るとそうとも言えないが」ラモーンが口をはさんだ。

「すべて過去のことだよ」

「そうなのか？」

「好きなことをやっただけだ」

「車を盗んだ、ちがうか？」

「ああ。売ったり、七番通りのあたりをしばらく乗りまわしたり。楽しんでいただけなんだ。それを商売にしようなんてことは考えていなかったよ。ま、ガキだったんだな」

「七番通りとケネディ通りね」ロンダ・ウィリスが言った。殺人課に配属される前の私服警官のころ、ロンダは覆面捜査官として数週間あの危険な地域に潜入していたのだ。「男の子がゲームで遊ぶにしては、ずいぶんと物騒なところね。あのあたりじゃあ、みんな真剣だった」

「なかにはそんなやつもいるというだけのことだ。おれたちはちがった」

「どうして、きみたちだけがちがうんだ？」

「車の重窃盗容疑でパクられ、それから麻薬に手を出した。いろいろあってね」

「ジャマールを殺した犯人に心当たりはないんだな」

「ジャマールは友だちだった。もし、知っていたら――」

「話してくれる？」ロンダが口をはさんだ。

「なあ、おれは今保護観察の身だ。毎日、仕事に来ている」グリースにまみれた両手を差し出し、ラモーンの顔を凝視した。「これがおれだよ。見習い整備工だ」

「ジャマールはどうだったの？」

「おれと同じさ」

「なにをやって稼いでいたんだ？」

「ペンキ屋としてまじめに働いていた。いいかい、まじめに、だよ。一本立ちできるほど腕が上がりしだい、独立するって言っていた。わかるかい？」

「ああ」

「ジャマールはもう昔には戻りたくなかった。おれたちはいつもそういう話をしていたんだ。嘘じゃない」

ラモーンはレオンの言葉を信じた。「ジャマールはなんで夜中に歩きまわっていたんだろう」

「あいつは車を持っていなかったんだ。どこへ行くんでもバスと歩きだった。別に気にしちゃいなかったよ」

「ガールフレンドは？」ロンダが尋ねた。

「最近、ひとり興味を持っている娘《こ》がいた」

「名前はわかるか？」

「ダルシア。ペトワースに住んでいる女の子だよ。それしか知らないな。白人と黒人の混血でかわいいんだ。ちょっと前に知り合ったんだよ」

「名字と住所はわからないのか？」

「ほかの女の子と暮らしている。トワイライトでダンサーをやっている娘《こ》でスターって名前。たしか、ダルシアもそこで踊っているはずだ。どこに住んでいるのか知らない。おれはジャマールに言ったんだ。そんな女たちと寝るな。どんなやつらとつるんでるのかわからないってね」

「そんな女たち?」

「尻軽女」レオンは顔をそむけた。しゃがれたささやき声になった。「ジャマールにそう言ったんだ」

「友だちのことは、気の毒だったわね」ロンダ・ウィリスが締めくくった。

T・C・クックはホリデーを家の奥のキッチンへ案内した。部屋のほとんどを占めるテーブルに向かってホリデーは腰をおろした。居間とダイニングルームを抜けてくるとき、乱雑でだらしのない室内の様子に、いかにもひとり暮らしの男の家だという印象を持った。汚いというのではなく、テーブルや棚に男やもめ特有の埃が積もっているのだ。窓は閉められてカーテンが引かれ、腐敗臭が漂っていた。

「ブラックでけっこうです」コーヒーを注ぐクックに向かってホリデーは言った。「すみません」

古い柱時計が壁にかかっていたが、数時間も遅れていた。クックは気がついてさえいないのだろう。

「客はそれほど来ないんでな」クックはホリデーの前にマグカップを置き、自分のコーヒーを手にしたまま向かい側に座った。「娘がときたまやってくる。ヴァージニアのタイドウォーター地区に住んでるんだ。海軍の男と結婚してな」

「奥さんは亡くなられたんですか?」

「十年前のことだ」

「お気の毒に」

「ひどいもんだよ、こんな暮らしは。テレビのコマーシャルを見たことがあるか? ゴールデン・エイジとかほざいてるだろ。定年退職者向けコミュニティの広告だよ。きれいな歯並びの老夫婦がでてきて、ゴルフクラブやらプールやらで楽しむってやつさ。嘘八百だ。

年をとっていいことなんか、ひとつもありゃしない」

「お孫さんは？」

「ああ、ふたりいる。それが？」

ホリデーは苦笑いを浮かべた。

「おれはまだ七十にもなっていない。だが、数年前、脳卒中の発作で倒れちまった。口の端っこが垂れ下がるのがわかるだろ。言葉を探しているときにどもることもあるし、わけもなく頭が混乱しちまうこともあるんだ」

「それは辛いですね」ホリデーは早くこの話題を切り上げたかった。

「うまく字も書けない」老人がよくやるように病気自慢を得々とぶった。「新聞はある程度読めるよ。毎朝な。だがひと仕事なんだ。入院しているときに、そのうち読むことができなくなるだろうって言われたんで、医者の診断がまちがっていると証明してやることにしたんだ。運動機能には問題ない。それに倒れる前よりも記憶力が冴えるようになったんだ。脳の一部がだめになり、残りの部分が輝きはじめるなんて、変な話だろ」

「ええ」ホリデーは相槌を打った。「それでエイサーのことですが……」

「ああ、なにか用があって来たんだろ」

「あの、つまり、エイサー・ジョンソンの殺しとあなたが捜査した回文殺人事件とは関係があるんじゃないかと思ったんです」

「名前のことか」

「それに死体はコミュニティ菜園で発見されましたし、頭に一発食らっていたという事実もあります」

「どうしてだ？」

「なぜ殺されたかってことですか？」

「どうしてここに来た？」

「わたしが死体を発見したんです。いえ、もっと正確に言えば、偶然死体に出くわし、最初に通報したのがわたしだから」

「ほう、もっと詳しく聞かせてくれ」

「遅い時間でした。真夜中過ぎ、一時半ごろです。店のラストオーダーからしばらくたったくらいでしょうか」

「飲んでいたのか？」

「酔っていたというより、疲れていました」

「なるほど」

「オーグルソープ通りを車で走っていました。ニューハンプシャー通りへ抜けられると思っていたんです」

「ところが行き止まりだ。あのあたりは線路が道を塞いじまっているからな。たしか、動物救護センターと印刷会社もあった」

「記憶力が冴えているというのはほんとうなんですね」

「それで？」

「わたしは送迎サービス、つまりリムジンで送り迎えをする仕事をしているんです。昨夜はリンカーンのなかで眠りこんでしまいましてね。それでふと目を覚まし、菜園へ小便をしに行ったんです。そこに死体が転がっていました」

「どれくらい寝ていたんだ？」

「よくわかりません」

「ぐっすりと眠りこんでしまったのか？」

「いいえ。ぼんやりと覚えていることがふたつあります。逮捕者を乗せたパトカーが脇を通りすぎていったことと、若い黒人の男が菜園のなかを歩いているのを見たことです。このふたつの記憶のあいだは、なにもかも霧がかかったようにぼんやりとしています」

「その警官だが、きみが車のなかで眠りこんでいるのを見ても職務質問をしなかったのか？」

「ええ」

「車輛番号は覚えていないか？」

「覚えていません」

「ワシントン市警にはそのことを？」

「死体を見つけたと通報しただけです。ええ、話していません」

「それ以外のことは、ほんとうに知らないのだな？」

「目撃したことと《ワシントン・ポスト》で読んだこと以外は知りません」

「もう一度訊くが、どうしてここへ来た？」

「あの、もし興味がないのでしたら――」

「興味がないだと？　冗談言うな」

クックは頭をくいっと一方に傾け、ついてこいというジェスチャーをした。ホリデーは席を立ち、クックのあとについてキッチンから廊下へと出た。

あけっぴろげの寝室とドアが閉まった部屋、さらにバスルームの前を過ぎた。その奥にもうひと部屋あり、そこからは無線機のたてる雑音、通信指令係の単調な声が聞こえてきた。クックとホリデーはその部屋に入っていった。

そこはクックのオフィスだった。デスクにはコンピュータのモニター、足下にはハードディスクが置かれ、モニターには警察無線に関するサイトが開いており、左端にはリアルプレーヤーの窓もあった。ホリデーはこのウェブサイトを知っていた。アメリカのほぼすべての大都市や州における通信指令係とパトロール警官のやりとりを聞くことができるサイトだ。ホリデーもアパートメントで聞くことがある。

ワシントンDCの巨大な地図が画鋲で壁に貼られていた。DC内に散らばるコミュニティ菜園には黄色いピンが刺されている。回文殺人事件の犠牲者が発見された菜園は赤いピンだ。青いピンは近所にある彼らの家、あるいは最後に姿を消した地点なのだろう。青いピンのなかに一本だけ、緑色のピンが混じっていた。

「興味がないかって？　おれの受け持ち地区で三人の子供たちが殺されたんだ。それなのに、興味がないだと？　オットー・ウィリアムズ、十四歳。エイヴァ・

シモンズ、十三歳、イヴ・ドレイク、十四歳。なあ、お若いの、おれは二十年間もこの事件にとり憑かれているんだ」

「わたしも当時、現場にいました。制服警官でしたが。イヴ・ドレイクの現場です」

「そうなのかもしれんが、思い出せないな」

「当然でしょうね。でも、わたしたちは、あなたのことを知っていました。当時はみんな、あなたのことを〝任務の鬼〟って呼んでましたから」

クックはうなずいた。「あの事件を追いかけていたからな。ほとんどの時間を捜査に当てていた。あれは……そう、道が閉ざされちまうまでは。回文殺人事件が未解決のまま、おれは定年を迎えた。あの事件についちゃあ、いろいろと言われたよな？　全力を尽くさなかったんじゃない。犯人の人間像をつかむことができなかっただけだ。必死に努力したんだがな。

被害者は死体が発見されたところではなく、別の場所で殺されていた。新しい服に着替えさせられていたために、鑑識の仕事は困難をきわめたよ。全員、直腸内から潤滑剤と精液が検出された。防御創《ぼうぎょそう》もなければ爪のなかに他人の細胞が検出されることもなかった。とすると犯人は被害者から信頼されていた、あるいは、乱暴されないと被害者たちが思いこんでいたことになる。こうした手口で犯人は被害者を誘っていたんだよ。全員がサウスイースト地区の住人だ。誰もが近所のマーケットやコンビニへ行くところを拾われていた。消えたところや車に乗せられるところを目撃した者はいない。誰もなにも見ておらず、その後目撃者も出てこないというのは、当時としてはきわめて珍しい。近所の人たちが子供たちのことに目を光らせていた時代だ。おれたちは事件に関する情報に一万ドルの報奨金を出すことにした。とんでもない数の電話がかかってきたが、事実が確認できたものはひとつもなかったよ。

黒人の子供たちを車に連れこんだのは黒人の男にち

がいない。おそらく社会的に信頼できる人物、警官、軍人、消防士、なんらかの制服を着た男だ。犯人はタクシーの運転手でただで乗せてやると誘ったのだと主張する警官もいたが、これはないと思った。街の子供たちはそんな手には引っかからない。警官、あるいは警官かぶれならば、被害者に新しい衣服を着せてきれいな恰好にし、あちこちに死体を遺棄するなんてことを考えそうだ。鑑識の仕事を混乱させるとわかっているからだよ。警官かぶれが犯人だという思いを捨て切れなかった。

友人、教師、男友だちや女友だち、性的な関係を結んだかもしれない男たちから話を聞いた。セント・エリザベス精神病院へ行き、あのとき入院していた暴力的性犯罪者とも会ってみた。犯罪を犯した精神障害者は、厳重な監視のもと入院していたので、彼らがあの事件を起こしたことはありえないのだが、それでも尋問したんだ。誰もが病院に収監されたゾンビみたいだったよ。まったくなにもつかめなかったね。

最初の犠牲者の事件を担当したのはおれだ。当時おれが相棒と認めていた殺人課の白人警官チップ・ロジャーズとともにな。チップはもうあの世に行っちまった。ふたり目の犠牲者が出ると、捜査員の数は増えた。にもかかわらずとうとう三人目の犠牲者が出てしまい、新聞はこぞって書きたて、市長の命令により十二人の刑事がこの事件の解決に専念した。おれがこの特別任務の責任者だった。犯人が来ている可能性もあったので犠牲者たちの葬儀を延々と撮影したよ。ＤＣじゅうのコミュニティ菜園にパトカーを張りつかせ、二十四時間監視した。おれも菜園のそばに車を停め、ひたすら待つだけの夜を過ごしたこともある。

地元民のなかには、犠牲者が白人ならばもっと目の色を変えて捜査するはずだと非難する連中もいた。正直、これにはそうとうへこんだ。捜査をすれば必ず、黒人という立場が問題視される。なんといっても、おれは警官として頭が切れるほうではないし、殺人課での経験がそれほど豊富じゃなかった。それに、一九八五年、おれの娘は殺された子供たちと同じような年齢だった。だからこうした批判に神経をいらだたせて当然だろう？　おもしろいのは、黒人と白人の犠牲者のあいだで事件が解決した割合を調べると、当時、ほとんど差がなかったことだ。おれたちはどんな事件でも必死に働いた。どんな犠牲者でも分け隔てすることがなかった。

　そうしているうちに、回文殺人事件はぴたりとやんだ。犯人が病気になったか死んだ、あるいは自殺したんだろうと言う者もいる。ひょっとしたらほかの罪で刑務所にぶちこまれたのかもしれない。これはわからないよ。だが、これだけは、はっきり言っておく。おれは今でも毎日この事件のことを考えている」

「お気に障ったらすみません。そんなつもりで言ったのではないんです」

　クックはホリデーの目を見つめた。「どうしてここに来た？」

「まず申し上げておきたいんですが、わたしはワシントン市警を定年退職したのではありません」

「そうだろう。まだ若いからな」

「辞職したんです。内部調査課がクソッタレの告発を受けてわたしのことを調べはじめたんですよ。で、警察を辞めた」

「つまり、そういうことに手を染めていたということか？」

「いいえ。むしろ、わたしは警官としては優秀だったと思っています。このエイサー・ジョンソンの事件の手がかりを探り出し、ワシントン市警に叩きつけてやろうと思ってるんですよ」

「やる気は買うよ」

「本気です」

「身分証を見せてくれるか」

ホリデーはクックに運転免許証をさし出した。クックはデスクに向かい、留守番電話のメモボタンを押してメッセージを吹きこんだ。「こちらT・C・クック。元ワシントン市警の警官ダニエル・ホリデーとレジナルド・ウィルソンの家を確認に行く」クックは停止ボタンを押した。「これだけのことを書くとなると、一生かかっちまうもんでね。それに自分で書いたものが読めないときもある。出かける先を録音で残しておきたいってだけのことだ」

クックは引き出しをあさり、小さなカセットレコーダーを見つけるとホリデーに渡し、さらに奥のほうからホルスターに収まった38スペシャルを引っ張り出すとベルトの右側に装着した。

「許可証は持っている。心配するな」

「なにも言ってませんよ。わたしも車のなかに一挺持ってます。しかも、許可証はありません。撃たれて死んでしまうことになったとしても、必要なときに丸腰でいるくらいなら銃を持っていたいんですよ」

「習慣というのはなかなか抜けない。長いあいだ銃を持ち歩いているとそうなるもんだ」

「どこへ行くんです？」

「地図の緑色のピンからはじめるべきだろう」

ドアへ向かいながらクックは色褪せたライトブラウンのステットソン帽を手にして頭にのせた。チョコレート色のバンドには虹色の小さな羽根飾りが差してあった。

「きみが運転してくれ、ダン」

「ドクと呼んでください」

18

ロンダ・ウィリスは、ニューヨーク通りにある女のおっぱいが売り物のバー、トワイライトに電話をかけ、その日の用心棒と話がしたいと言った。ワシントン市警は建前として男女の警官ともに、このような店で夜のアルバイトをすることを禁じているが、たいていの警官はこれを無視していた。トワイライトでは過去に駐車場で発砲事件が起こり、また、店内でナイフを振りまわされるというトラブルがあったので、非番の警官を雇って客の身体検査をさせ、それから店に入れることにしたのだ。鎖の先のバッジが功を奏して文句を言う者は誰もいない。活動的で浮かれ騒ぐのが好きな警官は、当然、この手のバーで働くようになる。トワイライトはダンサーが上玉なうえ音楽もよく、街でもっとも賑わっている店だった。

「もしもし、ランディ」ロンダは携帯電話を手にして言った。「暴力犯罪班のロンダ・ウィリスよ」

「やあ、ウィリス刑事」

「まだ、そこで働いてるのね」

ランディ・ウォレスは勤続十二年のベテランだが、今もまだ制服警官であり、妻とふたりの子供がいる。家庭生活は彼には退屈この上なく、顧《かえり》みようとしなかった。ワシントン市警のシフトが終わると、週に二、三日はトワイライトでアルバイトをしていた。ただで酒が飲めるうえ、ダンサーとお楽しみができることもあった。

「ああ、まあな」

「スターって名前のダンサーの住所を知りたいんだけど。ダルシアっていう娘《こ》と暮らしてるのよ。携帯の番号もわかったら、教えてくれるとありがたい」

ランディは無言だった。

「殺人事件の捜査と関係があるのよ」

「はっきり言って、まずいな。おれはこの店の連中と働かなくちゃいけないんだよ、刑事」

「わたしとパートナーが店に押しかけて尋問してもかまわないわけ？」ロンダはあくまでも気さくに笑い声で言った。「こうして話しているあいだにも、トイレでコカインやマリワナがどれくらい取り引きされているのかしらね。金をとって女ともやらせているでしょう。風紀課の連中を連れていってもいいのよ、お望みならね」

「刑事――」

「調べているあいだ切らずに待っている」

数分後、ロンダは、ステージ名スターことシェイリン・ヴォーンの住所と携帯電話の番号、それからダルシア・ジョンソンというフルネームと彼女の携帯電話の番号も手に入れた。

「ありがとう、ランディ。頑張ってね」ロンダは電話を切った。

「警官を脅したのか？」ラモーンが声をかけた。

「ランディにとって脅威とはわたしではなく、あの男自身よ。あんなところで働いて、結婚生活もキャリアも自分もだめにしようとしているんだから。人間ってなにを考えているんだかわからなくなるときがある」

ふたりはバーニーサークルの近くに車を停めていた。ロンダは車を出してスーザ橋を渡り、アナコスティア川を渡ってファー・サウスイースト地区へ入っていった。

ランディ・ウォレスから教えられた住所は、ギャロンテラス近くのW通り一六〇〇ブロックだった。ラモーンとロンダ・ウィリスは車をおりて歩きはじめた。自転車にまたがった子供たちや、コンクリートの階段に座り、子供を抱きながらおしゃべりに興じる若い女たちの前を通りすぎていった。車からおりたふたりのまわりを十代、二十代の男たちがゆっくりと歩いていく。小さな男の子の手を引いた若い男とすれちがったが、そいつの黒いTシャツには、〝タレコミはやめようぜ〟と書かれていた。DCやボルティモアのあたりで人気のこのTシャツは、警察に通報しようと思っている一般市民へのあからさまな警告だった。

「子供に伝えるには、いいメッセージだ」

「まったく」

煉瓦壁にガラス窓が穿たれた三階建のアパートメントのなかへふたりは入り、二階へと階段をのぼり、二〇二号室の前で立ち止まった。

「わたしの手は華奢《きゃしゃ》なのよ、ガス」ロンダは言った。

「じゃあ、なにか、金をかけて手入れでもしてるのかい？」

「いかにも警官らしくノックをしてよ」

ラモーンは右手の拳を固め、ドアをノックした。数回叩き、しばらく待ってからもう一度繰り返した。

「なんだよ」ドアの向こうからいらいらした女の声が返ってきた。

「警察だ」

ドアがあいた。ショートパンツにノースリーヴのパジャマを着た若い女が出てきた。艶めかしくいかにも淫らな感じだが、肌は不健康で青白かった。鼻にダイヤモンドを埋めこみ、ぴかぴか光る化粧が顔のそこここに残っていた。目ははれぼったく、片側の頬には枕を押しつけていた痕が残っている。

「シェイリン・ヴォーン？」

「そうだけど」

「ワシントン市警暴力犯罪班。こっちはパートナーのラモーン巡査部長」

「入ってもいいかな？」ラモーンはバッジを提示しながら尋ねた。シェイリンはうなずき、ふたりは室内に入った。居間にはプラスティック製の椅子一脚と吸い殻で一杯の灰皿がカーペットに置かれているだけだった。

「ダルシア・ジョンソンはいる？」ロンダが尋ねた。

「どっかにね。ここにはいないよ」

「じゃあ、どこに？」

「男のとこ」

「男って誰？　住所は？」

「知らないんだ。ほんとうだよ」

「名前は？」

「わかんないよ」

「見てまわってもいいかな？」ラモーンが口をはさんだ。

「どうしてだい？」

「今起きたばかりのようだから。寝ているあいだにダルシアがそっと戻ってきて奥の部屋かどこかにいるかもしれないでしょう。あなたが気づかないだけで」ロンダが言った。

　シェイリンの悪意のない表情が消え、一瞬ながら目に嫌悪の光をたたえた。しかし、それは現われたときと同じようにあっという間に消え去った。まるで感情を入れた道具箱のなかから、それぞれに見合った気分を取っかえひっかえせずにはいられないとでもいうようだ。シェイリンは気だるげに奥のほうへ首を振った。

「いないって。好きにしなよ。行って見てくるといい」

　ラモーンはキャンピングカーの調理室なみのキッチンをのぞき、ロンダは奥の寝室へ向かった。ふたりともゆっくりと足を床におろしたが、それは怖れからではない。アパートメントのなかは、いろいろな煙が混じり合ったような臭いやら腐敗臭が漂っていたからだ。

　キッチンには、砂糖を増量したシリアルの箱があけっぱなしで置かれているだけで、ほかに食べるものはなさそうだ。冷蔵庫をあけると、ミルクも水もなくオレンジソーダが一缶入っているだけだった。シンクのなかは触角を震わせたゴキブリだらけだ。トースターの上には汚れた両手鍋がのっていた。ゴミ箱はあふれ、食べかけのファストフードが捨てられている。

ラモーンはロンダがいる寝室に入った。床の上に直接マットレスを置いて薄汚れたシーツを敷き、枕がふたつ並んでいた。スタンドの上に大型のテレビ、そのまわりにエロDVDが散乱し、カーペットにはポータブルステレオが置かれてすぐ近くにCDが山をなしている。超ビキニのパンティや薄手のトップス、見るからに安物のランジェリーなどが床に放り出されていた。

ロンダはラモーンと目を見交わした。もうひとつの寝室へ入ると、そこもまったく同じような有り様だった。

居間に戻るとシェイリン・ヴォーンが不機嫌そうに立っていた。ロンダは手帳とペンを取り出した。

「ここの家賃は誰が払っているの？」

「はあ？」

「この部屋を借りる契約書に署名をしたのは誰？」

「知らないよ」

「管理している不動産会社に電話をすればわかることだけど」

シェイリンは腿を叩いた。「ドミニク・ライアンズだよ。あいつが払ってる」

「名前を知らないんじゃなかったっけ？」ロンダが言った。

「ちょうど思い出したんだ」

「仕事しているでしょう。自分で払えない？」

「あたしとダルシアは稼ぎをドミニクに渡してるんだ。あいつはあたしたちのために金を持ってくれてるのさ」

「ドミニクはダルシアの彼氏？　それともあなたの？」

シェイリンはロンダをじっと見つめた。

「ドミニクの街での通り名は？」ラモーンが割って入った。

「あたしの知っているかぎり、そんなものはないよ」

「ドミニクはどこにいるんだ？」

「なんだって？」

「住所だよ」

「言っただろ。知らない」

「昨夜の遅い時間……そう真夜中すぎに、きみはどこにいた？」

「トワイライトで踊ってたよ。そうだね、一時半まで。それから帰ってきた」

「ひとりでか？」

　シェイリンは答えなかった。

「ダルシアはどうなの？」ロンダは尋ねた。

「一緒の店で働いてるよ」

「ドミニクもトワイライトにいた？」

「おそらく。いた可能性はあるね」

「ジャマール・ホワイトって知ってる？」

　シェイリンは裸足を見下ろし首を振った。

「知ってるんでしょ？」

「ジャマールって名前のやつは何人かね。でも、名字は知らないんだ」

　ロンダはゆっくり息を吐き、シェイリンに名刺を渡した。「わたしの電話番号。夜でも昼でもメッセージを残せるようになっている。ダルシアとドミニクに話を聞きたいのよ。街を出る予定はないでしょう？」

「うん、ないよ」

「おじゃましたわね。また、話を聞かせてちょうだい」

「じゃあな」ラモーンが言った。

　ふたりはアパートメントを出て新鮮な空気を胸一杯に吸い、フォードへ戻った。

「まるで阿片窟ね」運転席に座りながらロンダが言った。「まさにゴミ溜め」

「ドミニク・ライアンズはふたりのヒモだと思うか？」

「おそらくね。まずデータベースで照合してみるつもり。前があるかもしれない」

「ジャマール・ホワイトは、ダンサー兼売春婦を好きになり、ヒモは自分の女にジャマールがつきまとうのを嫌い、ドカーン」

「そんなところでしょうね」ロンダはフロントガラスの向こうを見つめた。「今会ってきた娘《こ》にも赤ん坊のころがあったのね。抱っこされ、夜には子守り歌を聴いたんでしょう」

「だろうな」

「なのに今住んでいるところはなに。男を好きになったことを非難しているんじゃないのよ。わたしは息子や仕事にすべてを打ちこんでいるので、みんなわたしが女だってことを忘れているんでしょうね。わたしのようなキリスト教徒でも、ときにはペニスが必要なのよ」

「生身のやつがか？」

「ドミニク・ライアンズって男は、特別なペニスを持っているのね。つまり、裸で踊り、その夜に苦労して稼いだ金をすべて貢いでも惜しくないと女に思わせるほど特別なペニスってこと。その手のペニスに貫かれたら、女は体を売り、家具も食べ物も飲み物もないゴキブリだらけの部屋に住んでいながら、自分はお姫様にでもなったような気になる。だから、きっと特別なペニスなんだろうって思うわけ」

「わかった」

「ガス」ロンダ・ウィリスはフォードのイグニションキーをまわした。「わたしは、その手のペニスはほしくないわよ」


　ホリデーとクックは、白壁のランチハウス風の家から三軒ほど先でリンカーンのタウンカーを停めた。ここはプリンス・ジョージ郡ニューキャロルトン地区、グッドラック通りをはずれたところにある小奇麗な中産階級の住宅街グッドラック・エステートだ。その家の庭内路には古い型のビュイックが停まっていた。家のカーテンはチャコールグレーで統一され、すべての窓を閉ざしていた。

クックが言った。「おれの家から十分ほどのところに住んでいるんだから好都合だ。見張るのも苦労じゃない」

「どんな男です？」

「名前はレジナルド・ウィルソン。もう五十近い」

「警備員だって言ってましたね？」

「殺しが行なわれていたときは、そうだった。制服を着ていて一見、警官に見える職業の男を洗っていたんだ」

「それでどうして彼なんです？」

「三人目の犠牲者が出たあと、付近で働いている警備員にくまなく当たり、さらに、犠牲者の家に比較的近いところに住んでいる者に的を絞って再度聞きこみを行なった。ウィルソンはおれが話を聞いたうちのひとりだ。彼の目の表情になにか欠けているものがあったんで、経歴を調べてみると、軍隊にいるころ仲間の兵士に暴行を働き、二度ほど営倉にぶちこまれていた。なんとか名誉除隊となり、ワシントン市警やプリンス・ジョージ郡の警察に勤務できる道が拓けたが、どちらも彼を雇おうとしなかった。知能が問題だったのではない。むしろ知能テストは高得点だった。問題は精神面だ」

「なるほど、わかります。高い知能指数、歪んだ精神。警察が彼を採用しなかったのは大きなまちがいだと知らしめようとする。つまり、子供たちを殺すとか？」

「拡大解釈だってことはわかっている。実は、証拠もなにもないんだよ。やつには小児性愛の前科もなかった。こいつはおかしいという勘だけなんだ。以前どこかで顔を見ているような気がしてしかたがなかった。おそらく犯罪現場でだ。だが、記憶をたどってもなにも思い出せない。犯人も手がかりを残さなかったしな。死体からは繊維一本見つからなかった。毛嚢《もうのう》も家や車のカーペットの繊維もな。犠牲者以外の血球もなしだ。直腸内に精液が残されているだけだった。八五年当時はDNA鑑定がなく、精液だけでは個人を特定することはできなかったからな」

「そうでした。犯人は精液を残していましたね。犯人が持ち去ったものはなかったんですか？」

「鋭いな」

「まあ」

「犠牲者は三人とも頭髪をわずかに切られていた。記念品として持っているんだ。この事実はマスコミに伏せた」

「彼の家に入ったことはありますか？」

「もちろんだ。やつの家で話を聞かせてもらった。ほとんど家具がなかったが、レコードのコレクションが膨大だった。ジャズばかりだって言ってたな。エレクトリック・ジャズなんだそうだ。まったく、おれもあそこまで打ちこめればなって思ったよ。インストゥルメンタルは好きなんだ。だが、やはり踊れる音楽じゃなくっちゃな」

「それでどうなったんです？」ホリデーは我慢できなくなって先をうながした。

「三人目の犠牲者が出てから一カ月後、レジナルド・ウィルソンは、倉庫で警備の仕事をしているときに、そのあたりをぶらついていた近所のアパートに住む十三歳の少年に性的ないたずらをし、逮捕された。DC拘置所で判決が下るのを待っているあいだ、同房の男にホモだとかなんだとかからかわれ、ウィルソンはそいつを永久に立ちあがれないようにしちまった。素手で殴り殺したんだ。正当防衛も主張できず、本格的な懲役刑となった。連邦刑務所に服役中、ウィルソンは子供にいたずらをした男というレッテルを貼られて嫌われ、ある日、片刃のナイフを持って近づいてきた囚人を返り討ちにして殺してしまった。元の懲役刑にこれが加わり、さらに食らいこむことになった」

「ムショに入っているあいだ、殺人事件は起こらなかったんですね」

「そうだ。十九年とちょっと。出所後、しばらくはおとなしくしていたが、それも二、三ヵ月にすぎず、今、ふたたび殺しがはじまった」

「ウィルソンが犯人である可能性がありますね。ただ、根拠となっているのは、彼に暴力的な傾向があることと子供に性的な魅力を感じているということだけです。小児性愛と殺人はかなりかけ離れています」

「子供を犯すのはある種の殺人だ」

「そんなことでは議論は成り立ちませんよ。とにかく、こちらには一切なんの証拠もない。令状をとって家捜しするのは絶望的でしょう。もっとも、われわれがまだ警官ならば、ですがね」

「そのとおりだ」

「仕事をしているんですか？」

「仮出所した者は仕事に就かなければならない。セントラル通りにある二十四時間営業のガソリンスタンド兼コンビニで日銭を稼いでいる。深夜勤務も含め、シフトはそのときどきで異なる。ひとたびならず尾行したから知っているんだ」

「保護観察官に問い合わせることはできますね。勤務時刻を確認し、雇い主にも話を聞く。エイサー・ジョンソンが殺された夜に働いていたかどうかもわかる」

「ああ」クックは上の空だ。

「立派な屋敷というわけではないですね」ホリデーは白いランチハウス風の家を見ながら言った。「でも、出所したばかりの男が、こんな小奇麗な住宅街に住めるとも思えませんが」

「両親の家だ。おつとめをしているあいだにふたりは世を去り、ひとりっ子だった彼が相続した。問題はなにもなし。税金を払うだけでいい。ビュイックも彼のものではない」

「やはり。父親のにちがいないって思ったんですよ。ビュイックなんて乗るのは爺さんだけですからね」ホリデーは、はっと表情を引き締めた。「いえ、別にそんなつもりで――」

「おっと、お出ましだ」気を悪くしたようすもなく、家を見つめながらクックは言った。

出窓のカーテンが真ん中からわかれ、はっきりと見えないながらも、そこからのぞいたのは中年の男の顔だった。まるで影のようにぼうっと浮かびあがっていたが、カーテンが元に戻されるとその姿は消えた。

「このあたりであの男に姿を見られたことがあるんですか？」

「それはわからない。だがな、姿を見られようがそんなことは屁でもないんだ。最後にはやつはぼろを出す」

「エイサー・ジョンソンの死についてもっと情報が必要ですね」

「死体を見たんだろ」

「次の日、現場に戻ってみました」

「なんと、ほんとうか？　それで誰かと話をしたのか？」

「いいえ、まだ。この事件を担当している殺人課の刑事を知ってましてね。ガス・ラモーンってやつです」

「その刑事は話してくれるだろうか？」

「わかりません。ラモーンとわたしには因縁があるんです」

「なにをした？　そいつの女房とやったのか？」

「もっと悪いですよ。内部調査課がわたしを引きずり下ろそうとして調査をしたときの責任者がラモーンでした。わたしは警察を辞め、結局、調査は中途半端で終わったんですけどね」

「すばらしい」

「ラモーンは型にはまったことしかやらない男なんで

す」

「とにかく、話を聞くのならお手柔らかにいくことだ」

「やつは嫌な思いをするでしょう。ま、お互いさまですがね」

19

ラモーンとロンダ・ウィリスは、ベニング通りのファストフード店で辛いソースとタルタルソースをかけたイワシのサンドイッチを二個平らげてから、サウスウェスト地区へ向かった。アナコスティア・フリーウェイとサウスキャピトル通りにはさまれた地域を抜け、ブループレインズ通りに出ると、やがて道沿いに目的地のワシントンＤＣ警察学校が見えてきた。グラウンドにいる爆発物探知犬部隊の訓練生たちや、ふたりも以前暮らしたことがある訓練生用宿泊所を脇に見ながら、バスや車でほぼ満車状態の駐車場へ滑りこんだ。

警察学校は、ごく普通の高校のように見える。建物の上階には標準的な広さの教室が並び、体育館、プール、広いトレーニング施設は下のほうの階にあった。ラモーンのような古参警官は、ウェイトトレーニングの部屋やプールを利用して体型維持に努める。ロンダは立て続けに子供を産んでから虚栄心がしぼみ、何年もトレーニングをしていなかった。三十分ほど余分に時間がとれるのなら、温かい風呂に入り、ワインを一杯飲むほうが、ジムに行くよりも精神的にも肉体的にも有意義だとロンダは思っているようだ。

　警察学校のなかに入ると、手すりや窓枠などがネオンのように鮮やかな紫色に塗られていた。

「なんて落ち着く色なの。委員のなかのどんな天才さんが、これを塗ろうなんて決めたのかしら」

「シャーウィン・ウィリアムズ社が、ピンクのペンキの在庫を切らしていたんだろうさ」

　入口脇にいた警官にバッジを示してから、ふたりは二階へあがっていった。午後だったので多くの警官がハーフパンツにスウェットシャツという恰好でトレーニングマシーンやランニングマシーン、あるいはダンベルを持ちあげて鍛えていた。彼らはひと汗流した後、四時から深夜までのシフトに向かうのだ。ラモーンとロンダはトレーニングルームを見渡せる二階と三階のあいだの踊り場で立ち止まった。

「探している男はあそこだ。テコンドーの父ジョン・リーから習ったことを教えているのさ」

　バスケットボールのゴール下からのびている白いラインの内側で、道着姿の警官が大勢の訓練生の前で構えを示し、拳を突き出す動きを実演していた。空手チョップのように指をくっつけた左手で顔面を防御しながら軸足の後脚から前脚に体重を移動させて腰をひねり、右手を繰り出す。訓練生たちがその動きを真似た。

「ちょっと前のわたしたちね」

「おれたちのときよりも、学歴の高い連中を採用するようになってるんだ。最近では二年間学んで準学士号をとらないと警官にはなれない」

「わたしだったらとうてい合格できなかったでしょうね。でも、優秀な警官を排除しちゃうことになるんじゃない？」

「これで間抜け野郎が警官にならずにすむ」

「ガス、この新しい流れを表現する適切な言葉を早いとこ学んでちょうだい」

「わかった。精神的に欠陥のある野郎どもと言い直そう」

「ねえ、あそこに白人の女の子たちがいるでしょう？」床に座っている大勢の白人女性の訓練生たちを顎で示した。「実習で街に連れ出されたら、不合格になるか、二週間ほどでデスクワークにまわされる者がほとんどね」

「なんだってそんな話になるんだ？」

「あのブロンドの警部補知っている？ テレビでよく見る警察のスポークスウーマン。彼女はヤバい地域には決して足を踏み入れない。ショー地区って貧しい人たちを追い出して書き割りみたいに整備したでしょう。そこをわけもなくうろつく黒人たちから守ろう、というキャンペーンで彼女は有名になったのよ。ワシントン市警はその後も彼女を警察のプロモーションに使っている。滑らかな肌とブロンドは、カメラ映えがするからね」

「ロンダ」

「思っていることを言っただけ」

「おれのおふくろは白人だ」

「イタリア系でしょ。わたしの言っていることが正しいってわかるわよね」

「おれがあいつに話すよ」教官の号令で訓練生は解散した。

「下で待ってる」

ラモーンは吹き抜けの階段をおりてプールの入口の前を過ぎた。この階段をくだると必ず、警官になった一年目のことが頭のなかに浮かんでくるのだった。開いたドアの向こうにレジーナの姿を見たのだ。青の競泳用水着を着てプールサイドに立ち、水を見つめて今にも飛びこむところだった。筋肉質だが女らしい体の線、形のいい尻、きれいに盛り上がった胸を目にしてその場に立ち止まってしまった。女に声をかけるのは得意なほうではないし、その欠点を補ってあまりあるほどの整った顔立ちをしているわけでもなかったが、ラモーンは怖れることなくプールに入っていき、自己紹介をすると握手をした。滑《なめ》らかな指と手のひらの感触に陶然としながら、この美しさと同じように性格もよければいいのだがと思った。笑いながら茶色の大きな目をややうつむけた彼女のしぐさに、ラモーンは脈があると確信した。

彼女は警官となってまだ日が浅かった。六カ月の研修のあと一カ月はベテラン警官と組んでパトロールカーに乗り、さらに一年間は新人警官としてパトロール任務につくのだ。レジーナはもうすでにうんざりしていた。一週間街を歩きまわり、これは自分の仕事ではないとさとったのだという。罪を犯した者を捕まえて刑務所送りにするのではなく、別のやり方で彼らを救いたいと思うようになった。レジーナは大学へ再入学して教育の学位をとり、ファー・ノースイーストのドルー小学校で数年間教師をした。ディエゴが生まれたのをきっかけにレジーナはふたたび大きな決断をして専業主婦となり、ボランティアとして時たま学校の仕事を手伝った。教会で祈るときにラモーンは、レジーナがワシントン市警に入るという誤った選択をしてくれたことに感謝することがある。もし、あの日、この階段をおりていき、ドアの前を通りすぎなければ、あるいは、レジーナが躊躇せずに飛びこんでいれば、今手にしているすべてのものはここに存在していないのだ。ラモーンにとって今の生活こそがすべてだった。だが、大切に守っていかないとこの家庭生活をぶち壊すことになってしまう。

結婚して家庭を持つことなどまったく考えていなかったのに、そういう機会が勝手に訪れ、しかもそれがすばらしいものであったのだから、人生とはまったく妙なものだ。すべては、あの日の午後、ラモーンがこの階段をくだり、レジーナがプールに飛びこむ前に躊躇したことからはじまったのだ。ほとんどの人たちがそうであるようにラモーンもまた、人生を左右する大きな力を持った存在を必ずしも認めるものではないが、運命は信じている。

　ラモーンは体育館の奥へ行き、指導教官のジョン・ラミレスの視線をとらえ、訓練生の最後のひとりがロッカールームへ行ってしまうまで待った。ダンベルで鍛えたラミレスの胸と腕の筋肉は盛りあがっているが、クールな眼差しを向けながらラモーンと握手をする彼の手の力はそれほど強くなかった。

「やあ、ジョン」

「ガス、新しい部署は楽しいか？」

「異動してからずいぶんとたつよ」

「仲間の警官を追いかけるより、悪人どもをぶちこむほうがずっと気分がいいだろう？」

「おれにとっちゃ、どっちも変わりがないね。警官だろうがなんだろうが、道を踏み外せば悪人だ。そうだろ？」

　ほんとうはちがう。権力を乱用したり、ケチな罪を犯した警官を追いかけるとどうなり、それがどのような意味を持つのかラモーンは痛いほどわかっていた。だが、誘惑の多い通りを巡回する警官から、バッジをつけて人に体育指導をする身となったとはいえ、直情径行なジョン・ラミレスのような男に、内部調査課でやっていた仕事をけなされるわけにはいかない。ラモーンは内部調査課で捜査の基本を覚えて能力を発揮したが、個人的な恨みつらみで仕事をしたことはない。内部調査課での経験がプラスとなって殺人課へ配属されたのだ。

「それはどうかな。言っている意味がよくわからないよ」ラミレスは言った。

内部調査課で働いているときは、警官同士で問題を起こさないようにいつも気を配っていた。警官たちはふつう、悪の道に踏みこんだ同僚がそばに寄ってくるのを嫌がった。わが身は潔白でも付き合っているうちに汚れてくるからだ。ラモーンは制服警官たちから冷たい目で見られたこともなければ、悪徳警官どもに辛辣な言葉を投げつけられたこともなく、バーカウンターへ歩み寄っていってそこにいた警官にいきなり席を立たれるという経験もしたことがない。内部調査課は警察組織にとって必要であり、ほとんどの警官が受け入れている。ラミレスにしたところで、かつての飲み仲間である友人ホリデーの身に起こったことが気に入らなくてラモーンを嫌っているにすぎないのだ。

「時間は取らせない。最近、ダン・ホリデーに会ったか聞きたいだけだ。まだ彼と友だちなら……」

「ああ、会ったよ。なぜだ？」

「所在を知りたいだけだ。プライベートな用件でな」

「ほう、プライベート、か。リムジンでの送迎サービスをやっているよ。役に立ったかい」

「それは知っている」

「電話番号やら住所やらは知らない。かんたんに調べがつくんじゃないのか」

「わかった、ジョン。手間をとらせたな」

「顔をあわせたときに、あんたが探してるって伝えておこうか？」

「いや、それはいい。驚かせたいんでね」

もちろん、ラミレスはすぐにホリデーに電話するだろう。ラミレスに会ったのはそれが目的だ。探していることの意味を考えてから、ホリデーに姿を現わしてもらいたい。こちらの意図をわかってもらえれば、ホリデーと余計な会話をしなくてすむからだ。

「じゃあな、ラミレス」

　ロンダは階段をおりてすぐの廊下に立ち、壁一面に額縁入りで飾られている殉職警官の写真を眺めていた。目の前の写真には陽気そうな若い警官が写っており、ロンダは制服警官時代に彼のことをよく知っていたのだ。ごくふつうに交通違反の車を停めただけなのに撃たれてしまった。ロンダは目を閉じていた。友人に祈りを捧げているのだろう。ラモーンが待っていると、ロンダは驚いた顔もせずにこちらを振り返った。

「ラミレスから必要なものを手に入れた？」

「ラミレスはおれの内部調査課での仕事に多大な評価を与えてくれたよ」

「わたしには話してくれないってことね」

「いや、そんなことはない。実はデートに誘ったんだ。一杯の酒にストローを二本突っこんで楽しもうなんてな」

「もういいわ。さて、オフィスに戻ってドミニクの背景を洗わなくちゃ」

送っていくよとラモーンは言った。

　街で死体が発見されるといえばたいていサウスイースト地区であり、そのためワシントン市警暴力犯罪班の支局もそこに置かれていた。しかし、風紀班、性的暴行班、家庭内暴力班は、ノースウェスト地区インディアナ通り三〇〇番地の警察本部の建物のなかにオフィスを構えていた。暴力犯罪班の駐車場でロンダをおろすと自家用車のタホに乗り換え、ほどなく警察本部に着いた。ラモーンはそのまま未解決事件捜査班のオフィスへ向かった。

　未解決の殺人事件は、三年たつと暴力犯罪班から未解決事件捜査班へと引き継がれる。殺人課の警官のなかには、未解決事件捜査班の刑事たちの仕事を見下す者もいる。こうした古い殺人事件が〝解決〟される場合そのほとんどは、犯罪者が減刑と引き換えに漏らした情報による正に棚ぼたであり、捜査や鑑識が驚くべき手腕を発揮したのではないからだ。未解決事件捜査班が真相を暴き出すことはないと思いこんでいる殺人課の刑事たちは、数多くの殺人事件が迷宮入りをしている事実を都合よく忘れている。

ラモーンにはこうした敵対心はない。未解決事件捜査班《コールドケース》の捜査官たちは、テレビ番組《コールドケース》の登場人物たちのようにセクシーでサングラスをかけ、引き締まった体に整った顔をした敏腕刑事ではなく、腹が出た中年の男女であり、家族を持ち、クレジットカードの支払いに追われ、暴力犯罪班の警官たちと同じように仕事をしているのだ。ラモーンはほかの事件で過去に何度か未解決事件捜査班の刑事と仕事をしたことがある。

ジェイムズ・ダルトンは机に向かって座っていた。これまでにラモーンはダルトン刑事にずいぶんと便宜をはかり、その見返りを得てきた。ダルトンは灰色の髪をした痩せた白人で目は中国人のように細い。モンタナ州北部で生まれ育ったダルトンは、貧困者や非行者に対する援助や調査などを行なうソーシャルワーカーを志して七〇年代にワシントンDCにやってきたのだが、結局、警官になった。ワシントンにたどり着くまで、小さな町を転々としていた経験から、よく次のような言葉を口にする。「人が多くなればなるほど、みな同じ振る舞いをするようになる」

「助かったよ」ラモーンは礼を述べた。

「資料はもうそろっている。検死官の報告書を待っているんだが、それが来しだい、われわれも動き出すべきか決めるつもりだ。ふたつの事件の類似点に気づいたのはあんただけじゃない」

「この事件を長年追いかけていたんなら……」

「ああ、そうさ。報告書は机の上だ。でかいほうの封筒だよ」

「彼女がほしいのも、でかいものだよ」

「なんだって？」

「流行遅れのくだらない冗談だ」

「この事件の担当じゃないんだろ？」

「担当はガルー・ウィルキンズだ。おれは被害者を知っていたんだ。息子の友だちでね。報告書を読んでメモをとってもかまわないか？」

「どうぞ。おれはここにいるからなにかあったら声をかけてくれ」

嬉しいよ。

それから二時間、ラモーンは回文殺人事件の詳細な資料を読んだ。警官による報告書のほかにも、《ワシントン・ポスト》の記事や、地元のフリーペーパー《ワシントン・シティ・ペーパー》が事件の経緯を追った長い特集記事などの切り抜きもはさみこまれていた。ダルトンはシフトが終わるまで付き合ってくれ、建前としては禁止されているが、ラモーンは必要と思われる箇所をコピーすることもできた。ダルトンが親切にも用意してくれていた茶色の空のフォルダにコピーを入れ、それを脇に抱えて本部を出てタホに乗りこんだ。

運転席に腰を落ち着けるとガルー・ウィルキンズの携帯電話の番号を押した。

「よお、ウィルキンズ、ガスだ」

「なんだ？」

「検死官に連絡してエイサー・ジョンソンを解剖するときに、性的な暴行のあとがないか確認するように言ってくれないか」

「そんなこと言わなくたって確認するさ」

「とにかく電話して念を押しておいてくれ」

「どうしてだ？」

「完璧を期したいだけだよ」

「わかった」

「今日なにかわかったことがあるかい？」

「エイサーの中学校の校長と話した。だが、父親とはちょっとした行き違いがあってな。家に行ってエイサーの部屋を見たかったんだが、テランス・ジョンソンはまず最初におまえに見てもらいたいんだってさ」

「すまないな、ウィルキンズ。おれのことを知っているからだと思う。それだけのことだよ。あとで寄ってみよう。テランスを説得してみる」

「おれの事件だぜ、ガス」

「わかっている。今日の午後、二、三電話をもらったんだが、それに関しては会ったときに話す」

「わかったよ、相棒。じゃあな」

ラモーンは電話を切った。過去の未解決連続殺人事件との関係が疑われることは伏せておいたほうがいい。ガルー・ウィルキンズの頭を混乱させるだけだろう。

ラモーンはアップタウンへ車を向けた。

20

エイサー・ジョンソンが通っていた中学校はマナー・パークにあり、ジョンソンの家からもラモーンの家からも数ブロックの距離だった。転校するまでディエゴもこの学校に徒歩で通っていたが、今ではメリーランド州まで二キロ弱歩き、そこから路線バスのライドオンに乗ってモンゴメリー郡まで通学している。家のそばに学校があるにもかかわらず、面倒な思いをしてわざわざ遠いところまで通わせたのだが、かえってことを複雑にしただけのような気がする。もちろん、ディエゴの通学が大変なことは承知しており、そんなことを気にかけているのではない。ディエゴを地元の公立学校に戻したほうがいいと思いはじめているのだ。

こんなことを考えながらラモーンは廊下を校長室へ向かった。ベルが鳴り、その日の最後の授業が終わった。ラモーンのまわりにあふれた子供たちはほとんど黒人やヒスパニックだ。彼らは笑い合いながら先を争い、教科書をロッカーに放りこんでバッグを取り出し、校舎を走り出て家へ帰る列に並んだ。警備員たちのまわりに子供たちが群がる。針金入りの窓ガラスから鈍い光が差しこみ、常駐している警備員も警官のような恰好をしていたので、少年院にいるような気になった。

顔を見知った少年たちがいた。近所に住んでいたり、ディエゴと同じフットボール・チームに所属している子供たちで、そのうちのふたりほどは「ミスター・ラモーン」「ミスター・ガス」と声をかけてきた。みんなは彼が警官だと知っている。それで目を合わせようとしない悪たれもいるが、たいていの子供たちは気さくでラモーンに敬意を表した。

彼らのなかでも——特に家庭が崩壊している子は、すでに悪の道へ入りこみ、その分岐点に立っている子もいないわけではないが、ほとんどの子供たちは問題もなく暮らしている。

ラモーンは教師たちを尊敬せずにはいられない。結婚したときレジーナは教師だったので、彼らの苦労は嫌というほど知っていた。手に負えない子供たちだけではなく、理屈の通じない怒り狂った両親にも対処しなければならず、中学校の教師ほど大変な仕事はないだろう。それでも、こうした十代の子供たちが一番必要としているのは、決して生徒を見捨てない教師、校長、教頭なのだ。中学生はもっとも微妙な年齢だ。

ラモーンは廊下にあふれている子供たちの顔を見ながら、この学校のよい点を思った。教師たちは生活水準や人種ではなく、子供の行ないによって評価を下している。

しかし、開いたドアの脇を通りながら、校舎の様子に目がいってしまう。壁は塗装する必要があるし、トイレにはドアがなく、使えそうな便器もなかった。雨が漏る天井の下にはバケツが置かれ、備品類は皆無だった。レジーナと相談してディエゴをDCの外の学校へ転校させた理由を思い出した。

子供にとってなにがいいことなのか判断をくだすのは容易なことではない。

ラモーンは校長室へ行き、応対に出た者に自己紹介をし、電話で会う約束をしていたことを告げた。しばらくするとラモーンは部屋に通され、シンシア・ベスト校長のデスクに向かい合う形で腰をおろした。彼女は浅黒い肌をした魅力的な女性で、背筋がまっすぐにのび、目には知性の輝きがある。

「お帰りなさい、ミスター・ラモーン」

「もっと楽しい用件でうかがえればよかったのですが。学校の様子はいかがですか？」

「生徒たちがエイサーの死と折り合いをつけられるように、昨日、臨時のカウンセラーに来てもらいました」

「誰か相談に来ましたか？」

「ふたりほど。どちらかというと好奇心からですね。でなければ、おそらく授業をさぼる新たな口実を見つけたのでしょう。ふたりとも、クラスに戻しました。優しくですよ」

「校長先生、エイサーのことではなにか耳にしていませんか？　先生方は子供たちの噂を聞いていないでしょうか？」

「ありきたりな推測ばかりです。中学生くらいの年頃の子供たちは、冒険的な生き方に憧れを抱くものですが、この事件に関しては麻薬絡みの噂はほとんどありません。どの教師も受け持ちの生徒たちの生活をとても気にしています。両親と面談をしたり、毎日、生徒たちと極力一緒にいるように努力しているんです。エイサーを受け持っていた教師からは、実生活においても勉学の面においても、特に心配な報告はあがってきていません」

「わたしが来ることは先生方には伝わっているのでしょうか？」

「数学と国語の教師には話してありますので、まずはふたりから詳細を聞いてください。ふたりとも待っていると思います。保健体育、理科などほかの教科の教師と話をなさりたいのなら、その旨、言っておきますが」

ミズ・シンシア・ベストは、デスクの向こうからメモ用紙をこちらへ滑らせた。教師たちの部屋の番号と名前が書いてあった。ラモーンはそれを受けとると折り畳み、上着のポケットに入れた。

「ビル・ウィルキンズ刑事から連絡がありましたか？この事件はウィルキンズの担当なんです」

「ええ、電話をいただきました。刑事がなかをあらためるまで、エイサーのロッカーには手をつけないように言われました」

「そうですね」ウィルキンズを過小評価していたようだ。

「あなたもご覧になる？」

「エイサーを担当した先生方から話をうかがってからにします」ラモーンは膝にのったらせん綴じノートをペンで叩きながら言った。「ちょっと不思議に思うんですが。エイサーが死んでも、生徒たちはそれほど悲しんでいないようなことをおっしゃいましたね」

「まったく誰もいなかったと言ったつもりはありません」

「もちろん、そうは思っていませんよ。校長先生のエイサーに対する印象をうかがいたいんです」

「この二年間、エイサーとはほとんど接したことがありません。二、三回、言葉を交わした程度です。おとなしい子で教師に怒られるようなことをしでかさないのです。活発な子ではなかった。生徒たちの人気を集めていたわけではありませんが、嫌われてもいませんでした」

「つまり、存在感が希薄な子供だったと言うんですね」

「それはあなたの言葉です」

「お願いです。この会話は記録には残りません。思ったように話してください」

「エイサーは、強い印象を刻むタイプの生徒ではありませんでした。これが精一杯、正直な評価ですよ」

「ありがとうございます」

「ディエゴは元気でやっていますか?」

「実は、あっちの学校にはいくつか問題があるんです」

「いつでも戻ってきてください」

「ありがとうございます、校長先生。先生方にお目にかかるとします」

「収穫があるとよろしいですね」

二階へあがり、エイサーの国語の教師の部屋を訪れた。誰もいなかった。生徒も教師もおらず、部屋はからっぽだった。ラモーンは教室内を見てまわって時間をつぶした。床には丸めた紙屑が転がり、ゴミ箱はあふれかえっていた。大恐慌の時代から使っているのではないかと思う机と椅子は乱雑に並び、かろうじて列がわかる程度だ。


　黒板には教師が書いたマーティン・ルーサー・キング、ジェイムズ・ボールドウィン、ラルフ・エリソンらの言葉が残っていた。さらに、ふたつの連絡事項が書かれていた。ひとつは今度試験があること、もうひとつは日記を忘れずにつけるようにという内容だった。国語の教師のミズ・カミングズは結局、姿を現わさなかったので、ラモーンは教室を出た。

　エイサーの代数の教師ミスター・ボルトンは、三一二番教室でラモーンを待っていた。国語の教室とちがい、ボルトンの教室は整然としてゴミ箱もきれいだった。彼は椅子から立ちあがるとデスクをまわってラモーンの前に立ち、挨拶をした。

　ボルトンは濃いチョコレート色の肌をし、年のころは三十代後半、皺が寄らない加工を施したオックスフォードシャツを着てノータックのスラックスにモンクストラップのローファーをはいていた。服は高価なものではなさそうだが、ボルトンのスズメの涙ほどの給料では驚くに当たらない。とはいえ、服の趣味にはある種の主張があった。流行には無頓着な、さえない中年男を予想していたのだが、体は引き締まり、身なりにも気を遣い、きれいにひげを剃った男が目の前に立っていた。でんとかまえた妙な形をした鼻のせいで、お世辞にもハンサムとはいえない。大きな目が輝きを放っていた。

「ラモーン刑事？」

「ボルトン先生」ラモーンは握手した。

「ロバートでけっこうですよ」

「わかりました。それほどお時間をとらせません」

　ラモーンはペンとノートを取り出した。「エイサー・ジョンソンを最後に見たのはいつでしょう？」

「授業のときです。死んだ日の」

「火曜日ですね」

「そうです。それから、同じ日の放課後にも」

「居残りかなにかさせられていたんですか？」

「いえ。そんなことではありません。もっと勉強したくて来たんです。エイサーは数学に入れこんでいたんですよ、刑事さん。ほんとうに問題を解くのが好きでした。エイサーはわたしが受け持っている生徒のなかでも一、二を競うほど優秀でした」

「どんな問題を与えたのでしょう？」

「特別課題です。まあ、練習問題ですね」

「その日の午後、なにかおかしなところはなかったですか？」

「気づきませんでした」

「エイサーが道を踏み外していると思った……そうい

う疑いを抱いたことはないですか？」

「どういうことです？」

「具体的にこれというのではないんです。ただ、そんなふうに思ったことはないかなと」

「DCの若者たちの姿を見ると、法律に違反することをやっていると思いこむのはまちがっています。わかっていただきたいのですが、この学校の大多数の生徒は、車を盗んだり、麻薬を売ったりするようなことはやっていませんよ」

「ええ、それはそうです」

「まだ子供なんです。彼らがアフリカ系アメリカ人であるからとかDCに住んでいるからとか、枠にはめて見るべきではありません」

　アフリカ系アメリカ人。何年か前、ディエゴがこう言ったことがある。「友だちのことをアフリカ系アメリカ人だなんて呼ばないでよ。みんな噴き出しちゃうから。ぼくたちは、ブラックなんだよ、父さん」

　ラモーンはいかにも警官らしい笑み、つまり作り笑いを浮かべた。「わたしもこのあたりに住んでいるんです」

　ボルトンは腕組みをした。「ともすれば人は、とんでもない憶測をする。わたしが言いたいのはそういうことです」

　ラモーンはノートに〝弁解がましい〟〝嫌な奴〟と書いた。

「ほかになにか捜査に役に立つようなことは思い浮かびませんか？」

「申し訳ない。何度も考えてみたんです。わたしにとってエイサーは、まわりとうまくやっていける気持ちのいい生徒でしたよ」

「ありがとうございました」ラモーンはボルトンの力強い手を握って上下に振った。

　階段を降りて教室をのぞくと国語の教師アンドレア・カミングズがいた。ミズ・カミングズは黒い肌をした二十代の若い女性で、背が高く、みごとな脚の持ち主だった。ひと目見たときは十人並みの器量だと思ったが、微笑むといきなり可愛らしくなった。ラモーンが教室へ入っていくと彼女はすてきな笑みを向けてきた。

「ラモーン刑事です。もうお帰りになったのかと思いました」

「いいえ。放課後もやることがあって。ラウンジへ行ってソーダを飲んでいただけです」

ラモーンは椅子を手にとって彼女のデスクの前に置いて座った。

「気をつけて。六十年前の代物《しろもの》ですから」

「こうしたものは博物館にでも寄付して教室をさっぱりさせたほうがよさそうだな」

「お手柔らかに。なんといってもノートや鉛筆にも事欠くありさまですから。ここにある備品のほとんどはわたしが自腹を切って買ったんですよ。はっきり言いますが、盗んでいるやつがいる。弁護士だろうが建設業者だろうが、あるいは経営陣であろうと、他人の物を懐《ふところ》に入れるような連中はみんな盗人。子供たちから盗んでいるんですよ。言わせていただければ、盗人が誰であろうと、そんなやつは地獄に落ちろ、です」

ラモーンは微笑んだ。「思ったことをはっきりとおっしゃる」

「ええ、これまでもそれで問題を起こしたことはありませんから」

「ご出身はシカゴ？」

「どうしても訛《なま》りが出てしまうんですね。公営住宅で育ち、ノースウェスタン大学を出て最初の二年ほどは近所の学校で教えていたんです。学校の施設は平均をはるかに下まわっていましたが、この学校のようにひどいところは見たことがありませんね」

「生徒には好かれているんじゃないですか？」

「そう、だんだんそうなってきたかな。学期のはじめに生徒たちを怖がらせる、冷たい顔をしてやるというのがわたしの方針。誰が仕切っているのか、はっきりわからせてやるんです。あとになって好きになってもらうか、嫌われるか。この教室で生徒になにかを学んでもらいたいんです。学んだことを通じてわたしを思い出してくれればいいかなと」

「エイサー・ジョンソンはどんな生徒でした？　あの子とはうまくいっていましたか？」

「エイサーは問題なかったですよ。勉強の面においてはまったく心配いらなかった。素行もよかったし」

「エイサーには好感を持っていました？」

「殺されたと聞いたときは泣いてしまいました。子供が殺されたと聞かされるたびに、胸が痛くなります」

「好感を持っていたんですか？」

　ミズ・カミングズは椅子の上で体の力を抜いた。

「教師にもお気に入りの子供たちがいます。親にだって特にかわいがる子がいるものでしょう？　もっともそんなことを認める親はほとんどいませんがね。わたしは嘘をつけないのではっきり言いますが、エイサーはわたしが目をかけていた子供のひとりです。でも、彼が悪い子でなかったからという理由ではありません」

「エイサーは幸せそうでしたか？」

「それはなかったですね。あの子のふだんの様子を見ているだけで、なにか心に重くのしかかるものがあるとわかりました。それに、めったに笑わなかった」

「なにか思い当たる理由は？」

「推測でしかありません」

「お願いします」

「家庭に問題があるんじゃないかと。ご両親に会ったことがあります。母親は物静かでご主人に従順のようでした。父親はよくいるマッチョ・タイプで、劣等感をほかのなにかで補って優越感に浸ろうとしているんだと思いましたね。感じたとおりのことを言っているんですよ。あのような家で暮らしてもエイサーはおもしろくなかったでしょう。わかります？」

「率直に話していただいて感謝します。エイサーが法律に違反することをしていたと思いますか？」

「いいえ。でも、ほんとうのところはわかりません」

「それはそうです」ラモーンは黒板に目を向けた。「エイサーの日記をお持ちでしたら、見せていただけませんか？」

「手元にはありません。学期の終わりに日記を提出させているんです。でも、課題としての日記をつける努力をしたかということをチェックするだけで内容は読まないと言ってあります。わたしの仕事は、生徒たちになにかをさせることです。それをこなせば、生徒たちは達成感を得られますからね」

　ラモーンは両手を広げた。「お会いできてよかった、カミングズ先生」

「こちらこそ、刑事さん」そう言ってデスク越しに手をのばした。「お役に立てたでしょうか」

　ラモーンは校舎を出てタホに戻り、ラテックスの手袋を探し出して上着のポケットに入れた。それからまた校長室を訪れ、警備員とともにエイサーのロッカーの前まで行った。警備員はメモを見ながら鍵の番号を合わせ、後ろへ下がった。手袋をはめたラモーンがロッカーのなかを検分した。

　上の棚には教科書が二冊のっていた。教科書のなかに数学の特別課題の問題ははさまれていなかったし、金属製の床には練習問題の用紙はもちろん、なにひとつ落ちていなかった。中学生のロッカーの扉の内側には、ふつう、スポーツ選手やラッパー、映画スターの写真が貼ってあるものだが、エイサーはなにも貼り付けておらず、きれいなものだった。

「終わりました？」

「ああ、鍵をかけてくれ」

ラモーンはエイサーの日記があるかもしれないと期待していたのだが、ここにはなかった。

21

テランス・ジョンソンがドアをあけ、ラモーンをなかに招き入れた。テランスは目の縁を赤く染め、強い酒の臭いを漂わせていた。ラモーンと握手をしたが、なかなか手を放さなかった。

「手数をかけてすまない」ラモーンは手を引っこめながら言った。

「協力したいんだ」

「ウィルキンズ刑事にも協力してくれないか、テランス。この事件ではウィルキンズと一緒に動いているんだし、そもそも担当は彼なんだ」

「そういうことなら、今後そうするよ」

家のなかは無気味なほど静まり返っていた。人間の声もテレビやラジオの音も聞こえてこなかった。

「ヘレナはいるのか？」

テランスは首を振った。「しばらく妹と一緒にいることにしたんだ。ディアナも連れていった。この家にいるのが耐えられないんだよ。いつになったら落ち着いてくれるのかな」

「悲しみというのは段階があるんだ。そのうちよくなる」

「そうなんだろう」テランス・ジョンソンは、無造作ながらもいらいらしたように手を振った。まっすぐ前を見つめながら立ち、わずかに口をあけ、目はアルコールのせいでどんよりと濁っていた。

「自分の体のことも気をつけたほうがいい」

「事件を解決してくれたら、もっとゆっくりと休めるんだが」

「エイサーの部屋を見せてくれるか？」

「こっちだ」


玄関広間にある階段を二階へあがった。この近所によくある典型的なコロニアル風の造りで、二階には寝室が三室とバスルームがあった。テランス・ジョンソンはラモーンをエイサーの部屋へ案内した。

「事件のあと、この部屋に入った者は？」

「おれとヘレナ。おそらくディアナもな。言われたとおりにしたよ。ほかには誰も入れていない」

「よし。事件の前はどうだろう。友だちとか知り合いがこの部屋に入ったということはないかな？」

テランスはしばらく考えこんでいた。「昼間は仕事で家にいないからな。ヘレナに訊いてみないことには。だが、答えはまちがいなくノーだと思う」

「どうしてそこまで確信が持てるんだ？」

「この六ヵ月ほど、学年が新しくなるころから、エイサーにはいつも一緒にいる友だちがいなくなってしまったんだ」

「誰とも親しく付き合っていなかったと？」

「以前付き合っていた仲間とは徐々に距離を置くようになった。子供にはよくあることだ」

女の子により顕著だ。男は付き合いをつづけようとする。だが、テランスの言っていることはほんとうだ。ディエゴとエイサーは、ほとんど毎日顔を合わせるほど仲のいい友だちだった。ディエゴもエイサーの話をしなくなってずいぶんとたつ。殺されてから久しぶりにその名前を口にしたのだ。

「おれの手が必要かい？」

「いや、ひとりでだいじょうぶだ」

テランスは部屋を出て行き、ラモーンは室内を眺めながら上着のポケットからラテックスの手袋を引っ張り出してはめた。ディエゴの寝室とは比べ物にならないほどきれいだった。ベッドは整えられていた。ブルズのユニフォームを着たマイケル・ジョーダンのお決まりのポスターが一枚貼られている。驚くべき数の本が並んでいる棚の上には、フットボールのトロフィーがいくつかのっていたが、それはチームが獲得したものでエイサーの個人的な活躍を表彰したものではなかった。

ドレッサーの引き出しのなかを調べた。それからクローゼットをあけ、ジャケットやスラックスのポケットを探った。ドレッサーの足下の角、ベッドのスプリングの下などにも手をはわせる。エイサーがなにかを隠していたとしても、見つけることはできなかった。事件と関係がありそうなものはなにもない。

教科書を持ち運ぶジャンスポーツの肩かけバッグのなかも調べた。なかには、手帳、ヤングアダルト向けの小説、代数Iの教科書が入っていたが、教科書のあいだに練習問題のプリントははさまれておらず、ここにもエイサーの日記はなかった。

クローゼットのなかに左利き用のグローブがあったのではめてみたが、ラモーンの手には合わなかった。

デスクにはコンピュータのモニターが据えられてい

た。ラモーンは椅子に座り、引き出しを引っ張り出すとキーボード、マウスパッド、マウスが出てきた。パッドの上でマウスを動かすとモニターが明るくなった。スクリーンセイバーは単なる青い画面だった。たくさんのアイコンが並び、マイクロソフトのアウトルック、ワード、インターネット・エクスプローラーなど見慣れたものも散見する。ラモーンはコンピュータには詳しくないが家にもオフィスにもパソコンがあるのでこうしたプログラムには馴染んでいた。

アウトルックのアイコンをクリックし、メールの画面を表示させた。たくさんのメッセージが届いていたが、よく見るとどれもスパムのようだ。削除アイテムと送信済みアイテムのフォルダを開いてみたが、どちらもからっぽだった。ジャーナル、ノート、下書きなどのフォルダも結果は同じだった。ネットに接続してヤフーのトップ画面へ飛び、お気に入りをクリックした。いくつかのサイトが表示された。ほとんどがゲームや芸能関係のサイトで、南北戦争やその時代の要塞、当時の兵士が眠る墓地などに関するサイトもいくつか混ざっていた。ワードを起動し、〝エイサーのドキュメント〟の一覧を表示させた。保存されている文書はどれもが学校に関係したもののようだ。科学や歴史の小論とレポート、読んだ本のテーマや登場人物に関する文書が多数残されていた。

十代の少年のパソコンが勉強一色であり、個人の好みを反映したものがなにひとつないというのは妙だった。

ラモーンは立ちあがり、部屋の真ん中に立った。壁、本棚、ドレッサーの上と視点を転じながら手袋をはずす。これまでの経験から、この部屋でなにかをつかんだはずだとわかっていたが、それがなんであるのかまだなにも見えていなかった。まったく動きがない捜査のこの段階は、いつも欲求不満にさいなまれる。

静まり返った一階へと階段をおりた。テランス・ジョンソンを探して裏庭に出ると、彼はビールを片手に椅子に座っていた。同じ椅子が畳まれて家の壁に立てかけられていたので、ラモーンはそれを持ってテランスのところへ行った。

「付き合うかい？」テランスはビールの缶を掲げて尋ねた。

「ありがとう、でも、やめておくよ。まだ仕事があるんだ」

ラモーンは椅子に腰をおろした。

「それで？」テランスの汗ばんだ口元に先の尖った白い歯がのぞいた。

「報告できることはまだなにもない。いい知らせは、法を犯すことに手を染めていた事実はなさそうだってことだな」

「わかっている。息子が道を踏み外さないように育ててきたんだ」

「エイサーは携帯電話を持っていたのか？　着信と送信の履歴を見たい」

「持っていなかったよ。ウィルキンズ刑事にはすでに話したが、エイサーはまだ責任を持てる年頃ではないと夫婦で判断したんだ」

「携帯があるから、おれとレジーナはディエゴの居場所を知ることができるんだ」

「エイサーを探す必要なんかなかったよ。パーティだとか外泊だとか、その手のものに行くのを許していなかったんだ。夜は家にいた。居所を突き止めるまでもない」

ラモーンはネクタイを緩めた。「エイサーは日記をつけていたようなんだ。ノート、あるいはふつうのハードカバーのような体裁でタイトルがなく、なかが白紙の日記帳だと思う。どこにあるのかわかると助かるのだが」

「その手のものは見たことがないな。たしかに、ものを書くことが好きだった。それから読書もだ」

「部屋にはたくさん本が並んでいるな」

「多すぎるほど」

どうすれば十代の連中が、多すぎるほどの本を部屋に並べてくれるのだろう。ディエゴが一冊でもいいから本に興味を持ってくれたら嬉しいのだが。

「本を読むことが悪いと言っているんじゃない。誤解しないでほしい。ただ、エイサーは本にしか興味を示さなかったので、少し心配だったんだ。若者はまんべんなく才能をのばしていく必要がある。そうすれば本を読んで頭でっかちになることもないし、学校の成績をあげることに汲々とするよりもはるかに有意義だ」

「運動のことを言っているのか？」

「ああ」

「フットボール・チームを辞めたらしいな」

「辞めたと聞かされたときは動揺したよ。いや、まったく。グラウンドで敵と張り合うことができるのなら、人生の競争でもへこたれることはないだろうからな。しかも、今、世の中はそうとうに厳しい。エイサーにはヤワになってほしくなかった。息子さんがいるんだから、おれの気持ちはわかるだろ」

「つまり、ダブルパンチを食らったわけだな。テランス、つまり、きみも若いころはフットボールに明け暮れていたんだろ？」

「子供のころにな。この街でプレーしていたんだ。ところが一度足首を折ってから、そこばかり何度も骨折するようになった。高校に入学するころには、もう戦えなくなっていた。いい選手になれたと思うんだが、体がついていかなくなっちまった、そういうことだよ」

　息子たちのフットボールの試合のときに見たテランスの姿をラモーンは思い出した。あとになってとやかくコーチに文句を言い、審判の判定にも猛然と抗議するたぐいの父親だった。テランス・ジョンソンがサイドラインでエイサーに指示を出しているのをよく見かけた。闘志を見せろ、ぶち当たれ。息子を鼓舞し、おまえはだめだとしょっちゅう口にしていた。ラモーンはエイサーの目に悲しげな表情が浮かぶのを見たことがあった。フットボールをつづける熱意をなくしたのも当然だ。才能がなかったか、あるいは夢の途中で挫折してプロの選手になれなかった父親が、息子に夢を託す例の典型だった。

「エイサーが着ていたノース・フェイスの新しいジャケットは、おれが買ってやったんだよ」テランスは孤島のように残った芝を見下ろしながら声を落として先をつづけた。「二百七十五ドル。エイサーと約束をしたんだ。あの新しいジャケットを買ってやるから、来シーズンはフットボールに復帰しろってな。夏の予選がはじまると、エイサーはフットボールをやりたくないと屁理屈を並べた。暑すぎる、できそうにない……そんなようなご託だよ。ああ、おれはエイサーをひどく叱っちまった。おまえのことが恥ずかしいってな」テランスの唇がわずかに震えた。「ほかの子供たちがフットボール場で走りまわり、男になろうとしているのに、おまえは部屋に閉じこもって遅くまで起きて、まるでおかまだと言ってしまったんだよ」

ラモーンは面食らうとともに怒りを覚え、テランス・ジョンソンから目をそらしていた。

「最後にエイサーと顔を合わせたのはいつだ？」

「勤務時間は七時から三時までなんで、仕事から戻ってくるころには、エイサーも学校から帰ってくるんだ。出かけるというんでどこへ行くのか訊いた。『散歩へ行くんだよ』と答えたんで小言を浴びせた。『まだ暖かいからそのジャケットは早すぎるぞ。それに、おまえは約束を破った。そいつを着ちゃいけないんだ』」

「それから？」

「エイサーのやつ、『父さんのこと、大好きだよ』なんて抜かして」テランス・ジョンソンの目に涙が盛りあがり、頬を伝った。「そのひと言を残して家を出ていった。次に息子の姿を見たときは、冷たくなっていた。何者かがあいつの頭に弾丸をぶちこんだ」

　ラモーンは空を見上げ、それから芝生の上を長くなっていく影を眺めた。まもなく日が暮れる。ラモーンは椅子から立ちあがった。


　その日の午後、ディエゴ・ラモーンはモンゴメリー郡のセブン-イレブンをまねた造りの店から追い出された。カウンターの後ろにいた男は、おそらくパンジャブ人ではないだろうか。パキスタン人、あるいはシーア派のイスラム教徒かもしれない。頭にターバンを巻いているというそれだけの理由だが。

「出て行け」ターバンの男は言った。「この店にはいてもらいたくない」

　ディエゴは友だちのトビーと一緒だった。トビーは黒のニットキャップをかぶり、ディエゴともどもジーンズをずりおろしてはき、どちらも口を紐で締めるタイプのバッグを背負っていた。ディエゴはバスでDCに戻る前にシエラミストを飲みたかったのだ。

「ソーダを買いたいだけだよ」ディエゴが言った。

「おまえたちの金なんかほしくない」男はそう言ってドアを指差した。「出て行け」

　ディエゴとトビーは思いきり男を睨みつけてから外へ出た。

　そのあたりは通り沿いにアパートメントが建ち並んでいた。歩道に出るとトビーは両手で拳を作り、ボクサーの構えをした。「強烈な一発をお見舞いしてやればよかったな」

「あいつ、カウンターの向こうから出てこようとしなかったよ」

「腰抜け野郎だ」

　黒人のティーンエイジャーというだけで店から追い出されるのは、これがはじめてではない。ここの警察に引っ張られたこともある。モンゴメリー郡には独自の警察組織があり、通り沿いのアパートメントに住む、あるいはたむろしている子供たちにきつく当たることで有名だ。ある週末の夜、ディエゴとシャーカーがパーティから家へ帰ろうと歩道を歩いていると、パトロールカーが二台近づいてきたことがあった。警官たちが飛び出してきてふたりの身体検査をした。パトロールカーの一台に両手をつくと脚を広げられ、体を探られた。ポケットはすべて裏返された。警官のひとり、オーシェイという名の若い白人がシャーカーを挑発した。さあ来いよ、いっぱしの口を叩いてみな、ひと言だっていいぜ。小生意気な言い草を聞くとわくわくするんだ。とはいえ、シャーカーが乗ってこないのはわかっていたようだ。シャーカーの態度は穏やかだったからだ。シャーカーは腕っぷしが強く、オーシェイの挑発に乗り、やり合うこともできただろう。しかし、ディエゴの父親から警官の扱い方を聞いていたので、ふたりとも黙りこみ、そのままやりすごした。

翌朝、レジーナが警察署へ苦情を申し立てにいったが、ディエゴとシャーカーは昨夜早い時間に起きた車の盗難事件の容疑者と容姿が一致したからだと言われた。「容姿というのは背丈、顔形を言ってるわけ？　それとも、黒人の若者ってこと？」

その晩、ディエゴは両親がこれについて話し合っているのを耳にした。

「そいつらは案山子《かかし》だ」案山子というのは、ラモーンが使う偽警官を意味する言葉だ。

「あのあたりは好きじゃない。車のバンパーに貼ってあるステッカー、あれはなによ」

「〝すべての人種に乾杯〟ってやつだな。ただし、土曜の夜に家の前の道をほかの人種が歩かなければ、という条件つきだ」

ディエゴとトビーは、トビーの住むアパートメント近くの道を歩いていた。

「明日、おまえから話を訊くらしいぜ」

「誰が？」ディエゴは尋ねた。

「ブルースター校長だろうな。ガイ教頭が調査中だと言っていた。おそらく、おれは退学だろう。殴ったやつの親が騒ぎ立てているんだ。今度こそ放り出される。それか問題児の学校へ送られるか」

「あれはフェアな喧嘩だった」

「そうさ。でも教師たちはおれが悪いという証拠を探しだして追っ払おうとしているんだ。この茶番におやじは頭にきて学校を訴えるつもりだ」

「うちのおやじも、あの学校には愛想をつかしているよ」

「ブルースターや教頭にはなにも言わないよな？」

「ああ、おれたちは悪くないさ」ふたりはお互いに拳を突き合わせた。「練習で会おう」

「わかった。じゃあな」

ディエゴはバスの停留所へ歩きながら、いかさまセブン‐イレブンを振り返った。実は、数日前、あの店でトビーとふたりでキャンディ・バーを二、三本くすねていた。しかし、あのターバン野郎はそんなことは知らない。どうしてあいつにわかるというのだ？

停留所の待合室まで来ると母親から電話がかかってきた。

「今、どこ？」

「バスに乗るところだよ。コートに立ち寄ってひと汗かこうと思っているんだ。今夜、練習があるからね」

「宿題は？」

「自習室ですませたよ」半分しか終わっていなかったので、なかば嘘をついたことになる。

「遅くならないようにね」

「わかった」

「気をつけて」

「ありがとう、母さん」

ディエゴはバス待合所の隣に座っている男に聞こえないようにうんと小さな声で話した。

そのとき、バスがやってきて停まった。ディエゴはバスに乗りこんだ。

ラモーンはレジーナに電話して、今夜は帰りが少し遅くなると伝えた。アラナとディエゴのことを尋ねると、アラナは部屋におり、ディエゴはクーリッジ高校そばのコートでバスケットボールをしているとレジーナは答えた。近くにいるのでコートに寄ってみようとラモーンは言った。

最初に気づいたのはディエゴだった。タホが近づいてくるエンジン音と緩衝器の立てる悲鳴ですぐに父親の車だとわかり、ディエゴは顔をあげた。ディエゴとシャーカーは、双子のスプリグズ兄弟と二対二の試合をしているところだった。いつものように負けたロナルドとリチャードのスプリグズ兄弟は、ディエゴとシャーカー、それからふたりの身内にお決まりの悪態を投げつけた。試合前に四人はエイサーのことを話し、事件について憶測をたくましくした。ディエゴとシャーカーと同じくスプリグズ兄弟もエイサーが殺された日に彼の姿を見ていた。事件のことは誰も詳しく知らなかったが、話をしたかったのだ。去年あたりから、いろいろな面でエイサーを疎《うと》んじてきたので、四人とも漠然と罪の意識を感じていた。エイサーも彼らと距離をとりはじめたという事実はあるものの、それでも心が痛んだ。四人とも街のタフな若者を気取っていたが、幼いころからの友だちの死というのははじめての経験だった。

ガス・ラモーンがコートに近づいてきた。レイバンのサングラス、ダークブルーのスーツに斜めにストライプの走ったタイを締め、黒い口ひげをたくわえているのだから、どこからどう見ても警官だ。ラモーンはシャーカーと握手をし、ロナルドとリチャードのスプリグズ兄弟に挨拶をした。双子はそっくりな顔をしているが、ラモーンはふたりをきちんと区別をした。ロナルドのほうが知的で陽気な目をしているからだろう。ディエゴの友人たちのなかでもこのグループの面々をラモーンは、十年近く前の幼いころから知っているのだ。

ディエゴの肩にラモーンの腕がまわされ、ふたりは通りへ出ていった。しばらくしてディエゴはコートに戻り、ラモーンはタホに乗って走り去った。

「今日のラモーン刑事は、なんだか深刻そうだったな」シャーカーは思いを口にした。

「警察署かどこかへおまえを連れていくのかと思ったぞ」ロナルド・スプリグズが言った。

「なんだっていうんだ?」リチャード・スプリグズが尋ねた。

　暗くなる前に帰れ。今日の学校はどうだった？　気をつけてな。母親がいつも電話を切るときに言うセリフと同じだった。

「大したことじゃない」ディエゴはリチャードに答えた。「おまえたちみたいないかれ野郎を半殺しの目にあわせてやれってさ」

「いかれ野郎はおまえのおふくろだよ」ロナルドがやり返した。

「おまえたちの屁みたいなプレーを見せてくれよ」ディエゴは息巻いた。

22

レイモンド・ベンジャミンは、新たに建てられた最新の設備を誇る分譲マンションに住んでいた。生まれ変わったショー地区の一〇番通りと九番通りのあいだを走るU通りから少し離れたところだ。部屋に置かれた家具や電化製品はすべて現金で買った。国税庁への申告用紙には自営業者と記入し、職種は〝公認中古車販売〟だ。より正確に言うなら、月数回、ニュージャージー州北部へ出かけてオークションにのぞみ、走行距離数の少ない高級車を仕入れてDCの客に売るのだ。これを長年つづけているために、メルセデス・ベンツ、キャデラック、BMW、あるいはレクサスといった高級車を小売りよりもはるかに安く、せいぜい一万ドルで仕入れることができた。千ドルの手数料を浮かす代わりに、車は自分で運転して持ち帰り、細かく手入れをして快適に走れるように整備した。

　一見したところ、ベンジャミンは後ろ指をさされることのない立派なビジネスマンだ。麻薬の取り引きで有罪を食らい、刑期を勤めあげてから五年たった。もはや保護観察もなく、汚れのない身になったように見える。

　ベンジャミンは麻薬にじかに触れることはなかったが、今も麻薬が生み出す金は手にしていた。昔から付き合いのあったニューヨークにいるコロンビア人の供給元は刑務所にいるが、彼の息子たちとの関係がつづいているのだ。ベンジャミンは黒幕として、ときにワシントンの卸《おろし》とニューヨークの供給元とのあいだの現金のやり取りに間接的にかかわっていた。車と同じようにヘロインを安く仕入れることにかけては人後に落ちず、おまけに品質は最高だった。手数料は膨大であり、かつてトップレベルの売人であったころに馴染んでしまった贅沢な暮らしを今もつづけることができた。リスクはかなり低い。ベンジャミンのもとで働いている連中が電話をかけるのだが、通話中に彼らがしゃべる言葉は、ベンジャミンが編み出したいんちきラテン語による暗号だった。また、電話で仕事の話をするときは、廃棄された携帯電話を使う。盗聴は不可能ではないが、かなりむずかしい。レイモンド・ベンジャミンは三十五歳、昔よりも暮らしははるかによくなっていた。

　もっとも、今日のような日は例外だが。ベンジャミンの姉レイネラ・リースがマンションにやってきて、アールデコ調の安楽椅子に座っている彼の前に立ちはだかっていた。レイネラは片手を腰にあて、もう一方の手を突き出して指先を彼の顔に突きつけている。兄弟姉妹みな同じなのだが、彼女もとても背が高く、父親のビッグ・レイ・ベンジャミンの名前の一部を引き継いでいた。若いときの父親は、一四番通り近辺ではよく知られたナンバーズ賭博の胴元だった。

　部屋にはもうひとり、トミー・ブローダスがベンジャミンのものとよく似た椅子に腰かけていたが、そのあまりの巨体に椅子が潰れそうだった。ブローダスは足下を見おろしている。

　ドアの脇にはベンジャミンの使用人がふたり立っていた。マイクル・〝ミッキー〟・テイトとアーネスト・〝ネスト〟・ヘンダーソンだ。表向きは、キャップシティ高級自動車販売の営業マンだが、さまざまな方面でレイモンド・ベンジャミンを補佐していた。

「やつは元気になるよ」ベンジャミンは姉にそう言い、手で落ち着けという仕草をした。

「へっ、元気だって?」レイネラ・リースのヒステリックな声は、暖かな色で統一された室内の落ち着いた雰囲気を切り裂いた。

「弾は貫通した」トミー・ブローダスも横から口を出

した。

「うるさい、このデブ」レイネラは掩護射撃を抑えこんで弟に向き直った。「エドワードはどこにいるんだい？　じかに会って元気かたしかめたいんだよ」

「休んでいる。医者が診《み》ているんだ」ベンジャミンは答えた。

「犬の医者だろ。ちがうのかい、ベンジャミン？」

「ニューマン先生は、ふつうの医者だ」

「獣医だよ！」

「たしかにそうだが、信頼できる」

　銃で撃たれても病院へ行くことができない者は、ずいぶんと吹っ掛けられることを覚悟してドクター・ニューマンのもとを訪れる。メリーランド州にある戦没者記念碑ピース・クロスへ至るブレーデンズバーグ通りにニューマンは動物病院を開業していた。縫い方がうまくなく、よく患者に傷痕を残してしまうが、傷口の洗浄にかけてはまさに名人だった。感染症や失血で死ぬ患者はほとんどおらず、おおむね仕事ぶりは信頼できた。

「彼は心配ない」トミー・ブローダスが言う。「病院の奥の部屋で寝ているよ」

　寝られるときには。ブローダスは心のなかでつぶやいた。なんてったって犬どもの吠える声とクソの臭いに四六時中さらされているんだからな。

「どうしてこんなことになったんだい？　そこにいるデブの美食家に説明なんかさせないでくれよ。あんたに訊いてるんだからね、ベンジャミン」

「ブローダスが準備をしていた取り引きの情報を何者かが手に入れたんだ。卸先でヤクの仕分けをしている連中がいるんだが、そのなかの誰かが取り引きのことをしゃべっちまったとにらんでいる」

「あんたがそこへ行ったときに自慢げにべらべらしゃべったんじゃないのかい？」レイネラはトミー・ブローダスに向かって言った。

「この取り引きはブローダスひとりで行なうと卸先の連中には徹底しておけと言ったんだ。金を動かすのも彼だとな」ベンジャミンが説明した。

「で、なにをしたんだい？　住所でも教えた？」

「まさか」ブローダスが応じた。

「あの二人組がどうやってブローダスの家を知ったのかはわからない。だが、いいか、必ず突き止めてやる」

「そりゃあそうさ、突き止めてもらわなくちゃあ。あたしの息子のエドワードが、肩に穴をあけられて犬の収容所で横たわってるんだ。どこかのクソどもにツケを払わせてやる」レイネラは目をひんむいて怒りをぶつけた。「あたしの息子だってだけじゃないんだよ。あんたの甥なんだからね、ベンジャミン」

「わかってるって」ベンジャミンは汗を拭うように額に手をあてたが、部屋は涼しく汗はかいていなかった。

このときばかりは、オークションで車を売買するほうが、麻薬絡みの仕事よりもストレスなく生活ができるとレイモンド・ベンジャミンは思った。裏の商売を辞めようかとぼんやりと考えたが、合法的な仕事だけでは、彼のような男に見合うだけの収入を得られるわけがない。

もっと慎重に相手を選ぶべきだった。要するにそういうことだ。トミー・ブローダスに会ったのは、六カ月前にキャデラックＣＴＳを彼に売ったときだった。ベンジャミンの正体とその過去を知っていたブローダスは、大ばくちを打ちたいと打ち明けた。ブローダスのことは今ひとつ信用できなかったが、すべてがうまく運べば、ベンジャミンが提供した資金の利息はもとより、分け前も膨大な額にのぼるので勝負に出ることにしたのだ。甥のエドワードはヤクのビジネスをはじめたいとせがんでベンジャミンを困らせていたが、この年上で粗暴なところのない男と一緒に金になりそうな仕事をやらせれば、商売の仕方を覚えるのではないかと思い、使うことにしたのだった。

口の減らない甥は、銃を持っている男に小生意気な言葉を投げつけた。ベンジャミンはエドワードのめんどうをみてやろうとしただけなのだが、姉貴はこちらの好意など都合よくお忘れのようだ。事実、しばらくのあいだ、甥を〝鍛《きた》えてくれ〟と頼んだのは姉だ。そして今、レイネラはことの結末に動転してこの居間におしかけてきたというわけだ。

「すべてうまく処理するよ、レイネラ」ベンジャミンは言った。「やつらが盗んだ五万ドルはおれの金なんだ。このまま引き下がるわけにはいかないだろ」

「エドワードを撃った野郎は名乗ったんだ。尻尾はつかまえた」ブローダスが口をはさむ。

「ロメオ・ブロックだ」ベンジャミンが言った。

「二人組だったよ。相棒は背の低い、がっしりとした野郎だ」

「名前から住所とか携帯の番号が割りだせないのかい？　ロメオって名前を言いふらすようなバカ男を知っているやつがいないってのか？」

「電話帳には載っていない」ベンジャミンは答えた。

「じゃ、どうするつもりだい？　あたしがあんたなら、その仕分け人どものアジトに踏みこんで、そいつらの喉をかっ切ってやるよ」

「そんなことをしたってなんにもならない。なんだかんだいってもあの連中との付き合いは長い。そのうちしゃべったやつを見つけ出してやる。だが、今のところは連中と関係を断つ余裕はない」

「じゃあ、どうするのさ」

「もっといい方法がある。話してやれ、ブローダス」

「このロメオ・ブロックってやつは」ブローダスは、レイネラの目を見ようとせず、ほとんどつぶやくように話した。「おれが付き合っていた女を連れて逃げたんだ」

「あんたから女を奪ったってこと？」

「牝豚とはしばらくご無沙汰だったんだけどな」真剣な話をしなければならないときでも、ブローダスは負け惜しみを言う。「そんなことよりも、要するにだ、あの女は仕事に就くことができた。お高くとまってるんで、辞めるようなことはしないだろうよ。仕事場から女のあとをつけてロメオのねぐらを突き止めるのは、難しいことじゃないだろう」

「今日やるのかい？」レイネラは尋ねた。

「今日は休みなんだ」手に入れた金に祝杯をあげるシャンテルとロメオ・ブロックの姿を頭から振り払いながらブローダスは言った。

「明日は仕事に出る」ベンジャミンはそう言って椅子から立ちあがり、身長百九十五センチの体を伸ばした。「勤め先がどこにあるのか知っている。おれたちで調べたんだ」

「おれたちって？」

「おれ、ミッキー、ネストだよ」ベンジャミンは、我慢して姉に付き合いながらドアのそばに立っているふたりの若者を顎で示した。

「じゃあ、さっさと腰をあげなっての！」レイネラは金切り声をあげた。

「計画があるんだよ、レイ……ネラ」

「計画なんていいから、まずは動くことだろ」

　ベンジャミンはこめかみを指でゆっくりと上下にもんだ。「おれに偏頭痛を起こさせようってのか」

　ロメオ・ブロックは寝室のカーテンを持ちあげて外をのぞき見た。従兄弟のガスキンズが、毎朝出かけるセントラル通りの仕事周旋所から歩いて戻ってくるところだった。でかいユリノキの影のなかを抜け、玄関のほうへ歩いてくる。

　ガスキンズのTシャツは汗で黒ずみ、カーキ色のディッキーズには一日中刈っていた草や灌木のしみがついていた。ガスキンズは疲れ切った顔をしている。ロメオはそんな姿にほとんど哀れみのようなものを感じた。夜明けとともに一日中秋の太陽の下で働き、一方、ロメオは完璧な女と一緒に涼しい家のなかでシャンペンを飲み、マリワナを吹かしていい気分に浸っていたのだ。たとえば、調教師に引かれて走路を歩いているのを目にしただけで惚れてしまう馬というのがいるが、彼女はそんなたぐいの女だった。

ロメオはカーテンを元に戻し、ベッドに目を向けた。シャンテル・リチャーズは寝ていた。ロメオのレーヨンのシャツをはおり、ボタンをはずしているのでブラがのぞいている。レースの黒い超ビキニのパンティはブラとよく合っていた。ベッド脇には口の開いたグッチのバッグが置かれ、札束がのぞいている。ロメオがまき散らしたので、シャンテルの体の下にも何枚かの札があった。さっき札の上でセックスをした。

もっと若いころに、テレビで見た映画を思い出す。これまで見た映画のなかでももっとも悪い白人スティーヴ・マックイーンが銀行を襲い、ギャングや警官、一緒に銀行に押し入りながらもマックイーンに裏切られた男らの追跡をかわしながら恋人とともに逃げるのだ。映画の終盤、銃撃戦がはじまる前にマックイーンと女は金をまき散らしたベッドの上で一発やるのだが、そのシーンを見たときロメオ・ブロックは、おれもいつか女と同じことをしてやると思ったのだ。映画のなかの女は、ロメオの好みからすれば痩せすぎていた。事実、黒い髪をしたニワトリのように見えた。しかし、あの女にはほかになにかがあり、ロメオを惹きつけずにはおかなかった。とはいえ、マックイーンの女は、実際に寝たいという気持ちにはならず、そこが今こうして寝室に連れこんだ女とはちがう。シャンテル・リチャーズのようないい女とモエ・エ・シャンドンのホワイト・スターを飲み、きれいなシーツと札の上でセックスできるなんて夢にも思わなかった。

眠っているシャンテルをしばらく眺めていた。ボクサーショーツ一枚のロメオは、クールに火をつけ、タイヤの形をした灰皿にマッチを捨てると寝室を出てそっとドアを閉めた。

ロメオは廊下に出るとキッチンの前を通り、ガスキンズの寝室、バスルームを過ぎ、居間とダイニングを兼ねた部屋に入った。ガスキンズが立っていた。

「疲れたかい?」ロメオが尋ねた。

「ああ」ガスキンズは、おもしろがってからかうような調子とうんざりした気持ちが混じり合ったような目でロメオを眺めた。「おまえはどうだ?」

「おかげさんでな。おまえがやりたがらないことに精出してたよ」

「おれだってやりたいんだ。一日中いい女と暗い部屋で寝っころがり、なんだかわかんないがおまえの口から匂ってくる酒を飲んで、家のなかに漂っているこの香のものを吸う。そのうちまたマリワナは吸ってみたいよ。保護観察が解けたらな。以前はおれだってぶっ飛ぶのが好きだったんだ」

ロメオはタバコを吸い、吐き出した煙をふたたび吸いこんだ。フレンチスタイルという吸い方だ。「じゃあ、やればいいだろ」

「仕事があるんだ。報告しなくちゃいけないんで働いているんじゃない。毎日、働きに行くってことが、おれには大切なんだよ」

「もうそんなことしなくたっていいんだ。金を手に入れた」

ガスキンズは首を振った。「わかってないな、ロメオ」

「なあ、おれたちは金持ちだ」

「とんでもない。パイは切り分けなくちゃいけないんだ。おまえは金があれば好きなものを買う。そのうちもっとほしくなるんだよ」

「手に入れてやるさ。寝室にある札束をいただいたようにやればいい」

「で、おまえの物語はどうやって終わるんだ?」

「はあ?」

「物語には終わりってもんがあるんだ」

ロメオは口をあけて息をし、酔いのにじんだ目でガスキンズを見た。それから笑った。「おまえってさ、マジすぎるんだよ。今、ここにはなんだってあるってのに、悲惨な結末を思い描いてる」

ガスキンズはロメオに説明しても無駄だとわかっていた。こうした連中は頭が鈍いのだ。いや、有頂天になって喜んでいるロメオの気持ちをぶち壊そうとしているおれはそもそも何者だ? ロメオも最後にはさとることになるだろう。遅すぎるが、身にしみることになる。

「わかったよ、ロメオ。もういい」

「そうこなくっちゃ」

「で、やつから連絡はあったのか?」

ロメオはうなずいた。「すぐに会いたいってさ。金はぶじだと言ってやったよ」

ガスキンズはTシャツを脱いだ。三十男の顔だが、体は十九歳だ。

「シャワーを浴びてくる」

「ビールが冷えてるよ」

「いいね」

ガスキンズはビールをとりにキッチンへ行き、ロメオは寝室へ戻った。

シャンテル・リチャーズは起きあがり、ドレッサーに置いたアイスペイルに入ったモエのボトルを手にとった。タンブラーにシャンペンを注ぎ、口に含んだ。

「起こしちまったかい?」ロメオは最後にもう一度クールを吸いこむと灰皿に押しつけた。

「そんなことはないよ。昼寝なんて久しぶり。気持ちよかった」

「休まったか?」

シャンテルはロメオに目をやり、口元を歪めて笑った。先ほどアップにした髪は大方がほどけ、カールした毛先が赤いレーヨンのシャツの肩で踊っていた。タンブラーに口をつけ、さらにシャンペンを流しこんだが呑みこまなかった。タンブラーをドレッサーに置くとロメオのほうへ歩み寄り、彼の裸の胸にシャンペンを吐きかけた。液体は胸の筋肉を伝って落ち、腹へと達した。シャンテルはロメオの尻に手をまわし、腹の筋肉の上で泡立つ液体を舐め、そのまま胸まで舌をはわせていった。

「おまえってやつは」ロメオは言葉が詰まった。息を吸うこともままならない。

シャンテルは一歩さがってシャツを脱いだ。片方の腕を抜き、さらにもう片方も。ブラのカップのあいだにあるホックをはずし、乳房を揺らした。親指をパンティにかけて脚、それからペディキュアを塗ったつま先まで滑りおろした。そのままパンティが抜け落ちるとシャンテルはそれを蹴飛ばした。

裸のままベッドの縁に腰かけた。背後のシーツの上には五十ドル札や百ドル札が散らばっている。シャンテルは脚を開き、毛に覆われて潤いをたたえた彼女の中心をさらした。ロメオは口のなかがからからになった。あそこの毛が自然なままの女が好きだった。

シャンテルは黒ずんだ乳首を指先で触れて円を描いていると乳輪がせりあがり、乳首がつんと上を向いた。

「すごい」素っ裸の女をはじめて見た少年のような声をあげた。

「どうしたい？」シャンテルは尋ねた。

「後ろを向いてくれ。金に顔をすりつけてキスをするんだ」

「わけないよ」

「さあ、やってくれ」ロメオ・ブロックは言った。

23

ラモーンは暴力犯罪班のオフィスへ戻る途中、レジーナに電話をし、ディエゴがバスケットボールのコートにいたこと、暗くなる前に帰ると約束したことを伝えた。今夜は遅くなるので夕飯はいらないが、手間じゃなければ料理をひとり分、取り分けておいてくれと言った。家に帰ったら温めて食べる。

「ところで、なにを作るつもりだ？」

「パスタよ」

「パスタの種類は？」

「長い箱に入っていてお湯でゆでるパスタ」

「ゆですぎるなよ。せいぜい八分だ」

「スパゲティーのゆで方を講義するわけ？」

「この前は十二分もゆでただろ。あれじゃあ、まるでおかゆだ」

「完璧にゆでたいのなら、帰ってきてやってちょうだい」

「アルデンテだよ、ベイビー」

「ベイビーはやめて」

「今日はきみのことを考えていた」

「あら、そう」

「警察学校のプールであの青い競泳水着を着て飛びこもうとしていた」

「あの水着を着るのはもう無理ね」

「言わせてもらえば、今の方がすてきだよ」

「嘘ばっかり」

「大まじめだよ。お互いにもう若くはないが、おれの目からすればきみは——」

「ありがとう、ガス」

「今夜は、どうだ？」

「あとでね」

ラングドン近郊のサウスダコタ通りを走りながら、オフィスに電話してまだ仕事をしていたロンダ・ウィリスをつかまえた。ロンダは話したいことがあると言い、さらに、ビル・ウィルキンズも用があるみたいとつけ足した。

「あと十分で戻る」

ラモーンはペンブランチ・ショッピングセンターの裏の駐車場に車を停め、オフィスへ入った。夕方からのシフトでやってきたばかりの男女の警官に朝から働いている警官たちも混じり、パーテーション内を共有している者同士のあいだで話がはずんでいた。彼らは情報を交換したり、仕事とは関係のない馬鹿話に興じている。一日の仕事を終えても超過勤務手当てを期待して働く者もいれば、酒の誘惑と戦っている者、孤独な一人暮らしや惨めな家庭生活にうんざりしている者、仕事をする気にならない者、あるいは刺激のない退屈な家庭に戻るのが嫌でぐずぐずしている者もいた。

デスクに向かって座ったロンダ・ウィリスとその脇に立っているボー・グリーンは、笑い合っていた。ラモーンはロンダに向かって、あとでまた戻ると合図を指で送ってから奥へ歩いていった。交渉専門の刑事、私服警官、家庭連絡班の女警官たちとすれちがう。アンソニー・アントネッリはデスクに脚をのせ、足首のホルスターに収まったグロックをのぞかせていた。アントネッリは超過勤務届けをマイク・バカリスに差し出したが、バカリスは腿にのせた手をのばそうとしなかった。

「さあ、ツチブタ、おれの十一時半までの超過勤務届けにサインしろよ」

「おれの汚れたケツを舐めろよ。そうしたら考えてやってもいい」

ビル・〝ガルー〟・ウィルキンズはコンピュータに向かって座り、キーボードを叩いていた。ラモーンは椅子を引っ張ってきた。

「話があるそうだな」

ウィルキンズは紙製のファイル・フォルダを手渡した。なかにはエイサーを解剖した検死官の報告書が入っていた。ラモーンは読みはじめる。

「三八口径だ」

「アイビス（アルコール・タバコ・火器取締局の銃器特定のためのシステム）にはかけたのか？」

「ああ。ほかの殺人で使われた銃のツール・マーク（製造過程で弾薬をこめる薬室についた工具の痕跡。旋条痕もツール・マークの一種）と一致しないかこれから照合する。頭に弾丸をぶちこまれたのが死因だ。別に驚きはしないがな」

　左のこめかみ、という記述にラモーンの目が留まった。

「気絶させられたり薬を飲まされたということはない。アルコール、睡眠薬など外から異物を摂取した痕跡は皆無だ」

「あの現場で殺されたんだな」ラモーンは尋ねた。

「そのようだ。推定死亡時刻が書いてある」ウィルキンズは言葉を切り、ラモーンを見つめた。ラモーンは一心に報告書を読み、ふとその目が曇った。ウィルキンズは尋ねた。「読んだか？」

「精液が発見されたんだな」ラモーンの声は弱々しかった。エイサーはもとより、彼の両親を思うと気分が悪くなった。

「その先にも目をとおしてくれ」

　精液のほかに潤滑剤も検出されていた。直腸の裂傷はなく、打撲の痕《あと》がうっすらと残っていたらしい。

　ラモーンは報告書を読み終え、デスクの上に置いた。回文殺人事件の被害者のことを思った。子供たちの直腸から精液が検出されたが、不可解なことに乱暴に押し入ったような痕はなく、まるで合意の上でアナルセックスをしたかのようだった。いや、殺されたあとに性交に及んだのかもしれない。エイサーも死後に犯された可能性もあり、そのことは考慮しなければならないだろう。

「潤滑剤がエイサーの体内から発見された。ＫＹゼリーとかその手のものだ」ウィルキンズが言った。

ラモーンは黒い口ひげを引っ張った。「読んだよ」

「レイプされたような痕跡はない」

「だからといってレイプではないと証明されたわけではない」

「思ったことを口にしただけだよ」

「そうだな」

ウィルキンズは黙ったままラモーンの言葉を待っていた。

「エイサーの寝室を調べた」ラモーンは考えをまとめた。「ロッカーもな」

「なにか出てきたかい？」

「事件と関連のありそうなものはなにも。日記を書いていたはずなんだが、消えちまったようだ。この報告書を読むと、日記を見つけ出すことが最優先課題のようだ」

「ミスター・ジョンソンから聞いたんだが、エイサーは携帯を持っていなかったらしい」

「そうだよ」

「パソコンはどうだ？」

「部屋に一台あった。個人的なものはなにも見つからなかったよ。Ｅメールの送信済みファイルも削除済みファイルも空だった。お気に入りに登録していたのは、ゲームのサイトと南北戦争に関するサイトだけだ。ほかにはなにもない」

「履歴は調べたかい？」ウィルキンズは尋ねた。

「あ、いや」

「十代の息子がいるだろ。もっとパソコンに精通していたほうがいいぜ。Ｅメールや訪れたサイトやブックマークは削除できるんだが、それはまだコンピュータの履歴のなかに残っているんだ。履歴も消してしまえば終わりだがな。用心深い子供は、毎日、履歴を消去するように設定している。一週間ごと、ひと月ごとってこともある。痕跡を消し去るようなもんだ。もし、エイサーが履歴を消していなければ、どこのサイトを訪れたにしろ、まだ記録が残っているはずだ。探り出すのはかんたんだよ」

「おまえにとっちゃな」

「じゃあ、おれが調べるよ」ウィルキンズは鉛筆の消しゴムの側をデスクに打ちつけてから言った。「ほかになにかないか？」

　ラモーンは口ごもった。「今のところ、思いつくことはなにもない」

「エイサーの捜査の進捗状況だが、誰かが家族に解剖のことを説明しに行かなくちゃならない」

「そのときがきたら、おれが父親に話すよ」

「気が進まないだろ。そいつはおれの仕事だ」

「いや、おれから話す」ラモーンはそう言って立ちあがった。

「今から行くのか？」

「家に帰るのさ」

　ラモーンはロンダのところに立ち寄り、デスクの端に尻をのせて座った。ボー・グリーンはいなくなっていた。ロンダは散乱した書類を前に炭疽菌でもふりまかれたといわんばかりに呆然としていた。

「なんだか楽しそうだな」

「あなたのデスクにも書類が届いているはずよ、ガス。だからといって、もうデスクに戻る気はないんでしょうけど」

「書類仕事は秘書が片づけてくれるといいな」

「ウィルキンズとの用はもうすんだ？」

　ラモーンは検死官の報告書のことと今日一日の出来事をかいつまんで話した。

「それできみのほうは？」

「ドミニク・ライアンズについて調べた。たいした経歴の持ち主よ。強姦――これは起訴されたけれど、殺人未遂は無罪放免。予定していた証人が証言を拒んだのよ。脅迫された可能性があるってコメントがついていた。ほかにも二件の殺人の容疑者なんだけれども、どちらも裁判にまで持ちこめなかった。武器も発見されていないし、目撃者もなし。で、ファイルからドミニクの写真を出し、犠牲者のジャマール・ホワイトの写真と一緒にポケットに入れてニューヨーク通りのいきなクラブへ行ったというわけ。ダルシア・ジョンソン、シェイリン・ヴォーン、ナンバーワンとナンバーツーの売春婦が、裸で踊って客を挑発するあの店へね」

「おれの記憶が正しければ、トワイライトじゃあ、女はバタフライを着けてたな。厳密に言うと裸じゃない」

「ほとんど裸よ。まあ、とにかく店へ行き、お仲間の警察官ランドルフ・ウォレスと話をした。制服を脱いで店のドア先で働いてる警官よ」

「もう仲間になったのか?」

「背中をぽんぽん叩き合う関係じゃないけどね。でも、とても協力的だった。どうやらわたしたちのお友だちのドミニク・ライアンズは昨夜クラブにいたらしい。そこで、いい、よく聞いて。ジャマール・ホワイトも店にいたのよ。ウォレス巡査によると、ドミニクはトワイライトの常連でダルシアかシェイリン、ときにはふたりを一緒に連れて店を出て行くので顔をよく知っているんだって」

「ジャマールはどんな様子だったと言っている?」

「バーカウンターに向かって座っていたらしい。ドミニクがジャマールに言葉をかけたんだけど、なじったといったほうがいいかもしれない。ジャマールはひとりで店を出た。一時間ほどしてドミニクもダルシアと一緒に帰っていったんだって」

「ダルシアと一緒だったのか?」

「そう。おそらくジャマールはニューヨーク通りでバスに乗り、アップタウンで七番通りとジョージア通りを結ぶ路線に乗り換え、ジョージア通りからは歩いて帰ったんでしょうね。歩いている途中で撃たれた」

「ドミニク・ライアンズが犯人だとにらんでるのか」

「前科をひとつ付け加えてやりたいね。ダルシア・ジョンソンが証人になってくれる可能性もある」

「そうなればいいが」

「ダルシアの携帯に電話をかけてみたんだけど、出ないのよね」

「そんなところだろう」

「そこでダルシアのアパートがある一六番通りとW通りのあたりに警官を張りつかせた」

「ドミニクはおれたちが話をしたがっているのを知っている。やつが現われると思うか？」

「シェイリンが昨夜あの部屋で客をとっていたら――その可能性は高いと思う――早晩、ドミニクは金を回収にくるでしょうね」

「なるほど。さっきの電話では、おれになにか言いたいことがあるってことだったが。ほかになにかあるのか？」

「当て推量にすぎないけれど、でも、聞いて。ジャマール・ホワイトの体内から摘出された弾丸から三八口径だとわかった。ウィルキンズの話じゃあ、エイサー・ジョンソンが撃たれたのも三八口径だったんですってね」

「それで？」

「二十四時間以内に数ブロックしか離れていないところで二件の殺人事件が起こり、どちらも同じ口径の銃が使われた。三八口径のリヴォルヴァーは、若い連中が使う銃じゃないでしょう。もちろん、偶然かもしれないけれど、調べてみる価値はあるんじゃないかな」

「じゃあ、笑われるのを覚悟で弾丸の旋条痕を比較するべきだと言うんだな。同じ銃から発射されたかもしれないと」

「もう検査を依頼したわ」

「ドミニク・ライアンズのような男とエイサー・ジョンソンが、どこでどうつながるんだ?」

「ふたりにつながりがあったとは言ってないでしょう。でも、どんなことでも調べたほうがいい」

「ウィルキンズに話すのか?」

「そのつもり」

「なるほど」ラモーンは長々と息をはき出した。「わかった」

「一杯やりたそうな顔をしてるわね」

「ああ、まさに」

「二番通りのあのすてきな店、ブース席があったわね。夜にはクワイエット・ストーム風の音楽を流して渋くきめてたし。あの不器用なバーテンダーを覚えている?」

「帰るよ」

「お好きなように、色男さん。新たな展開があるかもしれないから携帯の電源は入れておいてよ」

電波が届く駐車場へ出ると、ラモーンは携帯電話の電源を入れて今朝ジャニーン・ストレンジに調べてもらった番号にかけた。

「もしもし」

「ダン・ホリデーか?」

「そうだが」

「ガス・ラモーンだ」

ホリデーは答えなかった。ラモーンはしばらく沈黙に耳を傾けてから、切り出した。

「警察に来て証言するほうがいいか? それともパトカーを差し向けようか?」

「どちらもお断わりだ」しばらく沈黙してから、ホリデーはつづけた。「どこかほかの場所で会うんなら、それでもいい」

「おまえとおれのふたりだけでか?」

「立ち会いがいる」

「弁護士を相手にしている時間はない」

「弁護士じゃない。おまえも知っている男だよ、ラモーン。だが、教える気はない」

「いつも駆け引きだな」

「会いたいのか会いたくないのか」ホリデーは言った。

「どこでだ？」

「バーがあるんだが――」

「なあ。しらふでいてほしいんだよ」

ラモーンは場所を指定した。そこで会おうとホリデーは言った。

24

ラモーンのタホはオーグルソープ通りに入り、動物救護センターの向かい側に停まっているホリデーの黒いリンカーン・タウンカーの後ろに停車した。今も犯罪現場には黄色いテープが張り渡されたままになっているが、その外側のコミュニティ菜園のなかにホリデーともうひとり、かなり年配の男が立っていた。日が沈むと気温も下がった。菜園には影がたゆたい、薄れていく光で一部が黄金色に染まっている。

ラモーンはふたりに歩み寄り、年配の男が誰であるのか気づいた。未解決事件捜査班のファイルにあった新聞記事に写真が出ていた。《ワシントン・ポスト》には、回文殺人事件の捜査を指揮した彼について詳細な記事がのっており、さらに《ワシントン・シティ・ペーパー》ではその後の経過を追っていた。しかも、例のステットソン帽をかぶっている。あの帽子をかぶった姿をラモーンは決して忘れない。

　ふたりのところまで来ると、クックがひどく老けこんでしまったことがわかった。健康を害したからだろう。口が片方へ垂れ下がるように歪んでいるのは、脳卒中の後遺症だ。

「クック巡査部長」ラモーンは手を差し出した。「ガス・ラモーンです。またお会いできて嬉しい」

「おれと会ったのは、きみがうんと若いときなんだろう」

「あれは会ったうちには入らないでしょう。おれは警察学校を出たての新米でした。あなたは評判だったから知っていたんです」ラモーンはホリデーの姿を認めて挨拶をした。「よう、ダン」

「ガス」

　さらにふたりに近寄ると、変わっていないと思ったホリデーだが、やはり昔そのままではなかった。酒飲み特有の血色の悪い顔、喫煙者に顕著な皺、それに痩せた体にあの突き出した腹は目立つ。

　ラモーンとホリデーは握手をしなかった。

「死体を発見して通報したな」ラモーンは言った。

「そうだ」

「どんな具合だったのか話してくれ」

「要点をかいつまんで言えば、夜中過ぎ、一時半ごろだろうが、この通りにやってきた」

「ずいぶんと飲んでいたのか？」

「少しだよ。車のなかで寝てしまい、何時間かして目を覚まし、車をおりて小便をしにいって死体を発見した。ブレア通りまで車を走らせ、酒屋の外にあった公衆電話から警察に通報した」

「死体には触ったか？　現場を汚すようなことはしなかったか？」

ホリデーはこの質問に引きつった笑みを浮かべた。

「それはないだろうな」

「こう訊いたのも、つまり、その、寝ぼけていたかもしれないからな」

「答えはノーだよ」

「銃声を聞かなかったか？」

ホリデーは首を振った。

「ほかになにかないのか？　その夜、どんなものを目にしたのか思い出してくれ」

ホリデーはなにを見るでもなく周囲に目を向けた。

クックがうながした。「話してやれ」

「うとうとしているときに二回ほど目を覚ました。夢うつつって状態だな。時計は見なかった。なにもかも靄がかかったような感じだったよ」

酔っ払っていたからだろうが。

「なにを見たんだ？」

「通りの行き止まりからパトカーが戻ってきておれの車の脇を通りすぎていった。後部座席、運転席の後ろに容疑者を乗せていた。肩幅もなく貧弱な体つきで首も細かった」

「男の警官か？」

「白人の男だ」

「おりてきて職務質問はしなかったのか？」

「いや」

「車輛番号は？」

「見ていない」

「後部座席に座っていた人物がどうして容疑者だとわかる？」

「さあな」

「ほかには？」

「そのあと、黒人《ナンバー・ワン・メイル》の男が菜園を歩いているのを見た。歩き方がエネルギッシュだったんで若い男だな」

「どうして黒人だとわかった？」

「まだ夜は明けていなかったが、空がいくぶん明るくなっていた。白人じゃなかったことははっきりしている。それに髪の毛だ。歩き方もいかにもかっこつけた黒人って感じだった。だからわかるんだ」

「その男を見たのは警官のあとだと言うんだな。で、パトカーの警官を見たときとその男を見るまで、どれくらい時間がたっていた？」

「わからない」

「いいだろう。それで、また眠りこみ、目が覚めると車をおりて小便をしにいった」

「そんなところだ。小型のマグライトを持っていたんで、学校の身分証を読むことができた。いろいろと考え合わせて、クック巡査部長に電話をしたんだ」

「クック巡査部長に電話したのは、回文殺人事件との関係を疑ったからだな」

「そうだ」

「それでここにいるってわけですね」ラモーンはクックに目を向けた。

「無視できないほど類似点が多い」クックは言った。

「ちがう点も」

「どんな？」

「あとで話します」ラモーンはホリデーに向き直った。

「ドク、オーグルソープ通りに来るまでどこでなにをしていたか、証言してくれる人がいるんだろうな」

ホリデーはレストンのバーで飲んだことを思い出していた。一緒に飲んだ若いセールスマン、ホテルにしけこんだ女。それから、レオの店でポール・ペナのことで話し合っていた二人組とバーテンダーもいる。

「心配いらない。おれは容疑者じゃないだろ、ガス」

「守ってやろうとしているだけさ」

「おれのことを怪しんでいるんじゃないのか、えっ？」

ラモーンは唇の端を噛んだ。これは予期したことだし、そういうふうに思われてもある程度は仕方がないだろう。だが、図に乗ってもらっては困る。

「この事件を担当しているのか？」クックは尋ねた。

「いえ。手を貸しているだけです。実をいうと、もうちょっと深入りしてますけどね。被害者は息子の友人だったんです。近所に住んでましたし、両親のことも個人的に知っているんですよ」

「これまでになにかわかったことは？」

「気にしないでほしいですが、そちらから先に教えてくれませんかね」

「そいつは公平じゃないな」

「情報をつかんだとして、あなたがたになにができるんです？　おれは目の前の事件を追いかけている警官だが、あなたたちは民間人だ。ええ、たしかに元警官ではある。でも、おれが起訴まで持ちこめなかったり、裁判で負けたとしても、あなたたちがどうにかできることではない。規則はご存じでしょう」

「クソッタレ」ホリデーは小声で悪態をついたが、ラモーンはこれを無視してクックの目を見つめていた。

「わ、われわれも、新しい情報はなにもない。古い事件には有力な容疑者はいる。レジナルド・ウィルソンって男だ。確たる証拠はなく、怪しいと思っているだけだ」

「警備員の男だ。資料で読みましたよ」

クックはラモーンを品定めするような目で見た。

「やつは少年に性的な行為をして二十年前にぶちこまれ、粗暴な性格が災いしてずっとムショ暮らしを送っていた。出所したのは最近だ。昔の殺しはやつだと思っている。取り調べる必要があるだろう」

「それだけですか？」

「今のところは、そうだ」クックはラモーンに顎をしゃくって言った。「さあ、そっちの番だ」

「いつもならここで、話を聞かせてくれた礼を述べ、この事件に関する情報は秘密なんでね、というところですが」

「だが？」

「巡査部長、あなたを尊敬しているので教えましょう。ふたりともこの件から手を引き、警察に仕事を任せてほしいので、情報を漏らすのだということもお忘れなく」

「当然のことだな」

「まず、ふたつの事件の類似点からいきましょう。エイサーという名前は、前後どちらから読んでも同じであることや、過去の犠牲者のようにコミュニティ菜園で死体が発見されたことも言うまでもないでしょう。頭を撃ち抜かれたことも知ってますね」

「解剖の結果はどうだったんだ？ 性的な暴行をくわえられていたのか？」ホリデーが尋ねた。

ラモーンはためらった。

「どうなんだ？」クックがせっついた。

「直腸から精液が検出されました。両親は知らないんで——」

クックはもどかしげに言った。「ここで話したことは外部には漏らさない。レイプか？」

「裂傷はなく、かすかに打撲の痕が残ってました。潤滑剤が使われたようです。合意の上でのセックスだった可能性はあります。あるいは、殺されたあとに犯されたか。どちらかでしょう」

「過去の犠牲者と同じだ」クックが言った。

「しかし、ちがいも無視できません。エイサー・ジョンソンはほかで殺されてあの場所に捨てられたのではないんですよ。殺されるまでの数日間、監禁されていなかったし、新しい服を着せられてもいない。貧困家庭の子供でもありません。サウスイースト地区とは反対側の中流の住宅街に住んでいたんです」

「髪は切り取られていたか？」

「かもしれませんが、報告書には書かれていませんでした」

「とはいえ、レジナルド・ウィルソンから目を離すべきではない。あの男を調べる必要がある。今じゃあD

NA鑑定ができるだろ。あいつから手に入れたDNAのサンプルが、エイサーの体内から検出された精液のDNAパターンと一致するかもしれない」

「あるいは、無罪放免となるか」

「だからやってみればいい。知りたくはないか？」

「強制的にサンプルを採取することはきませんよ。エイサーの事件になんらかのかかわりがあるという証拠がなければ。直感だけではだめです」

「そんなことは言われなくてもわかっているよ」

「つまり、おれが言いたいのは……いいですか、レジナルド・ウィルソンが殺しを実行することができなかったとしたら、なにもかも吹っ飛んでしまう、そうでしょう？」

「鉄壁のアリバイがあるかどうかってことか？」

「レジナルド・ウィルソンは夜働いている」こう言ったホリデーをクックは冷たい目で一瞥した。

「どこで働いているのか知ってるんですか？」ラモーンはクックに尋ねた。

「ああ。プリンス・ジョージ郡のセントラル通りだ」

「それで気持ちが落ち着くのなら、喜んでアリバイを調べますよ」

「今からか？」

ラモーンは腕時計で時間を確認した。「いいでしょう。今から行って片づけちまいましょう」

三人は菜園のなかを車へと向かった。雑然と区切られたそれぞれの畑には布製の旗がなびき、標識が掲げられていた。〝ぶどうの蔓の向こうからそれを聞いた〟、〝そいつを育てよう〟、〝植物たちの秘密の生活〟という言葉が書かれている。

「リトル・スティーヴィー・ワンダーか」〝リトル〟と入れたところが、クックの年齢を感じさせる。「曲のタイトルをいただいてきたんだな。ぴったりのタイトルを選んだもんだ」

「この菜園のテーマなんでしょう」ラモーンは調子を

合わせた。

「そうなのか？」

ホリデーは首筋に冷たいものを感じて立ち止まり、標識を振り返り、それからラモーンとクックのあとを追って車へ戻った。

「運転してくれるかい？」ラモーンはホリデーに言った。

タウンカーに乗りこむとホリデーは、助手席に置いてあった帽子を足下の奥のほうに隠した。

ガソリンスタンド兼コンビニエンスストアは、セントラル通りとして知られるルート二一四号線上にあった。イーストキャピトル通りがDC内を抜けてプリンス・ジョージ郡に入るとそのままこの道へ通じている。通りの反対側にはショッピングセンターがあり、高級なテナントが出店しては撤退することを繰り返していた。すでに暗くなっていたが、ここの駐車場は昼間のように明るかった。ガソリンスタンドは改造を施したSUVやテールパイプを二本にした輸入車でいっぱいだった。ラモーンは車の一台から流れているゴーゴーを耳にして、最近、ディエゴがよく聴いているUCBというバンドの曲だとわかった。ディエゴは約束どおり、暗くなる前に帰っただろうか。

「おまえが行くか？」ホリデーが尋ねた。

「ああ」ラモーンは答え、ここにやってきた理由を思い出した。「ウィルソンって名前だったよな？」

「レジナルドと呼ばれている。レジーじゃないぞ」クックが答えた。

「すぐに戻る」

ラモーンは後部座席から滑りおりた。クックとホリデーは駐車場を突っ切っていくラモーンの姿を目で追った。胸を張り、肩を怒らせ、グロックを胸に吊るしているのが青いスーツの盛りあがりからわかった。

ホリデーが言った。「ラモーンのろくでなし野郎は、まさに直立不動って感じだ。ちがいます？」

「見るからに警官だって連中もいる。おれもそうだったよ」

「見た目がすべてじゃないですけどね」ホリデーが答えた。

ふたりはなにも話さずにしばらく座っていた。ホリデーは上着のポケットに手を突っこんでタバコを引っ張り出そうとしたが、老人の健康のことを考え、手をはなした。

「六十ドル分ものガソリンを入れなくちゃならんだろうな」クックは若い男がユーコン・デナリに給油しているのを眺めながら言った。「一ガロン三ドルのときなら、あのクラスの車でも小型車だって思えるのにな」

「アメリカには石油危機なんてないんですよ。危機の真っ只中のときでもね」

「ガソリンとテレビだ。この国にはこのふたつがないと生きていけない連中がいるんだよ」

「ラングストン通りにあるウッドランド・テラスのアパートを知ってます？」

「貧困者向けの公共住宅だな。仕事でずいぶんとおじゃましたもんだ」

「あそこには政府から家賃補助が出て月十一ドルで部屋を借りている連中も暮らしてます。ところがやつらは、月八十ドルも払ってケーブルテレビやＨＢＯと契約してる。まったく、国のおっぱいをしゃぶってるようなもんだ」

「あそこは受け持ちだったのか？」

「第一、第六、それから第七管区を歩いて巡回したり、パトカーで流してました。あっちこっちで働きましたよ。みんなおれのことを知っていた。車輌番号を見ると手を振ってくれたもんです。ヤクの売人やそいつらのばあさんまでがね。あのラモーンとは大ちがいだ。

おれが街で汗流してるときに、あいつはデスクワークをしてたんですよ」

　クックは上着からシュガーレスガムの包みを取りだし、一枚口に放りこむとホリデーに差し出した。ホリデーは手を振って断わった。

「ふたりのあいだになにがあったんだ？」

「おれは言うなれば非主流派だったんです。あの当時、おれはもっと深いところまで突っこんだ捜査を行なっていた」

「どういうことだ？」

「ラモーンは内部調査課で悪徳警官のグループの捜査に当たってました。ヒモから金をもらって娼婦たちが摘発されないように情報を流していたやつらです。娼婦たちが警察の情報を握っていたので、覆面捜査官はなかなか連中を挙げられずにいたんですよ」

「ほう？」

「二、三人、賄賂を受けとっている悪徳警官がいるってことは聞いてましたよ、もちろん」

「それで？」

「内部調査課は娼婦たちが徘徊する通りを監視下に置いてました。覆面パトカーやらなんやら動員して写真を撮ってたんです。そこにおれが写ったってわけでしてね。レイシーって名前の白人女と話をしているところを何回か盗撮された」

「その女となにをしていたんだ？」

「定期的に会って話を聞いていたんです。街におけるおれの耳、つまり情報屋だったんですよ。娼婦は街の噂に通じてますからね。言うまでもないですが。それに、おれたちは友だちみたいに付き合ってまして」

「ヒモは喜ばなかっただろう」

「ばれたら、ぶち切れたでしょう。冗談の通じない野郎でしたからね。ミスター・モーガンって名乗り、冷酷で粗暴なやつでした」

「レイシーはそいつの女だったのか？」

「やつはそう公言してましたが、暴力をふるい、レイシーは逃げ出さなくっちゃならないときもあった。それで、ときどき、コーヒーをおごってやってたんです」

「どうなった？」

「どうしたことかラモーンは、レイシーに目をつけ、足を洗って悪徳警官どもを告発するように説得したんです。ヘロイン中毒のレイシーは自分に嫌気がさし、体を売る生活にもうんざりしていましたし、誰がきれいで誰が汚れた警官か知っていた。ラモーンにとってはまさにかけがえのない存在だったわけですよ。ラモーンは証人保護法、いたれりつくせりの生活をちらつかせた。ところが、あいつはどじった。まだ警察の手の内にあるときに大陪審で証言させるべきだったのに私物を取りにねぐらへ帰ることを許しちまったんです。表にパトカーを停めてレイシーが出てくるのを待ってたんですが、裏路地から逃げたのかそのまま姿をくらましちまいました」

「見つからなかったんだな」

「ええ。その日の遅い時間、おれがレイシーと話をしているところを見たという証人をラモーンたちは見つけ出した。レイシーの姿が目撃されたのは、それが最後だったんです」

「レイシーとなにを話していたんだ？」

「大したことじゃないです。いいですか、おれは賄賂を受けとっていなかったし、不正なことに手を染めていたわけでもなかった。ひとつはっきりと言えることは、レイシーに関するかぎり、やましいことはなにひとつやっていなかったってことです」

「ラモーンは、あんたを告発するつもりだったんだな」

「そうです。で、おれは警官をやめた。だから、やつはクソ野郎だ」

「ラモーンが出てきたぞ」

ラモーンは駐車場をこちらへ戻ってきた。

25

「レジナルド・ウィルソンはシロですよ」ラモーンは後部座席に座りながら言った。「とにかく、今回の事件には関係がない」

「誰と話をした？」クックが尋ねた。

「オーナー兼店長。ムハンマドって男です」

「で、なんと言っていた？」

「ウィルソンはさまざまなシフトで働いているらしいです。事件のあった夜は、夜十時から翌朝六時までのシフトでした。エイサーが殺された晩は働いていたんですよ」

「そのアクマドとかいう男は、ウィルソンが働いているのを見ているのか？」ホリデーが尋ねた。

「夜中まではな。その後、ムハンマドは家に帰った。だが、彼が見ていなくとも、ビデオという証拠がある。店内の防犯カメラをずっとまわしてるんだよ。二回ほど押しこみにやられたんで設置したんだと言っていた。再生して見せてもらった。カメラはレジに向けられていて、店員がカウンターにいれば必ず写るようになっているんだ。ウィルソンが店を抜け出したら、すぐにわかる」

「ちくしょう」クックが悪態をついた。

「やつの保護観察官を探し出して仕事をした日時を確認してもいいです。でも、必要ないんじゃないですかね」

クックはかぶりを振った。

「これからどうする？」ホリデーが尋ねた。

「近いうちにあんたから話を聞くことになる。だが、心配いらない。容疑者じゃないよ」

「心配なんかしていない」

「とにかく、これで肩の荷がおりましたね、巡査部長」ラモーンは言った。

クックは黙りこんだままだ。

「ビールでも飲むか」ホリデーが誘った。

「車のところまで送ってくれ」ラモーンは言った。

「なあ、ラモーン。こうして顔を合わせるなんてことは、めったにないだろ、えっ？」

「付き合うよ」クックが言った。

ラモーンは助手席のクックに目を向けた。ドアに寄りかかったその姿は、小さくしぼんでしまったかのようだった。

「わかった。一杯だけな」ラモーンは答えた。

ラモーンが三杯目のビールを飲み干したとき、ホリデーはトレーに三人分のビールとショットグラスをいくつかのせて戻ってきた。ラモーンとクックは、トイレに通じる廊下近くにある四人用テーブル席に座り、ジュークボックスから流れるローラ・リーの《セパレーション・ライン》を聴いていた。彼らはレオの店におり、ラモーンにとっては家の近くなので好都合だった。いざとなったら、歩いて帰ることができる。だが、そこまで飲もうとは思わない。オーグルソープ通りの菜園に停めたタホを取りに行き、その足でこの店まで来た。家まで車で帰るつもりだ。

　空のボトルが並んだテーブルの上にホリデーがショットグラスを置くとラモーンは尋ねた。「そいつはなんだ？」

「最近、この手の店でみんなが飲んでいるアリーゼだとかクラウンだとかそんな代物じゃないぜ。ジャックダニエルだ。渋いだろ、ベイビー」

「強い酒は久しぶりだ。だが、かまうこっちゃない」

クックはグラスを掲げたり、触れ合わせたりするいとまも惜しむように一気に飲み干した。

　ラモーンは体を気づかって少しずつ飲んだ。サワーマッシュ（蒸留用の酸の多いもろみ）で作ったウィスキーはえも言われぬ美味さだ。ホリデーもグラスを飲み干すと、チェイサー代わりのビールをあおった。ホリデーとクックはミケロブ、ラモーンはベックスを飲んでいた。

「何時だ、ドク？」クックが尋ねた。

　ホリデーは壁を見あげたが、時計は誰からも見えるところにかかっていた。クックの家にあった柱時計が数時間遅れていたことをホリデーは思い出した。そういえばクックは腕時計もしていない。時計が読めないからだろうか。

「見えないんですか？」ホリデーが尋ねた。

「数字がよくわからない」

「読むことはできると思ってましたが」

「読めるものもある。新聞の見出しや、冒頭の一節ならなんとかなる。だが、数字はだめなんだ」

「脳卒中ですか？」クックの表情から答えは明らかだったが、ラモーンは礼儀正しくふるまおうとした。

「なに、深刻なものではないよ。ちと倒れてしまっただけのことだ」

「電話はどうしてるんです？」

「こっちからかけるのは大変だ。娘が何時間もかけて家の電話と携帯電話に短縮ダイヤルを設定してくれた。それにコールバックのボタンもあることだしな。ひとりでできないことはほかにもあるが、週に一回、エルサルヴァドル出身のご婦人が来てやってくれる。彼女のようなホームヘルパーは、定年退職した警官に与えられる恩恵さ。おれに代わって約束を取りつけてくれたり、小切手を切ってくれたり、いろいろやってもらっている」

「音声認識の電話なら、使えるんじゃないですか？」ホリデーが言った。

「そうなんだろうが、そこまでは必要ない。このていたらくだよ。欲求不満が募るばかりだ。とはいえ、おれよりずっと重い病気を抱えている人たちもいるからな。定期検診を受けるために復員軍人病院へ行くと、もっと重症の人たちが大勢来ている。しかも、おれより若いのもいるんだ」

「元気そうですよ」ホリデーが言った。

「重い病気に苦しんでいる人と比べたら、ま、たしかに元気だ」

ホリデーはマールボロに火をつけ、テーブルの反対側に煙をはき出した。クックの前でタバコを吸うのを遠慮していたが、もうそこまで気にしないことにした。店内はすでにタバコの煙が充満しているのだ。

「今日は仕事をしたおかげで気分がいいよ」クックが言った。

ホリデーも同じ気持ちだったが、ラモーンの前でそれを認めたくなかった。

「あなたはワシントン市警屈指の警官でした」ラモーンはショットグラスでクックを示した。

「現役時代は市警一だったよ。自慢しているわけじゃない。これは事実だ」クックは前屈みになった。「ちょっと教えてほしいんだがな、ガス。事件の解決率はどれくらいだ？」

「おれですか？　だいたい六十五パーセントってところでしょうか」

「課の平均よりも上だな」

「今では、そうですね」

「最盛期のときのおれは、ほぼ九十パーセントに迫る勢いだったよ。もちろん、今じゃあ、これほど高い数字は出せないだろう。八六年にクラックが大流行したときに不吉な予感がしたんだ。あと二、三年は働けただろうが、まもなく退職してしまった。なぜかわかるかい？」

「さあ」

「昔とは仕事が変わってしまったからだ。制服警官をもっと街に配置し、麻薬犯罪人の検挙率をあげないと、連邦政府はＤＣに対する予算を削ると脅した。しかし、わかると思うが、麻薬容疑で手当たり次第にしょっぴいてもなんの役にも立たないし、むしろ、家族が崩壊し、人々の警察に対する反感が増すだけだ。警察を憎悪するといっても、犯罪者のことを言っているんじゃない。法を守って暮らす市民までが、警察に敵意を持つようになったってことだ。ＤＣの低所得者はほぼ全員、身内や友人に麻薬容疑で逮捕された者がいるってありさまになっちまったんだからな。昔はみんな、警官に友好的な態度で接してくれた。今じゃあ、敵だ。おれに言わせれば、麻薬に宣戦布告したことで警察への信頼が地に落ちた。警官にとって街はますます危険な場所になってしまった。どうみても、おかしいだろ」

「殺人課で働きはじめたころ、二十人の刑事が年間四百人の殺人犯を逮捕していましたね。ひとりの刑事が一年で二十件解決した計算になります。今、殺人課には四十八人の刑事がいるんですが、年間ひとり四、五人の殺人犯をあげるに留まっています。事件の解決率は、おれが配属されたときに比べ、ずいぶんと下がってますね」

「証人がいないんだ」ホリデーも調子を合わせた。

「被害者が子供か老人でないかぎり、証人が現われない。いや、今じゃあ、子供と老人が殺されたって、進んで証言しようって者がいないんだ」

「もう誰も警官とは口を利きたくないんだよ」クックは指でテーブルを叩きながら言った。「おれが言いたいのはそういうことだ。警察に協力してこそ、住民はその地域で安全に暮らせるってのに」

「そういう時代は終わったんですよ」ホリデーはそう言ってビールをぐびぐびと流しこみ、タバコを吸って灰を落とした。

　三人はさらにもう一杯ずつ飲んだ。ラモーンは酔いがまわってくるのを感じた。こうしてバーに腰を落ち着けるのは久しぶりだった。

「《モンキー・ジャンプ》だ」ワリッツァー社のジュークボックスからインストゥルメンタルが流れてくるとクックは言った。「ジュニア・ウォーカー&ジ・オールスターズだよ」

「ここはいい店だな」ラモーンは店内にいる異なった年齢のグループやちがう趣味の人たちを見まわした。

「ガスはすべての人たちを愛してるからな」ホリデーが言った。

「黙れよ、ドク」

「レオの店でひとついいことは、ご婦人方に会えるってことだ。ちょっとあそこを見てみな」

　背の高い若い女が奥の通路から姿を現わし、店内を横切っていった。バーカウンターにいる多くの男たちが彼女の背中を見ながら賛嘆の言葉をつぶやいていた。

「あの女を天国に送ってやろう」ホリデーが言った。

「なかなかいい表現だ」ラモーンがまぜかえす。

「おれはあれが好きなだけだ。なにか文句でもあるか」

　ラモーンは半分ほどビールを飲み干した。

「どうしたガス。怒らせちまったか？　それとも色つきの女は、おれのような男とは付き合わないとでも思ってるか？」

　ラモーンは目をそらした。

「ガスはシスターと結婚したんですよ。知ってます？」ホリデーはクックに言った。

「うるさいぞ、ホリデー」ラモーンはうんざりしながらも、威圧的にならないように気をつけた。

「あんたの妹《シスター》と結婚したのか？」クックは張り詰めた空気を和らげようとして言った。

「妹は死んだんです。十一歳のときに。白血病でした」ホリデーが答えた。

「冗談ですよ」ラモーンはクックに言った。「制服警官時代からよくおれをからかっていたんです。全然おもしろくなかったですがね」

「冗談言ってんじゃないよ」ホリデーが噛みついた。

　ラモーンとクックは次の言葉を待っていたが、ホリデーは口をつぐんでしまった。

　クックは咳払いをした。「ということは、黒人の女と結婚したということか、ガス」

「最後におれの履歴を調べたときはそうでしたよ」

「家庭はどんな調子だ？」

「かみさんはおれを捨てる気はないと思います」

「波風立っていないのか？」ホリデーが訊いた。

「そりゃあ、多少は」

「多少だって？　噂じゃあ、ちょっと前に貞節って問題でつまずいてたらしいが」

「そんな噂はクソだ。誰がそんなことを言った？　おまえの子分のジョン・ラミレスか？」

「忘れちまったよ。ラミレスかもしれない。とにかくそういう噂が広まってるってことだ」

「あいた口が塞がらないよ」

「ジョン・ラミレスから聞いたんだが、今日、警察学校へ会いに行ったんだってな」

「ああ、会ったよ。ラミレスは例の赤帯を締めて新入りの訓練生にパンチの防ぎ方を教えていた。間合いの取り方とかな。底辺から這いのぼった男だよ」

「おれみたいにって言いたいんだろ」

「それはちがうな」

「おまえはあと二十年は警察で働けるだろうが、かつてのおれのような警官にはなれないぜ、ラモーン」

「飲みすぎないようにすることだな、ドク。飲むと口からクソが出てくるぜ」

「ほう、優秀だってことを聞かせてもらおうじゃないか」

「小便をしてくる」ラモーンは立ちあがり、廊下の奥へ消えた。

　クックはホリデーとラモーンのやり取りを聞き、ふたりが穏やかながらも顔を強ばらせ、なんとか笑みを浮かべることを繰り返しているのを眺めていた。ラモーンが立って行ってしまうと、ホリデーは肩の力を抜き、その手は軽くビールのボトルを握った。

「手厳しいな」

「あいつはツラの皮が厚いんで、気にしちゃいませんよ」

「彼の女房を知っているのか？」

「ずいぶんと前に会っただけです。短いあいだでしたが、警官だったんです。美人でね。頭もよかった。可愛らしい顔をした子供がふたりいるって聞いてます」

「それでなにが問題なんだ？」

「問題なんかありません。ただ、やつを怒らせたいだけでしてね。黒人女と結婚して、ヒューバート・H・ハンフリーかなにかにでもなったつもりなんだ」

「ラモーンは乗ってこない。あんたが挑発しているだけだ」

「おもしろ半分にやっているだけで、他意はありませんよ」

ラモーンはトイレから戻ってきたが、椅子に座らなかったし、ビールとショットグラスの残りに口をつけようともしなかった。財布を取り出し、二十五ドルをテーブルの上に置いた。

「それでおれの分は足りるだろう。帰るよ」

「知りたいんだがね。あんたは容疑者についてなにも触れていない」クックが言った。

「まだ詳しいことはなにひとつわかってないんです。これは神に誓ってほんとうですよ。でも、念を押しておきたいんですが、ふたりとも首を突っこまない、いいですね？」

ホリデーとクックはぎこちなくうなずいた。誓いとはほど遠い。

「ご一緒できて楽しかったです、巡査部長」ラモーンはクックと握手した。

「こっちもだよ、刑事」

ホリデーが手を差し出してきたので、ラモーンはそれを握った。

「じゃあな、ガス」

「ああ、ドク」

ホリデーとクックは、やや体を傾けてバーから出て行くラモーンの後ろ姿を見送った。

「あの男は自分で思っている以上につかんでいるな。まだひらめいていないだけだ」

「出し抜いてやりましょう」

「そうだな、手を引くと明言したわけじゃない」

「あいつは、なにか質問をしていたのかな？　おれは音楽に合わせて首を振っただけなんです」

「おれもだよ」

「もう一杯飲みますか？」

「もう限界だ」クックはそう言って先ほどホリデーが目をつけた女を見た。バーで男と話をしている。「ひとりで飲んでくれ。おれはここに座って夢でも見てるよ」

ラモーンは家へつづく脇道に車を乗り入れた。タホを少々乱暴に運転した。いきなり角を曲がったし、スピードも出しすぎだ。数杯のビールとウィスキーを飲めば、もっと注意深く運転してしかるべきだが、アルコールが入るとラモーンはいつも荒々しく雑な運転になる。クソッタレ、第四管区署の制服警官に車を停められたってかまうもんか。バッジを見せてさよならだ。

ラモーンはホリデーに腹を立てていなかった。妻に対する言いがかりはぞっとするし、いかにも俗悪だが、レジーナ個人に直接向けられた言葉ではなかった。ある種の主張をするために黒人の女と結婚したのだとホリデーは言いたかったのだ。これほど的外れな非難もないだろう。ラモーンはレジーナに一目惚れをしたのだ。幸運なことにふたりはとてもうまくやっているし、世間一般の仲睦まじい夫婦となんら変わることなく、結婚生活はつづいている。

長いあいだ、特に子供たちが生まれてからというもの、肌の色のちがいなど深く考えたこともなかった。ディエゴとアラナは、そんな些細なことなどきれいさっぱり消し去ってくれた。白人のなかには取り立てて〝肌の色〟を強調しなければならないと思っている連中もいるようだが、そんなものを問題にするほど馬鹿げたことはないだろう。ラモーンは〝肌の色〟のちがいに目をつぶったというのではない。そうではなく、子供たちのおかげでそんなことが意識にのぼらなくなったのだ。もちろん、あのような肌の色をしてなんと美しいのだろうと思ったことはあるが。

ふたりが結婚した八〇年代の終わりには、世間一般に昔ながらの否定的な考えがいくらか残っており、休日に人が集まるところや街へでかけたときに後ろ指をさされることがあった。結婚した当初、ラモーンもレジーナもそうした偏見を持った親類縁者やいわゆる友だちという輩《やから》とは縁を切ることにしていた。ふたりともそんな考え方の連中に歩み寄る気はなかったし、〝理解〟しようとも思わなかった。

とはいえ、ラモーンもレジーナもまったく偏った考え方がないわけではなかった。ラモーンは、人種的偏見の残滓《ざんし》を拭い去れずにいることを進んで認めているし、それはレジーナも同じだった。時代や環境の影響を受けるのは当然のことだ。しかし、これからの世代は、人種的偏見からはもっと自由になれると思っている。人種の壁を乗りこえる希望があるかぎり、家族の絆は強く、安泰だろう。世の中もそのような方向に進んでいると思う。妻と子供を連れて外出してもDCでは、振り向かれる経験をすることはまれだった。そんなことをされたときでも、ラモーンは一家で肌の色がちがうので注意を惹いたとは思わず、まず頭に浮かぶのはジッパーをあけたまま歩いているのか、あるいは歯のあいだになにか挟まっているのかということだった。

だが、子供たちが世間で肌の色により差別されることがないと言っているのではない。毎日のように差別を受けた兆候を感じとっている。息子が黒い肌やそのファッションから侮辱されているというのに、手をこまねいているのは辛かった。だが、なにができるというのだろう。息子に出て行けと言ったコンビニの店員を壁に向かって並ばせ、ディエゴを逮捕しようとした三流警官どもには脅しをかければいいというのか？ 出入りする場所を選べとディエゴには言い聞かせている。さもないと、怒りで気が狂ってしまうだろう。

ラモーンはなにも主張するつもりはなかった。毎日を生き抜くことで精一杯なのだ。

家の前で立ち止まった。レジーナのボルボが庭内路に停まっており、ポーチと二階の廊下の明かりはついたままになっていた。アラナは廊下の電気がついていると安心して眠る。ディエゴの部屋の明かりに目を向けた。ディエゴはおそらくベッドに横になり、ヘッドフォンをつけて音楽を聴いているのだろう。好きな女の子のことを考えているか、ロングパスをキャッチするシーンを夢見ながら夜のひとときを過ごしているにちがいない。すべてよし。

ＳＵＶの運転席にしばらく座っていた。少し酔っ払っている。エイサーの死からこのかたずっと頭が混乱していた。あの日、なにかを見たはずだし、聞きこみでなにかを耳にしたはずだ。媚を売る女のように、そのなにかがラモーンを見つめている。ラモーンはそいつがキスしてくるのを待っていた。

携帯電話の着信音が鳴った。発信先の名前を確認して〝通話〟ボタンを押し、電話を耳に押しつけた。

「どうした、ロンダ？」

「新たな展開よ、ガス。弾丸の検査を依頼していたでしょう？」

「どうだった？」

「エイサー・ジョンソンとジャマール・ホワイトの体から摘出された弾丸の旋条痕が一致したのよ」

「おい、つまり――」

「そう。同じ銃から発射された」

五分後、ラモーンは家に入った。バッジと銃をしまって鍵をかけ、二階へあがってアラナとディエゴの様子を確認してから寝室に入り、ドアを施錠した。バスルームへ行き、マウスウォッシュで口をすすいでから歯を磨き、アスピリンを二錠飲んだ。寝室に戻ってズボンを脱ぎながらよろけた。レジーナがもぞもぞと体を動かす音が聞こえる。ボクサーショーツも床に脱ぎ捨てた。ベッド脇の電気を消し、裸のままシーツの下に潜りこむとレジーナに体を寄せ、耳の後ろにキスをした。暗闇のなかでレジーナの首筋に唇を当てる。

「どこに行っていたの、ガス」

「レオの店ってところだよ」

「酔ってる？」

「少しね」

ラモーンはパジャマのズボンのウェストから手を差し入れた。レジーナは抗わなかった。愛撫しはじめるとレジーナは彼の指を敏感な箇所へ導いていった。ラモーンがそこを探り当てるとレジーナは小さな声をあげて口を開いた。ラモーンが唇にキスをするとひんやりとした感触が伝わってきた。レジーナはズボンをおろし、蹴るようにして脱いだ。ラモーンは肘をついて上半身を持ちあげ、レジーナと向き合った。レジーナは片手で彼の猛りたつものを握り、内股に押しつけてこすった。それからラモーンの胸のなかに体を寄せると一物の先を平べったいひんやりとした腹に触れさせた。

「おれのことは忘れてないな？」

「そんなにご無沙汰じゃないでしょ」

その晩、ふたりは深く愛し合った。

26

翌朝、暴力犯罪班は色めき立っていた。昨夜、二件の殺しが発生し、任務の割り当てや誰と組むか話し合いが行なわれた。また金曜日だったので、週末になると当然のように増える殺しにも備えた。さらに公務員の給料日であり年金の支給日でもあるために、夜になるとアルコールとドラッグの消費量も増え、その結果、暴力犯罪が多発するのだ。

ロンダ・ウィリスはデスクに向かって腰をおろし、そのまわりをラモーン、ボー・グリーン、ビル・ウィルキンズが女王蜂を囲むように立っていた。

「どうしてわかったんだ？」ウィルキンズが尋ねた。

「わかってなんかいなかった。一か八か調べたら、さてお立ち会い、どんぴしゃだったわけ」

「エイサー・ジョンソンとジャマール・ホワイトのつながりがわからない」ラモーンは言った。「ドミニク・ライアンズにはジャマールを殺す動機はあった。だが、どうしてエイサーが犠牲にならなくちゃいけない？」

推測を交えないように全員が頭を絞った。四人は机の上のコンピュータをぼんやりと眺め、吊り天井を仰ぎ見た。

「ふたつの殺しには、二十四時間という隔たりがある。犯人がちがうってこともあるんじゃないか」ボー・グリーンが言った。

「銃が別の人間の手に渡されたか、売られたか」ウィルキンズが思ったことを口にした。

「貸したってことも考えられる。エイサー・ジョンソンを殺したやつが、ドミニクに銃を貸した」グリーンが別の可能性を示唆した。

「たしかに」ウィルキンズは認めた。

ラモーンはロンダに目を向けた。

「とにかく、まずはミスター・ドミニクを探しだすことね。そうすれば、もっとはっきりとする」

「W通りの動きはないのか？」ラモーンが尋ねた。

「まだアパートメントに戻っていない。ダルシアもよ」

「きみの今日の行動予定は？」

「ダルシアの母親をペトワースに訪ねようと思っている。娘を探しだしてくれるかもしれないし、居場所を教えてくれるってこともあるでしょう。これといった方策はないけれど、ダルシアの友だちシェイリンにもうちょっと圧力をかけてみるかもしれない。少し探りを入れようってわけよ、ガス」

「常套手段だ」ウィルキンズが言った。

「で、あなたたちは？」

ラモーンが答えた。「ウィルキンズは、エイサーのコンピュータを調べる。おれは付近の聞きこみをやってみるよ。まだ、終わってないんでね」

「相棒が必要かい？」ボー・グリーンはロンダに尋ねた。

「体の大きな人はいつでも歓迎」ロンダはグリーンの巨体を顎で示した。「度胸がつくからね」

「連絡を取り合おう」ラモーンは言った。


ビル・ウィルキンズとラモーンは、今日一日、連絡を絶やさないことを再確認して駐車場で別れた。ラモーンはそこそこに走ってくれる青のトーラスに乗りこみ、八番通りとペン通りのあいだにあるスターバックスへ行ってコーヒーを買った。気分が優《すぐ》れず、カフェインをとれば元気になるかもしれないと思ったのだ。

アップタウンへ向かいながら、エイサーが通っていた中学校の校長シンシア・ベストに電話をかけた。

「ロナルドとリチャード・スプリグズです」

「双子ですね。よく知っていますが」校長は答えた。

「校長の許可をいただいて、二、三分、お借りしたいんです。話ができたらと思うんですが」

「少々お待ちください」ベスト校長は電話を保留にしたが、すぐに戻ってきた。「この週末は休みのようですね」

「病気ですか？」

「わかりません。一時間目の授業を休んでいたので仕事中の母親に連絡してふたりが学校に来ていないことを伝えました。欠席のときは必ずご両親に確認しますので。ずる休みの防止には、これが一番効果があるんです」

「双子はよく学校を休むんですか？」

「あのふたりは、模範的な生徒ではないと言っておきましょう、刑事さん」

「どこに住んでいるのか知っているんですが、部屋の番号がわかりません。教えていただけますか？」

「知っている者と代わります」
スプリグズ一家は、ピーボディ通りとミズーリ通りのあいだを走る九番通り沿いに住んでいた。煉瓦造りのアパートメントが建ち並び、上部に鋭い切っ先が並んだ黒い鉄の壁に囲まれている。通りの反対側はまたしてもコミュニティ菜園で、以前、ポール中学校だった建物も見える。この学校はその後、名前はそのままにチャータースクール（新しいタイプの公立校）となっている。第四管区署の建物の背後には、エッフェル塔のようなラジオ塔がそびえ、アパートメントがある側の九番通りにもそれより低い塔が並び立ち、この二基は付近のランドマークとなっている。

スプリグズ一家の部屋を見つけ、ドアをノックした。ロナルド・スプリグズがドアをあけた。彼のＴシャツには光線銃のようなものを手にして野球帽を横にずらしてかぶった男が蛍光塗料で描かれていた。袖は切り取られて肩で細い紐のようにして結び合わせられ、ランプシェイドの上についている飾りのような小さな丸い塊が結び目となっていた。ロナルドはアーティストとしての才能があり、デザインを見る目があった。ディエゴも彼に作ってもらったＴシャツを何枚か持っている。ディエゴの帽子に書かれている〝ダゴ〟というロゴもロナルドが書いたものだ。

「なんでしょう、ミスター・ガス。信号無視でもしました？」

「いや、大したことじゃない。きみたち兄弟にエイサーのことを聞きたいだけだ」

「どうぞ」

廊下の奥の居間へ行った。ブラインドが降ろされ、空気は淀んでいた。薄暗い部屋でリチャードは擦り切れたカウチに座り、Ｘｂｏｘで〝マッデンＮＦＬ06〟をやって遊んでいるところだった。このゲームは知っている。背景に流れている音楽は、彼の家でも響いているものだ。

「リチャード、ミスター・ガスだよ」

リチャード・スプリグズは、振り返りもしなかった。

「ちょっと待って」彼の指はコントローラーの上を素早く動いていた。

「保留にしろよ」ロナルドが言った。「あとで、おれがこてんぱんにやっつけてやる」

リチャードはゲームをやめようとしなかった。ブロンコスとイーグルズの対戦をプログラムしているようだ。アニメーションのチャンプ・ベイリーが、ターンオーバーを狙ってドノヴァン・マクナブのトスをインターセプトした。

「クソッ」リチャードが悪態をついた。

「口ほどにもないやつだな」ロナルドが小馬鹿にしたように言った。

「叩きのめしてやるよ、ロナルド」

「へえ？　いつだ？」

リチャードがゲームを保留にするとテレビの画面が青くなった。ラモーンが安楽椅子に腰をおろすとコーヒーテーブルがちょうど目の前にあり、その上にはXboxとコントローラー、さらにドリトスの空き袋とソーダの空き缶が何本か転がっていた。ロナルドはカウチに座っているリチャードの隣に腰をおろした。リチャードは裾をほつれさせてカットした長めのハーフパンツをはいていた。ドッグパッチ・パンツをDC風にアレンジしたといえばよいだろうか。おそらく、これもロナルドが手を加えたものだろう。

「どうした、ふたりとも病気か？」ラモーンは尋ねた。

「半休ですよ」ロナルドが答えた。

「職員会議があるんです」リチャードが笑みを浮かべながら付け足した。

「サボり摘発課にでも配属になったんですか、ミスター・ガス」

「そいつはおれの課の担当じゃなくってな。きみらのお母さんに任せよう」

「学校から電話がいって、母さんは大あわて」とロナルド。

「母さんには気分が悪いって言ったんだ。なにか悪いものを食べたんだろうって。ふたりとも腹の調子がおかしいから」リチャードが説明を加えた。

　ラモーンはただうなずいていた。このふたりのことは生まれた当時から知っている。悪い子ではない。必要なときには自分たちを抑えることができるし、怒りを爆発させることもなければ暴力的になることもなかった。母子家庭で母親はフルタイムの仕事とパートタイムの仕事をかけ持ちしてふたりの子供を育て、ほかの少年たちが持っているブランドの服やゲーム、電子器機なども買い与えていた。ナイキやノース・フェイス、ラコステなどを息子たちに買ってやるにはかなり苦労して働かなければならず、そのためにほとんど家にいることはなく、子供たちの生活にかかわることができずにいた。多くの親もこれと同じ過ちを犯しており、それはラモーンとレジーナも例外ではなく、子供たちを甘やかさないようにと自らを戒めているのだが、よくないことだと思いつつも、ついなんでも買い与えてしまうのだった。

　スプリグズ兄弟は父親がおらず母親は留守がちであるために、問題を起こすようになっていた。とはいえ、ふたりがやっていることは、ラモーンとその友人が昔やっていたのと大差ない些細な盗みであり、破壊行為であった。ふたりはアドレナリンが満ちあふれ、それをまちがったやり方で放出させているのだ。

　スプリグズ兄弟は、ほとんどの時間を街で過ごしているので情報通だった。ディエゴの自転車が庭から盗まれたときも、ラモーンはロナルドとリチャードを頼り、その夜には自転車を取り戻してもらったのだが、ふたりはなにも言おうとしなかった。ラモーンもどうやって取り戻したのか尋ねなかったものの、ふたりがしてくれたことを決して忘れなかった。この冬、リチャードとロナルドは近所の家のポーチに置いてあった物を盗んで第四管区署に連れていかれた。ラモーンは彼らの母親とともに署を訪れ、告発されることもなくふたりの身柄を引き取った。

ラモーンはこの兄弟が気になっていたが、息子ではないので積極的にかかわることはなかった。リチャードは目標もやる気もないので、年をへるごとに悪の深みにはまっていくのではないだろうか。人生を切り開いていくことができる特殊な才能に恵まれたロナルドだが、血のつながりと義理立てからリチャードとともに道を踏み外していくとしたら、これほど嘆かわしいことはない。

「それで、エイサーのことなんだが」ラモーンは切り出した。

ロナルドが答えた。「なにも知りませんよ。エイサーの身に起こったことはそれは残念だけど、でも、ほら……」

「きみたちはエイサーと付き合っていただろ？」

「最近はそれほどでもなかったです」

「どうしてかな？　なにかあったんだろうか？」

「いえ、そんなんじゃないんです」ロナルドは答えた。

「じゃあ、どうして付き合わなくなったんだい？」

ロナルドとリチャードは視線を交わした。

「なぜだ？」ラモーンは再度問いかけた。

「おれたちがやっていることにエイサーは興味をなくしたんですよ」

「たとえばどういうことだ？　年配のご婦人を襲って財布をふんだくることかい？」

「そんなこと、やりませんよ」リチャードがばつが悪そうに笑いながら言った。

「からかっただけだよ」

「ふだんやっているようなことです。バスケットボールをやったりパーティやバンドのライヴに行くとか」ロナルドが言った。

「女の子と付き合うとかね」リチャードも調子に乗る。

「エイサーの父さんが、そういうところへ出入りさせなかったんです。おれたちもよくわかんないんだけど、エイサーとはなんとなく付き合わなくなっていったんですよ」ロナルドが答えた。

「ほかになにか気づいたことは？」

ロナルドよりも生意気なリチャードが口のなかで舌を鳴らした。「軟弱になった」

「どんなふうに？」

「以前と変わっちまったんですよ。本みたいなもんに興味を持っちまった」

「それがなにかまずいのかい？」

「ずっと図書館ですごすなんて、おれにはできないってことですよ」

「実は、あの日、見かけたときも本を持ってました」

ロナルドが思いだしながら言った。

「あの日、というのは？」

「殺された日。リチャードと家に帰る途中で見かけたんです。ディエゴとシャーカーとバスケをやった帰りに」

「正確にどのあたりで？」

「クーリッジ高校の裏から二ブロックのところです。おれたちはアンダーウッド通りを歩いてたんじゃなかったっけな」

「エイサーはどこへ向かっていた？」

「パイニーブランチ通りのほうでした」

「話はしたのかな？」

ロナルドは記憶をたどっていた。「よお、って声をかけたんだけど、エイサーは無視して歩いていっちゃったんでこう訊いたんです。『どこへ行くんだよ』。エイサーは答えたんですけど、立ち止まらなかったです」

「どこへ行くと言ったんだ？」

「リンカーン・ケネディ記念碑だってひと言」

「リンカーン記念館じゃないのか？」

「記念碑って言ってました」

「持っていた本のタイトルは見たかい？」

ロナルドは首を振った。「いいえ」

「タイトルなんかなかっただろう、この馬鹿」

「なんだって？」ラモーンはすかさず問いかけた。

リチャードが答えた。「本のカバーにはなんにも書いてなかったんです。はっきり覚えている。変な本だって思ったから」

日記だ。

「Ｘｂｏｘで遊んでたって母さんには言わないでくれますか？」ロナルドが頼んだ。

「勉強してるって答えたんで」リチャードも言った。

「お母さんに嘘をつくもんじゃない。きみたちのお母さんはすばらしい人だ」

ロナルドが応じた。「わかってますよ。でも、今日は学校へ行きたくなかったってほんとうのことを話したら、苦しめちゃうことになる」

「それに叩かれたくないし」リチャードも言った。

ロナルドはラモーンの上着の下のほうを顎でしゃくった。「今日はグロックを持ってるんですか？」

ラモーンはうなずいた。

ロナルドは笑みを浮かべた。「抑止力は抜群なんでしょう？」

「ふたりとも早く元気になればいいな」ラモーンは立ちあがりながら名刺をテーブルに置いた。「ゆっくり休むことだ」

外に出て車に乗りこみ、イグニションキーをまわすと、テランス・ジョンソンの家へ向かって車を走らせた。エイサーのコンピュータを詳細に調べているビル・ウィルキンズに会うつもりだった。ピーボディ通りを東に向かっていると携帯電話が鳴った。

「レジーナかい？」

「ガス……」

「どうした？」

「動揺しないで聞いて」

「だからどうしたんだ？」

「ディエゴが停学になったの」

「またか？」

「友だちのトビーと、喧嘩のこと。ガイ教頭の話だと、ディエゴは証言を渋り、不届きな行為を目にしていながら嘘をついたというのよ」

「なんということだ」

「それに校長が、わたしたちの住所のことで話をしたがっていると教頭は言っていた」

「DCに住んでいることを探り出したんだろう」

「とにかく、今からディエゴを迎えに行ってくる。学校からの電話にディエゴも出て話したんだけれど、あの子、うろたえていたわ。校長と話すつもりよ」

「いや、ディエゴを引き取るだけにしてくれ。校長とはおれが話す」

「向こうに着くまでに頭を冷やしておかなくちゃだめよ」

「ディエゴを引き取ってくれ。あとでまた電話する」

ラモーンは道路脇にトーラスを停めた。テランス・ジョンソンの家にいるビル・ウィルキンズの携帯電話の番号を押した。

「ウィルキンズ、ガスだ。そっちへ行く前にひとつ用事ができた」

「今、エイサーの履歴を見ているところだ」ウィルキンズは低い声で言った。「ぜひとも見てもらいたいものがある」

「そっちに着いたら見るよ。それはそうと、リンカーン記念碑って聞いたことあるか？」

「いや」

「それに関するファイルがないか調べてくれ」

「わかった。だが、ガス――」

「あとで話そう」

ラモーンはメリーランド州へ向けて車を走らせた。

27

　ロンダ・ウィリスとボー・グリーンは、きれいに手入れされたテラスハウスの居間に座っていた。ノースウェスト地区ペトワースのクインシー通り沿いの家だ。フランスの田舎で目にするようなテーブルでは、ふたり分のコーヒーが湯気をあげている。家のなかは掃除が行き届き、家具類も趣《おもむ》きがあり、慎重に場所を選んで置いてあった。トワイライトのような店で踊り、殺人犯と一緒に逃げている女の実家には見えなかった。だが、ここはダルシア・ジョンソンが育った家だ。

　母親のヴァージニア・ジョンソンはカウチに座っていた。魅力的な女性だ。肌は輝き、控えめにそばかすが散り、年の割りには装いもスマートできちんとしていた。膝の上で生後十一ヵ月だという男の子が満足げな声をあげる。ボー・グリーンがおもしろい顔を作ると赤ん坊はにっこり笑った。

「あの子はなにをしたんですか、刑事さん」ヴァージニアは尋ねた。

「娘さんのお友だちと話をしたいんです」ロンダは言った。「ドミニク・ライアンズという男なんですが」

「会ったことはあります。それで、ドミニクとはどんな話を？」

「殺人事件の捜査に関することです」

「娘が殺人の容疑者なんでしょうか？」

「今のところちがいます」小さな椅子のなかに体を押しこんだグリーンは、まるでお行儀よく座ろうとしている大柄ないじめっ子のように見えた。

　ロンダが言った。「ダルシアとドミニクが一緒にいたことをつかんでいます。娘さんがシェイリン・ヴォーンと住んでいるサウスイースト地区のアパートにも行ってきましたし、働いている店も知っています。でも、この二日ほど店にも出ていないし、アパートにも戻っていません」

「娘さんから連絡はありませんでしたか？」ボー・グリーンは尋ねた。

「昨夜、電話がありました」ヴァージニアは答えた。赤ん坊が彼女の指を握っている。「この子——アイザイアの様子を訊いてきたんですが、どこからかけていたのかはわかりません」

「アイザイアは娘さんのお子さんですか？」

「娘が産んだ子です」

「ドミニク・ライアンズが父親でしょうか？」

「いいえ。今はもう消息不明になった若い男とのあいだにできた子供です」

「ドミニクの住所がわからないのですが、なにかご存じありませんか？」ボー・グリーンが訊く。

「申し訳ありませんが、なにも」

グリーンは前屈みになり、皿にのったカップをつまみあげ、コーヒーを飲んだ。手書きの模様が描かれたカップは華奢で、グリーンの大きな手が握ると今にも壊れてしまいそうだ。

「こちらこそ、このようなことでご迷惑をかけ、申し訳ありません」これはロンダの正直な気持ちだった。

「きちんと育てたつもりなんですが」ヴァージニア・ジョンソンは穏やかな声で言った。

「まだ遅くはありません」

「このあたりは、以前と比べるとだいぶ環境がよくなっています。でも、ご承知のように、いつも穏やかだったわけではありません。主人はこのペトワースで育ち、暴風が吹き終わるまで、頑固なまでにこの地に踏みとどまったのです。両親でしっかり見守り、教会へ通っていれば、なんの支障もなく子供たちを育てることができると主人は言っておりました。ほかの子供たちは主人の思ったとおりに育ちました」

「ほかにもお子さんが？」

「ほかに三人。全員が成人しています。どの子も大学を出て、世間で立派に生活しています。ダルシアは末っ子です。シェイリンとは小学校のときから親友でした。シェイリンは麻薬をやりはじめ、十三歳になると性的に乱れはじめたんです。シェイリンは悪の道に入り、そのまま戻ってきませんでした。こんな陰口のようなことを言っても神様はお許し下さるでしょう。というのも、シェイリンにはほとんど責任がなかったからです。彼女には言うなれば家庭というものがありませんでした」

「そういうもんです」グリーンが相槌を打った。

「でもそれだけではありませんよ」ヴァージニアは言った。「いつも子供たちといっしょにいて道を示し、必要なだけ愛を注いでも、ダルシアみたいになりふりかまわずわが道を進み、橋から飛び降りるようなことをする子もいるんですからね」

「ダルシアは息子さんと親密に接しているのでしょうか」

「よくめんどうをみていますよ。でも、この子の母親としては失格。わたしは公務員として二十五年間働き、早めに退職しました。主人はしっかりとしたキャリアの持ち主なので、ひとりの収入だけで生活は充分にできます。ふたりでアイザイアを育てていくつもりです。状況が変わるまで」

「申し上げたとおり、ダルシアは今度の事件の容疑者ではありません」グリーンが言った。

「容疑者ではないのですが、署まで来ていただかなければなりません。証人になってもらえると思っています」ロンダがあとをつづけた。

「ダルシアは車の運転をしますか？」グリーンが尋ねる。

「いいえ、免許を持っていないんです」

「とすると、ドミニクがダルシアを車で連れまわしているのでしょう」

これは質問ではなく、ロンダ・ウィリスは考えていることを口に出したのだ。

「あの若い男が人殺しをしたのでしょうか？」ヴァージニアが尋ねた。

ロンダはヴァージニアの質問に答えるようにボー・グリーンに向かってうなずき、そろそろ要求を突きつけようという意思を伝えた。

「可能性は高いです」

「一歩を踏み出すちょうどいい機会でしょう。ドミニク・ライアンズのような男を街から追い出し、娘さんに近づけないようにするんです」ロンダが要点を切り出した。

「娘さんの携帯の番号はわかってます」グリーンが言う。

「ところがかけても電話に出ないんですよ」ロンダがグリーンのあとを受けた。

「もし息子さんが病気になったとか、そういうことであれば」グリーンが鎌を掛ける。

「きっと心配して電話をくれると思うんです」ロンダが補足した。

「電話してみましょう」ヴァージニア・ジョンソンは柔らかなタオルでアイザイアの顎からよだれを拭き取った。

「感謝します」ロンダが礼を述べた。

「娘はすぐにやってくると思いますよ」ヴァージニアはロンダを見つめながら言った。「この子を愛していますから」


　ラモーンはモンゴメリー郡にあるディエゴが通う中学校の待合室で、彼と同じ年代の黒人の父親とともに椅子に腰かけていた。十分ほど前に着き、事務員にブルースター校長と話がしたい旨を伝えた。約束が必要だというので、ラモーンはその女にバッジを示し、自分がディエゴ・ラモーンの父親であること、声がかかるまでここを動かないと高圧的な態度に出た。女は座って待つようにと答えた。

　さらに十分ほどして四十代後半とおぼしき背の高い痩せた女が、職員室が並ぶ廊下の奥のほうからやってきた。笑みを浮かべながらカウンターからこちらへ出てくると、待合室を見まわし、黒人の男へ歩み寄って手を差し出した。

「ミスター・ラモーン？」

「ガス・ラモーンはわたしです」

　ラモーンは立ちあがり、女と握手をした。ブルースター校長はくそ真面目な長細い顔をし、新聞の連載記事などで〝馬づら〟の代わりに用いる〝馬のような〟という形容がぴったりだ。歯の本数が多すぎるような印象を受ける。無理に作った笑みが消え、ふたたび微笑もうとしている。とはいえ、その目は少しも楽しそうではなかった。レジーナは何度か会っているが、ラモーンが校長と会うのははじめてだった。父親は黒人だと思っていたのは明らかだ。

「どうぞこちらへ」ブルースター校長は言った。

ラモーンは彼女についていきながら、その後ろ姿を点検した。なぜならラモーンは男だからだ。貧弱な尻をしている。

校長室に入っていくと、三脚ある椅子のひとつにミスター・ガイが座っていた。ガイ教頭はクリップボードを胸にきつく押しつけている。ブルースター校長とちがい、教頭は尻に肉がつき、腹も迫り出し、おまけに女のように胸まで膨らんでいた。

「ガイ・ディヴィスです」教頭はそう言って手を差し出した。

「ガイ教頭先生」生徒たちからディヴィスではなくガイと呼ばれることを好んでいると聞いていたので、ラモーンは「男」やら「あいつ」という意味を持つこの滑稽な名前を当てこするように使った。ラモーンはガイ教頭の手を取って上下に振り、ブルースター校長のデスクの前の椅子に腰かけた。

ブルースター校長も座ると、デスクに置かれたコンピュータに目を向け、なにかをチェックすると思わず舌打ちをし、それからラモーンに向き直った。

「さて、ミスター・ラモーン」

「ラモーン刑事です」

「刑事、いらしていただいて誠に嬉しいかぎりです。わたくしどもは、ある問題を抱えておりまして、お話がしたいと思っていたところです。ちょうどよいタイミングでした」

「まず息子のことについて話したいと思います。今日、停学処分となった理由をお聞かせ願いたい」

「ガイ教頭からお話しいたしましょう」

「最近、ちょっとした出来事が起こりました。トビー・モリソンという生徒ともうひとりの生徒とのあいだにです」

「喧嘩をしたということですね。知っています」

「ご子息がそれを目撃したとわたしたちは考えています」

「どうしてそう思うのです？」

「数人の生徒から話を聞きましたし、わたしも取り調べをしました」

「取り調べ、ですか」ラモーンはガイ教頭に意味ありげに微笑んだ。

「そうです」ここで教頭はクリップボードに目を向けた。「どんなことが起こったのかディエゴから話を聞こうとしたのですが、彼はわたしの質問に答えるのを拒みました」

「はっきりさせておきたいのですが、ディエゴが目撃したのは、学校の外で起きた対等な喧嘩、つまりふたりの少年のあいだの諍《いさか》いですね。どちらかの少年に加担するようなことをした者は誰もいなかった」

「基本的にはそうです。しかし、一方の少年が喧嘩の末、怪我をしたのです」

「それで、ディエゴはどのような悪いことをしたのでしょう」

「そうですね。まず、彼はなにもしなかった。ふたりのあいだに割って入り、喧嘩をやめさせることもできたはずなのに傍観を決めこんだ」校長が口をはさんだ。

「なにもしなかったので停学ですか？」

「事実上、そうなりますね。そのことと反抗的な態度を取ったこと」

「取り調べの最中、ディエゴはわたしの質問に答えるのを拒んだんです」

「クソなみのご託だ」ラモーンは顔が火照るのを感じた。

「そのような言葉は慎んでいただけますか」ブルースター校長は指を組み合わせた両手をデスクにのせた。

ラモーンはゆっくりと息をはいた。

「ディエゴは事実を解明するためにわたしたちに協力

してしかるべきなのに、ことの真相にいたろうとするわたしたちの取り調べを妨害したのです」

「言わせてもらうが、息子があんたの質問に答えなくてよかったと思ってるよ」

ブルースター校長はまばたきを繰り返し、このときまでなんとか抑えていたのだろうが、いきなり顔面を痙攣させ、神経質な表情をむき出しにした。「このような出来事に力を合わせて対処していく大切さをすべての人たちに理解してもらわねばなりません」

「これは殺人事件の捜査ではない。子供の喧嘩だ。彼らはお互いに力を試し、自分自身についていくばくかのことを学び、残りの人生の糧にしていく。これはいじめではないし、ひどく傷ついた者もいない」

「顔をなぐられたんですよ」ガイ教頭が言った。

「それで喧嘩が終わる」

「わたくしたちは、まったくちがう価値観を持っているようです」ブルースター校長は言った。

「わたしは息子に友人を裏切るようなまねはさせたくない」ラモーンはブルースター校長を見つめ、故意にガイ教頭を無視した。「トビー・モリソンは、ディエゴがどのようなたぐいの友だちなのかわかってくれただろうし、今後も頼りにしてくれるはずだ。それにディエゴは街で尊敬を勝ちとることにもなる。わたしにとってもディエゴにとっても、それはあんたたちの規則よりも重要なことだ」

「ディエゴは危険な少年の肩を持っているんですよ」ブルースター校長は言った。

「なんですかそれは？」

「トビー・モリソンは、危険な若者だということですよ」

なるほど、そういうことか。

「トビーはたくましい若者だ、ブルースター校長先生。トビーのことは知っている。息子と同じフットボール・チームでプレーしているんでね。うちにも何度も来たことがあるし、わたしたちは喜んで彼を迎えている。危険とたくましさの区別がつかないのであれば――」

「もちろん、そのくらいの区別はできます」

「ちょっとうかがいたいんだが、白人の子供たちのなかにも喧嘩をする者がいるはずだ。そこにそうやって座って白人の親と面談し、白人の子供たちも危険だと言ったことがあるのか？」

「勘弁してください」ブルースター校長は片手を小さく振った。顔に貼りつかせた笑みは虚しく、病的だった。「生徒の五十パーセントがアフリカ系アメリカ人とヒスパニックで占められる学校の校長なんですよ、マイノリティの子供たちの気持ちを理解し共感できずして、校長が務まると思いますか？」

「明らかに校長の人選をまちがえたね。あんたはテストの点数で子供たちを分けている。肌の色と問題にばかり目がいき、子供たちの持つ可能性を見ようとしない。そうなると、すぐに自己満足のお題目を唱えるようになる。あんたをクソみそに批判する黒人がいるとその一言一句が許せない」

「ちょっと待ってくださいよ」ガイ教頭が口をはさんだ。

「わたしはブルースター校長と話をしている。あんたとではない」

「こんな暴言を受け入れることはできない」

「ほう？　ではどうするつもりだ？」

ブルースター校長は冷静さを失っていなかった。

「ともかく、疑わしいことだらけです。ガイ教頭が取り調べ中にある生徒から聞いたというのですが、あなたがた一家はモンゴメリー郡ではなくＤＣにお住まいだとか」

「シルヴァー・スプリングの家の権利証書をお見せしましょうか？」

「その家にお住まいでないのなら、そんな権利証書を見せられても意味がありませんよ、刑事。あなたがた一家は、ノースウェスト地区のリッテンハウス通りに住んでいる――それは確認済です。事実上、ディエゴは違法にこの学校へ通っているわけですね。申し訳ありませんが、ディエゴを今この場で除籍せざるをえません」

「追い出すつもりだな」

「籍を抜きます。抗議したいのでしたら――」

「いいや。息子をこんな学校には通わせたくない」

「では話し合いは終わりですね」

「ああ」ラモーンは立ちあがった。「あんたのような人間に子供を監督させておくなんて当局はなにをやっているんだ」

「なにをおっしゃっているんだか、さっぱりわかりません」

「だろうな。だからってあんたが正しいことにはならない」

「ごきげんよう、刑事さん」

ガイ教頭が立ちあがった。ラモーンはその体をかすめて出口へ向かい、校長室を出た。飛び跳ねるようにして歩いていた。喧嘩腰でのぞみ、あれほど侮蔑的な言葉をはく必要もなかっただろうが、まったく後悔はしていなかった。

駐車場からレジーナに電話した。ディエゴはそっけない態度で家に戻り、バスケットボールを手にすると外へ行ったが、怒っている感じではなかったとレジーナは報告した。たんに口数が少なかっただけよ。

ラモーンは境界を越えてDCに入り、三番通りとヴァンビューレン通りに面したバスケットボールのコートへ向かった。車を停め、上着を助手席に置いてタイを緩めてコートへ歩いていった。ディエゴはシュート練習をしていた。大きすぎるハーフパンツ、白い袖なしのTシャツ、スニーカーはエクスクルシブだ。ディエゴは体を反転させてレイアップ・ショットを放ち、落ちてきたボールをつかんで腕に抱えた。ラモーンは脚を広げて一メートルほど離れて立っていた。

「わかっているよ、父さん。またひどいことになっちゃった」

「なにも言うつもりはない。おまえが決め、正しいと思ったことをやったにすぎない」

「停学はどれくらい？」

「あの学校に戻ることはない。おまえをあそこに通わせるために使ったシルヴァー・スプリングの住所に住んでいないことがばれた」

「じゃあ、どこへ行くことになるの？」

「まずは母さんと話し合うことになる。前にいた学校に戻し、卒業までそこで勉強させたいとは思っている。そうすれば、問題は解決するだろうさ」

「ごめんよ、父さん」

「気にするな」

ディエゴは三番通りの向こうに目をやった。「今週は、なにもかも……」

「おいで」

ディエゴはボールを落とし、父親の腕のなかに身を寄せた。ラモーンは息子の体を思いきり抱きしめた。ディエゴの汗の臭い、体にスプレーしているアックスとディエゴが使っている安物のシャンプーの香が鼻をくすぐった。息子の肩と背中の筋肉の盛りあがり、流れていく涙の熱さを感じた。

ディエゴは体を引いた。目をぬぐい、ボールを拾いあげた。

「勝負するかい？」ディエゴが言った。

「ハンディがなくっちゃな。おまえは八十ドルのスニーカーをはいているのに、こっちは革靴だ」

「尻ごみしているんだろ？」

「十一点のハンディだ」

ディエゴがボールを支配した。最初の一歩を踏み出したときにすでに勝負がついたようなものだった。ラモーンはなんとか息子を打ち破ろうとしたが、できなかった。ディエゴは十四歳のときのラモーンよりもはるかに巧《うま》かった。

「その恰好で仕事に戻るの？」汗で黒ずんでいるラモーンのシャツを顎でしゃくってディエゴは言った。

「誰も気づかないさ。女たちの足を止め、目を瞠《みは》らせたのは五年前までだよ」

「母さんは見るだろ」

「ときにはな」

「十メートル向こうからシュートを決めたら五ドル」ディエゴが言った。

「よし」

ディエゴはバスケットの背後のガラス板にボールを当ててみごとにシュートを決めた。ディエゴは腕を曲げ、盛り上がった二頭筋にキスをしてからラモーンに笑いかけた。

おれの息子だ。

「バックボードに当てるとは言ってないぞ」

「五ドルいただきだよ」

ラモーンは五ドル払った。「もう行く。今日は長い一日になる」

「気をつけてね、父さん」

「おまえもな。どこかへ行くときには母さんに電話をして行く先を教えておくんだぞ」

ラモーンはトーラスに戻り、運転席に座った。イグニションキーをまわそうとしたときに携帯電話が鳴った。ロンダ・ウィリスからだった。ドミニク・ライアンズとダルシア・ジョンソンを見つけ出し、暴力犯罪班の取調室にいるというのだ。

「すぐに行く」ラモーンは答えた。

28

ダルシア・ジョンソンの母親は娘に電話をし、赤ん坊が熱を出し、呼吸が苦しそうだと言った。無線で応援を要請された制服警官や刑事たちが配置に就くか就かないかのうちに、黒のレクサスＧＳ４３０がクインシー通りにやってきて、ジョンソン家の前に停まった。電話をしてから三十分もたっていない。二階の寝室の窓から車が来たのを見ていた母親はロンダ・ウィリスに電話した。ロンダは通りの少し先に停まっているえび茶色のインパラの車内でボー・グリーンとともに待機していた。レクサスからおりてきた女が娘のダルシアだと母親はロンダに伝え、運転席に座っている男はかろうじて見えるだけだが、あの三つ編みにした髪には見覚えがあり、おそらくドミニク・ライアンズだろうと言った。ロンダはそれを聞くとボー・グリーンにうなずいた。制服警官を指揮している巡査部長と無線で話していたボーは、ゴー・サインを出した。

二台のパトロールカーがいきなり出てきてクインシー通りの東側と西側を封鎖した。ウォーダー・プレイス小路から制服警官が姿を現わし、銃を手にレクサスに近づいていき、運転手に向かって両手を見えるところに出しながらおりてくるように命じた。サイレンが鳴り響き、警官が大声をあげ、しかも一瞬のうちにレクサスを包囲したのは、相手にショックを与え、反撃しようとする気持ちを萎えさせる作戦だった。ライアンズの前科に鑑《かんが》み、ロンダは不必要な危険は冒したくなかった。

ダルシア・ジョンソンは、警官が現われるや両親のテラスハウスへあがっていく階段に座りこんで両手で顔を覆った。ドミニク・ライアンズは命令どおりに両手を高く掲げたまま車をおり、手錠をかけられるとパトロールカーの後部座席に押しこまれた。ダルシアも手錠をかまされて別の車に乗せられた。レクサスを徹底的に捜索した。武器のたぐいはなにひとつ見つからなかったが、助手席の下から三十グラムほどのマリワナが出てきた。

ダルシアの母親がアイザイアを抱いて家から出てきてパトロールカーのなかの娘を見つめた。ダルシアの目には恐怖と嫌悪の感情がみなぎっていた。母親が一緒に行ってもいいかと尋ねたのでロンダはかまわないと答えた。

「子供のためのプレイルームがあるんですよ」なにを隠そう、暴力犯罪班内に子供のための部屋を作るように積極的に働きかけたのはロンダだった。殺人で逮捕されたり、尋問のために連行された容疑者の身内の者たち、配偶者、恋人、祖母、子供たちが待っていられる場所をつくろうという発想は、男の警官の頭には浮かんでこないものだった。

「向こうで夫と落ち合うことにします」母親は言った。

「結局、これが娘さんのためにもなるんです。あなたは正しいことをしたのですよ」

ダン・ホリデーはオーグルソープ通りのコミュニティ菜園のなかに立ち、タバコを吸っていた。このあと、仕事が一件入っているので黒いスーツを着ている。探している答えがここにあるはずなのだ。

犯罪現場は、エイサー・ジョンソンが殺される前の状態に戻っていた。黄色いテープは取り払われ、処分されていた。数人の人たちがのんびりと自分たちの畑の手入れをしているが、たいていの人が顔見知りらしく言葉を交わしていた。ワシントンDCに本格的な秋が訪れて野菜は収穫され、花やほかの植物の生育は緩やかになった。

ホリデーは車へ戻っていった。あの死体を発見した夜、うつらうつらしていたのとまったく同じ場所に車を停めていた。

リンカーンの運転席に座り、マールボロを最後まで吸う。煙を肺に満たし、指にはさんだ吸いさしを見つめ、さらにもう一度吸いこんでから道路へ吸い殻を弾き飛ばした。アスファルトでくすぶっている吸い殻の先から煙が立ちのぼるのをホリデーは見ていた。

それから視線を転じ、菜園に飾られた中古車売り場にあるような旗や風車、植物や園芸に関連した歌のタイトルを記した標識などを眺めた。前日、あの標識の脇を通りすぎるときに冷たい指で触れられたように感じたのだ。

〝そいつを育てよう《レット・イット・グロウ》〟

あの夜、時間はわからないが、パトカーが脇を通りぬけていったときに心に浮かんだのが、この言葉だった。だが、そのときはまだこの標識を目にしていなかった。

ホリデーは目を細くして虚空を凝視し、白人警官と後部座席に座っていた容疑者を思い浮かべた。それから思いは昔へとさまよい、チラム通りにある両親の家の地下室で髪を長くした兄がハイになってギターをかき鳴らす真似をしている姿が眼前によみがえった。

「ああ、これだ」

ホリデーは短く笑い、携帯電話とガス・ラモーンの名刺を引っ張り出し、彼の番号を押した。

「ラモーンだ」

「ガス、ホリデーだ」

「よお」

「なあ、おれは今、菜園にいるんだ。オーグルソープ通りのな。思い出したことがある」

「なんだ？」

「あの晩、パトロールカーを見たと言ったよな。車輛番号は四六一だ。クラプトンのアルバム《オーシャン・ブールヴァード》のタイトルにある数字だよ。アルバムの中の一曲が《レット・イット・グロウ》だ」

ラモーンはすぐには答えなかった。ある情景を思い浮かべようとしていた。車輛番号を聞かされたとたん、記憶の底に沈んだなにかが動き出した。

「兄貴がクラプトンに狂ってたんで思い出したんだ」

「それはすごい」

「第四管区署の記録はかんたんに調べられるだろ？ あの日の真夜中、四六一号車に乗っていたのが誰か確かめられるはずだ」

「ただ、今ちょっと忙しい。暴力犯罪班へ向かっているところなんだ。ふたりほど身柄を確保したんでな」

「そのパトカーに乗っていた警官の名前を教えてくれるか？ おれとＴ・Ｃ・クック——」

「おまえたちは警官じゃない」

「その警官はなにか見ているかもしれない。話を聞きたいだろ？」

「もちろん。だが、それはおまえたちじゃない」

「なあ、おれとクックだって、話ぐらい聞き出せる。おまえがそんなに忙しいって言うんならな」

「おれの一日がどんな具合か知りもしないくせに」

「だったら、なおさら」

「だめだ」

「名前がわかったら連絡をくれ」ホリデーはそう言って電話を切った。

車からおり、もう一本タバコを取り出して火をつけた。ラモーンは連絡をくれるだろう。昨夜のあいつの目の表情を見ればわかる。ラモーンのことが気の毒だった。あの男はおれに対してまちがいをしでかしたことを心の底ではわかっている。もともとあいつは悪いやつじゃない。言葉には必ず含みがあるが、騙そうというのではない。規則に反することだが、ラモーンはおれを無視しないはずだ。

十五分後、ラモーンから連絡が入った。

「考えてみたよ」ラモーンが言った。

実際、ラモーンは思い出したのだ。最初にエイサー・ジョンソン殺害現場を訪れたとき、生意気なブロンドのパトロール警官がいたが、そいつが寄りかかっていたのが車輛番号四六一のパトカーだった。制服についていた名札には、G・デューンとあった。だが、この名前をホリデーに伝える気はなかった。ホリデーとクックは感情に突き動かされている。闇雲に突っ走る危険があった。感情は好ましい方向へ進むことが多いのでよしとしよう。問題は無謀な行動に出られることだ。

「それで？」

「情報を伝えると問題が起きる。だから、諦めろ」

「おまえなんか必要じゃない。こっちで独自に調べるよ」

「なあ、頼む。おれになにも言わずに動くなよ」

「わかった」

「ほんとうだぞ、ドク」

「わかったって」

「勝手に調べまわるなってことだぞ。警官のふりをするのは重罪だ」

「心配するなよ、ガス。出し抜くようなことはしない」

「おまえは変な男だな、ドク」

「電話をくれてありがとよ」

ホリデーは〝切〟のボタンを押した。それから携帯電話に登録しておいたT・C・クックの番号にかけた。二回目の呼び出し音でクックは電話に出た。おれからかかってくるのを待っていたのだろうかとホリデーは思った。

T・C・クックはキッチンテーブルに向かって座り、コーヒーを飲んでいた。オフィスとして使っている部屋からは、通信指令係とパトロール警官とのやり取りが聞こえてくる。この静かな家を満たしているのは、ほとんどいつも、警察無線を流すコンピュータのサイトの声だけだ。復員軍人局が派遣してくれているエルサルヴァドル人のご婦人は、あちらこちらで物音をたて、家のなかに生気を与えてくれるのでクックは彼女を心待ちにしているが、週一度しか来てくれない。

ほとんどの日は、時間が過ぎるのは遅く、退屈だった。朝早くに目覚め、できる限り新聞を読み、その後はオフィスか、地下室の作業場でなにかやることを見つけて時間をすごした。正午近くにやってくる郵便物を待ち、必要以上の時間をかけて昼食の支度をする。昼を食べたあとは睡魔と闘うが、たいていは屈伏して寝てしまう。テレビは見過ぎないようにしているが、いらいらせずにできることといえばテレビを見ることだけだった。しかし、なにもかも受け身でしかなく、テレビは奪い去っていくだけで得るものはなにもなかった。クックはこれまでいつも目標を設定し、それに向かって生きてきたのだが、今はその目標がなかった。

クックは精神的に弱いわけではなかった。ふつうの人なら落ちこんでしまう境遇だが、そんなことを理由に憂き身をかこつ自分を許すことができないのだ。朝ベッドから出る積極的な理由などないが、仕事に出かけるように朝食前に服を着る。

教会の活動に参加するのもひとつの手だが、キリストを崇《あが》めるタイプではない。妻はバプテスト派で熱心な信者だった。神にすがる警官もいるが、警察での仕事と目にしてきた現実の姿の落差にクックは、宗教に背を向けるようになった。今は棺桶に片足を突っこんでいるので、昔ほど抵抗感もなく教会へ行くことができるだろうが、そんなことをしても偽善者になった気がするだけだと思っている。夫として妻を思いやることもなく、とりわけ模範的な亭主とは言いがたかったが、クックは妻を愛していたし、彼女を裏切ることはしなかった。もし神が存在し、ほんとうに神が善ならば、日曜日の礼拝に出席しようがしまいが、妻のウィラとふたたび一緒に暮らせるように取り計らってくれるはずだ。

クックは空になったマグカップを見つめた。

どうしてもコーヒーが飲みたいのなら、一日に一杯だけにしておくようにと医者に言われている。カフェインが心臓に負担をかけるらしく、クックもそれは避けたかった。要するに心臓の鼓動が速くなると脳卒中を起こす危険も高まり、今度、発作を起こせば前回よりもっと深刻な事態になるということなのだ。二杯目のコーヒーを控えれば、発作が起きないというのでもあるまいが。

クックの循環器官はもろくなっている、と医者は言った。次にまたいつ〝あれ〟が起こるのかはわかりません。数週間後かもしれないし、数年後かもしれない。長年にわたる喫煙と貧弱な食生活のせいです。できるだけのことはします、ミスター・クック。ふたたび手術をするのは大変危険です。残念ですが。活動的に、しかし、充分に注意を払って生活をしてください。薬は必ず飲むこと。こんな注意事項をそれこそうんざりするほど聞かされた。

クックはキッチンカウンターに目を向けた。ピルボックスとやらが置かれていた。箱のなかには七日分の仕切りがあり、それぞれに二錠ずつ薬が入っている。飲み忘れ、あるいはすでに飲んでしまったことを忘れて倍の量の薬を摂取する危険を防止できるのだという。要するにクックはそういうことをしでかすようになったのだ。今度発作に襲われたら、なんとか一命を取りとめたとしても、腕と脚を動かすことができない後遺症に苦しむ人たちの仲間入りだ。そうなったら、復員軍人局は風呂に入れてくれる人を派遣してくれることだろう。食事をするときは、よだれ掛けをつけさせられるのだ。貧しい移民のご婦人が来てケツを拭いてくれる。

早晩、銃をくわえることになるだろう。だが、このことはまたあらためて考えることにしよう。

先ほどホリデーから連絡が入った。クックは第四管区署にいる昔の友人に電話した。八〇年代はじめにクックが指導したこの男も今では人の上に立つ地位にある。クックは警部補に、姪が第四管区署の警官に親切にしてもらい、礼の手紙を書きたがっているのだが、パトカーの車輌番号しか思い出せないのだと言った。クックに姪はおらず、警部補が答えをためらったことから嘘だとばれたのだとわかったが、結局、名前を教えてくれた。その警官の勤務時間を尋ねると、ながい間《ま》のあと、今日は朝の八時から夕方四時までだという答えが返ってきた。

ホリデーはここに迎えに来ることになっている。ふたりで仕事をはじめるのだ。ホリデーは重い荷を背負って生きているが、エネルギーも燃えるような情熱も持っている。きっとふたりで真犯人を突き止めることができるだろう。

クックは庭に停めた車の前に立った。淡い金色のマーキュリー・マーキーで後部の窓ガラスに青い星がひとつ描かれた警察友愛会のステッカーを貼っていた。クックはトランクをあけた。今日はホリデーとふたり遅くまで尾行をすることになり、おそらく車が二台必要になるだろう。トランクの中身はわかっている。なかに入っているものには手をつけておらず、そのままになっているはずだが、クックはやや気持ちが高ぶり、確認せずにはいられなかった。

オイル、不凍液、バッテリーコード、ブレーキおよびパワーステアリング用のオイル、ぼろ切れ、パンク修理キット、気圧ジャッキなどのメンテナンス用具。クラフツマン社の道具箱には標準的な工具、三十メートル計ることができる金《かね》の巻き尺、ダクトテープ。さらに対物レンズ有効径五十ミリの十倍双眼鏡、一度も使ったことはないが暗視ゴーグル、ラテックスの手袋一箱、フリクションロック式伸縮特殊警棒、スミス&ウェッソンの青い手錠、単一から単四までの予備の乾電池。ストリームライト社製の充電式ライト〝スティンガー〟。これは金属製の棍棒のような代物で武器としても使える。デジタルカメラも用意してあるが、クックは使い方を知らなかった。また、短いかなてこも一本入っている。

すべて揃っていた。ホリデーはまだしばらくは来ない。クックは家に戻り、銃の手入れ用具と三八口径を取り出した。銃を手入れする時間はあるだろう。

マイクル・〝ミッキー〟・テイトとアーネスト・〝ネスト〟・ヘンダーソンは、磨きこまれた黒いマキシマの車内で待機していた。ここはメリーランド州との境からそれほど遠くないDCノースイースト地区、後部にパイプが四本つき出した新しい型のマキシマは、リグズ通り沿いに店が列なるミニモールの駐車場に停まっている。ミニモールには一ドルショップ、質屋、酒屋、チャイニーズ&サンドイッチ・ショップ、小切手換金所、中米料理ププーサを出す店、ヘアスタジオが二軒入っていた。ヘアスタジオの一軒は特にネイルアートに力を入れており、もう一軒はヘア・レイザーズという店名で編みこみやエクステンションの店として知られている。シャンテル・リチャーズはヘア・レイザーズで働いていた。ヘンダーソンは店の正面窓の向こうにいるシャンテルを見張った。シャンテルは椅子に座った女の背後に立って髪を結い上げ、そのあいだどちらの女も口を動かしつづけていた。監視をしているのはもっぱらヘンダーソンで、テイトは最新号の《ヴォーグ》をぱらぱらとめくっている。

「ちくしょう、いい女だ」ヘンダーソンが言った。

「女の魅力たっぷりだ」テイトが応じた。テイトはぶかぶかのジーンズに長袖のラコステのシャツ、それに合わせて脇に小さなワニを縫いとった靴をはいていた。

「それに背も高いしな」そう言ったヘンダーソンはナショナルズの青い帽子——アウェイの試合のときにかぶる帽子——を頭にのせているが、野球が好きなのではなく、色がシャツと合うという理由からにすぎない。帽子はやや傾けてかぶっている。

テイトが答えた。「あの髪型のせいで高く見えるんだ。それにハイヒールをはいているんだろうぜ。あの手のおしゃれな女は背を高く見せたがるんだ。そのほうがスリムって感じになるからな」

「どちらかっていうと太っているほうだ」

「体型をうまくカバーした服を着ている」

「そんな知識をどこで仕入れる？　その女向けの雑誌でか？」

「思ったことを口にしてるだけだ。とにかくあの服のおかげで見栄えがよくなっている」

テイトは女の服や靴、宝石類に興味があり、それがどのように女を引き立てているか品定めするのが好きだった。たんなる趣味みたいなものだったが、ヘンダーソンがいるところでは、あまりそういうことは口にしなかった。ヘンダーソンは、女物のファッション誌はもちろん、どんなたぐいのものであろうと本を読んでいるだけでおかまだとみなすような男だ。

「おまえのことが心配になるぜ」

「おれはただ、女の美しく見せようとする努力を評価しているだけだ」

「ああ、それにしても、さすがに飽きてきた」

「おれもうんざりだ。こんなところにいつまでも座ってケツが痛くなっちまった」

「あれじゃあ、痛くならないのか？」

「なんだって？」

「ケツの穴に突っこまれたらってことだ」

「馬鹿野郎」

「おまえはいつもファッション雑誌ばかり眺めてる。

だから心配してるんだ」

「少なくとも字が読めるってことだ」

「後ろから突かれながらな」

「ほざいてろ」

ふたりは相棒だが、共通の話題はほとんどない。マイクル・テイトはほかの世界への通過地点としてこの場にいるだけだ。本で読んだニューヨークのウェイターみたいだと思っている。連中はウェイターが本職ではなく、映画やテレビのスターを目指す役者なのだ。テイトも自分をそのようにみなしていた。ただ、ひと花咲かせるまで最低賃金の仕事をする気はなかった。頭の天辺からつま先までびしっと決めてからでないと絶対に外出しなかったし、ポケットには金が入っていなければならなかった。テイトはそういう男だった。だから今こんなところにいるのだ。

現在服役中の兄のウィリアムは、レイモンド・ベンジャミンと取り引きをしていた。ふたりともまだ若く、ベンジャミンは出所して街に出てきたばかりだった。テイトはそのころに兄からベンジャミンを紹介された。しかし、マイクル・テイトは賢く、この世界でどれほど儲けたところで、デザイナーズ・ブランドの服を身にまとった連中が稼ぐ金にはとうてい及ばないとわかっていた。あの軟弱ラッパーどもがあれだけ儲けているのなら、このマイクル・テイトにだってできるだろう。

問題はどのようにして、ここから向こうの世界に入るかだ。まずは高卒と同等の資格を取ることだろう。だが、これはまた別の機会に検討することだ。

今はネスト・ヘンダーソンというお荷物とともに小汚い駐車場に陣取り、おそらく誰も傷つけていない若い女を見張る仕事をしているのだ。女のひとりもいないダサい野郎からホモ呼ばわりされ、しかもファッション雑誌を読んでいるのが理由なのだから、あいた口が塞がらない。そしてなにより、腹が鳴っている。

「腹が減った」テイトは言った。

「あのアジア人の店へ行ってチーズ入りバーガーでも買ってこいよ。いや、おれにも一個頼む」

「おまえ、気はたしかか？　中華料理を出す店でサンドイッチなんか買ってこれるか。サンドイッチを出す店の中華も食えないし」

「おれはペドロなんか食わない」ヘンダーソンは中米料理ププーサを売っている店のことを言っているのだ。

「なあ、あの女はしばらくどこへも行かないよ。客の髪を結ってるんだし、どのみち、帰るには早すぎる。どこかへ行ってまともなものを食って戻ってこよう」

ヘンダーソンはシャンテル・リチャーズに目を向け、店内でかかっている音楽に合わせて振られる尻にうっとりとした。「あいつを殺すことにならなければいいが。あんなふうに歩く女はそうざらにはいない」

「ロメオとしけこんでいる家まで尾行するだけだろ？」

「もしそうなったら、って話だよ」ヘンダーソンはイグニションを顎で示した。「さあ、行こうぜ」

テイトはニッサン・マキシマのエンジンをかけ、駐車場から車を出した。リグズ通りの信号が黄色になったので停車した。交差点の信号を無視する無神経な運転はしなかった。装弾した銃をシートの下に隠しているので、警官の目を引く危険を冒すのはまずい。ネスト・ヘンダーソンは、殺しに手を染めている。少なくともそう言っていた。テイトは自分の分を心得ており、必要とあれば体を張ってレイモンド・ベンジャミンを守るだろう。だが、殺しをする契約はしていない。とにかく、その手のことはもうやめたとベンジャミンの口からはっきりと聞いているのだ。

おれは女を殺すようなことはしない。マイクル・テイトは思った。おれの仕事じゃない。

29

取調室はいつものように息苦しかった。ドミニク・ライアンズは床にボルトで固定された椅子に座っていた。座面はわざと小さく作ってあり、大人の男にとっては座り心地が悪い。ドミニクは足かせで椅子の土台に縛りつけられているわけではなかった。尋問のこの段階では、テーブルをはさんで座ったボー・グリーン刑事は、まだドミニクの〝友だち〟だった。ふたりはちょっとのあいだ雑談をした。

ドミニクは、背中にショーン・テイラーの名前と21という番号を刺繍したレッドスキンズ公認ジャージを着ていた。公認ジャージは街で百三十五ドルから百四十ドルで取り引きされている。ドミニクがはいている真新しいジョーダンのスニーカーは小売り価格百五十ドルだ。宝石類、本物のロレックス、指輪、ダイヤモンドのイヤリング、首からぶら下がったプラチナのチェーンなど、どれも五桁の価値はある。なにをやって稼いでいるのかグリーンが尋ねると、ドミニクは家の近くの通りで洗車やワックスがけなどのサービスを行なっていると答えた。

「ショーン・テイラーのファンのようだな」

「あいつは野獣だ」ドミニク・ライアンズは、胴も手足も長かった。肩幅が広く、肉の削げた整った顔立ちをしていた。編んだ髪は長く、頰骨を縁どっている。目の色は濃い茶色で光沢がなく、剝製師の理想だ。

「テイラーはマイアミ大学の出身だ。ハリケーンが多いところだから、大暴れするってわけだよ。マイアミ大学のハリケーンズはしょっちゅうDCにやって来てプレーしてる」

ドミニクはうなずき、興味なさそうにボー・グリーンの目をのぞきこんだ。

「インターハイでプレーしたのかい？」ドミニクの背の高さ、重量感、運動選手のように引き締まった体を見てボー・グリーンは尋ねた。あるコーチからドミニクを見たことがあると聞いていたので確かめてみたのだ。

「イースタン高校だよ。ディープ・バックだった」

「コーナーバックか？　それともセイフティ？」

「フリーセイフティだよ」

「それはいつごろのことだ？　九〇年代の終わりか？」

「おれは一年しかプレーしなかった。九九年だ」

「ランブラーズはあの年、充実していた。思い出したよ。なあ、あんたのプレーを見てるんじゃないかな。同じ年にバルーと対戦しなかったか？」

　嘘八百を並べたが、ドミニクもそれに気づいているようだ。しかし、ドミニクの自尊心が食らいついてきた。

「二年のときにレギュラーになったんだ」

「その体を見るとかなり強い当たりを食らわしたんだろうな」

「相手はぺしゃんこだったよ」

「どうして一シーズンだけだったんだ？」

「二年で卒業したからさ」

「飛び級か？」

「要するに世に言う天才なんだろうぜ。教科課程を短期で終わらすクラスにいたのさ」

「フットボールは大したスポーツだよ。そいつに助けられる者もいる。あんたもつづけていれば、その才能をほかの分野でも発揮できたかもしれない」

「高校の生徒指導員と話すべきだったかな。そんなんで道が見つけられるんなら」

「おれもサウスイースト地区でフットボールのコーチをしているんだ」グリーンは辛抱強く、落ち着いた話しぶりを崩さなかった。「あのあたりの同好の士と一緒にな。体重によって三チームに分けている。練習にきちんと出て毎学期の成績表を見せ、落第をしなければ、必ず試合に出すと約束しているんだ。技術があるかどうかなんてどうでもいい」

「それで?」ドミニク・ライアンズはすっとぼけた。

ボー・グリーンは座り心地の悪い椅子に腰かけている男に陰気な笑みを向けた。「あんたは変わってるよ。そう言われたことはないか?」

「いい話だって言ってんのさ。だが、おれたちは、お付き合いをするためにここにいるんじゃない。なにかの容疑者じゃないなら、帰らせてくれないか。やることがあるんだ」

「マリワナの不法所持の罪だ」

「それで逮捕されるのか。そんなものは、この街で駐車違反をしたようなもんだろう。釈放するってことと出廷日を書いた書類をくれよ。そうすりゃあ、ここを出て行ける」

「せっかくここに来たんだから、少し質問をさせてくれ」

「どんなことだ?」

「殺人事件さ。被害者はジャマール・ホワイトという若い男だ。知っているか?」

「弁護士を呼んでくれ」

「名前を知っているか訊いているだけだよ」

ドミニクはグリーンを見つめた。

「あんたの言うとおりだよ、ドミニク。弁護士を呼ぶ権利がある。だが、弁護士はなにもしゃべるなって助言をするだけだ。しゃべれば、軽くてすむ罪も重くなるってな。だが、もしおれたちに協力して、この殺人事件の捜査に有力な情報を流してくれたら、そうだな、今日のマリワナ所持による訴えは取り下げられることになるだろう」

「テレビで見たよ」

「なんだって？」

「見たことがあるだろ。取調室で白人の刑事が容疑者に弁護士を呼ぶのはやめるように説き伏せるんだ。十年間、毎週こんな調子だよ。それから、刑事はテーブルに置いた黄色いレポート用紙を押しやって容疑者に自白しろって迫る。で、容疑者は言われたとおりにする。ああ、そうさ、そういうシーンを見たんだ。だがな、おれが知っている野郎どもは、誰もそんな馬鹿みたいなことはしないってとこが問題なんだ。おそらくニューヨークじゃあ、テレビ番組みたいに無知なやつばかりなんだろう。だが、ＤＣはちがう」

「頭がいいんだな、ドミニク」

「さっき天才だって言っただろ」

「『天才少年ドギー・ハウザー』みたいにな」

「まあ、そう言ってくれるんなら」

「ガールフレンドのダルシアとも話しているんだ」

「そうかい？」

「ダルシアもあんたみたいに頭がいいのか？」

ボー・グリーンは椅子から立ちあがった。目の前のテーブルを凝視しているドミニク・ライアンズを見下ろした。尋問のあいだずっとドミニクの手はしっかりとテーブルの上に置かれ、傷ついた天板を指でリズミカルに叩いていた。

「ソーダを買ってこようと思うんだが、なにか飲むかい？」

「スライスを頼む」

「それはないんだ。マウンテンデューはどうだ？」

ライアンズは軽くうなずいた。グリーンは時計を見ると天井の隅に設置されたカメラに向き直った。

「午前十一時二十分」そう言ってグリーンは取調室を出た。

ボー・グリーンはドアが閉まり、音を立てて施錠されるまで待った。それから隣のビデオ室へ入っていった。

グリーンが入ってきたとき、ラモーンとアントネッリが椅子に座っていた。アントネッリは新聞のスポーツ欄を開いて膝にのせている。モニターに映っているドミニク・ライアンズは依然としてテーブルを凝視していたが、尻の位置をずらして楽な姿勢を取ろうとした。もうひとつのモニターには、ロンダ・ウィリスとダルシア・ジョンソンがいる第二取調室の様子が映っていた。ラモーンはモニターを注視し、スピーカーから流れてくるロンダの穏やかながらもしっかりとした声を聞いていた。

「なにかわかったか?」グリーンは尋ねた。

「ロンダはじっくりと攻めている」

「したたかなクソ女は、口をきこうともしない」アントネッリが言った。

「そのしゃべり方、好きだよ、アントネッリ。ストリートの権威ってところだ」グリーンが茶化した。

「クソ女だが、魅力的な体《ブーティ》をしてる」

「ブーティって言葉は最近耳にしない。そういえば、もう何十年も聞いてないぞ」

ラモーンが口をはさんだ。「それでドミニクだが、ずいぶんと協力的だな」

「やつはおれの相棒だよ。こいつが終わったら、キャンプへでも行くか。たき火の前に座って一緒に黒人霊歌の《クムバーヤ》を歌うのさ」

「後ろ向きに考えたくはないが、ドミニクは口を割らないような気がする」

「テレビで見てるんだとさ。さて、そろそろ失礼してやつにマウンテンデューを買ってやらないと」

グリーンは部屋を出て行き、ラモーンはモニターから目を離さない。ロンダ・ウィリスは前屈みになり、火のついたマッチをテーブル越しに差し出してダルシア・ジョンソンのタバコに火をつけた。

「リーヴァ・アリントンは百パーセントの男じゃなか

ったってことだ」アントネッリは新聞を見ながら言った。「今度の日曜の試合はおぼつかないらしい。年俸一千万ドルだかなんだか知らないが、膝が痛いからって仕事に行かなくていいんだからさすがだよな。おれなんか、痔がぶどうみたいになっちまってケツの割れ目から垂れ下がっているってのに毎日働きに出ている。おれの言ってること、おかしいか？」

「世の中には、そういうこともあるんだよ」


第二取調室ではロンダ・ウィリスがマッチを吹き消した。


ダルシアはタバコを吸い、薄っぺらい金属製の灰皿に灰を落とす。そばかす顔に薄茶色の目。グラマーで熟れた体をしている。子供を産んでも体型は崩れていなかった。いや、むしろより官能的となり、仕事には有利に働いているだろう。

「ジャマール・ホワイトのことを聞かせて」


ダルシア・ジョンソンはそっぽを向いた。

「ジャマールのことを話すのはかまわないでしょう」ロンダ・ウィリスは、ことさらに被害者の名前を繰り返した。「あなたたちの関係はわかっている。ジャマールの友だちのレオン・メイヨーっているでしょう？あなたたちがいい関係だって教えてくれたのよ」

「関係なんかない。わたしは、ドミニクと付き合ってんの」

「でも、ジャマールは優しかったでしょ」

「付き合ってみれば、優しい人なのかもしれない。でも、ほんとうにわからないんだ」

「わからない？トワイライトのドアマンは警官なのよ。彼がね、ジャマールが殺された晩、あなたたちふたりがバーで話をしているのを見たと言ってる」

「あの店じゃあ、たくさんの男と話してるよ。それで金をもらってるんだ。男と話してチップを稼ぐ」

「それから、ダンスも」

「そうだよ」

「ほかには？」

ダルシアは答えなかった。

「シェイリン・ヴォーンと住んでいるアパートへ行ってきた」ロンダの声には相手を追い詰めるような響きもなければ悪意もにじんでいなかった。「わたしにだって目はあるのよ」

「だから？」

「稼いだ金はすべてドミニクに貢ぐの？」

ダルシアはタバコを吸いこんだ。

「ドミニク・ライアンズは、あなたのヒモ？」

ダルシアは小さな部屋に煙をはき出した。

「あなたを非難しているんじゃない。ジャマール・ホワイトになにが起こったのか探り出そうとしているだけ。彼のおばあさんに会ったんだけど、涙を流していた。身内の人たちも友だちも、事件の真相を知るべきなのよ、そう思わない？」

「ジャマールはまだ子供だった」

「そうね」

「殺されたのは気の毒だと思う。でも、なにも知らないんだ」

「わかった」

「子供に会っていい？」

「あなたのお母さんと署のプレイルームにいる。お父さんも間もなく来るでしょう」

「アイザイアは病気ではないんでしょう？」

「ええ、元気」

「わたしを捕まえるために母さんは嘘をついたんだ」

「あなたを助けるために嘘をついたのよ、ダルシア。あなたと赤ん坊のために正しいことをした」

「わたしがぶちこまれて、子供とわたしにとってなにがいいことなのさ」

ダルシアはタバコを吸い、吸い殻を灰皿に押しつけた。それから目をこすった。

「ジャマールのことを教えてちょうだい」

ダルシアは微かに手を振った。

「時間をあげる」

「もうここまで。話すことなんかなにもないんだって」

「そうはいかない。わたしだってこの部屋から出て行きたいんだけど、まだ話し合うことがある。残念だけど、わたしが思うに今回の殺人事件は……」

「マリワナ所持の容疑で留置なんかできないよ」

「書類を作成しているあいだ、もう少しだけ」

「こんなこと、なにもかもクソだ。あんただってわかってるくせに」

ロンダはダルシアが怒るに任せ、気持ちが落ち着くのを待った。

「だいじょうぶ？　気分でも悪いんじゃないの？　クスリの効き目が切れた？」

ダルシアはかぶりを振った。

「ならいいけど。ねえ、ソーダかなにかを飲まない？」

「ダイエット・コークがいいんだけど。ある？」

「ペプシになるけど、かまわない？」

ダルシアはうなずいた。ロンダは立ちあがり、時計を見るとカメラのレンズに顔を向けた。「午前十一時三十五分」

ロンダは部屋を出るとドアが閉じ、施錠されるのを確認した。それから自動販売機でダイエット・ペプシを買った。それを持ってビデオ室へ行くと、ラモーンとアントネッリはモニター1に向かって座り、ボー・グリーンがドミニク・ライアンズを尋問している様子を見ていた。

「おれの車はどこだ？」ドミニクが尋ねた。

「おそらく、押収した車専用の駐車場へ移動中だ」

「傷をつけるなよ。たとえかすり傷でも訴えてやるからな」

「あれはみごとなレクサスだ。あれはなんだ、400か?」

「430だよ」

「あの晩はどこへドライヴしてたんだ?」

「あの晩っていつだ?」

「ジャマール・ホワイトが殺された晩だよ」

「誰だって?」

「ジャマール・ホワイト」

「そんな名前、聞き覚えがないよ」

「殺された晩、トワイライトで会っているはずだ。目撃者がいる」

「弁護士を呼べ」

グリーンは胸の前で腕組みをして巨体を椅子に預け、まっすぐ前を見つめた。

「ボーはなんだか悲しそうに見えるな」アントネッリが言った。

「欲求不満ってやつだ」ラモーンは応える。

「あの若いの、口を閉ざしちゃったみたいね。わたしはうるさいほどのおしゃべりを相手にしているってのに」

「ほうそうかい」

「さて、戻って先をつづけないと」

「助手が必要か?」アントネッリが尋ねた。「若い女の口を軽くする方法を知っているぜ。必要なのはあその魅力さ」

「アルコールをしこたま飲ませてな」ラモーンが茶化した。

「さてはじめないと」ロンダはそう言って部屋を出た。

ドミニクの尋問からは有益な情報を引き出せそうにないので、ラモーンはモニター1のボリュームを下げ、ロンダがモニター2の画面に戻ってくるのを待った。

ロンダは椅子に座り、ペプシの缶をテーブルに置いてダルシアのほうへ滑らせた。ダルシアがプルトップを引きあげ、ぐびぐびと飲むのをロンダは見ていた。それからマッチをすり、ダルシアのタバコに火をつけてやった。

「息子が四人いてね」ロンダはマッチを引っこめながら言った。

　ダルシアはタバコを吹かす。

「息子が四人。父親はいない。でも、文句はないわ。子供たちの父親はちがうんだけれど、どちらも家庭的というにはほど遠い男だった。最初の男は追い出した。二番目の男も信じられなくなり、やはり出ていってもらった。この日まで、どちらの男からも一ペニーだってもらっていないし、仮に援助すると言われても断わったでしょうね。家に父親がいるのが子供たちにとって一番いいんだろうけれど、そんなことを言ってもしょうがない。とにかくわたしたちにはほかにどうしようもなかった。そりゃあ、大変だったわ。嘘じゃない。毎日が戦いでそれは今もつづいているんだけど、わたしたち家族はうまくやっているし、これからもそれは変わらないでしょう。

　わたしを見てよ、ダルシア。あなたの目にどう映るかわかっている。中年で腹に肉がついた女。着ているものはＪＣペニーの安物。目の下には隈《くま》ができ、踵《かかと》のない靴をはいている。すてきなレストランなんか五年もご無沙汰だし、最後にパーティへ行ったのがいつかもう覚えていない。でも、あなたみたいにかっこよくキメていたのはそんなに昔じゃない。わたしにもそういう時代があった。八〇年代には、クラブに潜入捜査させられたこともあるんだから。麻薬で儲けて羽振りをきかせた連中がたむろしていた店。ストリート・ギャングのＲストリート・クルーのことを言ってるのよ。ミスター・エドモンドやメンバー全員と顔見知りになった。金を持っている若い男は、わたしと話をしたがるってお偉方は知っていたのね。今、通りを歩いても振り返ってなんかもらえない。輝く時期なんて、あっという間に過ぎ去ってしまう。そのあとに残るものはなんだと思う？　聞いてちょうだい。あなたには愛する人たちがいるし、そうした人たちは愛を返してくれる。息子たちの姿を見ると、ともに過ごした時間の一分一秒にいたるまで無駄ではなかったとあらためて思う。後悔なんか微塵もない。鏡に映る自分の姿も気にしちゃいない。結局、そんなものはどうでもいいことなんだから。わたしの目標は仕事ではないし、給料でも買い物をすることでもない。家族を養っていくこと。心のなかで子供たちとつながっていると実感することなのよ。わかる？」

「その調子だ、ロンダ」ラモーンはモニターを見ながら言った。

「あなたには、今の生き方から抜け出すチャンスがある。すべてを清算して子供を育て、あなた自身も成長しなくちゃ。すてきなお母さんやお父さんがしてくれたようにね。今、付き合っているような男たちとは手を切って新しくやり直しなさい。手を貸してあげるから。証人保護プログラムというのがあって、今まで住んでいたところから離れた場所にアパートを用意してあげられる。独立して生活できるように援助する」

「なにも知らないんだって」ダルシアは言った。タバコの灰が長くなっている。タバコを吸っておらず、灰を落としてもいない。

「どうしてあんな男をかばおうとするの？　彼は別の取調室にいてすべてをあなたのせいにしているんだから」

「嘘よ」

「わかってないな。あなた、あいつの女だと思ってるわけ？　あの好き者は、シェイリンや、たらしこんでやりまくったほかの若い娘《こ》にも同じ愛の言葉をささやいているのよ。それがわからないの？　しかも、ジャマールを殺すことを思いついたのは、あなたのほうだって言っているんだから」

「冗談やめて」

「冗談だろうがなかろうが、あいつがそう証言しているんだからしかたがない。引き金に指をかけたのはあいつかもしれないけれど、殺しを計画したのがあなたなら、あいつの罪は軽くなる」

「わたしはジャマールを傷つけたくなんかなかった。どうしてわたしがそんなことするっての？」

「さあね。だから訊いているんでしょう」

「ジャマールはいい子だった」

「話して、ダルシア。話すことがあるはず。あなたは人殺しではない。目にお母さんと同じ善良な表情が宿っている。このままだと警察はあなたを共犯者として逮捕し、刑務所へ入れることになる。なんのために？あなたは誰も傷つけなかった。あなたにはそんなことはできない。わかってるわ」

ダルシアの右の目に涙があふれ、頬へ伝い落ちた。

「さあ、話して。話してくれなければ、助けてあげることもできない。今の生活にうんざりしていることは知っている。そうでしょう？」

ダルシアはうなずいた。

「聞かせて」

ダルシアはタバコを灰皿に押しつけた。吸い殻から立ちのぼる煙を見つめている。

「ジャマールはあの晩、わたしにバラを持ってきてくれた。それがまちがいだったんだ」

「それで、どうなったの？」

「わたしたちはバーで話をしていたんだけど、バラを渡すところをドミニクに見られたんだよ。ドミニクは、やきもちを焼くとかそんなことをするような男じゃない。でも、あいつは知っていたんだ。ジャマールとわたしが……」

「ジャマールが客ではなく、あなたの彼氏だってことを、ね？」

「ジャマールからは金を取らなかった。それでドミニクがキレちゃった。ジャマールを客だとは思いたくなかった。いい子だったから」

「ジャマールとドミニクは、トワイライトで話をした？」

「ドミニクは脅して手を引かせようとしたんだけど、ジャマールは譲らず、それでますます険悪になっちゃった。で、ジャマールは酒を飲み終わると出ていった。彼が乗るバスの路線もバスをおりてから歩いて帰ることもわたしは知っていた。ドミニクに脅されてそのことを話したら、一緒に来いと言われた。怖くて逆らえなかったんだよ。ドミニクはジャマールにそれほどひどいことはしないだろうって思った。ちょっと乱暴なことをするかもしれないと予想はしていたけどね。でも、あんなことをするだなんて。わたしも一緒に車をおりていれば、止められたかもしれないって心が痛むんだ」

「ドミニク・ライアンズは、ジャマール・ホワイトを撃ったの？」

「三番通りとマディソン通りの公園側の角でドミニクは、ジャマールを捕まえた。ドミニクはレクサスをおりてジャマールに三発撃ちこんだ」

「ダルシア、これはとても大切な質問よ。トワイライトのドアマンは、武器を店内に持ちこませないようにするために、身体検査をするでしょ。だから、ドミニクはトワイライトに銃を持って入ることはできなかったはず。銃は車に隠していたの？」

「ちがうよ」

「ちがう？　じゃあ、銃は？」

「あのときは銃を持っていなかった。トワイライトを出たあと、男に会いに行ったのさ。そいつから銃を買ったんだ」

「まちがいない？」

「絶対さ」

「クソッ」ラモーンは暗いモニター室で悪態をついた。

「ドミニクは、おまえが捜している犯人じゃないようだ」アントネッリが言った。

ラモーンはなにも言わずに、顔をこすった。ドアが開き、しわくちゃで組み合わせのおかしな服を着たユージーン・ホーンズビーが戸口に姿を現わした。

「ウィルキンズが駐車場で待っているよ、ガス。今すぐ、話をしなくちゃいけないんだと。なにか見せるものがあるらしい。どういう理由か知らんが、外に出てきてもらいたいと言っていた」

「クソッ、いったいなんだってんだ」ラモーンは興奮した顔で勢いよく椅子から立ちあがった。

「八つ当たりは勘弁してくれよ」ユージーン・ホーンズビーは言った。

30

ビル・〝ガルー〟・ウィルキンズはインパラのシートに半分尻をのせ、運転席側のドアを開け放して片脚を外に出してアスファルトを踏みしめていた。吸っているタバコの煙がラモーンのほうへ行かないように気をつかった。ラモーンは助手席に座り、ウィルキンズが持ってきた紙のファイル・フォルダからプリントアウトを引っ張り出して目をとおしていた。

「こいつをコンピュータの履歴ファイルからプリントアウトしたのか？」

「エイサーが殺される前の週に訪れていたサイトだ。七日ごとに自動的に履歴を消去するように設定していたんだ」

「これは……」

「ホームページの一例にすぎないよ。もっとすごいやつがある。ほとんど加工していないのがな。つまり、はっきり見えるやつだ。基本的には男同士の絡みだ。チンポコを写したものや、肛門に突き刺したもの、おしゃぶり、マスをかいているところ、そんなものばかりだな」

「エイサーはゲイだったのか」

「そのようだ」

ラモーンは黒い口ひげを引っ張った。「検死官の報告書を読んでからそんな気がしていたんだ。どうして素直に受け入れなかったんだろう。そうあってほしくないという気持ちが強かったんだな」

ウィルキンズは通りにタバコを弾き飛ばした。

「軽々しいことを口にするつもりはない。こいつを探り出したとき、心から残念に思った。おまえはあの子のことも家族のことも知っているんだし、なおさらだろう」

「よくやってくれた」

「もっと明らかにできたらよかったんだが。なんといっても通信文がなかったのは残念だ。エイサーはEメールには最新の注意を払っていたし、連絡を取り合うのも同じ方法を使わなかった。チャット・ルームでお相手を見つけて関係を持つんだ。おれもやったことがあるよ」ラモーンの視線を感じてウィルキンズは言い添えた。「女とだよ、ガス。知りたいのなら言うが、ほとんどが主婦だ。かんたんに会える。インターネットの奇跡さ」

「テランス・ジョンソンには話したか?」

「いいや。このことについちゃ、なにも言っていない。どっちにしろ、テランスは酔っていたからな。捜査について訊かれたよ。凶器は見つかったのかとか、そのたぐいのことだ。このファイルを抱えて、後ずさりしながらいとま乞いをしたんだ。こいつをプリントアウトしてしっかりとファイルにはさんでな」

「朝の九時から酔っ払っていたのか」

「非難できないよ、ガス」

「おれにも銃を見つけたら教えてくれと言っていたよ」

「まさか、おまえ――」

「いいや。動機なんかないだろ？　テランス・ジョンソンは、取るに足らないつまらん男だ。息子を殺すなんてことはありえない」ラモーンはフロントガラスの向こうに視線をさまよわせていた。「南北戦争とのつながりがわかったよ」

「南北戦争？」

「エイサーが訪れていたサイトさ。地元にある南北戦争の砦や墓地についてのサイト」

「なるほど。ホモたちが落ち合うには最高の場所だ」

「インターネットでカップルが落ち合う場所を決めるんだろう。十代の少年には自分だけの場所というのがないし、大人の連中にしてみれば、子供が家に入りこむところを見られたくないだろうからな。少年をあさる同性愛者は、たいてい結婚している」

「スティーヴンズ砦は恰好の場所だろう。一三番通りとクウォッケンボス通りが交差したあたりだ。ジョンソンの家からも遠くない。周囲にぐるっと盛り土がしてあるんで胸壁って呼ばれていて、身を隠すにはもってこいだ」

「リンカーン・ケネディ記念碑っていうものもあるのか？」

「聞いたことがない。リンカーン大統領は、あの砦で戦っているときに撃たれた。南北戦争で実際にリンカーンが戦場に出て戦ったのは、そのときが最初で最後だ。だが、記念碑のようなものはなかったと思う。ひょっとして国立墓地のなかにあるんじゃないのか」

「ジョージア通りにある墓地か？」

「背後がヴェナブル・プレイス通りへつづいている小

さな墓地だよ。南北戦争で死んだ兵士たちが葬られている」

「ウィルキンズ、おまえ――」

「わかってるって。みんなおれのことを女とビールにしか興味がないと思ってるんだろう。だがおれは本が好きだ。だから知っているのさ。言っておくけどな、家にいるときは読書三昧《ざんまい》なんだよ」

ラモーンは考えをまとめた。「わからないことがあるんだがな」

「なんだ?」

「よし、エイサーはゲイだった。だが、それと殺人はどう結びつく?」

「解決に近づいたと思わないのか?」

「いや、大きな前進だが、つながりが見えない」

「ロンダの容疑者はどうなんだ?」

「それなんだ。ドミニク・ライアンズの女が、やつがジャマール・ホワイトを殺したと歌いはじめた。だが、ジャマールを殺す直前に銃を買ったと言うんだ。エイサーはその前の晩に殺されてる」

「じゃあ、ドミニク・ライアンズに銃を売ったやつを探しだせばいい」

「こうしてしゃべっているあいだに、ロンダが聞き出しているだろう」

「なあ、ガス」

「なんだ?」

「さっき、よくやったと言ってくれたよな」

「ああ」

「ずいぶんと超過勤務をしている」

「わかっている」

「なかに入ったら十一時半までの超過勤務届けにサインしてくれるかい?」

「馬鹿言うなよ」

ラモーンが時計を見るとすでに正午を過ぎていた。

ラモーンとウィルキンズはビデオ・モニター室に入っていった。ボー・グリーンとアントネッリが椅子に腰かけてモニター2に映っているロンダ・ウィリスとダルシアの様子を眺めていた。モニター1では、ドミニク・ライアンズが取調室にひとり残され、テーブルに頭をのせて目をつぶっていた。

「どうした？」ラモーンが尋ねた。

「ボーはあのクソ野郎の口を割るのをあきらめた。ロンダは女からなにもかも聞き出したよ」

「銃の件はどうだった？」

「ドミニクはリヴォルヴァーのシリンダーを取り外して、ダグラス橋の欄干から川へ放り投げた。それから引き返してソウサ橋まで行き、残りを棄てた。銃はアナコスティア川にばらばらに投げ棄てられたってわけだ。だが、銃を売った男の名前と買った場所はわかった。男の名前はビーノ。ユージーンが今、調べている」

「ドミニクを見ろよ」グリーンはうんざりした口調で言った。

「あのクソ馬鹿野郎、居眠りをしてやがる」アントネッリも吐き捨てた。

「警部が言ってるだろ、取調室で寝る野郎は有罪だってな。無罪なら警察はまちがいをしでかしていると必死に訴える」ウィルキンズが言う。

「寝かせておけよ。あの若いのは大手を振ってここから出て行けると思ってるんだ。だが、やつの行くところはムショ以外にない。どんな未来が待ち受けているか知ったときの顔を見るのが楽しみだ」グリーンはそう言って鼻で笑った。

「女はどうなる？」ウィルキンズが尋ねた。「あの女も起訴されるのか？」

グリーンが答えた。「検察側と話をする必要が出てくるだろう。だが、おそらく、自白して警察に協力したことと、その証言の重要性に鑑みて保護観察の身となるんじゃないか。ロンダは証人保護プログラムも約束した。新しいスタートを切ることになる」

「あの売春婦はおケツを正しい方に向けるわけだな。母の日に間に合うように」アントネッリが混ぜ返した。

「おまえは黙ってろ」ラモーンが言った。

ロンダがカメラに向かって時間を読みあげると、ラモーンとウィルキンズは部屋を出た。

ふたりが行ってしまうとアントネッリがボー・グリーンを見やった。

「おれがなにをしたっていうんだ？」

「おケツが気に入らないだけなんだろう。なぜかわからないがな」グリーンは答えた。

ラモーンとウィルキンズは、パーテーションで区切られたロンダ・ウィリスのデスクへ行った。ロンダとラモーンは目を見交わし、ラモーンは彼女の腕に軽く触れた。

「みごとだったよ」

「ありがとう」

「一日がかりだったな」

「そうね。で、あなたのほうは？」

「今のところは、おもしろい日だよ。息子が退学になった。おれは学校に乗りこんで校長のデスクに小便をして教頭の人間性を問いただしたのさ」

「駆け引きがうまいのね」

「それから、ウィルキンズがエイサー・ジョンソンのコンピュータからあの子がゲイであった証拠を見つけた」

「それは、こたえたでしょ」

「がつんときたよ」

「でも、殺人とどう関係があるっていうの？」

「それはまだわからない。ドミニクに銃を売った男を探しだして、こいつに決着をつけられるといいんだが」

ユージーン・ホーンズビーがやってきて話に加わっ

た。ビーノという名前をデータベースの〝ウェイシーズ〟で検索したのだ。このプログラムはストリート・ネームと本名、最新の住所、前科などが相互参照できるようになっている。ユージーンはプリントアウトした資料をコピーしてきており、三人に配った。ビーノという名前の男はふたりいたが、そのうちのひとりはつい最近ムショ送りとなっていた。

ユージーンは説明した。「オールダン・ティンズリー。こいつは盗品売買の前科がある。さらに最近、ヤクでぶっ飛んだまま車を運転して捕まっている」

ロンダは尋問でつかんだことを話した。「ダルシアの証言によると、ドミニクが銃を買ったのはブレア通りから枝分かれした道の裏手、路地に入りこんだところらしいんだけど、どの路地かはっきりしないって」

「証言からすると、ミルマーソン・プレイスの二桁台のブロックのどこかだ」ユージーンが言った。

「フォート・スローカムの近くだな。ジャマールの遺体が発見されたのはそこだったよな」ウィルキンズが指摘した。

「しかも、オーグルソープ通りのコミュニティ菜園にも近い」ラモーンも気づいたことを口にした。

「息子たちに電話しておとなしくしているように言わなくちゃあ」

「駐車場で待っている」

ラモーンとロンダ・ウィリスは、トーラスに乗って北へ向かった。ふたりはサウスダコタ通りからミシガン通りへ出てノースキャピトル通りに入るつもりだ。ノースイースト地区を抜けて北へ行くには最適のルートだ。ラモーンはトーラスを丘へ向け、ロンダは助手席のサンバイザーにはさんでいるコンパクトの鏡を見ながら口紅を塗っていた。

「エイサーのことは居たたまれないわね。悲しんでいるご両親をさらに鞭打つみたいで」

「それだけじゃないんだ。テランス・ジョンソンはずいぶんと息子に辛く当たっていたんだが、〝おかま〟という言葉でののしったこともあるんだ。どんな気がしていただろうな」

「テランスは知っていたのかしらね」

「いや。そんなことは夢にも思っていなかっただろう」

ミルマーソン・プレイスはニコルソン通りとマディソン通りにはさまれた短いブロックだ。ブレア通りから一番通りにかけて、煉瓦壁とこけら板でふいた屋根をそなえたコロニアル式の家が建ち並び、どの家も手入れが行き届いていた。西から東への一方通行の道だったのでラモーンは、カンザス通り、ニコルソン通りを抜けてミルマーソン・プレイスに入った。複雑に入り組んだ路地が表通りをつないでいた。なかには一番通りから入って細い道を抜けるとふたたび一番通りに出てくる路地もあった。とある路地に曲がりこみ、道なりに進むと、それはU字形をしていてぐるりとまわってまた元の場所に戻ってきた。ガレージ、板塀、金網のフェンス、ひっくり返ったゴミ箱の前を通りすぎ、ある家の狭い裏庭ではピットブルとシェパードかなにかの雑種犬が数匹、立ちあがって吠え、あるいは寝そべっていた。路地をこのまま行くとブレア通りに出るはずだ。ブレア通りに出ると第四管区署のパトロールカーが西向きに停まっていた。ラモーンはトーラスをその後ろにつけ、縁石に寄せて停めた。銃を売ったオールダン・ティンズリーの家は通りの反対側だ。

ロンダは携帯無線機をつかんだ。ふたりがトーラスから外へ出ると制服警官もおりてきた。警官は若く、ブロンドの髪をクルーカットにし、額の上の毛を逆立てていた。胸の名札にはコンコーニとある。ロンダは前もって助っ人を要請していたのだ。

「アルトゥーロ・コンコーニです」若者は手を差し出した。

「ラモーンだ。こちらはウィリス刑事」

「それでどういうことです?」

「オールダン・ティンズリーという名のこそ泥野郎だ。最近、殺人で使われた銃を売った疑いがある。暴力行為の前科はない」

「わけなく片づきそうですね」

「ああ。目はいいか?」

「ばっちり見えますよ」

「ここから家を見張っていてくれ。ウィリス刑事から連絡が入ったら路地に移動しろ」

　コンコーニはユーティリティベルトから携帯無線機を取り外し、ロンダと周波数を合わせた。

「アート、それともアルトゥーロ、どっちで呼ばれている?」

「トゥーロです」

「わかった。じゃあ」

　ラモーンとロンダはそのブロックの先へ歩いていった。

「同国人ね」

「だからといって見下すなよ」

　ミルマーソン・プレイスのはずれに煉瓦造りの家が建っており、コンクリート製の階段が同じくコンクリート製のポーチへとつづいていた。ロンダはその家のドアに顎をしゃくった。

「警官ふうのノックでやってよ、ガス」

「まだ手が痛むのかい?」

「お金を数えてばかりいるから痛くって」

　ラモーンは拳を作り、ノックした。さらにもう一度。ドアがあき、二十代半ばの男が姿を現わした。背の高さはラモーンと同じ程度、大きな顔、長い腕、体は痩せていた。〝ヴィ・アー・ワン〟のTシャツを着て裾をジーンズの外に出していた。携帯電話を耳に当てている。

「ちょっと待ってくれ」電話に向かってそう言うとラ

モーンの顔に目を向けた。「なにか?」

ラモーンとロンダは、玄関のなかへ足を突っ込んだ。ラモーンがバッジを提示し、ロンダはその肩越しに部屋の奥をのぞきこみ、ほかに誰かいないか確認しようとした。奥のほうで誰かが動く音を聞いたように思った。

「ラモーン刑事だ。こちらはウィリス刑事。オールダン・ティンズリー?」

「ちがうよ。今、留守だ」

「それで、そちらさんは?」

「従兄弟《いとこ》だよ」

資料のなかにあった写真と目の前の男の顔を頭のなかで比べてみた。どう見てもオールダン・ティンズリーだが、従兄弟である可能性は否定できない。

「身分証明書はある?」ロンダが尋ねた。

「もしもし、かわい子ちゃん、聞こえるかい?」男は携帯電話に向かって言う。「申し訳ないが、切ってくれないか」

「あとで電話するよ。従兄弟のことで警官が来ているんだ」

男はベルトに携帯電話をはさんだ。

「身分証明書を見せていただける?」

「どういうことだよ?」

「オールダン・ティンズリーじゃないのか?」

「なあ、令状はあんのかよ。ないんなら、おれん家《ち》に足を踏みこんだんだから、不法侵入だ」

「オールダン・ティンズリーか?」

「おい、冗談じゃないぜ。従兄弟はいないんだって」

「冗談だって?」ラモーンはわれ知らず微笑んだ。

「こいつが不法だって言ってるのさ。おれは忙しいんだ。ということでお引き取り願おう」

男はドアを閉めようとした。ふたりの刑事は動かなかったので、迫ってきたドアが肩に当たってロンダはバランスを崩した。ラモーンは思いきりドアを蹴り戻し、家のなかに踏みこんだ。

「今のは暴行だ」

ラモーンは両手でTシャツの胸元をつかみ、部屋の奥へ押していった。壁に体を釘づけにする。男はあらがい、体をひねって逃れようとしたが、ラモーンは胸元をつかんだまま持ちあげていきなり手をはなし、落ちてくる男の後頭部に手を当て、思いきり堅い床に叩きつけた。ロンダが無線で制服警官に連絡しているのが聞こえた。手錠を取りだし、男を仰向きにした。顔が床に激突したさいにぶつかった唇と歯のあいだから血が流れていた。ラモーンは男を再度うつぶせにし、その背中に膝をついて手首に手錠をかました。

男は荒い呼吸のあいまになにかつぶやいたが、はっきりと聞き取れなかった。ラモーンは口を閉じていろと命じた。

年配の女が部屋に入ってきた。手には皿とそれを拭いていた布巾を持っていた。女は手錠をはめられて床に横たわる男と血の痕を見つめた。

「ビーノ」女は落胆を声ににじませた。「今度はなにをしたんだい？」

「彼はオールダン・ティンズリーですか、奥さん」

「息子です」

ラモーンが振り返るとロンダはグロックを握ったまま、ホルスターに収めようともしない。ロンダは眉を上下に動かし、問題のないことを伝えた。

アルトゥーロ・コンコーニが、腰にぶら下げた銃のグリップを握ったまま戸口に姿を現わした。

「この紳士を後部座席にお連れしろ。おれたちのあとから暴力犯罪班までついてきてくれ」

「なんでこんな目にあわなくっちゃいけないんだよ。唇が切れちまったぜ」

「名前を答えるべきだったんだよ。おれたちは丁寧に頼んだんだ」

「そうすれば痛い目にあわずにすんだのに」ロンダも

調子を合わせた。

　ロンダは、お騒がせして申し訳なかったと年配の女性に詫びた。ラモーンとコンコーニはティンズリーを家からパトロールカーへ引き立てた。

31

　T・C・クックは自宅のオフィスで、いくつかのファイルを広げていた。回文殺人事件の犠牲者ひとりひとりの資料だ。クックは彼らの生涯の完璧な記録を集めていた。写真も数多くあり、家族で撮影したものやひとりで写っているもの、あるいは学校での集合写真なども含まれている。特に退職するまでの最後の数カ月、クックのこの事件への入れ込みようは仕事への熱意どころではなく、とり憑かれてしまったかのように鬼気迫るものがあり、実際、警察内でそう口にする者もいたようだ。だが、誰かがこの事件を解決しなければならない。

　クックは二年間、回文殺人事件に直接かかわっていた。三人目が殺されたとき、サウスイースト地区の人たちの怒りは警察に向けられ、被害者が黒人なので捜査がなおざりにされているのではないかという憶測も飛び交ったが、最終的には、地元の人たちの信頼をクックは勝ちとった。市民による対策委員会へ足を運び、どうすれば子供たちが被害に遭わずにすむか助言をしたのだ。子供たちを狙った殺人は終息したかに見え、人々の関心は薄れていき、やがて麻薬絡みの殺人が話題にのぼるようになっていった。集会でも、ギャングや麻薬の売人、クラック、コカインの話ばかりになった。被害者の遺族たちは、〝回文殺人事件父母の会〟と呼ばれるグループを作って月に二回会合を開いたが、それはなによりもセラピーとしての効果があった。クックもこうした集まりには顔を出していた。

しかし、最後の犠牲者が出てから一年ほどたつと、クックは彼らと疎遠になった。まず、エイヴァ・シモンズの父親と母親が別居してしまった。オットー・ウィリアムズの両親も、事件後間もなく離婚した。イヴ・ドレイクの父親は、娘の二周忌に自殺し、母親は緊張病のようになり、翌年の冬、病院に収容された。

クックは写真を検討した。オットー・ウィリアムズは物を作ることが好きな頭のいい子で眼鏡をかけ、見た目は垢抜けない、いじめられっ子タイプだが、同級生からは人気があった。エイヴァ・シモンズは殺されたとき十三歳だったが、十代後半の娘のような体をしており、愉快で元気がいいというのは誰もの一致した感想だった。学業は大したことはなかったが、街で生き抜いていくしたたかさは身につけており、同居している祖母のことが大好きだった。イヴ・ドレイクはダブルダッチ（二本の縄を使って飛ぶ縄飛び）の名人で、トーナメントに出るために遠征もしており、きれいに片づけられた部屋には優勝トロフィーなどが誇らしげに飾られていた。

部屋のなかに殺された子供たちがいるような気がした。

ドアのベルが鳴らされた。クックは玄関口へ行き、ホリデーを招じ入れた。ホリデーは黒いスーツを着ている。

「どうして電話をくれなかったんです？」ホリデーが尋ねた。

「す、す、数字がよくわからないんだ。短縮番号を登録しなくっちゃな。今、やってしまったほうがよさそうだ」

「警部補とかいう友だちとは連絡がつきました？」

「ああ。さあ、向こうへ」

ふたりはキッチンへ行った。クックがホリデーにコーヒーをいれているあいだ、ホリデーはクックの携帯電話に自分の番号を登録した。

「すみません」目の前にクックがコーヒーを置くとホリデーは礼を言った。「それで誰だったんです？」

「警官の名前は、グラディ・デューン。勤続六年のベテラン警官だ。あんたが言うとおり白人だ」

「今夜は勤務ですかね」

「今日は八時から四時までのシフトだ。仕事を終えたところを捕まえられる」

「すばらしい。空港まで送り届ける仕事が入っているんですが、二時間ほどで戻ってこられます。四時までにはまちがいなく署に着きますよ」

「尾行するだけですか？」

「ふたりだけですからね。われわれだけじゃあ、それ以上やるのは難しい」

「やつがなにをやらかそうとしているのか、わかるだろう」

ホリデーは上着の両方のポケットからモトローラ社製のプロ用無線機を取り出し、テーブルに置いた。

「保安関係の仕事をするときに持っていくんです。電波は十キロほど飛びます。こいつが優れているのは、声に反応して作動するってことです。運転しながらでも使える」

「頭が混乱する数字も必要ないんだな」

「おれたちには重宝しますね」

「マーキュリー・マーキーのトランクに、高性能双眼鏡が入っている。あんたが持っていたほうがいいだろう。署から出てきたときに確認できる」

「わかりました」ホリデーは数時間遅れている壁の時計に目を向けた。椅子から立ちあがり、時計をはずすと針を進め、時間を合わせた。壁から突き出した釘の先に時計の裏に穿たれた穴を合わせ、まっすぐに掛けなおした。「これでよし」

数時間も遅れた時計を見るとホリデーは悲しくなってしまうのだった。時刻を合わせたのは老人のためではなく、自分のためだ。

「おれにとっちゃ、どうでもいいことだが、でも、ありがとよ」

「これでエルサルヴァドルのご婦人も正確な時間がわかる」

「そうだな」

「T・C……」

「なんだ?」

「ラモーンと話をしたんです」

「それはもう聞いたぞ。パトカーに乗っていた警官が誰か教えてくれなかったんだよな。だが、正直な話、おれがラモーンの立場なら、やはり教えなかっただろう」

「そういうんじゃないんです。ただ、なんと言うか、あいつの声に緊迫したところがあって。つまり、エイサー・ジョンソンの殺しは解決が近いんじゃないかと」

「今回の事件が回文殺人事件とは関係がないと思っているのか?」

「あなたを失望させたくなくって」

「失望なんかするもんか。こんなことを言うと不謹慎かもしれんが、この二、三日、楽しかった。いや、楽しいっていうのは正確じゃないな。目標があったと言うべきか。このところ、朝起きたときに目がぱっちりと開くんだよ。言っていることわかるかな?」

「ええ」

「だから、これがどんな結果になろうと、とことん追いかけよう。いいな?」

「はい」

「それに、そんなかしこまった言葉づかいはやめてくれ。巡査部長だったのはもう過去のことだよ、お若いの」

「わかりました」ホリデーはコーヒーをひと息に飲み、マグカップをテーブルに置いた。「さて、出かける時間だ」

「じゃあ、四時にな」

クックはキッチンを動かないでいた。玄関のドアが閉まってホリデーが出て行くのがわかった。警察無線を流すインターネットのサイトから、パトロール警官になにごとかを伝える通信指令係の小さな声が聞こえてくる。ほかにもなにか。かすかに響く子供たちの笑い声。ありえない。だが、クックはひとりでないこともわかっていた。


コンラッド・ガスキンズはベッドの端に座って、頬に走る傷痕を指先で円を描くように触っていた。背後のシーツの上には、持ち物をすべて詰めたダッフルバッグが置かれている。ほとんどが服、大半が下着、カーキ色のパンツ、仕事に着ていくTシャツ。ボタンダウンのシャツ二枚とスラックスも持っているが、今の仕事をつづけるかぎり、こんなものはいらない。着るもの、ひげ剃り道具、スニーカー一足、そしてロメオがくれたグロック。銃をここに残していくわけにはいかず、あとで処分するつもりだ。年下の従兄弟には、もう一挺の銃は必要ないのだ。

前の晩はビールを飲みすぎて、目覚まし時計が鳴っても起きられなかった。仕事にありつくという幸福をえてからじめて、仕事周旋所へいかなかった。

先ほどガスキンズは作業長に電話をした。元囚人でその後キリスト教信者となり、求職希望者のなかからガスキンズを選んでチャンスを与えてくれた人だ。謝り、許してもらいたいと必死に訴えていると、激情に駆られ、言葉が次から次へと口をついて出た。

「今はほんとうにひどいありさまなんだ。ここから自由になれないなら、死んじまうか、監獄に戻ったほうがましだ。おれは死にたくないし、誰も殺したくもない。毎日、真っ正直に働き、まっとうな金をもらえればそれでいい」

ガスキンズはポールという名前の作業長に現在自分が置かれている状況についてさらに語ったが、具体的なことには一切触れなかった。伯母のミーナのこと、彼女の息子ロメオのめんどうをみると約束したことは話した。

それを聞いてポールは答えた。「その従兄弟のためにできることは、すべてやってきたんだ。荷物をまとめてその家を出ろ。支度ができたらまた電話をくれ。おまえの家の前を走る通りのはずれで待っている」

「でも、どこで寝泊まりするんだ？」

「うちにはカウチがある。どこか見つかるまで、おれの家にいればいい」

「給料から天引きしてくれ」

「そんなことは忘れちまえよ、ガスキンズ。電話をくれ、いいな？」

ガスキンズは、今日一日、このことを真剣に考えていた。電話をしてすでに荷作りも終え、出て行く支度は整った。ミーナ・ブロックのこと、彼女と交わした約束が頭を離れなかった。ロメオはここしばらく母親のところへ行っていない。コンラッド・ガスキンズが今やミーナの息子みたいなものだ。言葉にはしないが、ミーナはわかってくれているだろう。ガスキンズはそう信じているのだが、罪の意識を拭い去れなかった。

　ガスキンズはダッフルバッグのストラップをマジックテープで留めてかつぎあげ、部屋を出た。

　昼寝から目覚めたばかりのロメオ・ブロックは、ガスキンズが部屋から出てきた足音を聞いた。体を転がしてマットレスから身を起こし、足を床におろした。伸びをしてドレッサー脇に置いたふたつのグッチのバッグに目を向け、それから財布、鍵、タバコの置き場所であるドレッサーに歩み寄った。ベッドから出るといつもそうしているように、しかるべきものがしかるべき所にあることを何気なく確認する。

　ドレッサーにはコルト・ゴールドカップ四五口径とアイスピックも置かれていた。アイスピックの先にはコルクを突き刺している。これをふくらはぎにテープで留めておくといい気分だった。握りをつかんで引き抜くと、テープがコルクを落としてくれる。これをテレビで見た記憶があるのだが、時間がたつうちにロメオは自分で考え出したのだと思いこむようになった。馬鹿じゃこういうことを考えつかないだろう。

　ロメオは上半身裸のままクールに火をつけ、マッチをタイヤ形の灰皿に放りこんだ。ジーンズの尻のポケットに財布を滑りこませ、裸足のまま寝室から出た。廊下をたどって従兄弟の部屋の前を過ぎ、広々とした居間に入っていった。ガスキンズがカウチに座り、その足元にはダッフルバッグが置かれていた。

　ロメオはたてつづけに二度タバコを吸うと、長々と煙をはき出した。

「出ていくのか？」

「もう限界だよ、ロメオ」

「びびっちまったんだな？」

「盗みや殺しはたやすい。だが、そのつけは……もうおれには無理だ」

「あとちょっとってところなんだぜ。ここでしばらくじっとしていればいいだけだ。そうすればお楽しみがやってくる。分け前を持って、それで出て行きたいんなら、行けばいいさ」

「そんな腐った金はいらない。ここにいておまえが殺《や》られるところを見たくない」

「馬鹿言うな。おれが殺られるって？」

「そんなことはないと思ってるのか？　おまえが憧れているレッド・フューリーでさえ、思うようにいかなかったんだ。刑務所の庭で刺されたとき、やつはそれを喜んでいたと思うか？　街で評判になると得意になって死んでいっただと？　ちがうんだよ、ロメオ。せいぜいがおふくろの名前を叫ぶくらいだ。男が死ぬときは、たいていそんなもんなんだよ」

「だが、おれはおっぱじめたばかりだぜ」

「すでに一線を越えちまったんだよ。おまえみたいなやつは、子供だとか間抜けどもを相手にしているうちはうまくやっていけるが、やがて物足りなくなる。そこでこの前みたいなでかい仕事をして大金を手に入れ、金を使うことを覚える。そうなると今度はその生活レベルを維持しなければならなくなるんだ。盗みはますますエスカレートし、ついには近寄るだけでもヤバいやつの足を踏んづけてしまう。で、殺し屋が雇われて、バーン、一巻の終わりだ。なあ、ロメオ、おまえの運命はもう決まっちまったのかもしれない。女を連れてきただろ。あれは大きなまちがいだ。あのデブ野郎は、女がどこで働いているかつきとめる。今日、明日ってわけじゃないだろうが、近いうちに殺し屋が女のあとをつけてこの家にやってくるよ。どんな野郎の五万ドルを盗んじまったのかわからないが、おそらく、そうなる。おまえは終わりだよ」

「おまえのことを気に入っていてよかったぜ。ほかのやつだったら、そんな口は叩かせない」

「おれもおまえのことが気に入ってるよ。だが、ここには居られない」

ガスキンズは立ちあがり、ロメオ・ブロックを抱擁した。それから体をはなし、ダッフルバッグを持ちあげた。

「おふくろのめんどうは頼むぜ」ロメオが言った。

「もちろん。おれの心の拠り所だからな」

ロメオは家の正面に穿たれた窓からガスキンズがユリノキの下を通り、砂利道を抜けてヒル通りへと遠ざかって行くのを見ていた。

今、走って追いかければまだガスキンズを捕まえられる。なんとか説得して出て行くのを思いとどまらせようか。だが、ロメオはその場に立ったままタバコを吸って指先で叩き、堅い木の床に灰を落としただけだった。

32

ラモーンはソーダの缶とフライドチキン・サンドを手に暴力犯罪班のビデオ・モニター室に入っていった。昼はだいぶ過ぎていたが、まだ食事をしていなかった。ラモーンが食べるものを買いに行っているあいだ、ロンダはオールダン・ティンズリーへの取り調べを行なっていた。

アントネッリは椅子に腰かけて脚をテーブルにのせているので、足首のホルスターとグロックが丸見えだ。モニター1では、ボー・グリーンがドミニク・ライアンズの尋問をつづけていた。ダルシア・ジョンソンがビデオリンク方式（証人を裁判所内の別室に召喚し、法廷と別室の両方にビデオカメラとモニターを設置し、法廷から尋問する方法）で証言することに同意し、警察に協力していることをドミニクは聞かされたようだ。顔が怒りで歪み、足首はすでに椅子に固定されていた。ボー・グリーンは椅子の背に体をあずけて腹の上で手を組み合わせ、なんの表情も顔に表わしておらず、声も静かで穏やかだった。

アントネッリが説明した。「ドミニクに銃を売った男を拘束したとボーが伝えたところだよ。前の晩にその銃が別の殺しでも使われていたってことも話した。やつを見てくれ。もう、めかしこんでかっこつけたお兄さんには見えない」

モニターのなかのドミニクは、前屈みになり、テーブルに拳を叩きつけた。

「ふざけるな。ほかの殺しでもおれを挙げようってのか。殺しで使われた銃を買うほど馬鹿じゃない」

「ビーノがきれいな銃だと言ったのか？」

「そうよ。まったくそのとおり」

「じゃあ、どこでビーノは銃を手に入れたんだろうな？」

「知るかよ。あのチンピラに訊きゃあいいだろ」

「そのつもりだよ」

アントネッリは脚を床におろし、モニター2を顎でしゃくった。ロンダはオールダン・ティンズリーと向かい合って座っている。「おまえがとっ捕まえたこそ泥野郎はしゃべろうとしない」

「そのうちしゃべるさ」ラモーンは答えた。

「ロンダは怪我をしたのか？」

「ドアはロンダに触れてもいない。巨体のディフェンスプレーヤーに体当たりされたみたいに後ろへ吹き飛んだがな」

「女ってのは演技がうまいからな」

「なにごとにおいても女のほうが上さ」

ラモーンとアントネッリはモニター2を眺めていた。ロンダはオールダン・ティンズリー相手に駆け引きをしていたが、まったく成果はなかった。ラモーンは黙のようにチキン・サンドイッチにむしゃぶりつき、ソーダを飲み干して空き缶を屑かごに捨てた。

「おれも加わるか」

ドアをノックしてあけると、ロンダが顔を振り向けた。ラモーンは取調室に入った。ロンダの隣に腰かけ、両手をテーブルに置いた。

ラモーンがタイを緩めたのは、その日、三回目だった。取調室のなかは暖かく、部屋のなかに自分の体臭が広がっていくのをラモーンは感じとっていた。二、三時間前にこの恰好でバスケットボールをやったのだ。オールダン・ティンズリー相手にひと汗かいた。このシャツとスーツをもう一週間も着つづけているような気がした。

「よお、オールダン」

オールダン・ティンズリーはうなずいた。床にぶち当たった唇が腫れている。まるでアヒルみたいだ。

「寛《くつろ》いでいるかい？」

「口のなかが痛い。おまえのおかげで歯が一本ぐらぐらしている」

「警官への暴行は重罪だ」

「ここにいるおまわりさんには謝ったよ。そうだよな？」

「ええ」

「ドアをぶつけようと思ったんじゃない。ただ、ちょっと動揺していただけだ。なんで来たのか言わなかったろ。おれは近ごろ、なんだかんだと捕まってるんで、うんざりしてたんだ。あることないこと責められるのも、もう勘弁してもらいたい。だが、いいか、おれは誰ひとり、傷つけようなんて思ったことはない」

「実をいうとな、暴行罪ってのはそれほど心配することじゃないんだ」

「おい、弁護士を呼べ」

「ドミニク・ライアンズ。知ってるな？」

「思い出せないよ」

「五分前にドミニク・ライアンズから、水曜日の夜、おまえから銃を買ったって話を聞いたばかりなんだ。38スペシャル。ドミニクと一緒にいた女が、銃を売ったのはおまえだって証言した」

ティンズリーは唇を震わせた。

「その夜、ドミニクはその銃で殺人を犯した」

「なあ、聞こえなかったのか。弁護士だよ……弁護士を呼べ」

「もっともな要求だ。おれがおまえなら、弁護士を一チーム雇うだろう。銃の密売も重罪だし、たてつづけに起きた殺しの共犯……」

「おいおい、殺しなんか関係ないぞ。おれは物を仕入れて売ってるだけだ。殺し屋じゃない」

ラモーンは破顔した。「たてつづけに起きたって言ったんだよ、ビーノ」

「はあ、なに言ってんだ」

「火曜の夜はどこにいたのか、話してくれると思ってな」

「火曜の夜だと?」

「そう火曜」ロンダも加わる。

「火曜の夜は女のとこにいた」話題が変わって安堵したのが顔の表情からすぐにわかった。

「女の名前は?」

「フローラ・トールソンだよ。しばらく付き合ってるんだ。フローラなら、おれが一緒だったと証言してくれるよ」

「どこで?」

「カンザス通りからちょっと行ったところだ」

「ちょっと行ったところってどのあたり?」ロンダが尋ねた。

「はっきりとわかんないな。ブレア通りの先かな」

ラモーンとロンダは視線を見交わした。

「そこでなにをしていた?」ロンダが追及する。

「一発やってたに決まってるだろ。なに考えてるんだ？」

「何時ころまでそこに？」

「ずいぶんと遅い時間までいた。長々と話をしてたんだ。真夜中過ぎてたな、たぶん」

「それから、車でまっすぐ家に帰った？」

「いや、その……」ティンズリーは口をつぐんだ。

「歩いたのか？」ラモーンが言った。

「クスリをキメて運転して捕まってるわね」ロンダが指摘した。

「おまけに無免許だ」ラモーンも追い打ちをかける。

「あんたみたいな女ったらしが、デートに歩いていくのね」ロンダが言った。

「弁護士を呼べったら」

「ミルマーソンの家まで歩いて帰るとなると、オーグルソープ通りにあるコミュニティ菜園を通り抜けていくことになるな」

「勘弁してくれよ。あのガキを殺してなんかいないぜ」

「あのガキとは？」

「銃の不法所持は認めるよ。だが、殺しだなんて冗談じゃない」

ラモーンは前屈みになった。「あのガキというのは誰だ？」

ティンズリーは肩の力を抜いた。「あの銃は拾ったんだ」

「どこで？」

「オーグルソープ通りのコミュニティ菜園のなかだよ。フローラのところから帰るときは、いつもあそこを通って近道をするんだ。おふくろの家までの最短コースだからな」

「どういうことなのか話してくれ」

「菜園を歩いていただけだ。そうしたら、そいつに出くわしたのさ。道に倒れていた。最初は寝ているんだと思った。だが、しばらく眺めて目が暗闇に慣れてくると、子供だってわかったんだ。目を見開いて、頭のまわりに血だまりができていた。死んでいるのは明らかだったよ」

「なにを着ていた？」ラモーンはそう言いながら、自分が息を呑んだことに気づいた。

「ノース・フェイスのジャケットだよ。月明かりのなかでロゴが見えたから覚えてる。思い出せるのはそれだけだ」

「ほかになにか記憶に残っていることはないか？」

「そうだな、銃があった」

「どんな銃だ？」

「三八口径のリヴォルヴァー。子供が握ってたよ」

ラモーンは思わずうなった。短く、低い声で苦痛にうめいたかのようだった。ロンダは口をつぐんでいた。頭上の通風孔から空気が吹き出している音が聞こえるだけだ。

「触ったのか？」

「手に取った」

「どうしてそんなことをした？」

「これで金が稼げるって思ったんだ」

「犯罪現場の証拠を台無しにするってことがわからなかったのか？」

「三百ドルになるってことしか頭になかったんだよ」

「それで盗んだんだな」

「だってあの黒人のガキは、もう使えないだろ」

ラモーンは立ちあがり、右の手で拳を作った。

「ガス」ロンダがたしなめた。

ラモーンは早足で取調室を出ていった。

ロンダも立ちあがり時計に目をやった。

「ソーダかなにか持ってきてくれないか？」ティンズリーは言った。

ロンダは答えなかった。カメラに向かって時刻を告げただけだ。「午後二時四十三分」

不安に顔を歪めているティンズリーをそのまま残し

てロンダは取調室を出てオフィスへ向かった。ラモーンはウィルキンズのデスク脇に座り、話をしていた。ロンダはラモーンの肩に手を置いた。

「残念ね」

「どうして気づかなかったんだろう」ラモーンは言った。

「あなただけじゃない、みんなよ。現場に銃はなかった。銃が見つからないのに自殺だなんて誰も思わないでしょう」

「左利きだ。左利きだから左のこめかみに撃ちこんだ……左手の指に火薬のかすが付着していた。見せびらかすためにノース・フェイスを着ていたんじゃない。ポケットに銃を入れていたからだ。息子がエイサーの姿を見たとき、汗をかいていたらしいんだが、ちがう。泣いていたんだ。それに気づくべきだった」

「自殺っていうのは、そんなにあることじゃないだろ」ウィルキンズが言った。

「それはちがう、ウィルキンズ」ロンダが異を唱えた。

「黒人の子供は、ふつう自殺しないもんだろ」

「いい、そこがちがうんだって。十代の黒人の子供たちも自殺をしている。実際、その数は急上昇してるんだから。中流や上流の家庭の子供たちだけに見られることだけど。死ぬにはお金がかかるのよ。銃が容易に手に入ることも言うまでもない。それに黒人のゲイの男の子たちは、決して受け入れられないってわかっている。そういう風潮がわたしたちの文化のなかに暗黙のうちに刷りこまれてしまっているのね。黒人のなかには、なんでも許すと言う人たちもいるんだけれど、ひとつだけ例外がある。それがなんだかわかるでしょう?」

ラモーンが言った。「エイサーの気持ちを考えてみろよ。熱狂的というほどマッチョな家庭に育ち、罪の意識とともに生きていたんだ」

「耐えられなかったのね」

「さてと」ラモーンは立ちあがった。

「どこへ行くの？」

「まだやることがいくつか残っている。片づけなくちゃいけないことがな。ウィルキンズ、あとで電話して最新情報を伝える」

「後始末やら書類仕事はどうする？」

「おまえの担当だろ。すまないな。エイサーの父親に話してくるよ。慰めにはならんだろうが」

「ティンズリーの罪は？」ロンダが尋ねた。

「よりどりみどりだろ。有罪に持ちこめる証拠を見つけてやるよ」ラモーンが答えた。

「今日は収穫があったわね」

「ああ」ラモーンは賞賛のまなざしでロンダを見た。

「あとでみんなに報告するよ、いいな？」

駐車場へ出るとラモーンはホリデーの携帯電話の番号を押した。ホリデーは客をおろしてレーガン国際空港を出たところだと言った。

「会えないか？　個人的に話したいことがある」

「これから行くところがあるんだ」

「すぐにそっちに着く。空港そばのグレイヴリー・ポイント公園で会わないか。南へ向かう道にある小さな駐車場だ」

「急いでくれ。時間を持て余してるわけじゃないんだ」

33

ポトマック川沿いにあるグレイヴリー・ポイント公園は、北へ向かうジョージ・ワシントン記念高速道からはとても行きやすい場所にある。ジョギング、ボート、ラグビー、自転車などのスポーツをする人たちで賑わい、また、レーガン国際空港の滑走路が数百メートル向こうにあるので飛行機を眺める人たちも多い。高速道をはさんで反対側、景色のよくない側には小さな駐車場があり、空港から客を乗せるリムジンや送迎サービスの運転手が待機する場所に使われている。

　こぢんまりとした駐車場でダン・ホリデーはリンカーンのタウンカーに寄りかかって待っていた。ガス・ラモーンはタホをその脇に停め、車からおりるとホリデーに歩み寄った。ホリデーはラモーンの服の乱れに目を向けた。

「忙しいのにすまなかったな」ラモーンが声をかけた。

「スーツを着たまま寝たのか？」

「今日はうんと稼いだもんでね」

　ホリデーは上着のポケットからマールボロの箱を摘まみあげ、一本振り出すとラモーンにすすめた。

「いや、けっこう。やめたんだ」

　ホリデーはタバコをくわえると火をつけ、ラモーンのほうへ煙をはきだした。「いい香だろ？」

「頼みがあるんだ、ドク」

「今朝、おまえに電話して頼みごとをしなかったっけな。だが、おまえは聞く耳を持たなかった」

「警官の名前を教えられないことくらいわかるだろ」

「聞く耳を持たなかったと言ったんだ」

「おれにはちがいがわからない」

「おまえってやつは、まっすぐな男だな」

「そいつはどうかな。それはそうと、エイサー・ジョンソンは自殺だったよ。回文殺人事件とは関係がない」

　ホリデーはタバコを吸った。「がっかりだな。だが、驚きじゃないね」

「クックはこたえるんじゃないか。回文殺人事件がふたたびはじまったと思っているんだろ。エイサーの殺しで過去の事件も解決すると期待をかけている」

「ああ、かなりの打撃だろう」

「おれが話そう」ラモーンが言った。

「いや、おれが知らせるよ」

「なあ、ドク」

「なんだ？」

「警官の名前は、グラディ・デューンだよ」

「遅すぎる。もうわかっている」

「あの晩どうしてあそこにいたのか調べようと思っている。検察側の役に立つかもしれない」

「後部座席にいた容疑者のことも忘れるな」

「十代の容疑者、あるいはやつの女だったのかもな」

「そう思ってるのか？」

「わからない」

「おれにその前科があるからな。それを言いたいんだろ？」

　ラモーンは答えなかった。

「あのときはレイシーのことを尋ねなかったな」

「訊こうと思ってた。だが、おまえはバッジを返してしまった」

「おまえがドジを踏んだんだよ。レイシーが姿を消す前に大陪審にかけるべきだったんだ」

「わかってる」

「おまえの情報屋が、おれとレイシーが話をしているのを見たと証言した日――レイシーが姿をくらます直前だ――おれたちは悪徳警官だの内部調査課に関する話は一切していなかった」

「なにを話していたんだ？」

「もうどうでもいいことだろ、ガス」

「興味がある。おまえだって話したいんだろ。さあ、話せよ。すっきりさせちまえ」

「金を渡したんだ。五百ドル。ペンシルヴェニアだかどこだか地の果てまでのバス代だ。家に戻ってやり直せるように、あといくらか渡したよ。レイシーの命を助けたかったんだ。ヒモのミスター・モーガンって野郎は、ムショにぶちこまれていようがいまいが、レイシーを切り刻むのは朝飯前だった。やつは蛆虫野郎だ。だが、おまえはそれを知らなかった。デスクにふんぞり返って仕事をしていただけだからな。おれと腹を割って話せば、わかってくれただろうに」

「おまえのおかげでさんざんだったよ。悪徳警官どもを起訴できなかった。しかも、モーガンは六カ月後、男をひとり殺した。おまえはすべてぶち壊すことしかやらなかったんだ」

「女を助けたぜ」

「それだけじゃないだろ。尋問しているときに、レイシーからおまえたちの関係をすべて聞いた。だから、おれに対して高飛車に出るのはやめることだ」

「女を助けたんだ」ホリデーは繰り返したが、声は弱々しく、ラモーンの目を見ることができないでいた。「すまない、ドク。おまえの身に起こったことは、おれにとっても楽しいことじゃなかった」

ラモーンは駐車場の右手に顔を向け、川の水が流れこむ池の水面で太陽の光が踊っているのを眺めた。ホリデーは最後にもう一度タバコを吸いこむと、吸い殻を足元に落として踏みつけた。

「それで頼みってのはなんだ？」ホリデーは尋ねた。

「複雑なんだ。エイサー・ジョンソンが自殺したあと、オールダン・ティンズリーって野郎が銃を盗んだ。オールダンはその銃をドミニク・ライアンズというヒモに売り、エイサーが自殺した翌日の夜、ドミニクはその銃で人を殺した。オールダンからは自白が取れたが、その過程でヤバいことをやらかした。オールダンに暴行し、弁護士を呼べという要求を三度も無視したんだ。弁護士がこの事実をつかみ、オールダンに証言をひるがえすよう悪知恵をつけたら、困ったことになる。こいつらはみんな悪党だ。ムショ送りにしたい」

「なにをしてほしい？」

「あの晩、オールダン・ティンズリーが菜園を歩いてくるのをはっきりと見たと証言してほしい」

「なあ、いいか、黒人の男だと言っただけだ。彼が黒人だったってことしか思い出せない」

「なにを目撃していようが関係ないんだよ、ドク。証言をしてほしいと言っている」

ホリデーはにやりとした。「とんでもなくねじ曲がった野郎だよ、おまえは」

「やってくれるか？」

「ああ」

「感謝するよ。近いうちに面通しをしてもらうことになる」

ラモーンはホリデーに背を向けて車に戻りかけた。

「ガス」

「なんだ？」

「おまえの女房のことでひどいことを言ってしまった。謝る。いい人だって聞いている。酔ってたんだ」

「気にするなよ」

「おまえのことが羨ましいんだろうな」

「もういい……」

「家族なんてものは、おれには無縁だ」ホリデーは目を細くして太陽を仰ぎ見た。「制服警官だったころ、警察の精神科医の診察を受けろと命じられたことがある。警部補が、おれの女好きは異常だと言ってな、酒を飲みすぎることもあるんで診てもらえって命令されたんだ。乱れた生活のせいで、警官としての仕事にも支障をきたしているからってな」

「目に浮かぶよ」

「で、診療室へ出向いて過去の話をした。精神科の医者は『引き離されることへの恐怖があるのではないかと思う』とかなんとか、そんな世迷《よま》い言《ごと》を並べた。妹が死んでからも長いあいだ気持ちが動揺していたからなんだと。関係を長続きさせることから逃げている。なぜかといえば——あの医者はなんと言ったっけな——おれのあずかり知らない事情で妻を失うのではないかと怖れているからだっていうのさ。そこで、おれはこう答えた。『そうかもしれない。でも、ひょっとすると、女のあそこが好きなだけなんじゃないか』そう思わないか、ガス」

「だからおれはここに来たんだ。おまえから楽しい話が聞けるかもしれないと期待してたんだ。背徳の経験談のひとつでもな」

「次の機会にたっぷり聞かせてやる」ホリデーは腕時計に目を向けた。「もう行く時間だ」

　ラモーンが手を差し出し、ホリデーはそれを握った。

「おまえはいい警官だったよ、ドク。マジで言ってるんだ」

「わかってるさ、ガス。おまえなんかよりもはるかに優秀な警官だった」

　ラモーンはホリデーがリンカーンのドアをあけて乗りこむのを見ていた。ホリデーは助手席に手をのばし、運転手の帽子をつかむと頭にのせた。

「このクソ馬鹿野郎が」ラモーンは小声で言った。

　しかし、その顔には笑みが浮かんでいた。

　満腹になったマイクル・テイトとアーネスト・ヘンダーソンは、リグズ通りの駐車場でヘア・レイザーズの見張りをつづけた。ようやく、シャンテル・リチャーズが店から出てきてトヨタの赤いソラーラに乗りこんだ。

「いい車だな」テイトが言った。

「女の車だ。なんだ、おまえ、欲しいのか？」

「スタイルがいいと言っているだけだ。あの女が運転するにはぴったりだってな」

シャンテルは駐車場を突っ切り、出口へ向かった。

「あれじゃあ、見失うわけがない。あんなに赤いんだ」テイトが言った。

「おまえが逃がさないかぎりな」

「なんだって？」

「なにをぼんやりしてるんだよ」

「今、出すところだろ」

「さっさと行け」

ふたりはシャンテルのあとを尾《っ》けてラングレー・パークを抜け、ニューハンプシャー通りを進んでメリーランド州に入っていった。環状線にのり、プリンス・ジョージ郡の奥へと向かう。マイクル・テイトが言ったとおりだった。ソラーラの色は目立ち、尾行は楽だった。


シャンテルは西へ向かう傾斜路を降りてセントラル通りに入り、二キロほど直進して右折し、ヒル通りを進んだ。交通量が少なくなるとテイトは車間距離をあけた。建ち並んでいた家々はやがて鬱蒼とした木々に取って代わられ、そのまま坂を登り切るとシャンテルは路肩にソラーラを寄せ、停まっていた車の後ろにつけてエンジンを切った。テイトはマキシマを減速させると百メートルほど手前の道路脇に停めた。

「なにをしているんだ？　森のなかを歩くつもりか？」アーネスト・ヘンダーソンは言った。

「ちがうな。あそこは砂利道になっている。見えるか？　道のようなものがつづいてるんだよ」

「前に車が停まってるな」

「インパラＳＳだ」

「標的の車かもしれない。やつはあの奥に住んでるんじゃないのか」

「よし。これで仕事は終わりだ。女を尾けてどこに行くのか見極めた。さあ、帰ってベンジャミンに報告しようぜ」

「まだ終わってない」ヘンダーソンは携帯電話を引っ張り出すと番号を押しはじめた。「ベンジャミンもここに来たいのさ」

「なんで？」

「金を取り戻すためだ。ロメオとかいう坊やが五万ドルかっさらっていったんだからな」ヘンダーソンは呼び出し音に耳を傾けた。「レイモンド・ベンジャミンは温厚だが、牙を剥いたやつには容赦しない」

マイクル・テイトの口のなかは乾ききってしまった。喉が渇いた。逃げ出したかった。この車からおりるだけでもいい。

「ベンジャミンと話しているあいだ、森のなかに入って様子を探ってこよう」

「わかった」そう答えたとき、レイモンド・ベンジャミンが電話に出た。


ラモーンはパイニーブランチ通りの北、ジョージア通りの六〇〇〇番ブロックにタホを停めた。歩道の先を右に曲がり、階段を数段のぼってバトルグラウンド国立墓地の鉄製の門の前に立った。かんぬきを持ちあげて門を押し開き、二基の六ポンド滑腔砲《かっこうほう》のあいだを抜けて地面に降り立った。

コンクリートの歩道をたどり、古い石造りの家やいくつかの大きな墓石を過ぎ、墓地の真ん中までやってきた。四十一の墓標に囲まれて立つ柱の先でアメリカの国旗がなびいていた。ここにはスティーヴンズ砦の戦いで死んだ北軍の兵士たちが葬られている。丸く配列された墓標の外側には、スタンドが数基立っており、そこに埋めこまれた真鍮板に四篇の詩が刻みこまれていた。ラモーンはその内のひとつに歩み寄り、読みはじめた。

くぐもった太鼓の音が悲しげに打ち鳴らされ
兵士を呼ぶ最後の帰営ラッパが響き渡る
生ある者たちは歩めども
果敢に散った勇者たちにまみえることはない

ラモーンはあたりを見まわした。ここは静かだ。都会のただなかの一エーカーの敷地には、芝生が植えられて木々が並び立ち、控えめな記念碑がひっそりとたたずんでいる。郊外に来たような気持ちにさせてくれるが、この墓地は西へ走る高架道路から見下ろすことができ、さらに東のはずれはヴェナブル・プレイス通りの住宅街に接している。一夜の相手と密会するには、危険の少ない場所だ。しかし、エイサーはセックスを求めてここに来たのではないだろう。家庭や隣近所の付き合いから逃れ、ひと息つくことができる場所としては、ここが一番近く、手ごろだったのではないか。

エイサーはスプリグズ兄弟にリンカーン・ケネディ記念碑へ行くと言った。ふたりに思い出してほしかったのだ。エイサーはなにかを残し、誰かに見つけてほしいと思っていたにちがいない。それはこの墓地にあるはずだ。

ラモーンは墓地の入口まで戻った。ここには大きな墓標が四つ一列に並んでいる。昔からある伝統的な墓標ではなく、陸軍、義勇騎兵隊、オハイオ州、ニューヨーク州、ペンシルヴェニア州の州兵の記念碑だった。

柱頭がほかのものよりも高くそびえている記念碑があった。その前に立って墓碑を読む。〝ニューヨーク州オノンダガ郡の勇敢な息子たち。一八六四年七月十二日、エイブラハム・リンカーン大統領とともにワシントン防衛のために戦った〟

側面にまわりこんだ。そこには戦死あるいは負傷した兵士の名前が刻みこまれており、ラモーンはジョン・ケネディの名前を見つけた。

まわりの地面を見下ろしてつま先で土を蹴った。背後にまわって芝を注意深く見ていくと四角く切り取られてまた元に戻されたか、新たに地面に芝をのせたようなところがあることに気づいた。ラモーンは片ひざをついて屈みこみ、四角い芝生を持ちあげた。マリネに漬ける肉ほどの大きさのジップロック式ビニール袋がその下の土になかば埋まっており、表紙や背になにも書かれていない本が入っていた。

ラモーンはエイサーの日記帳を取り出した。墓地の隅にあるカエデの下へ行き、日陰となったところに腰をおろし、幹に寄りかかってページをめくった。

ラモーンは読みはじめる。時間が過ぎていき、墓地の影が長くなって足元にまで忍び寄ってきた。

34

ダン・ホリデーはピーボディ通りにタウンカーを停め、運転席に座ったまま第四管区署裏にある駐車場の出入り口を見つめていた。T・C・クックはジョージア通りの縁石に寄せて北向きにマーキュリー・マーキーを停めている。色褪せたステットソン帽をかぶり、チョコレート色のバンドには虹色の小さな羽根飾りが差してあった。千鳥格子のスポーツジャケットを着てタイを締めていた。

ふたりは声で起動するモトローラ社製の無線機の周波数を合わせており、通信状況は良好だった。すでに一時間近く見張っている。

「どんな様子だ?」クックが尋ねた。

「すぐに出てきますよ」

　クックの双眼鏡を使ってホリデーは、制服姿のグラディ・デューンが車輛番号四六一のパトロールカーで駐車場に入ってきて、署の裏口からなかに消えていくのを確認していた。身長は百八十センチほどで痩せて青白い顔をし、ブロンド、鋭い目鼻立ちをした男だった。背筋をまっすぐにのばした姿勢やその歩き方には自信がみなぎり、どうやら軍で訓練を受けたようだ。勤務の交代時間にあたっていたので、まわりに警官が大勢おり、くだらない話やお気に入りのパトロールカーをどちらが使うかで話し合いをしているのだが、グラディ・デューンは立ち止まってこうした同僚と言葉を交わすことはなかった。

「ラモーン刑事とは会ったのか？」クックが尋ねた。

「ええ、会いましたよ」

「エイサー・ジョンソンの事件の進捗状況を聞いたか？」

「その件で話をしたんです」ホリデーは、一瞬、口ごもった。「でも、まだはっきりしたことはなにも」

　無線機は沈黙し、クックが信じていないことがわかった。

　ふたりの若者がホリデーの車の脇を通りすぎていった。ふくらはぎまであるハーフパンツをはき、裾をわざとほつれさせている。ひとりの少年のTシャツの袖口は切り落とされて紐のようになって結ばれており、結び目は小さな丸い塊となっていた。Tシャツの前面には蛍光塗料でキャラクターが描かれている。顔はうりふたつだ。車の脇を抜けていくとき、少年のひとりがホリデーに笑いかけた。リンカーンに乗り、黒いスーツを着ているが、あの少年たちは彼のことを警官かなにかと思ったのだ。まんざらでもなかった。

　マーキュリー・マーキーではクックが額の汗を拭った。少しめまいがする。働くことに体が馴染んでいないだけのことだ。追跡することへの期待から血圧があがったのだろう。

「ドク？」

「なんです？」

「車のなかが暑い。汗をかいているよ」

「水を飲むことです」

　ホリデーが双眼鏡をのぞいていると、警察署の裏口からお目当てのブロンドの男が出てきて、深緑色の最新型フォード・エクスプローラーへ歩いていった。デューンは大きすぎるポロシャツの裾をジーンズの上に出し、小麦色のワークブーツをはいていた。署の決まりでは、警官は勤務以外のときでも銃を携行することになっている。あのシャツの大きさからしてデューンのグロックは腰のホルスターに収まっているのだろう。

「いきますよ、巡査部長。デューンが車に乗りこんだ。もう出るところです」

「よし」

「北へ行ったら、お任せします。無線機がいかれた場合に備えて携帯の電源を入れておいてください」

「わかった」

「ピーボディ通りに出た。ジョージア通りに向かってます」

「了解」

　エクスプローラーは右に曲がり、ジョージア通りを目指した。ホリデーは言った。「任せましたよ」

　ふたりはデューンのあとを尾けた。クックは数台の車をあいだにはさんでいたが、エクスプローラーの後ろを離れず、黄色の信号はもちろん、赤信号も一回無視して突っ走った。ホリデーの役回りはクックのマーキーを常に視野に入れておくことであり、これでデューンが少し先にいるとわかる。無線で連絡をとりあい、クックがデューンを見失っていないことがわかった。

　デューンはＤＣの境界を越えてシルヴァー・スプリ

ングのダウンタウンに入り、空へとのびる高層ビルが密集する谷間のような道を走った。チェーンのレストランが建ち並ぶなか、アンティークに見せかけたこじゃれた街灯を新たに設置し、街路も煉瓦敷きにするなど、いかにもここが街の中心だという気取りが随所に見られた。デューンはエルスワース通りで右折し、それから左に曲がって屋内駐車場へ入っていった。

「どうしたらいい?」クックは尋ねた。

「通りに車を停め、ひと息ついて。あとはおれが引き継ぎますから。連絡は絶やしませんよ」

ホリデーは、エルスワース通りに停まったクックの車の横を走りすぎ、屋内駐車場に入った。入口でチケットを受け取り、各階をまわりながらあがっていき、かなり上まで来たところでようやくエクスプローラーを見つけた。車を停めて見ていると、デューンはフォードをおり、駐車場と新たにできたホテルを結ぶ連絡橋へ向かっていった。

ホリデーにとってホテルは女としけこむか、酒を飲む場所だ。十分待ち、運転手の帽子をかぶるとデューンが通った連絡橋を渡った。

ホリデーはホテルに入っていった。連絡橋はそのまま廊下へとつづき、オフィスの前を過ぎるとその先は広々としたホールだった。レセプションデスク、ソファが並んだ一画、バー。デューンはバーにいた。透明な液体が入ったグラスがカウンターに置かれている。カウンターにはほかにも客がいたが、デューンがひとりなのは明らかだ。こちらに背中を向けているので、ホリデーは気づかれることなくソファの置いてある一画へ行き、雑誌がのった小さなテーブルのそばに座った。運転手が客を待つ場所として、不自然ではないだろう。ホリデーは雑誌を開き、デューンを観察した。

ウォッカを飲んでいるにちがいない。

匂いがない。しかし、効く。酔いの効果が期待できる。退屈なホテルのバーにこうして座っているのは、こいつがその手の警官だからだ。友人といえば同僚だけだが、彼らのことは信用していない。家族も家庭と呼べるようなものもない。アパートに住み、日々の暮らしなどどうでもいいと思っている。他人と接触があるのは、受け持ち区域をパトロールしているときだけなのだ。どこへも行くところがない。こいつは何者でもない。

「どなたかをお探しでしょうか？」ホテルのネームプレートを胸につけた若者だった。若者はいつの間にかホリデーのところにやってきて指を組み合わせたまま目の前に立っていた。

「客を待っているんだ」

「受付からお呼びいたしましょうか？」

「もうすぐ来ると思うよ」

デューンは飲み物を一気にあおってお代わりを注文し、グラスのなかをじっと見つめていた。後ろを振り返ることはなかった。バーテンダーと口を利くだけで、そばに座っている人たちとは話そうとしなかった。

バーカウンターから少し離れたソファに腰かけてホリデーは、デューンの見張りをつづけた。

「従兄弟はどこに行っちまったの？」シャンテル・リチャーズは尋ねた。

「ガスキンズは出ていったよ。もう戻ってこない」ロメオ・ブロックは答えた。

「どうして？」

ロメオはシャツの裾をズボンのなかへたくしこんだ。

シャンテルが仕事から戻り、まっすぐに家の奥の寝室に入っていくと、ロメオはドレッサーの前に立ち、赤いレーヨンのシャツのボタンをはめているところだった。銃はドレッサーの上にあり、その隣には弾薬の箱、クール、マッチ、携帯電話が置かれていた。ふたつのグッチのバッグはドレッサーの脇にあった。右側のバッグには五万ドル、左側の方にはシャンテルの服が入っている。

「どうして出ていったのよ、ロメオ」

「おれたちがヤバいことになるって思ってるんだ。たしかにそうかもしれない」

「ヤバいって？」

「男と銃に関することだよ。だが、いいか、心配はいらない」

「あたしは関係ないからね」

「そいつはちがう。デブのトミーのところからおれと一緒に逃げたんだ。もう行くところまで行くしかない。だが、楽しいこと請け合いだ。おれたちはまだ一歩を踏み出してもいないんだぜ。レッドとココって知ってるか？」

「ううん」

「話せば長くなる。じゃあ、ボニー&クライドは知ってるだろ」

「まあね」

「女は男にくっついていたな？　あいつらは好き勝手やって誰にも口出しさせなかった」

「でも最後に死んじまったじゃない、ロメオ」

「そういう運命なんだ」ロメオはシャンテルに歩み寄り、柔らかな唇にキスをした。「誰もおれを殺せない。おれの名前が評判になるまでは、なにも起こらないよ。おれの名前が街じゅうに轟き渡るまでは死なない」

「怖いよ」

「びくつくなって」ロメオは一歩さがった。「まず、電話をかける。それから居間で座って待つ。おまえはドアに鍵をかけてなにも心配しない。わかったな？」

「わかった、ロメオ」

「それでこそおれの女だ。おれのココだ」

　ロメオはタバコ、マッチ、携帯をつかみ、あちらこちらのポケットにねじこんだ。それからコルトと弾薬をひとつかみ取ると部屋を出ていった。

　シャンテルはドアノブについている鍵を押して施錠

し、それからベッド脇のラジオの周波数をKYSに合わせた。泣くことになっても、その声をロメオに聞かれたくなかった。ベッドの縁に腰かける。指を組み合わせて親指と親指をこすり合わせ、窓から裏庭とそのすぐ背後に迫ったカエデ、オーク、松などが繁った森を眺めた。勇気があれば、森のなかへ逃げこむのに。しかし、そのような気力はなく、シャンテルはベッドに腰かけたまま両手をこすり合わせていた。

ガス・ラモーンはレオの店でベックスを飲んでいた。カウンターにはノートが置かれている。仕事が終わっても家に帰らずに寄り道をするのは、めったにないことだった。型破りな隣人たちが集うこの店の雰囲気が気に入っていた。それがここに来た理由のひとつだが、家に帰りたくないという気持ちもあった。どのみちディエゴに話さなければならないことはわかっている。しかし、まだエイサーのことを話す心の準備ができていなかった。

隣に座っているふたりの男は、ジュークボックスから流れてくる音楽のことで話をしていた。コーラスのところに来ると話をやめて一緒に口ずさみ、また歌がはじまると議論を再開した。

手前の男が言った。「《クロウズド・フォー・ザ・シーズン》。ブレンダ・ホロウェイだ」

奥の男が反論する。「ちがう。ベティ・スワンだよ。ブレンダ・ホロウェイはブラッド・スウェット&ティアーズが大ヒットさせた曲の作者だろ」

「なあ、パシフィック・ガス&エレクトリックの曲を作っていようがいまいが、そんなことは関係ない。これはブレンダが歌ってるんだ」

「ベティ・スワンだって。もしまちがっていたら、おまえの犬のケツの穴に舌を突っこんでやるよ」

「おれのケツじゃどうだ？」

ラモーンはボトルに口をつけ、冷たいビールを飲んだ。エイサーの日記のことで頭はいっぱいだった。

　自殺の原因に関してはもはや疑問の余地はなかった。エイサーの最後の日記は死んだ日に記されており、自殺を覚悟した遺書であることはまちがいない。父親の期待にこたえることができなかったのだ。父親を憎むと同時に愛していた。エイサーは生まれながらのゲイであり、男に対する欲望の火を消すことはできないと自覚していた。ゲイであると父親に知られたときのことを考えるとエイサーは居たたまれなかったのだ。友だちにバレたときのことなど考えたくもなかった。自分が自分として生きていくことがエイサーにはできなくなっていた。しかるべきときがきたら、引き金を絞る勇気を与えてくれとエイサーは神に祈った。命を絶つにふさわしい静かな場所を知っていたし、どこで銃を手に入れたらよいのかも心得ていた。死は安息をもたらしてくれる。

　日記に詳述されていたエイサーのホモ体験は、ラモーンを落ち着かなくさせた。最初は、テレフォンセックスで試してみた。次にインターネットや地元の特殊出版物の広告を頼りに、自宅近くのその手の場所へ行って男たちと会った。ついにはパートナーができたのだが、彼よりもかなり年上であり、日記にはロボマンと記されているだけだった。この男はエイサーに夢中になったらしい。エイサーが彼のことをどう思っていたのか記述はなかったが、肉体的関係の詳細が記されていた。フェラチオからアナルセックスへ。暴行やセックスを強要されたことについてはなにも書かれていなかった。同意の上でのセックスだったと考えざるをえない。おそらくそうだったのだろう。しかし、エイサーの年齢からすれば、法律的には同意の上でのセックスにはならない。

　ラモーンはカウンターの上のノートを開いた。聞きこみのときにメモした気になったことがらに目をとおした。

ロボマン。《ロボコップ》。最初に頭に浮かんだのが、この映画のタイトルだった。エイサーの恋人は、犯行現場で顔を会わせた警官、デューンだったのだろうか？　ホリデーがエイサーの死体を発見した晩、菜園の脇の道を戻っていったというあの警官なのか？

　そのとき、昨日のメモが目に入った。

「弁解がましい」ベティ・スワンのヴォーカルと甘いホーンの響きが店を満たし、ラモーンのつぶやきは聞こえなかった。

　ラモーンは指を立ててバーテンダーに合図し、ビールのお代わりを注文した。

　レオの店のカウンター席に腰を落ち着け、もう一杯のビールをゆっくりと飲む。次の問題は銃だ。

35

　レイモンド・ベンジャミンは、ヒル通りのマキシマの後ろに車を停め、マイクル・テイトとアーネスト・ヘンダーソンがこちらへ来るのを待っていた。あらかじめヘンダーソンに電話をし、近くまで来ているのでそこに着いたら銃を持ってこの車に乗りこめと伝えてあった。ベンジャミンはふたりが歩いてくるのを見ていた。ヘンダーソンは自信に満ちた歩き方をしており、仕事に対する心構えは充分のようだ。テイトのほうは、用心棒というよりもクラブかファッション・ショーへでも出かける坊やのようだ。

　レイモンド・ベンジャミンは、テイトの兄ウィリアム、通称ディンクとは、お互いに現役でばりばりやっているころから、親密な付き合いをしていた。ベンジャミンの裁判でディンクはあくまでも彼に有利な証言をし、おかげで軽い刑ですんだ。ディンクは密告されてムショにぶちこまれてしまったが、ディンクの証言がなかったらベンジャミンは不利になり刑は重くなっていたのだ。ベンジャミンはディンクの恩を決して忘れない。ディンクの母親には定期的にちょっとした金を送り、仕事にはふさわしくないと思いながらも弟のマイクル・テイトを取り立ててやっている。テイトには主に車関係の仕事を割り振った。ニュージャージーのオークションへ一緒に連れていき、客のもとへ届ける前に整備させていた。今回のような非合法の仕事に使ったことはない。

テイトとヘンダーソンは、ベンジャミンのメルセデス・ベンツＳ５００の後部座席に乗りこんできた。広い車内はしみひとつなく、シートもなにもかも黒い高級革で統一され、ところどころに黄褐色の本物の木をはめこんでアクセントをつけており、ＤＶＤのスクリーンも二つ備えていた。車のなかにはスペースが必要だった。ベンジャミンはとても背が高く、肩幅も広いのだ。

「よし、聞かせろ」

ヘンダーソンが報告した。「女はあの砂利道を歩いていきました。テイトが森のなかを抜けて様子をさぐってきたんです。こいつから話を聞いてください」

「家が二軒。一軒は道の手前側、もう一軒はずっと奥のほう。女が入ってったのは、奥にあるやつですよ」

「手前の家には誰かいるのか？」

「おれの見たところじゃあ、誰も。車もなかったし」

「車はここに停めているようだな」

「向こうには道がないんですよ。行き止まり」

「やつは警戒してるだろう」ベンジャミンはリアビューミラーでテイトを見た。「森を抜けて行けるのか？」

「二軒目の家まで両側はずっと木が立ち並んでます。家の裏にもね」

「薄暗い森に入る気はない」ベンジャミンは言った。人間は怖くなかったが、ヘビだけは勘弁してほしかった。

ヘンダーソンが言った。「待ってりゃあ、いいんです。あと一時間もしたら暗くなる。そうすれば道から行けますよ」

「今すぐ片づけなければならない。銃を持って車のなかに座っているわけにはいかんだろう。ふたりとも準備はできているな?」

「ぬかりないです」ヘンダーソンは青いシャツの裾を持ちあげて細かい網目模様がついたグリップをのぞかせ、ジーンズからぶら下げたホルスターに9ミリのベレッタが収まっていることを示した。テイトはうなずいたが、銃を見せる必要はないと思ったようだ。

「よし」ベンジャミンは依然としてテイトから目を離さずに言った。「テイト、まずはおまえが行け。家の裏手を見張るんだ」

「任せておいてくださいよ」

「女だろうが誰だろうが、外に出てきたら、どうすればいいかわかるな?」

「だいじょうぶですって」

「じゃあ、行け。終わったら、すぐに走って戻れ。この車のところで落ち合おう」

テイトがヒル通りを駆けていき、右に曲がって森のなかへ入っていくのをベンジャミンとヘンダーソンは見ていた。

「あいつはだめだ」ヘンダーソンが言った。

「だが、おまえがいる」

ヘンダーソンは得意満面に答えた。「体中が熱くなってますよ、ベンジャミン。もうぎんぎんだ」

「あのクソどもはおれの金を盗み、甥を撃った」

「いつでも行けます」

「あと十分待て。あの坊やが配置につくまでな。それから踏みこむ」

　ホリデーとクックは、ホテルのバーを出たグラディ・デューンのあとを尾けてDCに戻ってきた。今度はホリデーが張りつく番だ。ふたりは無線でデューンの行き先を推測し合った。街のなかを流してのんびりとしている。ケニルワース通りへ向かい、それからミネソタ通りをたどりサウスイースト地区に入った。

「街の外へ行くつもりですね」ホリデーが言った。デューンはミネソタ通りからイーストキャピトル通りへ降りていき、メリーランド州境を目指していた。

　イーストキャピトル通りはセントラル通りへとつづき、さらにプリンス・ジョージ郡の環状道路へと入っていく。シートプレザントとキャピトル・ハイツのふたつの地域にはさまれたあたりだ。新たに開発された一画、古い家々、各店舗が軒を連ねたショッピングセンター、歩道を歩く若い連中の姿を車窓に見ながら走った。郊外というよりもDCのサウスイースト地区の延長といったほうがいい。

　ホリデーはアクセルから足をはなし、ブレーキを踏んだ。デューンの方向指示灯が点滅し、左に曲がってコンビニ兼ガソリンスタンドへ入っていく。

「ああ、なんということだ」ホリデーは無線機に向かって悪態をついた。

「どうした？」

「右車線に入っておれのあとからあのショッピングセンターの駐車場に入ってください」

　クックがホリデーの車に近づいた。コンビニの店舗、それに給油機の前にデューンのエクスプローラーが停まっているのが見えたのだろう。

「おいおい、レジナルド・ウィルソンが働いている店か」クックが言った。

「急いで車を停めて」

クックはさびれたショッピングセンターの駐車場へ車を乗り入れた。ホリデーの隣に車を停め、セントラル通りを正面に見た。ホリデーは双眼鏡を手にタウンカーから降りてきてマーキーの助手席に乗りこんだ。クックは汗をかき、目を輝かせていた。

「こんなことだろうと思ってたよ」

「まだ、なにもわかったわけじゃないですよ」ホリデーが双眼鏡をのぞくと、デューンはフォードに給油しているところだった。

「ウィルソンはなかにいるな。やつのビュイックがコンビニの脇に停まっている」クックが言った。

「なるほど、あそこにウィルソンもいる。でも、ふたりが顔見知りだということにはなりません。わかっているのは、デューンがガソリンを入れるために立ち寄ったということだけですからね」

「それで、なんだ、こうやって見ているだけか？」

「いえ」ホリデーは双眼鏡をおろしてクックの脇のシートに置いた。「さあ。コンビニを見張っていてくださいよ」

「どこへ行く？」

「デューンに張りつきます。なんとかきっかけを見つけて話しかけてみましょう。警戒していないから……今がチャンスです」

「それで、おれはどうすればいい……座っているだけか？」

「ウィルソンを見失わないようにしてください」クックに足を引っ張られたくなかった。「やつがどこかへ行くようならあとを尾けるんです」

「無線で連絡を取り合うのか？」

「デューンに近づいたら、無線の電源を切ります。誰かと連絡を取り合ってることを知られたくないですからね。終わったら、おれのほうから呼び出します」

「わかった」

ホリデーがクックに目を向けると、シャツが汗で黒ずんでいた。「上着を脱いだらどうです、巡査部長」

「仕事中だ」

「じゃあ、お好きに」

「ドク」クックが手を差し出し、ホリデーはそれを握った。「感謝してる」

「いいんですよ」ホリデーはそう言ってマーキーをおり、リンカーンに戻った。それからショッピングセンターの駐車場出口へ車を向け、出口で停車してアイドリングさせていた。


デューンはコンビニへ入っていった。数分後に携帯電話を手に話しながら出てくるとフォードへ戻っていった。クックが双眼鏡で眺めているとデューンは車を出した。ホリデーはと振り返ると、しばらく待機してからセントラル通りに乗り出し、デューンのあとを追っていった。二台の車は見えなくなった。

クックは運転席の窓の縁に肘をのせて双眼鏡を目に当てた。レンズを下へ向け、駐車場に停まっているビュイックを見つめた。ラモーンの捜査は進展していないとホリデーは言ったが、あれは嘘だ。おそらく、ラモーンはエイサー・ジョンソンの事件を解明したのだろう。そして、今、ホリデーはひとりでグラディ・デューンを尾行している。クックが老人だからだろう。警官の仕事をするには年をとりすぎている。お荷物というわけだ。クックはここに座ったまま車を見張っているつもりはない。レジナルド・ウィルソンはどこへも行きはしない。やつがすぐに帰ることはないだろう。だからこそ、ウィルソンの家へ行かなければならないのだ。なにか行動を起こし、若い連中にまだ耄碌《もうろく》していないことを証明してみせよう。

クックは無線機と携帯電話の電源を切った。ホリデーとも誰とも話をしたくなかった。今日一日、最新技術とやらを堪能した。クックはマーキーのイグニションキーをまわし、駐車場をあとにした。

ホリデーはセントラル通りに出るとあいだに四台の車をはさんでデューンを尾行した。デューンは制限速度を二十キロも超えて右車線を走りつづけた。まだ携帯電話で話をしている。話に夢中になっているので尾行は楽だった。気づかれずに目的地まで尾けていく自信があった。しかし、ホリデーはデューンをそれほど遠くへ行かせるつもりはなかった。

　前方の赤信号でデューンが減速したが、ホリデーはアクセルを踏んだ。左側の車線に入ってデューンの隣に並んで停車し、助手席側の窓をおろして短くホーンを鳴らした。

　デューンも窓を引きおろし、表情のない目を向けてきた。「なんだ？」

「右後ろのタイヤがほとんどぺしゃんこだよ。教えとこうと思っただけだ」

　デューンは礼も言わなかった。携帯電話に向かってなにか言うと通話を切り上げ、右側の座席に放った。

　信号が青になるとデューンは車を進め、すぐに道路脇に寄せた。そこは路肩が広くなっており、トレーラー車が停まってシーフードの店を開いていた。ホリデーもあとにつづき、デューンのSUVの後ろにタウンカーを停めた。無線機と携帯電話の電源を切る。デューンはすでに車をおり、タイヤを点検していた。ホリデーもリンカーンの外に出て、デューンに歩み寄っていった。ホリデーは財布に手をのばしたが、肩越しにそれを見たデューンは反射的に背中に手をまわし、ホルスターの銃をつかんだ。

　銃を引き抜くことはなかったが、両脚を広げてまっすぐ立った。デューンは痩せ、ホリデーよりも数センチほど背が高かった。ブロンドの髪を短く刈り、目はきわめて淡い青だ。

「おいおい」ホリデーは開いた財布を掲げた。「心配いらない。身分証を見せたいだけだ」

「どういうことだ?」

「実は――」

「タイヤは問題ない。どうしてぺしゃんこなどと言った?」

「おれはダン・ホリデー」免許証を見せるとデューンは、並んで入れてある警察友愛会の古いカードに目を向けた。

「ワシントン市警だ。退職した。あんたも警官だろう?」

デューンはシーフードの店で働いているヒスパニックの男を見やった。トレーラーの落とし窓のなかから客の注文をとっている。デューンはホリデーに注意を戻した。

「なんの用だ?」

「ノースイースト地区のオーグルソープ通り。コミュニティ菜園だ。水曜日の真夜中過ぎ、おれはあそこにいた。あんたがパトカーの後ろに人を乗せて通るのを見たんだ」

デューンの目の表情が動き、思い当たったのだとわかった。「それで?」

「その後、明け方近くに少年の遺体が発見されたことは知ってるだろ」

「それでおまえはなにか、おれをここまで尾けてきたのか?」

「そう。尾行していた」

デューンの唇がめくれあがり、笑みのようなものが浮かんだ。「酔っ払った運転手だな。眠っていた。思い出したよ」

「おれもあんたをな」

「で、これはなんだ? ゆすろうってのか? なら、おまえに端金《はしたがね》を払う前に、上司のところへ行って、あの晩、現場にいたと報告するよ。隠さなければならないことなんかないんだ」

「金なんかいらない」

「じゃあ、なにがほしい？」

「子供が殺された。答えがほしいだけだ」

「おまえはなんだ？　警察無線を一日聞いている間抜け野郎か？」

「あの夜、コミュニティ菜園に少年の死体が転がっているのを知っていたのか？」

デューンはゆっくりとかぶりを振った。「いいや。翌日知ったんだ」

「死体が発見されたとき、どうして証言しなかった？」

「なんで証言するんだ？」

「あんたは警官だ」

「言っただろ。あのときは気づかなかった。事件の解決につながるような情報はなにも持っていなかったんだよ」

「おれがあそこに車を停め、しかも酔っ払っていることに気づいていたのなら、どうしておりてきて尋問しなかった？」

「忙しかったのさ」

「行き止まりの道で車にお客さんを乗せてなにをしていた？」

「おまえ、何様だ？」

「不安になっている一般市民だよ」

「うせろ」

「あの通りでなにをしていたんだ？」

「売女の口のなかにたまっていたものを出していた。これで満足か？」

「それでも警官かよ」ホリデーは吐き捨てるように言った。

デューンは声をあげて笑い、ホリデーに詰め寄った。デューンの息は、ウォッカとミントの混じり合ったお馴染みの悲しげな臭いがした。

「ほかになにかあるか？」

「レジナルド・ウィルソンって男は知っているか？」

ホリデーはデューンの目をのぞきこんだ。なにも読み取れなかった。まったくなんの表情も浮かんでいない。

「そいつは誰だ？」

「さっきコンビニがくっついたガソリンスタンドに立ち寄っただろ。あの店のカウンターで働いている男だよ」

「いいか、間抜け野郎。なんの話をしているのかさっぱりわからない。おれはたまたまあそこに寄ってガソリンを入れただけだ」

「店員はどんな男だった？」

「どっかの黒ちゃんだろ。あそこで働いてるんだからな。気づきもしなかったよ」

ホリデーはデューンの言葉を信じた。気力が萎えていくのがわかった。

「オーグルソープ通りの件で尋問されることになるだろうよ」

「だから？」

「また会おう」

デューンはホリデーの胸に指を突き立てた。「今、会っているぜ」

ホリデーは答えなかった。

デューンは歯を食い縛ったまま笑った。「やる気か？」

ホリデーは両脇に腕を垂らしていた。

「そんなわけないよな」

デューンは車に戻り、運転席に乗りこむと走り去った。ホリデーはフォード・エクスプローラーのテイルランプが消えて行くのを見守った。それからタウンカーに乗り、先ほどのガソリンスタンドへ戻っていった。

デューンはろくでもない野郎だ。だが、エイサー・ジョンソンの殺しにはかかわっていないし、レジナルド・ウィルソンとも面識がない。

もう終わりだ。クックに話さなければならない。

36

マイクル・テイトは森のなかを進んでいた。すでに黄昏《たそがれ》て木々や枝葉はその色を失い、灰色の空を背景に青みがかった黒いシルエットを浮き上がらせていた。森は深くはなく、この小道からでも家は見えた。テイトはあわてることなく慎重に歩を運び、極力音をたてないように進んだ。

ヘンダーソンから買った安物のタウルスの9ミリ口径は尻の上のホルスターに収まっていた。家の裏に着いたらなにをしていいのかわからない。だが、女を撃たないことは確実だ。

レイモンド・ベンジャミンは、マイクル・テイトに貸しがあると思っている。ベンジャミンは毎月テイトの母親に送金していた。仕事もくれたが、新しく買った車のタイヤやホイールにクリーナーをつけて磨くだけの半端仕事だった。ベンジャミンは、テイトに恩を売ったつもりでおり、今それに報いさせようとしているのだ。究極の通過儀礼——銃で殺すこと。

だが、テイトはベンジャミンに対してなんの恩義も感じていなかった。テイトの兄ディンクは、ベンジャミンの裁判で証言を拒んで二十年も食らいこみ、将来になんの希望もない中年男となって出所するのだ。毎月、二百ドルほど母親に送金したところで、そんなものは食費にもならない。いくら積まれようと、息子を取りあげられた母の悲しみを埋め合わせることはできないのだ。そして、今、ベンジャミンは、かつてディンクに要求したように、テイトにも人生を賭けさせようとしている。

兄ばかりではなく、これまで出会った多くの家族の例から、こういうことをしでかした人間の末路をテイトはずっと見てきたのだ。一線を越えるようなまねはしない。それに人を殺すことが一人前の男の証《あかし》だなんてとんでもないことだ。ストリートでは金科玉条のごとく唱えられているが、そんなものは往々にしてクソだ。暴力は母の心を引き裂き、兄から若者の時期を奪った。それだけ知っていれば充分だ。そんなことがこの身に起こってたまるか。

家の背後に立ち並ぶ木々の陰に身を隠した。裏の部屋の窓から明かりが漏れている。女の上半身が見えた。カーリーヘアが肩のあたりに雪崩《なだれ》落ちていた。椅子に座り、手をこすり合わせている。窓という額縁のなかに女らしい曲線が黒く浮かびあがっていた。こういうのをなんと言ったか……シルエットだ。女のシルエットは、悩ましく美しい。悩ましく美しいものが、部屋のなかに閉じこめられている。

テイトはゆっくりと木の影から出て家へ近づいていった。

シャンテル・リチャーズが人の気配を感じて窓の外を見ると、男の黒い影が近づいてくるところだった。寝室のドアに目を向ける。ドアをあけてロメオに知らせるべきだろう。ロメオを殺すために来た男であることはまちがいない。しかし、シャンテル・リチャーズは動かなかった。男の顔がはっきり見えてくると目をはなさず、窓ガラスにくっつきそうなほど近づいた若い顔立ちに見入った。彼の茶色の目をのぞきこみ、彼女を傷つけるために来たのではないとわかった。話ができるように、立ちあがって窓を持ちあげた。

「シャンテルかい？」

「静かに」

「シャンテルだろ」若い男はささやくよりもやや大きな声で言った。

「そう」

「おれはテイトだ」

「殺しにきた？」

「ここにいたら、そうなる」

「じゃあ、どうして撃たないの？」

「ヤバくなる前に逃がしてやろうと思ってさ」

シャンテルは背後の部屋を振り返った。シャンテルの震える手を見てテイトは、窓のなかへ腕を差し入れてそれを握った。

「さあ。ここに残っていようがいまいが、起こるべきことは起こるんだ。ここにいたら、死ぬ」

「バッグを持ってこなくちゃ」

「それから車のキーもだ」

シャンテルが寝室の奥の壁際に置かれたドレッサーへ歩み寄るのをテイトは見ていた。シャンテルは立ち止まり、床の上のなにかを見下ろした。ためらい、それから屈みこんでバッグを手にすると立ちあがった。窓辺へ戻ってくると、テイトはバッグを受け取り、それから手をのばしてシャンテルの体を抱き留めるとゆっくり地面におろした。

テイトはシャンテルの足元に目を向けた。ヒールが十センチほどあり、バンドが一本ついた豹柄の靴をはいている。この靴は雑誌で見たことがある。

「森のなかを抜けていくことになる。バッグのなかにほかの靴は入っていないのかい？　そのドナルド・プリナーじゃあ、二、三歩しか歩けないよ」

「ほかに靴は持ってきてないんだよ」シャンテルはそう言って興味深げにテイトを見た。「どうしてプリナーだってわかるの？」

「最新ファッションに明るいんだ。おっと心配するなよ。おれはホモでもなんでもない」

「そんな感じは受けなかったけど」

「行こう」テイトはシャンテルの肘をつかんで森のほうへ引っ張っていった。

「計画を立てなくちゃ」シャンテルが言った。

マイクル・テイトの計画は、撃ち合いがはじまるまで森のなかに隠れて待つというものだった。騒ぎが起こったらヒル通りに出てシャンテルのソラーラに乗ってずらかる。行く先は、わからない。

「信頼しろよ」

シャンテルはテイトの手をぎゅっと握りしめ、ふたりは森のなかに入った。

グラディ・デューン巡査は、ゆっくりとヒル通りを走っていた。ロメオ・ブロックの家へ曲がりこむ角に近づくと、車が何台か停まっていることに気づいた。ロメオのインパラSS、ロメオが言っていた女の赤いトヨタ。さらにそのずいぶんと後ろにSシリーズのメルセデス、最新型のマキシマだ。デューンは道路脇に車を寄せ、エンジンを切った。ロメオに電話しようかと思ったが、やめておいた。あいつが言っていたように金を取り戻しに来た連中の車なら、もう家のなかに押し入っているかもしれない。不意打ちをかけたほうがいいだろう。

デューンは手を背中にまわし、ワシントン市警支給のグロック17をホルスターから抜き、エクスプローラーのシートの下に滑りこませ、没収したばかりの銃を取り出す。製造番号が削り落とされた装弾数十発のヘッケラー&コッホ四五口径、パークヴューで容疑者から取りあげた銃だ。グロックの代わりにそれをホルスターに収め、車をおりた。

デューンは怒りを募らせ、アドレナリンをみなぎらせながら砂利道を進んだ。あの運転手、元警官だとかいう恐喝野郎のおかげで、血が煮えたぎっていた。あんなことを言われたからといって、心配することなどなにもない。あの夜、オーグルソープ通りでやったことは、あいつに言ったとおりだ。情報提供者である売女のダンサーを車に乗せ、線路脇でしゃぶってもらった。内部調査課にその気があるのなら、周辺を洗いはじめるだろうが、あの女が口を割るはずはない。あそこに死体が転がっていることなど知らなかった。事件の知らせを聞いて現場へ行き、殺人課の警官と話して前の晩に彼の姿を見た者が誰もいないと確認した。あの運転手はガソリンスタンドの男のことを持ち出したが、これについてはさっぱりわからない。

怒りは歓迎だ。目の前の仕事に気持ちを集中させてくれる。

ロメオ・ブロックがお荷物になってきたのだが、これはデューンのせいではない。ロメオ、それから従兄弟のガスキンズとは細心の注意を払って付き合ってきた。デューンの情報屋フィッシュヘッド・ルイスから、ロメオ・ブロックという小僧が、フロリダ通りにあるバー、ハンニバルズで大声で吹かしていると聞いた。フィッシュヘッドを通じてデューンは、個人で商売をしている無防備な麻薬売人、いや卸業者の情報をロメオに流し、彼らを襲っても報復される危険性が少ないと納得させた。デューンは直接こうした売人どもをゆすったりはしなかったし、ロメオやガスキンズと一緒にいるところを目撃されるようなドジは踏まなかった。デューンは、ボルティモアのふたりの警官の例から学んでいた。このふたりは、今年のはじめ、こうしたミスを犯して身を滅ぼしたのだ。最後には密告する者が現われて、華やかなときも終わりを告げることを知っておくべきだった。デューンはこのふたりよりは利口だ。金が強奪されたあと、デューンは現場付近を流し、騒ぎになっていないことを確かめた。デューン自身はこの犯罪に一切関与していない。あがりをいただくだけだ。

ロメオは危険な橋を渡り、理由もなくひとりを撃ち、ほかの男の女を奪って鼻高々となり、街で名前がささやかれるのを今か今かと待っている。デューンは、今夜ロメオとガスキンズを訪ね、五万ドルのなかから彼の分け前をいただくつもりでいた。直接、犯罪者どもと顔を合わせることはまれなのだが、デューンはフィッシュヘッドを信用しておらず、大金を託すことができなかった。さらにロメオから電話があり、ガスキンズが出ていき、ヤバいことも起こりそうだというのだった。そこでデューンは嫌々ながらも出向いてきた。暴力沙汰になる危険もあるし、直接、今度の件にかかわることになってしまう。荒っぽいことではなく、できるなら脅しつけて解決し、金だけをいただいてずらかりたいと思った。ロメオと組んだことはまちがいだったが、取り返しのつかないことをしでかしたわけではない。

バッジと銃があれば、なんでもできる。だから、デューンは警官になったのだ。

後ろを振り返り、さらに砂利道を進んだ。四五口径を抜き、弾薬を薬室に送りこむ。堂々と玄関から入っていくつもりだ。犯罪者ではない。警官なのだ。

ロメオ・ブロックはポーチに立ってタバコを吹かしていた。胃がきりきりし、手のひらは汗ばんでいた。恐怖を覚え、それを嫌悪した。おれのような男——自分で思いこんでいたおれという男は、こんな気持ちにはならないはずだ。だが、手のひらの汗はおさまらない。

暗闇を凝視した。夜がきて真っ暗になった。あの砂利道をガスキンズが戻ってきてくれるといいのだが。迫力ある体と気持ちのぶれないガスキンズなら、どうしたらいいか教えてくれるだろう。だが、ガスキンズは姿を現わさなかった。

先ほど話をしたばかりのデューンにもう一度電話をかけたが、留守番電話につながるだけだった。

家の裏手で物音がしたような気がした。おそらく、神経がとんがっているせいだ。シャンテルがラジオの音量をあげたのかもしれない。裏へ行って調べたほうがいいだろう。

ポーチの手すりにクールを押しつけて消した。家のなかに入ったが、ドアは閉めなかった。奥へ行くにつれ、胃が締めつけられる。廊下をたどって寝室まで戻った。ドアをあけようとしたが、ノブがまわらなかった。ノックした。答えはない。もう一度拳を握り、ドアを叩いた。

「シャンテル、ドアをあけろ」

ロメオはドアに耳を押しつけた。ラジオから音楽が流れているだけでシャンテルの足音もなにも聞こえない。この曲は何度も耳にしたことがある。《ビーン・アラウンド・ザ・ワールド》というタイトルだったか。好きな曲だが、今は嘲笑されているように聞こえた。ロメオには決して見ることができない世界があるのだと言っているようだった。

「シャンテル」力なく呼びかけた。額をドアにあずける。

後頭部に銃口を押しつけられた。

「動くな。さもないと脳みそをまき散らすことになる」

ロメオは動かなかった。背後の男が、スラックスのベルトにはさんだコルトを引き抜くのがわかった。

「ゆっくりと振り向け」

ロメオは言われたとおりにした。ナショナルズの青い帽子をわずかに傾けてかぶった若い男が、オートマティックをロメオに向け、もう片方の手には奪いとったゴールドカップを握っていた。男の目は興奮にぎらついている。ためらいもなく人を殺すだろう。

「こっちへ来い」男はゴールドカップをジーンズにはさんだ。ベレッタの銃口をロメオの胸に向けたまま廊下を後ろ向きに戻っていき、ロメオもゆっくりと歩いた。居間まで来るとなかに入り、男はドアに面した椅子に座るように身振りで示した。

ロメオは腰をおろした。

「両手を肘掛けの上にのせておけ」

ロメオは肘掛けを握り、男は電気のランプのスイッチを数回ぱちぱちさせてようやく明かりを灯した。すぐに背の高いハンサムな男が家に入ってきた。デザートイーグルを持った手を脇に垂らしている。.44マグナム弾を撃つことができる銃だ。背の高い男がロメオに向かって顔をしかめた。

「おまえがロメオか？」

ロメオはうなずいた。

「おれの金はどこだ？」

「ここだよ」

「どこにあるかと訊いたんだ」

「裏の寝室。バッグがふたつ置いてあって――」

「この家にはほかに誰かいないのか？」

「デブ公の女が寝室にいるよ」

「おまえの相棒は？」

「出ていっちまった」

「よし、ヘンダーソン」長身の男は何気なく銃を持ちあげ、ロメオを狙った。「裏の部屋を調べろ。いきがっているだけの坊やがなにか企んでいないか確かめろ」

青帽子は廊下の向こうに消えた。残った男に目を見つめられてロメオは視線をそらした。キッチン、つづいてガスキンズが寝泊まりしていた部屋を調べる音が聞こえてくる。

「寝室のドアに鍵がかかってます」廊下の奥で大声があがった。

「蹴り破れ」

うなり声とともにドアを蹴る音が何度か響いた。それからドアが壁にぶち当たる音がつづいた。若い男がグッチのバッグを持って戻ってくる。

「これひとつしかありません。女もいなかった。窓があいてました。逃げたんでしょう」

「そいつをあけろ」背の高い男はロメオに命じた。

「よく見えるようにこちらに口を向けてあけるんだ」

若い男はロメオの足元にバッグを置き、後ろに下がった。ロメオは屈みこんでジッパーをあけ、バッグの口を開いた。なかに詰まっていたのは女物の服だった。しばらく、誰もが無言でいた。

テイトが金を手に入れたのだと、ベンジャミンは思った。金を手にして女と車へ戻り、待っているのだろう。テイトが盗むとは思えない。ディンクとあいつのおふくろにしてやっていることを思えば当然だろう。

「シャンテルだ」ロメオが言った。その声に怒りはにじんでいなかった。金を持って逃げた女を誇らしく思っているのだ。したたかな女だと賞賛しているのだろう。そして、この坊やはいっぱしの男になった気でいる。ベンジャミンに向けられたロメオの目にはどこか挑むような色があった。

「ああ、シャンテルだ」ベンジャミンはヘンダーソンに命じた。「こいつを見ていろ」

ベンジャミンはポケットから携帯電話を出し、三を押した。マイクル・テイトの短縮番号だ。

足音が聞こえた。テイトが戻ってきたのだと思った。ベンジャミンが振り返ると、ポーチの暗がりから白人の男が素早く玄関口から入ってきた。銃を握った手をまっすぐにのばしている。

「警察だ！」白人はそう言うともう一度同じ言葉を繰り返した。敵意をむき出しにした顔はピンクに染まり、ベンジャミンとヘンダーソンのあいだで銃を往復させていた。「ワシントン市警だ。とっとと銃を捨てろ！」

ベンジャミンは動かなかった。銃も捨てない。脇に垂らした手にデザートイーグルを握ったまま、白人の持っているヘッケラー&コッホに目を向けた。警官が持つ銃ではない。

「銃を捨てろと言ったんだ。今すぐにだ！」

アーネスト・ヘンダーソンはベレッタをロメオに向

けたままでいる。ヘンダーソンは警官だと言っている男に視線を走らせた。ブロンドの警官は、首筋に青い血管が浮き出していた。ヘンダーソンはベンジャミンがなにか言うのを待っている。しかし、レイモンド・ベンジャミンは、命令を発しなかった。

「銃を捨てろ！」

　ロメオは若い男の首筋に目を向けた。首の後ろのあたり。あそこにピックを突き刺してやればいい。まっすぐあいつの脊椎に突き刺さる。おれは伝説となっていつまでも街でささやかれ、みんながおれのやったこととおれの名前を口にするんだ。氷を砕く道具で銃を持ったふたりの男に立ち向かった男。おれ。ロメオ・ブロック。

　ロメオはふくらはぎに留めたアイスピックを引き抜いた。思惑どおり、先端からコルクがはずれた。手にアイスピックを持って立ち、頭上にかかげ若い男に踏みこんでいった。

「後ろだ、ヘンダーソン」ベンジャミンは平然と言った。

　ヘンダーソンは振り返り、ロメオの胸の真ん中をぶち抜いた。もう一発食らわせるとヘンダーソンの手のなかで銃が躍った。ロメオは背中から椅子にぶち当たり、真紅の霧をかき乱すように両腕をぐるぐるとまわしながら倒れた。

　警官だと言った男がベンジャミンに向けて二発連射する。一発目はベンジャミンの肩を貫通して背中に拳大の穴をあけ、二発目は反動から高く飛んでいき、首に当たって頸動脈を引き裂いた。

　ベンジャミンは硝煙と動脈から噴き出す血の雨の向こうに白人の輪郭をとらえ、.44マグナム弾を放った。倒れながらさらに引き金を絞って床に崩れ落ちる。自称警官の体が弾き飛ばされて壁にぶち当たるのを見てベンジャミンは目を閉じた。

　グラディ・デューンはドアへとよろめいていった。振り返ると、野球帽をかぶった黒人の男が銃を持ったまま部屋の中央に立ち、今、目にしたことを振り払うように頭を左右に振っている。

　デューンは銃を持ちあげようとした。激痛が走って痙攣し、手のひらが開いて四五口径を落としてしまった。「ああ、クソ」そう吐き出して手を腹に当てると、指のあいだから噴き出す血で真っ赤に染まった。すさまじい痛みに耐えながらドアを抜けてポーチに出た。階段を踏み外し、地面に足が着いたが、酔っ払いか踊り子のように体をくるりとまわし、いきなり脚の力が抜けて背中から砂利道に倒れこんだ。

　ユリノキの枝とその上で輝く星が見えた。「殉職」と口に出したが、かすかなつぶやきだったので、デューン自身にも聞こえなかった。血の味がする。血を飲みこみ、呼吸が速くなって恐怖に目を見開いた。黒人の男が視野のなかに入ってくる。デューンにのしかかるように立ち、銃口を胸に向けた。若者の頬には涙が流れていた。

「九・一・一」デューンはなんとかそう言った。血が口中にあふれ、顎から流れ落ちていく。

　黒人の若者は、銃をおろした。背中のジーンズのウエストに銃をはさみ、シャツの裾でグリップを隠した。

　若者が砂利を踏む音が聞こえた。それは駆け足となって遠ざかっていった。

　デューンは虫の音《ね》を聞きながら頭上の枝と星を見あげていた。おれが死ぬはずはない、デューンは思った。しかし、すぐに音が聞こえなくなっていき、視界もぼんやりしてきてなにも見えなくなった。グラディ・デューンはレイモンド・ベンジャミン、ロメオ・ブロックの仲間入りをしてこの世を去った。

37

コンビニを併設したガソリンスタンドからセントラル通りをはさんで反対側にある駐車場にダン・ホリデーは戻ったが、T・C・クックは消えていた。まずは無線機、次に携帯電話で呼び出そうとしたが、どちらも通じなかった。レジナルド・ウィルソンのビュイックはまだコンビニ脇に停まっている。クックは監視にうんざりしたか、久しぶりに仕事をしたために疲れてしまい、家に帰ったのだろう。念の為に家へ行って、無事かどうか確認したほうがいい。

ドルフィン通りにあるクックの黄色い家へ行ってみると、庭内路に彼のマーキーは停まっていなかった。ホリデーはタウンカーからクックの家に電話したが、留守番電話が応じるだけだった。ポーチのライトがついているのは、タイマーか暗くなると自動的に点灯するからだろう。家のなかは真っ暗だった。

ホリデーはラモーンの携帯電話にかけた。

「もしもし」

「ホリデーだ」

「ああ」

「どこにいる？　パーティでもやっているようだな」

「レオの店だ。ビールを飲んでいる。なにか用か？」

「おれとクック巡査部長で警官のお友だちを追いかけた。車輛番号四六一のパトカーの警官だ。あいつはなんの関係もなかった」

「そいつは驚きだ」

「ところが、途中でクックがいなくなっちまったんだ。ちょっとのあいだ待機してもらっていたんだが、戻ってみるといなくなっていた。家に確かめに来たんだが、まだ帰っていない。頭が混乱してしまったんじゃないかと思う。道路標識を読むことができるのか怪しいんだ」

「クックは脳卒中を起こしただけで、アルツハイマーじゃないだろ。そのうち戻ってくるんじゃないのか」

「心配なんだよ」ホリデーはそう言って答えを待ったが、バーの賑わいが聞こえてくるばかりだった。「ガス?」

「また連絡をくれ。しばらくはここにいる」

　ホリデーは〝切〟のボタンを押した。ホリデーはリンカーンに座ったまま、クックの身を案じ、行き先を考えてみた。思いついたのは一箇所しかなかった。


　T・C・クックは、ニューキャロルトンのグッドラック通りの先にある住宅街グッドラック・エステートの路上にマーキーを停めて運転席に座ったまま、レジナルド・ウィルソンのランチハウス風の家を見つめていた。家のなかは暗く、近所の家も明かりがついているところは数えるほどしかない。通りは静かで街灯にぼんやりと照らし出されていた。

　クックはしばらくのあいだ座って考えていた。

　レジナルド・ウィルソンは出所してから、世を去った両親の家に越してきた。ウィルソンはムショに入る前に持ち物を倉庫に預けたか、両親にこの家で保管してもらっていたかのどちらかだ。ウィルソンはエレクトリック・ジャズのアルバム・コレクションを捨てはしない。あのレコードのなかに手がかりを発見できるのではないか。あのタイプの殺人者が必ずするように、ウィルソンも回文殺人事件の記念品として被害者の髪の毛を隠しているはずなのだ。二十年前にオットー・ウィリアムズ、エイヴァ・シモンズ、イヴ・ドレイクから切った髪の毛は、目の前の家のなかにあるとクックは信じて疑わなかった。今こそ、それを確かめる絶好の機会だ。

　これからやろうとしていることは犯罪だ。だが、残された時間はどんどん短くなっていく。髪の毛があの家にないことも充分にありえる。だが、なにかがあるはずだ。レジナルド・ウィルソンと被害者の子供たちを結びつけるなにかが。捜査を再開させるにたるなにか。動かざる証拠を見つけてラモーン刑事をその気にさせ、判事のところへ行ってウィルソンのDNA鑑定をさせる許可を取りつける。八五年当時と変わらず、ウィルソンが犯人だとクックは確信している。

グロブボックスからミニ・カセットレコーダーを取り出して赤い〝録音〟ボタンを押し、マイクに向かって話しはじめた。

「こちらT・C・クック巡査部長。今からグッドラック・エステートにあるレジナルド・ウィルソン宅に踏みこむ。一九八五年にワシントンDCで起きた世に言う回文殺人事件とミスター・ウィルソンを結びつける証拠が家のなかに隠されていると思う根拠は充分にある。髪の毛の一部を探しているのだが、それは、お、おそらく、被害者から切り取られたものだろう。わたしには令状がない。現役の警察官でもない。優秀な元警官ダン・ホリデーという若者と一緒に仕事をしている。だが、はっきりさせておきたいが、これから行なおうとすることにホリデーはまったく関与していない。わたし自らの意思で実行するものである。遺族のかたたちの心の安らぎのために。そして、殺されたあの愛らしい子供たちのために」

それから時間と日付を録音すると電源を切った。家のなかへ侵入しようとしているときに泥棒とまちがえられ、撃たれた場合に備えて事情を吹きこんでおきたかったのだ。バスローブ姿で通りを徘徊している認知症老人のように、他人の家に押し入ってしまった惚《ぼ》けた爺さんと言われるのが嫌だった。世間の人に自分の意図を知ってもらいたかった。

夜気はひんやりとしていたが、上着姿のクックは汗をかいていた。上着を脱いで畳み、助手席の床に置いた。色褪せたステットソン帽も脱ぎ、内側のバンドににじんだ汗のしみに目をやってから助手席のテープレコーダーの隣に放った。左手を閉じ、ふたたび開いてからじっと見つめた。強ばって妙な感触だったのだ。

ダッシュボードの下にあるスイッチでトランクをあけてから車をおりた。わずかに足をもつれさせながら、マーキーの背後にまわり、トランクの内側の電球を緩めた。注意を引きたくなかったし、どのみち照明は必要なかった。どこになにがあるのかすべて頭に入っている。

クックはラテックスの手袋をはめた。片方の手に充電式ライト〝スティンガー〟、もう片方にはかなてこを握る。腕が麻痺して懐中電灯を持つのもひと苦労だ。呼吸が荒くなり、鼓動が落ち着くのを待った。汗が背中を伝い落ちていく。トランクを閉め、家へ向かって歩きはじめた。

家の脇を裏へとまわりこむ。裏口のドアをかなてこでこじあけ、なかに入ったら懐中電灯を頼りに家捜しをするつもりだ。しかし、気分が悪くなり、立ち止まった。

ひどくめまいがし、横になりたかった。クックは車へ引き返した。

早く後部座席にたどりつきたかった。車内に滑りこんで、かなてこと懐中電灯を床に放り、ドアを閉めた。横向きに寝そべると右頬にビニールシートのひんやりとした感触が伝わってきた。左腕がひどく痛み、痛みは首まではいのぼってきて頭のなかが恐ろしい力で締めつけられた。

やがて治まるだろう。

クックは目を閉じた。開いた口からビニールシートの上によだれが滴った。

T・C・クックが目を覚ましたときはすでに夜が明けていた。ひと晩、車のなかで過ごしたのだ。気分はよくなっていた。

クックは体を起こした。自宅のあるドルフィン通りまで戻り、家の前で車を停めた。大昔に自分で打ちつけた黄色い羽目板が、この朝のように美しく輝いていた。正面の出窓のカーテンの隙間から、女が外をのぞいている。妻のようだ。歩道では男の子と女の子が二本の縄を持って交差するようにまわし、もうひとりの女の子がそのあいだに入って飛んでいる。

助手席のステットソン帽を手に取ると、新品同様に見えた。それを頭にかぶり、車からおりた。

顔に当たった朝日が気持ちいい。ライラックの香があたりに漂っている。庭で花を咲かせているあの木は、妻が丹精をこめて育てたものだ。家へ歩いていきながら、今は四月にちがいないと思った。ライラックの花が咲くのは四月だからだ。

歩道で遊んでいる子供たちに近づいた。縄を握っている男の子は十代になったばかりだろうか。分厚いレンズの眼鏡をかけ、ひょろひょろと背が高い。縄の反対側にいる女の子もまだ少女だったが、体は女らしい曲線を描いていた。茶目っけのある目をしている。

交差する縄を軽々と飛んでいる女の子は美しいこげ茶色の肌と目の持ち主だった。編んだ髪を飾る色とりどりのビーズが朝日にきらめいている。淀みのない動作で回転する縄の外に出ると、縁石の脇で立ち止まったクックを見つめた。少女は微笑み、クックも笑みを返した。

「やあ、お嬢ちゃん」

「クック巡査部長？」

「そうだよ」

「わたしたちのこと、忘れちゃったのかと思った」

「いいや。忘れるもんか」

「一緒に遊びたい？」

「年をとりすぎちゃってるよ。見ているだけでいいかな？」

イヴ・ドレイクは、手を振ってはじめましょうと合図すると、ほかのふたりはふたたび縄をまわしはじめた。T・C・クックは暖かく明るい陽光に照らされながら、さらに一歩子供たちへ歩み寄った。

38

ホリデーがT・C・クックの首に指を当てると脈がなかった。マーキュリー・マーキーの車内灯に浮かびあがったクックの顔は青白い。いくつも死体を見てきた経験から、クックが死んでいるのは一目瞭然だった。

ホリデーはマーキーのドアを閉め、リンカーンに戻るとガス・ラモーンに電話して目にしたこと、それから場所を伝えた。ラモーンはすぐに行くと答えた。

ホリデーはマーキーに引き返し、後部座席のドアをあけてクックを見つめた。

おれが殺してしまった。仕事をするには体が弱すぎた。

手にラテックスの手袋、かなてこと懐中電灯が床に転がっているところからすると、レジナルド・ウィルソンの家に押し入ろうとしたのだろう。

　助手席のステットソン帽の脇に小さなテープレコーダーが置かれていることに気づいた。テープを巻き戻して〝再生〟ボタンを押し、録音内容を聞く。老警官がホリデーの名前を出して誉めると、胸がいっぱいになった。ホリデーはレコーダーからテープを取り出して上着のポケットに入れた。ラテックスの手袋をはずし、これも同じポケットに突っこんだ。それからテープレコーダー、かなてこ、懐中電灯を持ってタウンカーに戻り、トランクのなかに隠した。そのまま蓋を閉めずにクックのトランクの中身――警察で使う道具からぼろ切れにいたるまですべてを運び入れた。ぼろ切れは、クックの車に残った自分の指紋を拭い去るのに使うつもりだ。

　音を立てずに作業をした。家から出てくる者は誰もいなかったし、通りを走る車も皆無だ。ホリデーは縁石に座り、マールボロを吸った。ラモーンのタホが角を曲がって姿を現わし、タウンカーの後ろに停まったときは、二本目を吸っているところだった。

　ラモーンは運転席に座ったまま、レジーナとの会話を打ち切った。プリンス・ジョージ郡を走りながらずっと話をしていたのだ。エイサー・ジョンソンのことやクックの死をはじめとした今日一日の出来事を伝え、それほど遅くならないうちに帰ると言った。できるなら帰るまでディエゴを起こしておいてくれないかと頼んだ。寝る前に話しておきたかった。

　ラモーンはエンジンを切り、ＳＵＶをおりた。ホリデーは立ちあがって出迎えたが、お互いにうなずいただけで言葉を交わさなかった。ラモーンはマーキーに歩み寄り、クックの遺体を調べ、リンカーンに寄りかかったホリデーのところへ戻った。

「どうしてクックはここに来たんだ？」ラモーンは尋

ねた。

「あれがレジナルド・ウィルソンの家だ」

「例の元警備員か？」

「ああ」

「それで、そいつを監視していたのか？」

「この二十年間つづけていたことをやったまでだよ。事件の解決の糸口を探していたんだ」

「そんなに長いあいだ直感だけで行動していたのか」

「殺人課の警官だったころ、クックの勘はよく当たったんだ。ウィルソンのDNA鑑定ができれば――」

「人権上、無理だよ」

「〝相当な根拠〟なんてクソ食らえだ」

「そんなふうにものごとが進むんなら苦労しない」

ホリデーはもう一本タバコに火をつけた。マッチを取り出した手が震えていた。

「クックのことは警察に通報したか？」ラモーンが言った。

「まだだ」

「いつ通報するつもりだ？」

「この通りから車を移動させてからだよ。グッドラック通りまで行き、どこかのショッピングセンターの駐車場に停め、おれの指紋を拭き取ってから匿名で連絡を入れようと思っている」

「おまえは、そんなことばかりする」

「ここで発見されるのは避けたいんだ」

「どうしてだ？」

「ずいぶんと前に《ワシントン・ポスト》がクックを記事に取りあげたんだ。〝回文殺人事件からはや数年退職警官いまだに捜査中〟といったような見出しだった。記事には、ほかの罪で服役中のレジナルド・ウィルソンという男が有力な容疑者だというクックの言葉が引用されていた。そのおかげでクックはなかば変人扱いされた。どこかの記者が、この古い記事を掘り起こして、クックとこの通り、さらにはウィルソンとの関係に気づくかもしれない。そんなふうに世間から揶揄されてはたまらない。クックはもっとりっぱな人なんだよ」

「そうなんだろう。だが、おまえは罪を犯すことになる」

「こんなことにクックを巻きこむべきじゃなかったんだ。だからおれはクックに借りがあり、彼の死を威厳のあるものにしたい」

「クックは病気だったんだよ、ドク。寿命だった。それに苦しまなかったようだ」

「知っていれば、外を走りまわったりはしなかった」

「そんなことはわからない。回文殺人事件は、迷宮入りのまま終わりそうだ。おまえも、それはわかるだろ。いつも最後に警察が勝利を収めるとは限らない。賛辞と紙吹雪には縁遠いんだ」

「クックは栄誉を求めていたんじゃない。殺された子供たちのために、事件を解決したかっただけなんだ」

「どうやって殺人事件に終止符を打つ？　教えてくれ。ほんとうに知りたいんだ」

「なにを言っている？」

「犯人を見つけたからといって殺された子供たちが戻ってくるわけでもあるまい。家族にとってはそれですべて終わりになるのだろうか？　いったいなにが解決したというんだ？」ラモーンは苦虫を嚙みつぶしたような顔をして頭を左右に振った。「なにも解決していないと思うようになったのは、ずいぶんと前のことだ。そんなくだらないことを考えるのはよそうと自らを戒めることもある。犯人を逮捕すればやつらはもう殺せないんだから、それなりに意味はあるんだってな。こうして被害者の死を無駄にしないようにしている。だが、解決ということに関してはどうだ？　おれはなにも解決なんかしていない。毎日、仕事へ行き、世の中の悪しき事柄から子供たちやかみさんを守ろうとしている。それがおれの任務だ。それしかできないんだ」

「信じられないよ」

「そう、昔からずっとおまえは、おれよりも優秀な警官だったからな」

「それはちがう。おまえもクックも、おれのことを優秀だと言う。だが、そんなことはない」

「昔のことだ」

「いいや。今日の夕方、尾行していた制服警官に直接当たって少し言葉を交わした。グラディ・デューン巡査だ。やつはエイサー・ジョンソンはもとより、レジナルド・ウィルソンともなんの関係もなかった。だが、あいつは悪徳警官だ。やつの体のなかには蛆虫《うじむし》がうごめいている」ホリデーはタバコを吸いこみ、足元に向かって煙をはいた。「身辺調査がはじまる前のおれは、まさにあいつと同じだった。忌々《いまいま》しいことに、あいつはおれとそっくりだったよ」

「そいつはかわいそうにな」

「まじめに言っているんだ。あいつを見ていたら、鏡を見ているような気になっちまった。警察に残っていたらこうなっていただろうってな。おれの成れの果てがあいつだというわけだ。悪の道へ向かってまっしぐら。おまえがおれのことを追ったのは正しかったんだよ。警察を辞めて逃げ出すことができたのは、幸運だった」

「そいつのような悪徳警官は、墓穴を掘るもんだ」

「ときには、な。だが、実力行使に出る必要もあるんだよ」

ホリデーは吸い殻を通りに弾き飛ばした。

「まだクックの遺体を動かそうと思ってるか？」

「やるよ」

「終わったら電話しろ。迎えにいってやる」

ホリデーは言ったとおりのことをした。ラモーンが迎えに行き、リンカーンまで戻ってきた。パトロールカー、それから救急車のサイレンが微かに聞こえてきて、ふたりは握手をした。

「じゃあな、ドク。家に帰らなくちゃならない」

ホリデーがリンカーンへ歩いていくのを見ながら、ラモーンは車を通りへ出した。家にいるレジーナの短縮番号を押す。

「ガス？」

「そうだよ。変わりはないか？」

「ディエゴはまだ起きている。アラナは部屋でお人形とお話し中。あなたの帰りを待っているわ」

「ただ今、ご帰還中だよ」ラモーンは愛していると伝えて電話を切った。

　ラモーンはリッテンハウス通りの家に帰るといつもの引き出しに銃とバッジをしまって鍵をかけた。一階は静かだった。アイリッシュウィスキーのジェムソンのボトルを持ってダイニングルームの小さなテーブルまで行き、グラスに注いだ。酒は沈んだ気持ちを高揚させてくれた。ボトルを一本あけてしまうこともできただろう。家族がいなければ、あっという間に酒に頼る男になってしまうにちがいない。

　ラモーンは玄関と裏口のドアに鍵がかかっていることを確かめると二階へあがっていった。

　廊下に立って眺めると、夫婦の寝室のドアの下から光が漏れていた。アラナの部屋に入った。娘はベッドで寝ており、毛布の上にはバービー、ケン、グルーヴィガールが背中を壁に向けて等間隔にきちんと並んでいた。ラモーンは屈みこんでアラナの頬にキスをした。額から湿り気のあるカールした髪の毛を払い、しばらく寝顔を見てからベッド脇の明かりを消した。

　ラモーンはディエゴの部屋へ行き、ドアをノックしてから押しあけた。ディエゴはベッドの上に横になり、ポータブルステレオでバックヤードのCDを聞いていたが、音量は低くしていた。若者向け雑誌《ドン・ディーヴァ》を眺めているが、ただページをめくっているだけのようだ。目が虚ろなところを見ると泣いていたのではないか。ディエゴの世界はひっくり返ってしまったのだ。立て直すことはできるだろうが、以前のように心地よい世界が戻ってくることはない。

「だいじょうぶか?」

「疲れちゃったよ、父さん」

「少し話そう」そう言ってラモーンは、ベッド脇に椅子を引っ張ってきた。「それからぐっすり眠るんだ」

しばらくしてラモーンは、ディエゴの部屋のドアを閉め、夫婦の寝室へと廊下をたどった。レジーナはキングサイズのベッドに横になり、ふたつ重ねた枕に頭をのせ、ランプの明かりの下で本を読んでいた。ふたりは長いあいだ視線を絡め合わせた。それからラモーンは服を脱いでバスルームへ行き、体を洗って念入りに歯を磨き、ビールとウィスキーの臭いを消そうとした。ボクサーショーツ一枚の姿でベッドまで戻り、シーツの下に潜りこんだ。レジーナはラモーンに身を寄せ、ふたりは抱き合った。ラモーンはレジーナの柔らかな唇にキスをし、さらにもう一度唇を重ねると下半身が高ぶり、むさぼるようにレジーナの唇を吸った。

レジーナはそっとラモーンの体を押した。

「なにをしているかわかる? ずいぶん欲が深いんだから。ふたつのものを同時に手に入れようとしているのよ」

「男は夢を見ることができる、そうだろ?」

「夢を見たいのなら、まず寝ることね。毎晩、酒の臭いをさせてベッドに入ってきて」

「これはマウスウォッシュだよ。あのなかにはアルコールが入っているんだ」

「ダブリン産のマウスウォッシュでしょう?」

「その調子だぞ、レジーナ」

「あなたと新しい飲み仲間、ドク・ホリデー」

「あいつはちゃんとしてるよ」

「最近はどんなふうになっている?」

「ちょっと腹が出てきた。ホリデーの丘、って言われている」

ふたりはまた抱き合った。レジーナの体はラモーンの腕のなかにぴったりと収まった。まるでラモーンとレジーナの体はひとつで、朝になると分かれ、夜にふたたび合体しているかのようだ。レジーナと離れることなど想像すらできない。死が訪れたとしてもだ。

「ウィスキーとタバコの臭いがする。わたしたちがデートをはじめたころみたいにね。店が終わってからわたしの部屋に来たでしょう。あなたの好きなあの店、なんていったっけ？ ニューウェイブ好きの白人の女の子たちが集まっていた店。コンスティペイション？」

「コンスタブルだよ。あのころのおれはどうかしていたんだ。少なくとも、今のおれとは似ても似つかない」

「そういうことね。すべてのものは変わりゆき、それにあらがうことはできない」

「善きものもまた変わる」

レジーナがランプを消し、ふたりは闇に包まれた。目がゆっくりと暗闇になれていった。ラモーンは指でレジーナの腕を撫でた。

「ディエゴはどうするつもり？」

「今話してきたよ。前の学校に戻って卒業する。それが一番いい。来年は、ブルーカラー向けのカトリックの学校に通わせる。キャロル高校だとかドゥ・マーサ高校とか……こうした高校ならディエゴに合っていると思う」

「どうやって学費を払っていく？」

「そんなに高くないんだ。シルヴァー・スプリングの家を売ろうと思っている。どのみち売らなくちゃいけないんだ。あの土地だけでもかなりの額になる。金のことは心配いらない」

「エイサーのことは話した？」

「ああ」

「それで、ディエゴは？」

「あいつの世界は激しく揺り動かされた。エイサーのことを女々《めめ》しいだとかホモだとか言って馬鹿にしたことを悔やんでいるだろう。エイサーが内心どのような気持ちでいたか、知らなかったとはいえ」

「こんな世の中になっちゃって、これからどうなっていくと思う？　おまえなんか必要じゃない、今の厳しい時代におまえの居場所はないって言われつづけているようなものなんだから。そこからは憎しみしか育たないし、政治家はこうした風潮を助長するようなことしかやらない。嫌悪に満ちた人たちがどんな聖書を読んでいるのかわからないけれど、わたしが読んで育った聖書とは別のものね」

「そういう、ろくでなしどものことなんかどうでもいい。憎しみの心を持っていないのにそれを広めてしまうふつうの人たちはどうなんだ？　ディエゴは偏見に満ちた言い回しを意味もなく使っていたが、今は口にする言葉の重みについて考えているだろう。おれもこのところずっとそうなんだ」

「あなたもあなたのお友だちもね」

「そうだな。署では一日中、その手の言葉が飛び交っている。その服は似合っている、ゲイ探知能力があるんだな……ってな具合だ」

「それであなたは態度をあらためるつもり？」

「そうはならんだろう。ほかの連中と同じようにおれも俗物だ。だが、そういう言葉を口にするときは、よく考えてからにするつもりだ。ディエゴにもそうなってもらいたい」

「ディエゴの部屋でほかにはどんな話をしたの。しばらくあの子の部屋にいたでしょう」

「エイサーの死について、最後に残った謎を解き明かした。おれも確信はあったんだが、ディエゴが裏づけてくれた」

「つまり？」

「友だちの家へ行くときは、銃が身近にあるかどうかしっかり見極めろといつもディエゴに言っていただろ？」

「ええ。あなたが一番怖れていることね」

「数えられないほどの事故を見てきたんだよ、レジーナ。父親の銃を見つけた子供が試しに撃ってしまう」

「わかる」

「ディエゴや彼の友だちも知識だけはある。銃に関する雑誌を読んでいるからな。だが、それは男の子だからであり、男は銃に興味を持つものだ。スプリグズ兄弟もおれがグロックを持っていることや鍵をかけて保管していることを知っている。みんな、銃がどこにあるか敏感なんだ」

「まあ、ガス……」

「そうさ。ディエゴが言うには、エイサーの父親は家にリヴォルヴァーを置いていたらしい。三八口径かどうかまでは知らない。だが、まちがいないだろう」

「ああ、ひどい」

「テランスにとっては、最悪だよ。エイサーは父親の銃で自殺した」

　レジーナはラモーンをきつく抱きしめた。ふたりは暗闇のなかで横たわっていたが、眠ることができなかった。

「日曜日に一緒に教会へ行く？」レジーナが尋ねた。

　そうしようとラモーンは答えた。

39

教会での礼拝のあと、ラモーンはレストランへ行くために家族を連れてDCの境界線を越えた。シルヴァー・スプリングのダウンタウンにもチェーンの店がのさばり出していたが、家族経営のその店は今もまだ生き延びている。ディエゴは好物のヴェトナム風ステーキを注文し、アラナは絞りたてのレモンを使ったレモネードを飲み、ビーズのカーテンをくぐって化粧室へ行っては戻ることを繰り返した。教会の存在意義は増し、午後もこうして家族で過ごすことができるのはなによりだ。しかも、ラモーンにとっては、やらなければならないことを後まわしにする口実にもなった。

家に戻るとラモーンはスーツを着替えずに、すぐに帰るとレジーナに言ってふたたび出かけた。ハーフパンツ、ナイキのスニーカー、ロナルド・スプリグズがデザインしたTシャツという恰好に着替えたディエゴを車に乗せて三番通りのバスケットコートまで送った。コートにはシャーカーが待っていた。ラモーンはディエゴに携帯電話の電源を入れておくことと、どこかほかへ行くときにはラモーンかレジーナに知らせるように注意した。

ラモーンはゆっくりとジョンソン家へ向かった。車を停めてもすぐにはおりなかった。捜査の進捗状況をテランス・ジョンソンに伝える役目を買って出てしまったが、やはりビル・ウィルキンズに任せればよかったと後悔した。テランス・ジョンソンに息子は自殺したのであり、しかも父親の銃を使ったのだと伝えることになる。さらに、エイサーがゲイであったことも打ち明けなければならない。テランスがどのような反応を示すか、まったく予想がつかなかった。だが、避けて通ることはできない。

　テランスは銃がなくなっていることに気づいているはずであり、エイサーが盗んだのではないかと疑って当然だ。エイサーは父親の銃を盗み、それで撃たれたのではないのかとテランスは恐れているのだろう。息子の死の衝撃に罪の意識が追い打ちをかけ、テランスは完膚《かんぷ》なきまでに叩きのめされた。とはいえ、まさか、エイサーが自殺したとは思っていないだろう。

　ラモーンは、ウィルキンズにもほかの同僚にも銃のことは話していない。もし、ウィルキンズが報告書に銃の出所《でどころ》を記載すれば、テランス・ジョンソンは銃の不法所持で訴えられる可能性がある。DCでは、警官、連邦捜査官、特殊警備を担う人たちしか銃の所持が認められていない。テランス・ジョンソンは非合法に三八口径を買ったか、あるいはヴァージニア州、メリーランド州で身代わり購入した銃を何人かのあいだで転がし、手に入れたのかもしれない。これも法律的には許されることではない。だが、ラモーンは報告するつもりはなかった。ジョンソンはすでにかなりの苦痛にさいなまれている。テランスや彼の妻、娘にこれ以上の苦しみを与えても意味はない。

　ラモーンはすべてをテランスに打ち明けるつもりはなかった。日記に記されていたロボマンという年上の恋人の身元をラモーンは考えてみた。エイサーの数学の教師は、あの日の放課後、特別課題を出したと言っていた。だが、そのような演習問題はエイサーのロッカーにもバッグのなかにも、寝室にもなかった。ロボマンとはロバート・ボルトンをそれとなく指しているように思えてしかたがない。ボルトンと話をしたとき、彼は若い黒人の男を色眼鏡で見ることに断固とした態度で反論した。だが、それはエイサーを守るためだったのだろう。ボルトンはエイサーを愛していた。

　風紀課の連中にボルトンを疑っていることを相談するつもりだ。この手の問題は、彼の管轄外だ。ラモーンは、突き止めた真実をどのように処理したらいいのかわからなかった。この重荷を肩からおろしたいと思った。

ワシントン市警の同僚にも情報を伏せておくつもりなのだから、エイサーの父親にすべてを話す必要はないだろう。ホリデーが言っていたように、おれはとんでもなくねじ曲がった野郎なのだ。

ラモーンはタホをおり、ジョンソンの家へ歩いていってドアをノックした。テランス・ジョンソンの足音が近づいてきた。ラモーンは車に戻りたい衝動に駆られた。ドアがあき、ジョンソンと握手して家のなかへ入った。

ダン・ホリデーはタバコに火をつけ、目の前の灰皿にマッチを捨てた。バーカウンターの灰皿の脇にはウォッカトニックが入ったグラスが置かれている。ジェリー・フィンク、ボブ・ボナーノ、ブラッドリー・ウェストの三人に囲まれて立っている。彼らはブラディメアリーのような子供だましを飲んでいた。ホリデーはそのようなもので、ごまかしたくはなかった。強い酒が必要だ。

レオの店は、レオ・ヴァゾーリスと彼ら四人のほかには誰もいなかった。ジェリー・フィンクがジュークボックスから戻ってきた。ホーンとバックコーラスの女の声がいきなり響き渡り、つづいてハスキーな男の声が店内を満たした。

「〝イ・イズン・ワ・ユー・ゴット、イッツ・ワ・ユー・ギヴ〟」フィンクは女のパートを歌った。

「ザ・ジミー・キャスター・バンチだな」フリーのライターのブラッドリー・ウェストが言った。

「ちがうね。ザ・バンチで《トラゴロダイト》みたいな曲をやる前だよ。ジミー・キャスターは新しいスタイルをやり出す前、ソウルシンガーだったんだ」

「なるほど」ブラッドリー・ウェストはうなずいた。

「ザ・バンチを誤解していたよ。よし、当てたら五ドルだ。ジミー・キャスターがデビューして間もないころ、有名なグループのヴォーカルの後釜に座ったんだが、それが誰だかわかるか?」

「ドリフターズのクライド・マクファターだ」ジェリー・フィンクが答えた。

「はずれ」

フィンクは忌々しげに歪んだ笑みを浮かべた。「ザ・ヘイウッズのボー・ドナルドソン」

ブラッドリー・ウェストは正解を告げた。「フランキー・ライモンだよ。ザ・ティーンエイジャーズだ」

「十代のヤク中じゃないか」ボブ・ボナーノは言った。バーカウンターに置かれた彼の携帯電話から着信音であるエンニオ・モリコーネの一番有名な曲が鳴りだしたが、ボナーノは無視した。

「五ドルの貸しだ」ブラッドリー・ウェストが得意になった。

「クレジットカードでいいか?」

「レオなら応じてくれるよ。次の一杯は奢りだぞ」

「ボブ、電話に出ないのか?」ジェリー・フィンクが尋ねた。

「ああ。客だからな」

「〝家作りのへぼ職人〟の仕事を気に入ってくれた客かもしれないぞ」ジェリー・フィンクがからかった。

「ポトマックからきたクソ女だ。おれのキャビネットの取りつけ方が気に食わないんだと。これが正規の吊り下げ方だってことをわからせてやらなくっちゃな」

「おまえの故郷イタリアのためにもな」ブラッドリー・ウェストが混ぜっ返す。

「昔、イタリアはアフリカと地つづきだったんだ。この話はしたことがあったっけな」ボブ・ボナーノは言う。

「名前の最後が母音で終わる男の話だな。自分のことをコメディアンのミルトン・バールだと思っているやつだろ」ジェリー・フィンクは答えた。

「バールはユダヤ人だよ。おまえと同じさ、ジェリー」ボナーノは応じた。

「でも、名前の最後が母音で終わるだろ」ジェリー・フィンクは顎に滴ったウォッカとトマトジュースを拭った。「ミルトンおじさんの一物は、ロバ並だって言いたいだけさ」

三人は話をやめてジミー・キャスターの歌を口ずさみ、タバコに火をつけ、酒を飲んだ。

ジェリー・フィンクはホリデーに目を向けた。「ずいぶんと静かだな、ドク」

「別に。ちょっと気おくれしちまっただけだ。おまえたちのアインシュタイン並の話を聞いていたら、劣等感を感じてしまったんだよ」

「女の話を聞かせてくれ」ブラッドリー・ウェストが焚きつけた。

「あいにく、ひとつもないんだ」

「ドクは憂鬱なんだよ。今週、このあたりで痛ましい事件があったからな」ジェリー・フィンクが言った。

「ああ、プリンス・ジョージ郡で非番の警官が殺された事件だな。みんな新聞を読んだかい？」ボブ・ボナーノが三人の顔を眺めた。

「《ワシントン・ポスト》にのってたな。読んだかい、ドク」ジェリー・フィンクが尋ねた。

ホリデーはうなずいた。昨日、グラディ・デューンに関する記事を読んだ。ワシントン市警の非番の警官がプリンス・ジョージ郡でふたりの男とともに射殺死体で見つかった。犠牲者のひとりは犯罪者としての前歴があり、麻薬の元締めとして名を知られていた男だ。もうひとりは、黒人男性と書かれているだけだった。ロメロとかなんとかいっただろうか。ホリデーは名前を思い出すことができなかった。

警官を射殺したと思われる三人目の人物を警察は追いかけている。デューン巡査がなぜ現場にいたのか、警察のスポークスマンは巧みに説明を避けていた。

「潜入捜査でもしてたんじゃないのか」ジェリー・フィンクが言った。「それともやつらの一味で、おれのパンツについたウンコのしみみたいに汚れた警官だったのか。どう思う、ドク？」

「わからないよ」

「DCの郊外は、無法者の町トゥームストーンみたいなもんだ」

ホリデーはまた《ワシントン・ポスト》にクックの記事を探した。首都圏ニュースの〝今日の事件〟に短い記事が出ていた。名前だけが紹介されて経歴には触れておらず、ニューキャロルトンのショッピングセンターに停まっていた車のなかから、自然死したと思われる男の死体が発見されたと書かれていた。ニュース編集室のスタッフが彼の経歴に気づけば、長い記事がのることだろう。未解決の回文殺人事件にとり憑かれた老刑事。


ブラッドリー・ウェストがレオに合図してお代わりを注文した。

「もう一杯どうだ、ドク」ボブ・ボナーノが尋ねた。

「いや」ホリデーはウォッカトニックを飲み干すと、十ドル札をカウンターに置いた。「仕事だ」

「日曜なのに？」ジェリー・フィンクが驚いて声をあげた。

「日曜でも送り迎えが必要な連中はいるんだよ」ホリデーはタバコとマッチをカウンターから取り、黒いスーツのポケットに滑りこませた。「では、諸君」

ジェリー・フィンク、ボブ・ボナーノ、ブラッドリー・ウェストはレオの店を出て行くホリデーの後ろ姿を見送った。三人はザ・ナイチンゲールズの《ジャスト・ア・リトル・オーヴァーカム》のイントロに聴き入り、レオが飲み物を持ってくるまで美しい歌に敬意を表するように頭を垂れた。

三十分後、ホリデーはグッドラック・エステートの路地に停めたタウンカーの運転席に座っていた。T・C・クックの双眼鏡、栄養補給のためにグラノーラ・バーをふたつ、水のペットボトルを一本用意していた。床の上には大きな空《から》のカップが置いてあり、我慢できなくなったらこれに小便をする。トランクのなかには、かなてこ、武器としても使えるストリームライト社製の充電式ライト〝スティンガー〟、フリクションロック式伸縮特殊警棒、青い手錠、ダクトテープ、三十メートル計ることができる金《かね》の巻き尺、さらにデジタルカメラも入っているが、ホリデーは使い方を知らなかった。ほかにも車の工具や警察で使う道具がそろっている。

　数軒向こうに白壁のランチハウス風に作ったレジナルド・ウィルソンの家が見える。やつのビュイックが庭内路に停まっていた。

　ホリデーには特にこれといった計画はなかった。ウィルソンが尻尾を出すのを待っているだけだ。あるいは、やつが仕事に出かけているあいだに忍びこみ、証拠を探すか。なにかが見つかるまで、徹底的に家捜しをする。必要なら、証拠を残してきてもいい。とにかくDNA検査をさせるように仕向け、ウィルソンと回文殺人事件との関係を明らかにするのだ。クックはウィルソンの有罪を信じていたのであり、ホリデーにとってはそれだけで充分だった。

　一日、ここで見張る準備をしていた。必要なら明日も。たったひとりの従業員ジェローム・ベルトンには二日ほど仕事を休むとすでに伝えていた。これで差し迫った用事はなにもなくなった。家族もなければ話をする友人もいない。家で女が待っているわけでもない。ただ見張るだけだ。人生のほとんどすべてを無駄にしてきたが、これだけはやり遂げることができるだろう。まだ時間は残されている。

　ディエゴ・ラモーンとシャーカー・ブラウンは、三番通りを南へ歩いていた。バスケットボールはとっくにやめていた。ふたりとも、のめりこむことができず、激しくひと試合を争っただけだ。そのあとは金網に寄りかかって座り、エイサーの思い出話をし、彼が抱えていた秘密や、命を絶つことを決めるまでの苦しみにさいなまれた心を推《お》し量《はか》った。ディエゴは銃については口外しないと父親に約束をしており、シャーカーに対しても秘密を守りとおし、それを誇らしく思っていた。ふたりは口数少なく、陽光に照らされた景色をただ眺めていた。サッカー場ではラテン系の子供たちがボールを追いかけ、顔見知りの近所の人たちは公園を通り抜け、あるいは、ベンチに座ってぼんやりと時間を過ごしていた。ディエゴもシャーカーも言うべき言葉が見つからなかった。

「家に帰ったほうがよさそうだ」ディエゴが言った。

「どうしてだい？ 宿題はないだろ」

「来週から前の学校に戻るんだよ」

「それは来週のことだろ。今、それで忙しいわけじゃない」

「信じられないかもしれないけど、本を読んでいるんだ。『勇気ある追跡』っていうんだよ。おやじがくれた本なんだけど、すごくおもしろい」

「じゃあ、そうしろよ、ディエゴ。でもな、家に帰ったらソファに横になってレッドスキンズの試合を見ることになるだろうさ。今日はダラス・カウボーイズとの一戦だ」

「そうだな」

ふたりは商店街を抜けていく。床屋の前に来ると拳を打ちつけ合った。

「じゃあな」シャーカーが言った。

「またな」

シャーカーはコーチに教えられたとおりに右手を後ろへまわし、左手でボールをドリブルしながら西へ遠ざかり、母親と住んでいる家へ帰っていった。ディエゴは淡い黄色のコロニアル風の家を目指してリッテンハウス通りの坂をのぼった。いつでも帰っていくことができる場所。

母さんはキッチンで夕食の支度をしているか、居間のカウチで目を休めると称して昼寝をしているだろう。アラナはウサギが出てくる絵本を読んでいるのだろうか。あるいは、部屋でいろいろな声を出しながら人形に話しかけているか。父さんが戻ってきてくれているといいんだけど。今ごろ、指定席に座ってスキンズとカウボーイズの試合に興奮し、椅子の肘掛けを拳で叩きながらテレビの画面に向かって大声を出しているかもしれない。あるいは額にかかる髪の毛を払いのけ、黒い口ひげを引っ張っているか。

ディエゴは坂の途中で立ち止まった。父親のタホが通りに、母親のボルボは庭内路に停まっていた。ハンドルにリボンがついているアラナの紫色の自転車はポーチの上だ。

なにもかもあるべきところにあった。ディエゴはわが家へ向かって坂道をのぼっていき、玄関口に立ち、ドアノブを握った。午後の太陽の光が気持ちよかった。

一九八五年

40

T・C・クック巡査部長は、フォート・デュポン・パークのはずれ、E通りそばにあるコミュニティ菜園で屈みこみ、草で覆われるように横たわっている少女の死体にもう一度目を向けた。目は一点を凝視したまま動かず、まだ現場に停まっているパトロールカーの回転灯が発する青と赤の光を映していた。クックは少女の編んだ髪の毛を詳細に調べた。色とりどりのビーズで飾られた髪は、その一部がほかよりも短い。クックは確信を抱いた。まちがいない。この被害者は一連の事件の犠牲者だ。

「犯人を見つけてやるよ」クックは誰にも聞こえないように小さくつぶやいた。

クックは立ちあがったが、これがひと苦労だった。最近、屈んだ姿勢から容易に立ちあがれなくなった。中年も盛りを過ぎ、しかも被害者の傍らに屈みこむことを何年もつづけてきたために膝が言うことを聞かなくなったのだ。バイスロイの箱から一本振り出し、口にくわえて火をつけた。煙が肺を刺激し、ニコチン中毒のクックは満足を覚えた。クックは検死官にうなずき、タバコの灰で現場を汚さないように立ち去った。

現場から離れながら、刑事部長とベローズ警部はオフィスへ戻っていることに気づいた。お偉方どもの相手をしなくてすむと思うとほっとした。クックは連中のことをスパゲティ帽子と呼んでいるのだが、それは彼らがかぶっている帽子のつばが、船で使うロープのミニチュアみたいな馬鹿げた紐で飾られているからだ。あんな連中と付き合っている暇はない。

クックが犯行現場に張り巡らされたテープのほうへ戻っていくと、ふたりの白人の制服警官が野次馬、レポーター、カメラマンどもに睨みをきかせていた。ひとりは背が高く、ブロンドで痩せており、もうひとりはがっしりとした中背、肌は浅黒く、髪も黒みがかっていた。クックは先ほどふたりにきつい言葉を投げつけたが、謝る必要はない。叱りつけた甲斐あってふたりともしっかり仕事をしている。

「連中を近づけるんじゃないぞ」クックはブロンドの巡査に言った。「特にマスコミの連中はな」

「はい、わかりました」ダン・ホリデーというネームプレートをつけた男は答えた。

「そんなに固くなることはない。おれは一介の巡査部長だ」

「連中を近づけないようにします、クック巡査部長」

「おれは遊んでいるんじゃない。さっき、あの女を通してしまっただろ。被害者から二、三メートルのところでゲロを吐いちまった」

「もう二度としません」ガス・ラモーンという名のもうひとりの男が言った。

「仕事をきちんとこなすことだ。そうすれば、そのうち、今、おまえたちが思い描いているいっぱしの警官になれるだろう」

「はい」ホリデーは答えた。

クックは振り返って黄色いテープの向こう側にいる野次馬に目を向けた。近所に住む子供たちの姿も散見され、自転車に乗ったままの者も二、三人いた。大人はコミュニティ菜園に面した家に住む人たちだろうか。家庭着の上にコートをはおった婆さんは、腹の上にまで乳房が垂れている。警備員の制服を着た二十代の男が、青いズボンのポケットに片手を突っこんで立っていた。サム・ブラウン・ベルト、会社の赤い袖章。クックはそれらに目を向けながら、バイスロイを胸一杯に吸いこみ、吸い殻を湿った地面に放り投げて靴で踏みつけた。

「しっかりやれよ」クックはふたりの制服警官にそう言うと、イヴ・ドレイクの死体のところへ戻り、禿げ頭にのせた新しいステットソン帽を見栄えよく傾けた。

近所に住む若い女がホリデーに媚びるような視線を投げ、脱色したジーンズに包まれたみごとな尻をくねらせながら歩き去っていった。ホリデーはまっすぐ立っていたが、冷たく光る青い目に笑みがにじみ、目尻に皺が寄った。

「天国へ行かせてやるのにな」

「若すぎだろ、ドク」

「こう言うだろ。『テーブルに向かって座ることができる年になれば、ものも食える』」

ラモーンはそれ以上なにも言わなかった。これまでにも価値ある見識とやらを嫌というほど聞かされてきたからだ。


ホリデーは通りすぎていった若い女の裸を頭のなかに描いた。それからいつものように思いは野心のほうへさ迷っていった。ホリデーはなによりもT・C・クックのように尊敬される男になりたかった。優秀な警官になることが望みだった。これから積み重ねる仕事の成果を思い、夢見た。賞賛、記章、昇進。勝ち組、出世競争の末、勝ちとる地位。

ラモーンには野心はなかった。市民をテープのなかに入れないよう、たんに仕事をこなしているだけだ。脚を広げて立ち、警察学校のプールサイドにいた青い水着の女のことを考えていた。彼女の手に触れてから、その姿態、心を溶かすような笑みが脳裏を離れない。すぐにでも電話をしよう。

ワシントンDCの郊外でホリデーとラモーンが仕事をし、夢見ているとき、街の正反対の地域では、ワシントン市民や郊外に住む人たちが、レストランで極上肉のステーキを食い、バーでシングルモルトのウィスキーを飲んで散財していた。男は黒いスーツに赤の無難なタイを締め、女たちは肩パッドのはいったドレスを着てハイヒールのパンプスをはき、テレビ番組《ダイナスティ》のヒロイン、クリスタル・キャリントンのように逆毛を立てて膨らませた髪型をしていた。こうしたレストランやバーの化粧室では、共和党支持者も民主党支持者もその政治的な立場をひとまず置き、ともにコカインを大量に吸いこんで恍惚の境地に浸った。ラジオをつけるとダイアー・ストレイツの《マネー・フォー・ナッシング》が流れ、シンプル・マインズがワシントンDCでライヴを行なうことになっていた。プリンスがこの週末、ジョージタウンで買い物をするという噂が流れ、パンクもどきの裕福な若者たちがコマンダー・サラマンダーの店舗の外で彼を待ち受けていた。芸術志向の人たちは、サークル劇場での《インドへの道》と《熱砂の日》の二本立てに詰めかけた。キャピタル・センターでは、バスケットボールのファンたちが、ジェフ・ルウランド、ジェフ・マローン、マヌート・ボルがデトロイト・ピストンズ相手に活躍する姿に熱くなっている。観客席の歓声、街のバーでの笑い声は、ともに混沌として騒々しかった。パーティではエイズに関するジョークが飛び交っていた。コカインに似た新しいドラッグが街で流行りはじめているとの噂も流れ、ただし火をつけて吸うものであるために黒人向けだと言われた。サウスイースト地区で三人の黒人ティーンエイジャーが殺されたことは、新聞社のニュース欄編集室と地元の警察署の外ではほとんど話題にならなかった。

　レーガン大統領時代のアメリカの勝ち組たちが、こうして楽しんでいるときに、ワシントンDCのサウスイースト地区のグリーンウェイ、三三番通りとE通りにはさまれた犯行現場では、殺人課の警官と鑑識係が働いていた。一九八五年十二月の寒くてじっとりした夜、ふたりの若い制服警官と中年の殺人課の刑事が、この現場に居合わせた。

　張り巡らされたテープの近くに警備員の恰好をした男がひとり立っており、お守りのようにポケットに入れているものを指でもてあそんでいた。色とりどりのビーズで飾られた編んだ髪の毛の一部。あとで家に帰ったら、ビニールの袋に入れ、オットー・ウィリアムズ、エイヴァ・シモンズからいただいてきた髪の毛と同じように、レコードのジャケットのなかに隠すのだ。膨大なエレクトリック・ジャズのアルバム・コレクションのなかから特に選んだ一枚で、アルバムタイトルは『ライヴ・イーヴィル（Live Evil）』。前から読んでも後ろから読んでも同じだ。このマイルス・デイヴィスのアルバムは、叔父のアパートの居間で子供のころはじめて性的な暴行を受けたときに流れていた。

まもなく、その夜、いったんあがっていた雨がふたたび降りはじめた。雨脚はだんだん強くなり、車のヘッドライトに浮きあがって見えるようになった。現場にいた警官たちは菜園に横たわる少女のために神が涙を流しているのだと言った。ほかの人たちにとって、雨は雨でしかなかった。

哀悼の意を表して

キャロル・デニース・スピンクス　十三歳
ダーリニア・デニース・ジョンソン　十六歳
アンジェラ・デニース・バーンズ　十四歳
ブレンダ・フェイ・クロケット　十歳
ネノモーシャ・イェーツ　十二歳
ブレンダ・デニース・ウッドワード　十八歳
ダイアン・ウィリアムズ　十七歳

謝辞

ワシントン市警察局暴力犯罪班の警官の方々に謝意を表したい。彼らの世界に立ち入ることを許していただいたおかげで本書を執筆することができた。いたわりの気持ちと度量の大きさ、仕事にかける情熱に深い感銘を受けた。

訳者あとがき

ジョージ・ペレケーノス『夜は終わらない』（原題：*The Night Gardener*）をここにお届けできるのは、訳者としてとても嬉しい。

訳しながら、校正しながら、いいなぁ、とひとりつぶやいていたほど、すばらしい作品だ。と、ひとり悦に入っているわけにもいかないので、内容を紹介しよう。

物語は一九八五年にはじまる。子供ばかりを狙った連続殺人事件が発生した。被害者の子供たちの名前は、すべて回文となっていることから回文殺人事件と名づけられるが、三人目の犠牲者がでたあと、犯人も捕まらないまま事件はぱたりとやんでしまう。その最後の現場にいたのが、ベテラン刑事T・C・クックとふたりの新米警官ガス・ラモーンとダン・ホリデーの三人だ。

舞台は二十年後の二〇〇五年にとぶ。結婚してふたりの子供の父親となったガス・ラモーンを中心に物語は動いていく。ホリデーはトラブルに巻き込まれて警察を辞め、リムジンでの送迎サービスの仕事で食べているが、将来への希望を失い、酒と女にうつつを抜かしている。T・C・クックは妻に先立たれ、脳溢血で倒れたあとは孤独な老後を送っていた。

ある日、ラモーンの息子ディエゴの友人エイサーが死体で見つかった。Ａｓａ。彼の名前も回文となっている。しかも、死体の転がっていた場所や状況が二十年前の事件と酷似していた。これをきっかけにクック、ホリデー、ラモーンの三人三様の人生が交錯する。彼らはそれぞれの重荷を背負いながら事件にかかわっていくが、やがて思わぬ方向へ展開していき……。

物語の大きな流れに絡め、ストリートで名をあげようとするチンピラや社会の底辺でうごめく男女が活写され、こうしたエピソードはもうペレケーノスの独壇場だろう。派手な銃撃戦も健在だ。

本作品でペレケーノスが描き出したかったのは、子供たちの世界、家族愛、老い、貧困、人種的偏見、そしてなによりも正義だと思う。読者の心を打ち、ときににやりとさせ、しみじみとした思いを味わうことができるのは、登場人物たちの日常のエピソードであり、作者の主張がにじみでているのもここだ。そこに貫かれているのは、荒廃した世の中に一条の光を見ようとする態度だろう。汚いものに蓋をすることではなく、現実を直視して、それを乗り越えようとする努力の過程のうちに希望の種子は胚胎する。愚直なほどのまっとうな精神。しかし、それが青臭くも、気恥ずかしさもなく語られていくのは、裸の人間の姿が描かれているからだろう。つまり、実人生から浮いていないのだ。

たとえば、何気ない夫婦の夜の一場面を描いた以下のようなリアルなくだりがある。ちなみにラモーンはイタリア系、妻のレジーナは黒人、アラナは七歳になる彼らの娘だ。

ラモーンはパジャマのズボンに手を入れ、レジーナの内腿を撫でた。

「アラナが来るわ。部屋を出るとき、まだ寝ていなかったから」

ラモーンはキスをした。レジーナは唇を開き、体を寄せてきた。

「アラナが入ってくるのよ」

「静かにやるさ」

「無理でしょう」

「さあ」

「手でしてあげるだけじゃだめ？」

「そんなのは自分でもできる」

ふたりは忍び笑いを漏らし、レジーナはディープキスで応じた。パジャマのズボンを下げにかかると、レジーナは脱ぎやすいように体をそらした。そのとき、寝室のドアがノックされた。

「クソッ」ラモーンは悪態をついた。

「あなたの娘でしょう」

「いいや、おれの娘じゃないね。七歳の歩く貞操帯だよ」

五分後、アラナはふたりにはさまれていびきをかきはじめ、褐色の小さな指を開いてラモーンの胸にのせていた。いくぶんがっかりしたことはたしかだが、ラモーンは幸せだった。（傍点訳者）

このシーンには思わず笑みを浮かべるとともに、なにかとても温かいものを感じる。本書にはこうしたエピソードが満載だ。

ペレケーノスの作品はどれも最後のページを閉じたとき、新しい友だちができたような気持ちになる。本書も例外ではなく、ラモーン一家、ホリデーをはじめとした登場人物が他人とは思えず、また会いたくなってしまうのだ。人間的な魅力がたっぷり、ほんとうにいいやつらなんだから！

すでにお気づきの方もおられようが、これまでは「ジョージ・P・ペレケーノス」という表記だったが、この作品から「P」が外れている。公式サイトなどを見て調べてみたが、理由はわからない。

それとともに、作品のトーンも微妙に変化している。犠牲者の死体の描写ではじまるショッキングな冒頭を読んだときに、今回の作品はちょっとちがう、という印象を持った。これまでのペレケーノス作品は、物語のはじまり方がかなり緩やかだったからだ。さらにサスペンスの盛りあげ方、緊迫した構成も工夫されていると思った。そして、なによりもギリシャ系の登場人物がほとんど出てこないのだ。

ホリデーのリムジンに作家が乗るシーンがある。これはペレケーノス自身を戯画化しているのではないかという意見も耳にしたが、ペレケーノス本人のコメントは今のところ入手できていない。ホリデーの目から描かれた作家は、嫌みったらしくはあるが……。読者のみなさんは、どう思われるだろうか？

本書にはさまざまな固有名詞、スポーツ、音楽なども登場して雰囲気を盛りあげているが、残念ながら日本人に馴染みのないものも少なくない。小説の勢いを削ぎたくなかったので、なるべく訳注はつけないようにした。ご了承いただきたい。頻出するワシントンDC周辺地区や通りの名前に関しては、地図を参照して大まかな位置関係を頭に入れて読むと臨場感を堪能できるのではないだろうか。

本作は二〇〇六年度の作品で、その後も二〇〇八年に *The Turnaround*、二〇〇九年には *The Way Home* が刊行されており、新生ペレケーノスの作品を今後もお届けできると思う。訳者は両作品とも未読であるが、梗概を読むかぎり、大いに期待できそうだ。次の作品を訳す日を楽しみに待つことにしよう。

二〇一〇年十一月

HAYAKAWA POCKET MYSTERY BOOKS No. 1842

横《よこ》 山《やま》 啓《ひろ》 明《あき》

1956年生，早稲田大学第一文学部演劇学科卒，英米文学翻訳家
訳書
『愛書家の死』ジョン・ダニング
『変わらぬ哀しみは』ジョージ・ペレケーノス
『メディチ家の暗号』マイケル・ホワイト
『ベルリン・コンスピラシー』マイケル・バー＝ゾウハー
（以上早川書房刊）他多数

この本の型は，縦18.4センチ，横10.6センチのポケット・ブック判です．

〔夜《よる》は終《お》わらない〕

2010年12月10日印刷　　2010年12月15日発行

著　者　ジョージ・ペレケーノス
訳　者　横　山　啓　明
発行者　早　川　浩
印刷所　星野精版印刷株式会社
表紙印刷　大平舎美術印刷
製本所　株式会社川島製本所

発行所　株式会社　**早　川　書　房**
東京都千代田区神田多町２－２
電話　03-3252-3111（大代表）
振替　00160-3-47799
http://www.hayakawa-online.co.jp

（乱丁・落丁本は小社制作部宛お送り下さい
送料小社負担にてお取りかえいたします）

ISBN978-4-15-001842-9 C0297
Printed and bound in Japan